LES INDIFFÉRENTS

Du même auteur
dans la même collection

AGOSTINO
LA CIOCIARA
LE CONFORMISTE
L'ENNUI
LES INDIFFÉRENTS
LE MÉPRIS
NOUVELLES ROMAINES

ALBERTO MORAVIA

LES INDIFFÉRENTS

ROMAN

Traduit de l'italien par

PAUL-HENRI MICHEL

Préface, bibliographie et chronologie
par Gilles de VAN

GF-Flammarion

ISBN 2-08-070662-4

PRÉFACE

La confrontation d'une matière complexe, fluide, ambiguë, et d'une intelligence appliquée à la comprendre et à l'ordonner est le lot de tous les romanciers de la première moitié de ce siècle. L'originalité de Moravia consiste à affronter une crise morale, sociale et culturelle, sur laquelle il établit un diagnostic non moins lucide que ses plus illustres contemporains, avec des outils qui semblent à première vue dépassés : des personnages nettement délimités, une intrigue simple et claire, une écriture d'une grande lisibilité [1]. Toutefois, ces outils ne servent pas à créer une forme qui serait parfaitement adéquate à un fond, ils ne sont pas un moyen « naturel » de traduire une certaine expérience du monde — ce qui aurait été surprenant à une époque où le personnage et l'intrigue étaient fortement remis en question —, ils exercent une contrainte sur ce monde. Moravia semble sommer ses acteurs d'être des personnages dotés d'un destin et capables d'agir, sommer

1. Dans *Coscienza e crisi : il Novecento italiano tra le due guerre*, Naples, Liguori, 1983, et notamment dans le chapitre 2, Pasquale Voza montre que le souci de Moravia d'un renouvellement du roman était une préoccupation propre à tout son milieu culturel.

l'histoire qu'il nous raconte de se constituer en intrigue avec une exposition, une crise, un dénouement, quitte à constater que les uns comme l'autre ne sont pas en mesure de répondre à sa volonté. Là où d'autres écrivains appliquent leur acuité à distinguer, démêler, classer une matière confuse, Moravia préfère la contraindre à entrer dans les moules du roman traditionnel. Aussi ces instruments sont-ils à la fois artistiques puisqu'ils organisent la fiction, et intellectuels car ils doivent permettre à l'auteur de vérifier si les valeurs qu'ils impliquent fonctionnent aujourd'hui comme elles ont pu le faire dans le roman classique.

De cette approche très particulière a résulté l'équivoque d'un Moravia romancier facile, « populaire », en marge de la grande littérature et des expériences d'avant-garde contre lesquelles l'écrivain s'est souvent montré polémique. Il n'a pourtant jamais dévié de cette méthode rationaliste et presque pédagogique et le temps a fait que ses livres, que l'on traitait négligemment de « feuilletons » (Pavese) ou de « romans de gare » (ainsi Godard qualifiait-il *Le Mépris*) sont apparus comme des œuvres non moins modernes et non moins incisives que celles que la critique plaçait aux avant-postes de notre culture.

Ce qui est frappant, c'est que cette méthode n'a pas été mûrie lentement, par tâtonnements successifs, mais trouvée du premier coup, dès le premier roman, avec une sûreté de main qui aujourd'hui encore fascine. La préhistoire des *Indifférents* se ramène en effet à quelques nouvelles dont certaines sont des ébauches non retenues de son premier roman. En 1916, le jeune Alberto est frappé par une grave tuberculose osseuse qui l'immobilise pendant huit ans, dont un an et demi en sanatorium, et le contraint à abandonner ses études. En 1925, pendant sa convalescence, il commence à écrire *Les Indifférents* au lit — il a à peine dix-huit ans — et il y travaille jusqu'en 1928. En 1929, le livre est publié à compte d'auteur chez Alpes et obtient un succès de scandale. Sa réputation ne cesse de croître et le roman devient assez rapidement un « classique ». Ce succès pèsera pendant de nombreuses années sur les épaules du jeune romancier, comme s'il avait à son premier essai épuisé toutes ses ressources, et il lui faudra attendre *Agostino* (1944) pour retrouver un aussi haut niveau d'inspiration. Malgré une œuvre considérable (romans, nouvelles, essais, théâtre) que seule sa mort, en septembre 1990, a interrompue, il ne manque pas de bons esprits pour estimer que Moravia est avant tout l'auteur d'un livre : *Les Indifférents*.

Le marécage[1]. Ce titre envisagé en un premier temps par Moravia est déjà une indication sur l'atmosphère du livre et c'est bien dans un marais que nous entrons en côtoyant la famille Ardengo. Nous sommes à Rome, dans un quartier résidentiel cossu mais anonyme, et nous ne sortons presque jamais d'une villa bourgeoise meublée dans le style fonctionnel des années 30. La famille Ardengo n'a plus les moyens d'entretenir cette demeure qui sent le renfermé et la poussière, non plus que le jardin laissé à l'abandon. La propriétaire Marie-Grâce, une veuve stupide et vaniteuse, n'a que deux soucis en tête : retenir son amant Léo, un homme cynique et brutal qui, las des attraits fanés de sa trop mûre maîtresse, regarde avec concupiscence la fille de celle-ci,

1. Michel David, *La Psicoanalisi nella cultura italiana*, Turin, Boringhieri, 1966, mentionne ce titre p. 442.

Carla ; et par ailleurs préserver un train de vie de bourgeoise aisée qu'elle ne peut assurer qu'en empruntant de l'argent à son amant, prêts garantis par une hypothèque sur la maison qui, au moment où commence le roman, arrive à échéance. Obnubilée par ces deux passions, elle délaisse quelque peu ses enfants, Carla et Michel, qui observent avec indifférence, ennui, hostilité ou exaspération leur vie monotone, sans toutefois entrevoir de possibilité de changement. Lisa, une amie de la famille dont jadis Léo fut l'amant et que par conséquent Marie-Grâce jalouse, vient parfois rendre visite aux Ardengo et regarde avec intérêt Michel qui stimule son érotisme de femme mûre. L'histoire se déroule dans un climat lourd et moite : il pleut presque toujours, une pluie fine et insidieuse qui détrempe le sol et les corps, le ciel est couvert et une sorte de grisaille s'infiltre partout, à mi-chemin entre l'orage qui ne parvient pas à éclater et le soleil qui a du mal à percer ; les rues sont noires ou silencieuses, les intérieurs sombres et sales, le jardin suggère tristesse et décadence, et rares sont les moments de lumière, d'éclat ou de vie.

Les deux impressions qu'évoque une première lecture sont celles d'ennui et d'enfermement : à peine savons-nous que nous sommes à Rome, comme si le roman pouvait se dérouler dans n'importe quel quartier résidentiel d'une ville européenne ; aucun indice ne nous rappelle que Mussolini a pris le pouvoir et que Rome deviendra bientôt le principal théâtre du grand spectacle fasciste. Quelques rares comparses sont évoqués ou traversent la scène et, de manière obsédante, le romancier nous remet toujours en présence des cinq protagonistes. L'ennui suinte des visages et des murs : chaque personnage court après ses fantasmes dans une sorte de spirale qui le ramène toujours au point de départ. Les adultes tissent leurs petites intrigues et les adolescents ruminent leur ennui et la lassitude que leur inspirent la monotonie de la vie quotidienne, les scènes de jalousie entre leur mère et son amant, la vanité de Marie-Grâce et l'autosatisfaction de Léo.

On ne prêterait qu'une attention distraite aux intérieurs confortables mais lugubres dans lesquels se déroule l'intrigue, si l'auteur n'insistait sans relâche et avec une évidente acrimonie pour que nous les regardions *mieux*, comme s'il redoutait que, trompé par le luxe de ces villas cossues et silencieuses, le lecteur ne prenne du strass pour des diamants. L'exemple le plus frappant de cette technique est la description du boudoir de Lisa : à première vue, une aimable bonbonnière blanche et rose, de gracieux rideaux, une lumière paisible, une impression de pureté et d'innocence, etc. Impression trompeuse : la laque des meubles est écaillée et jaunâtre, la tapisserie décolorée, les coussins sordides, les livres poussiéreux, les rideaux déchirés, le plafond craquelé... Cette technique dont Moravia use ici de manière presque caricaturale domine en fait tout le roman : tantôt il s'agit de corriger le regard du lecteur qui risquerait de mal interpréter ce que l'écrivain lui donne à voir, tantôt de rectifier sa compréhension d'un mot qui suggère des idées de luxe, d'opulence, de grandeur ou de beauté par un autre mot qui les neutralise instantanément. Certains écrivains corrigent et précisent pour mieux cerner la spécificité d'une impression, l'unicité d'une couleur ou d'un lieu, Moravia pour couper les harmoniques du langage, pour frustrer la fantaisie portée à embellir. Peu d'écrivains traquent avec autant d'opiniâtreté l'esthétisme facile et nous rappellent avec autant de constance que la réalité, à la bien regarder, est imparfaite, disgracieuse, décevante[1].

Cinq personnes et deux jours. Sur ce monde sinistre, Moravia projette une implacable géométrie théâtrale que traduit bien un autre titre envisagé pour le roman : « Cinq personnes et deux jours[2] ». Le roman commence en effet le soir du premier jour et s'achève le soir du troisième jour ; il se déroule presque exclusivement dans la villa des Ardengo ; il ne comporte pratiquement que cinq personnages dont les liens sont très forts puisqu'aux rapports familiaux des Ardengo (mère, fils et fille) s'ajoutent les liens amoureux (Léo et Marie-Grâce, très épisodiquement Léo et Lisa, Léo et Carla, Michel et Lisa). L'intrigue se met en place à un moment de tension où la crise devrait éclater : l'hypothèque arrive à échéance, Léo veut coucher avec Carla, Lisa tente de séduire Michel. Aucun événement extérieur ne vient troubler les rapports des personnages de sorte que l'intrigue n'est « soutenue que par les intérêts, les sentiments, les passions des personnages » comme le demandait Racine dans la préface de *Britannicus*. Bref, nous retrouvons à peu de choses près les unités du théâtre classique. Ajoutons que les entrées et les sorties des personnages sont réglées comme dans une pièce et que Moravia ne dédaigne pas des artifices propres au théâtre comme le quiproquo ou l'intrusion soudaine d'un personnage, ou encore la situation où

1. J'ai étudié ces techniques de dévalorisation dans *Il realismo culturale di Alberto Moravia*, Belfagor, XXVIII, 1973, n° 2.

2. U. Carpi, « *Gli Indifferenti* » *rimossi*, Belfagor, XXXVI, 1981, n° 6, p. 697. Cet article est suivi de trois textes contemporains des *Indifférents* et étroitement liés à sa genèse. Deux d'entre eux viennent d'être republiés in *Nuovi Argomenti*, n° 37, janv.-mars 1991.

un personnage (Lisa) en voit d'autres (Léo et Carla) sans être vu.

Il ne manque même pas un modèle illustre qui puisse mettre « la pièce » sur rails : Hamlet. Léo-Claudius a pris la place du père de Michel, et Marie-Grâce-Gertrude se comporte de manière impudique. Bien qu'aucun spectre ne vienne alerter Michel-Hamlet, celui-ci est parfaitement conscient qu'il devrait chasser Léo pour rétablir la cohésion familiale. Plusieurs indices nous renvoient vers Hamlet mais le principal est évidemment l'imaginaire de Michel[1]. Chaque personnage a ses fantasmes : ceux de Marie-Grâce sont sociaux (snobisme et respectabilité), ceux de Carla sont romanesques (prince charmant ou autodestruction), celui de Michel est tragique : la corruption s'est installée dans le royaume des Ardengo, il se doit d'en extirper la cause qui est Léo, il doit donc chasser ou tuer Léo.

Toute l'action repose donc sur le défi proposé à Michel par le narrateur : devant une situation de corruption, de déliquescence morale et psychologique, est-il en mesure de rétablir l'ordre en excluant le perturbateur et de rendre à chacun son rôle ? Ainsi apparaît clairement la fonction qu'a la mise en œuvre théâtrale de l'intrigue : vérifier l'aptitude des personnages à agir. Moravia était, bien entendu, parfaitement conscient de cet enjeu et il le justifie par « le besoin d'exercer sur la réalité une prise très profonde, ce qui aurait été impossible avec la durée conventionnelle et “ historique ” du roman[2] ». Ajoutons un fort penchant pour le monde tragique : « tout ce qui était crime, contraste sanglant et irréparable,

1. Les analogies avec *Hamlet* sont encore plus claires depuis la publication par U. Carpi d'une nouvelle intitulée *Dialogue entre Hamlet et le prince de Danemark* (cf. note précédente).

2. La Table Ronde, novembre 1958.

passion poussée à l'extrême, violence, m'attirait infiniment[1] ».

Dans le cas de Michel toutefois, l'enjeu est plus important, ce que prouve la référence à Hamlet : non seulement il doit agir mais son action doit redonner un sens à un monde qui l'a perdu et s'englue dans une sordide routine. Léo est l'incarnation typique de ce que Lévy-Strauss appelle le « séducteur », personnage qui sape l'ordre familial conçu comme cellule de base de l'ordre social, personnage qui abolit les rôles pour ne laisser subsister que des rapports de force on notera d'ailleurs que Léo est le seul à ne pas avoir de monde imaginaire qui aille au-delà de l'action qu'il entend immédiatement accomplir (par exemple coucher avec Carla) ; il est parfaitement à l'aise dans les rapports *réels* qui régissent ce monde, l'argent et le sexe, et n'a guère besoin de fantasmes. Le meurtre de Léo serait donc aussi — et sans doute avant tout — un geste symbolique qui restaurerait le pouvoir de la conscience ; l'avènement de la tragédie serait un moyen d'échapper à l'insignifiance quotidienne, de faire que l'enchaînement des événements et des actions corresponde à un ordre culturel et moral.

Behaviourisme. C'est à un même besoin de montrer ce que font les personnages, et du coup de les forcer à faire « quelque chose », qu'obéit la technique narrative de Moravia, souvent influencée par le cinéma. Le cinéma est déjà présent dans les jeux d'ombres et de lumières qui découpent l'espace ou morcellent les corps, effets qui rappellent nettement le cinéma de l'entre-deux-guerres (« L'unique lampe allumée éclairait les genoux de

1. *L'Uomo come fine*, Milan, Bompiani, 1964, p. 63.

Léo, assis sur le divan, le reste du salon était plongé dans une obscurité grise ») ou dans les descriptions de rues la nuit ; mais il doit surtout au septième art de considérer que n'existe que ce qui apparaît, ce qu'on peut montrer ; l'essentiel doit se révéler dans les gestes ou sur les visages.

« Carla entra » : cette première phrase désormais célèbre du roman est indicative d'une attitude, si on la compare à d'autres débuts célèbres : « Longtemps, je me suis couché de bonne heure » (*Un amour de Swann*) ou « La petite ville de Verrières peut passer pour une des plus jolies de la Franche-Comté » (*Le Rouge et le Noir*). Moravia écarte la plongée dans la mémoire, l'évocation du passé (nous ne savons pratiquement rien du passé des Ardengo ou de Léo), comme s'ils ne pouvaient être d'aucun secours devant l'urgence de l'action ou comme s'ils risquaient de fournir un alibi à ses personnages ; en 1941, il s'emporte contre les excès d'une littérature de la mémoire, modelée sur l'exemple de Proust, et il prend parti pour une littérature « dramatique [1] ».

De même il refuse toute digression explicative à la manière des grands romans du siècle passé. L'important est ce que les personnages font et non pourquoi ils le font ou quelles circonstances les ont conduits à le faire. Carla n'existe que du moment où elle entre dans la pièce de son pas incertain et nonchalant. Animé par une sorte de behaviourisme, Moravia veut traduire l'action de ses personnages à travers des comportements, des gestes ou des mimiques faciles à visualiser : le visage congestionné de Léo traduit instantanément sa voracité libidineuse, les poses de pintade que prend souvent Marie-Grâce révèlent son autosatisfaction et sa vanité naïve.

1. *Ibid.*, p. 11.

Si le moral doit se traduire au plus vite dans le physique, inversement il est rare qu'un élément matériel retienne l'écrivain s'il ne révèle pas la vérité d'un caractère ou son intentionnalité. Moravia ne cède jamais au plaisir de la description et les détails qu'il nous donne ont toujours pour but de préciser l'attitude d'un personnage ; dès les premières lignes du roman, nous lisons : « elle avait mis un petit costume de lainette marron, avec une jupe si courte que le mouvement qu'elle fit en fermant la porte suffit à la relever d'une bonne largeur de main au-dessus du genou et à découvrir le revers du bas ». La minutie avec laquelle le narrateur fixe un geste de Carla pourrait surprendre si son regard, en ce moment précis, n'était en fait celui de Léo dont l'érotisme en éveil a immédiatement surpris ce léger dévoilement.

Un juge. Il va de soi que Moravia ne se limite pas à ce qui se voit et qu'il intègre à son récit les pensées, les rêves ou les rêveries de ses personnages. La prédominance des comportements, comme ensemble d'attitudes physiques qui peuvent être observées et décrites, dénote toutefois une méfiance envers la labilité des pensées, des sentiments, des intentions, un besoin de vérifier leur consistance ou leur caractère mensonger à travers leur traduction matérielle ; dès lors, même si le narrateur accorde une large place aux fantasmes de ses personnages, il s'impose un va-et-vient entre la pensée et le geste, entre ce qui est dit ou pensé et ce qui est fait, traquant la mauvaise foi consciente ou inconsciente de ses créatures, vérifiant à l'aune des actes concrets la validité des intentions.

Il apparaît alors qu'une observation attentive

révèle les incessantes contradictions entre les comportements sordides ou velléitaires des personnages et les nobles aspirations qui semblent les guider ; ces contradictions sont évidentes pour des personnages comme Lisa ou Marie-Grâce mais frappent aussi les deux adolescents qui semblent pourtant, à première vue, échapper au « marécage » : les fantasmagories de Carla sur une vie de luxe ou de débauche sont démenties par une attitude passive comme son aspiration à un amour pur et romantique est démentie par les pulsions érotiques que les caresses brutales de Léo révèlent. De même, la haine toute cérébrale de Michel pour Léo fond quand ce dernier flatte sa vanité, son irritation devant la corruption de sa famille est minée par la profondeur de son apathie : il veut tuer Léo mais oublie de charger le revolver, lapsus très freudien.

A la charnière de ces plans se tient le narrateur qui ne se comporte pas en observateur neutre mais en juge. Juge à la manière de Michel qui ne perd jamais une occasion de décoder les comportements, de lire l'autocommisération, l'autosatisfaction ou la jalousie dans les sorties de sa mère, la ruse du sexe dans les prétextes que Lisa invente pour l'attirer chez elle. Le narrateur prolonge le regard lucide et sans indulgence de Michel sur le monde qui l'entoure, à ceci près que Michel est à son tour jugé par le narrateur. Cette attitude, sans doute spontanée dans l'écriture de son roman, fut ensuite revendiquée comme un choix conscient par Moravia dans ses articles sur la littérature. Vantant l'extrémisme comme une attitude exemplaire chez un écrivain, comme la recherche sans complaisance de la vérité, cet « ennuyeux vitriol », définissant le personnage non comme « le fruit d'une observation plus ou moins minutieuse et précise », mais comme « la forme du jugement moral », l'écrivain prit parti pour une littérature de combat où le roman, tournant le dos au lyrisme, aux caprices de la fantaisie et aux fastes baroques, devait naître « de la polémique de l'homme contre les hommes et le monde [1] ».

Simulacres. Cette rigoureuse géométrie théâtrale, cet acharnement à se priver des instruments analytiques du romancier au profit de la plasticité des gestes et des images, ne fut pas suffisante à faire naître la tragédie et Moravia le reconnut explicitement : « en écrivant, je m'aperçus que les thèmes traditionnels de la tragédie, et au fond de toute action véritablement tragique, m'échappaient au moment même où j'essayais de les formuler [2] ». Si l'action tragique (entendue, comme le fait Moravia, dans un sens assez général) est la rencontre violente de la plénitude du geste et de la plénitude du sens, il est certain qu'elle ne se réalise jamais dans le roman, mais il est intéressant d'analyser les raisons de cet « échec ». En 1945, Moravia l'explique par le profond matérialisme de la société qu'il décrit, qui rend impossible la tragédie. Cette explication met en vedette le personnage de Michel, incarnation de la conscience morale — celle de l'auteur comme celle de tout humaniste — étouffée par la corruption ambiante et incapable de se ressaisir. Michel veut ordonner la situation confuse dans laquelle il vit par un rituel mais il s'aperçoit qu'un rituel suppose la connivence des participants et que si personne ne veut jouer son rôle, la pièce ne peut avoir lieu.

Cette ombre portée du théâtre tragique se

1. *Ibid.*, p. 76, 22 et 21.
2. *Ibid.*, p. 65.

retrouve avec le personnage d'Œdipe dans un autre roman *L'Attention* ou dans une pièce *Le Dieu Kurt*, mais à chaque fois le narrateur constate que la tragédie ne peut plus se produire. Deux facteurs la détruisent : le mélodrame et l'usure du quotidien. Le mélodrame apparaît comme un sous-produit de la tragédie, le seul qui soit consenti à une époque qui n'a plus la force intérieure de vivre ses valeurs : tant Marie-Grâce que Lisa transfigurent les situations assez sordides dans lesquelles elles vivent par leur imagination mélodramatique où le pathos remplace le drame. Comment par ailleurs appeler autrement que mélodramatiques certaines scènes vécues ou imaginées par Michel : celle où il rencontre une prostituée d'un milieu populaire (chapitre XIII), celle où il rêvasse devant un couple aperçu à l'arrière d'une voiture, figé dans des poses théâtrales qui lui apparaissent comme des modèles de vérité et de force (chapitre VII) ? Ou encore celle où il imagine le procès qui devrait suivre son meurtre de Léo (chapitre XV) ?

Cette dérive mélodramatique, contenue dans *Les Indifférents* par la rigueur de la technique narrative, s'accentue dans *Les Ambitions déçues*, rendant ce roman assez laborieux, et on en retrouve des traces dans presque tous les romans antérieurs aux années 60. L'autre écueil est le train-train quotidien, le rite immuable des repas dans la salle à manger des Ardengo ou des soirées dans le salon, faussement égayées par un récital de Carla au piano que personne n'écoute, ou par une visite imprévue de Lisa ; l'ennui de cette vie, sa monotonie, son caractère constamment répétitif ne peuvent que rendre paradoxal et saugrenu tout éclat « tragique ».

Cet échec théâtral fait des *Indifférents* une réussite romanesque. Personne n'a d'ailleurs jamais douté que ce livre fût essentiellement un roman : le peu de succès qu'a rencontré l'adaptation théâtrale qui en a été tirée par Luigi Squarzina et Moravia lui-même le prouve. Les adaptations à l'écran de Maselli ou de Bolognini se heurtent de leur côté aux traditionnelles limites de la transposition cinématographique d'une œuvre narrative. La pièce et les deux films sont contraints d'éliminer le narrateur dont on mesure alors l'importance : il est la conscience du livre par son attitude morale de juge qui apparaît à chaque page, pour ne pas dire à chaque ligne ; il en est aussi la conscience intellectuelle : instance toute-puissante qui tire les fils de l'intrigue et pénètre les secrets des personnages, il peut se livrer à un implacable jeu de la vérité et du mensonge, il peut démasquer, relever les contradictions et les hypocrisies.

Le recours au théâtre et au cinéma se révèlent alors pour ce qu'ils sont : une technique spécifiquement romanesque. Le poids des gestes accuse l'inconsistance des pensées, la contrainte du théâtre rend manifeste la fausseté des gestes. Le théâtre est, en effet, présent à deux niveaux qui s'annulent l'un l'autre : le théâtre comme obligation d'agir par le biais d'une intrigue resserrée et le théâtre comme extériorité pure ; le théâtre comme réalité et le théâtre comme apparence. Cette contradiction apparaît dans la notion même de rôle : jouer un rôle c'est donner une consistance à une individualité floue et rongée par le quotidien, c'est transfigurer la vie par le dynamisme de l'action, ou c'est revêtir un masque, être constitutivement insincère.

Si les personnages sont incapables d'accéder à cette noble scène où se jouent les rapports psychologiques et sociaux d'une civilisation, ils excellent tous à feindre et à déchiffrer la dissimulation sur le visage de ceux qui les entourent : Carla « joue un rôle faux et ridicule », Marie-Grâce ressemble à un « masque stupide et pathétique », Léo ne cesse de feindre avec une habileté de professionnel et tous ressemblent à des « pantins », des « marionnettes » de bois ou de chiffons. Le revolver non chargé de Michel (semblable au fond à celui dont on se servirait sur une scène) est la meilleure image de ce monde du faux-semblant. On notera ce jeu de simulacres dans les rapports familiaux : Marie-Grâce est la vraie mère de Michel mais elle ne fait état de son statut que pour des raisons qui n'ont rien à voir avec le sentiment maternel, tandis que Lisa qui aspire à séduire Michel lui manifeste des sentiments presque maternels; de la même manière Léo feint avec Carla une attitude paternelle et protectrice mais pour mieux l'attirer vers des rapports qui n'ont rien de paternel, etc.

Indifférence. L'explication proposée par Moravia à l'échec de la tragédie a l'inconvénient d'excepter Michel, et dans une moindre mesure Carla, de la condamnation qui est portée contre un monde : la conscience morale, comme exigence de pureté et de sincérité, semble échapper à la corruption qu'elle dénonce. C'est bien cette illusion que le jeune Michel poursuit quand, à la croisée des chemins, il ne voit pour lui qu'une alternative : s'adapter à la situation, comme on continue d'habiter une maison en ruine qu'on n'a pas les moyens de restaurer, ou : « s'isoler avec quelques idées, quelques sentiments vraiment sentis, quelques personnes vraiment aimées, si c'était possible, et recommencer sur cette base exiguë mais solide une vie conforme à ces principes de sincérité » (chapitre XIII). Le lecteur sent bien pourtant que cette illusion n'est qu'un leurre : la force de ce livre compact est d'être sans issue, le léger malaise qui ne nous quitte jamais à sa lecture tient à l'impression que, par-delà toute condamnation morale, Moravia nous place devant un gouffre qui engloutit tout, les bons comme les mauvais, les purs comme les impurs, les actifs et les inactifs ; nous entrons effectivement dans un « marécage » qui nous donne le sentiment d'un monde hermétiquement clos où tout renvoie vers tout, où il n'y a aucune extériorité, aucune fracture radicale qui créerait une dialectique d'éléments en conflits ; ce sentiment, on peut l'appeler indifférence dans tous les sens de ce mot : apathie, ennui, inattention mais aussi indifférenciation, égalité, identité.

Le titre du roman est déjà un indice : qui est indifférent ? Michel et Carla ? De toute évidence oui, mais pourquoi pas les autres personnages ? A tout prendre, seul Michel est véritablement indifférent, Carla étant plutôt velléitaire ou passive. Les autres titres envisagés avant d'être remplacés par *Les Indifférents* (« Le Marécage », « Cinq personnages et deux jours », « Les Ardengo, Lisa et Merumeci ») font, symboliquement ou matériellement, un même faisceau de tous les personnages. Il est vrai que Marie-Grâce, Léo, Lisa et même Carla semblent poursuivre des buts bien précis avec une fureur ou une frénésie qui n'a pas grand-chose à voir avec l'indifférence ; mais, soit qu'ils frappent par leur aveuglement et leur sujétion à des désirs incontrôlables (Marie-Grâce), soit qu'ils cèdent à leurs impulsions sans se poser de problèmes (Léo), soit qu'ils se montrent trop faibles pour diriger le cours des événements (Carla), ils paraissent portés par leurs pulsions, esclaves de leur libido ou de leur égoïsme, « indifférents » à toute exigence d'ordre, de valeur, de culture.

Reste à déterminer la place de Michel. Sa lucidité qui le rend presque un égal du narrateur et son jeune âge qui le rapproche de l'auteur, en font un protagoniste par excellence : il semblerait extérieur à ce magma où pataugent les autres, mais il ne l'est pas. Il existe effectivement chez Michel une fine frange de conscience qui se ramène au pouvoir de dire avec lucidité ce qu'il en est, d'appeler un chat un chat et de vérifier la solidité d'un monde culturel et moral sur lequel s'appuient encore, formellement du moins, tous les personnages. A ce titre, il échappe à l'hypocrisie ambiante, il joue le rôle d'un « intellectuel » et devient le chef de file des nombreux protagonistes moraviens qui se posent devant le monde pour l'interroger et le comprendre. Toutefois, par son « indifférence », son incapacité à agir qui, objectivement, le conduit en fin de course à s'intégrer définitivement au clan Ardengo-Merumeci, il n'est pas extérieur à ce monde et lui appartient pleinement.

Ouvrons une parenthèse sur le rapport entre Michel et son créateur : Moravia a toujours affirmé qu'il souffrait d'une maladie psychologique qu'il a définie comme ennui ou manque de rapport avec la réalité ; il a rattaché cette apathie — très relative ! — à sa maladie, tour à tour cause et conséquence de l'ennui : la tuberculose qui, le clouant au lit pendant des années, l'a privé de l'activité physique propre à tout adolescent et contraint à ne vivre que par le regard ou l'activité intellectuelle. Cette faculté d'observation l'a mis alors en contact avec une Europe minée par... l'ennui : « c'était comme si je comprenais à travers ma maladie toute l'impossibilité de fond, l'impossibilité à la vie que la culture européenne exprimait. L'impression de *cupio dissolvi* était répandue à tous les niveaux de manière alarmante. C'était une chose dont je souffrais également intensément, condamné que j'étais à l'immobilité [1] ».

Il finit par y avoir une osmose entre celui qui regarde et le monde qu'il regarde (on notera en passant que Moravia a toujours été intrigué par les rapports de fascination qui conduisent à des comportements mimétiques), osmose qui se retrouve chez Michele : ce dernier est certes profondément dégoûté par le monde dans lequel il vit, mais d'un autre côté, il l'exprime, il le reflète : son indifférence, qui n'a pas d'origine pathologique mais est quand même présentée comme une incapacité constitutive, somatise en quelque sorte ce qu'est ce monde, son indifférence à toute différence entre la vérité et le mensonge, la pureté et la corruption. L'intellectuel n'est ainsi jamais totalement extérieur au monde dans lequel il est placé : il le juge d'un côté et, en même temps, il en porte les stigmates.

Cette connivence tient sans doute à la psychologie résolument « culturelle » de Moravia : les « sentiments », les « passions » ne sont pas chez lui des entités autonomes, indépendantes d'une société, d'une culture, d'une histoire, ils sont la trace individuelle de comportements collectifs, de modèles qui imprègnent les individualités et les rendent irrémédiablement solidaires les unes des autres. Les mots qui renvoient à d'autres comportements, d'autres valeurs (héroïsme, pureté, amour), continuent à flotter à la surface de la conscience et la tiennent en éveil, mais ils n'ont plus le pouvoir d'entraîner les choses.

De là sont nés quelques malentendus : après

1. E. Siciliano, *Alberto Moravia*, Milan, Bompiani, 1982, p. 32.

avoir jugé immoral ce roman parce qu'il décrivait une réalité sordide, la critique l'a estimé moral parce qu'une telle dénonciation ne pouvait venir que d'une haute exigence, d'une nostalgie d'un monde plus pur (et c'est effectivement le cas) et alors la question a immédiatement surgi : mais qu'attend le héros pour tout envoyer promener, pour se révolter ? Le problème ne se pose pas dans *Les Indifférents* qui se passent dans un monde sans ouverture aucune sur l'extérieur, mais il s'est posé plus tard, dans *Le Quadrille des masques*, dans *La Belle Romaine* ou dans *La Ciociara* où l'on voit des intellectuels bourgeois trahir leur classe ou se révolter ; à chaque fois cet engagement politique échoue, comme si le personnage ne pouvait s'arracher par un pur acte de volonté à son milieu d'origine. Moravia semble faire preuve d'un déterminisme tel que la « nature », une fois corrompue par l'histoire, ne possède plus de ressource propre pour inventer une nouvelle culture.

Équivalences. Si l'on admet que l'indifférence de Michel n'est que la traduction morale de ce qu'est l'indifférence matérielle du monde dans lequel il vit, on constate alors que Moravia multiplie les fausses oppositions de concepts ou de réalités qui aboutissent à cette notion d'équivalence. Une des plus évidentes est le jeu des ombres et des lumières qui est loin de n'obéir qu'à un esthétisme cinématographique : l'ombre renvoie à l'indifférence car dans l'ombre rien n'existe, tout se fond dans l'indistinction, mais la lumière ne permet pas davantage d'y échapper car elle révèle la perte de réalité du monde et donc une autre forme d'indistinction (« l'habituelle lumière, cette lumière sans illusions et sans espérances, particulièrement quotidienne, usée comme un vieux vêtement... »). C'est dans l'ombre accueillante que l'on cache ce que l'on ne veut pas montrer (« elle ferma les yeux à demi et renversa la tête en arrière, hors de cette lumière, hors de ces discours, dans l'ombre »), c'est quand vient la lumière que l'on se compose une attitude dissimulatrice, c'est dans l'ombre que l'on triche et que l'on trompe, c'est dans la lumière que l'on ruse et que l'on feint. On passe donc de l'irréalité de ce qui est caché par les ténèbres à l'irréalité de qui est caché par la lumière et l'évidente aspiration de Carla ou de Michel au plein jour, en somme à la vérité, est donc toujours frustrée puisque l'ombre est mensongère et que la lumière est trompeuse.

Ce rapport de similitude traduit une équivalence majeure entre la vérité et la fiction : on n'en finirait pas d'énumérer tous les cas où une action s'efforce d'atteindre un but tout en paraissant en poursuivre un autre, où le premier semble le seul vrai alors qu'en fait le second ne l'est pas moins. La scène de séduction entre Lisa et Michel (chapitre V) est un bon exemple de cet enchevêtrement inextricable du vrai et du faux : Lisa, une femme déjà mûre et délaissée par son ancien amant Léo, est troublée par la jeunesse de Michel qu'elle voudrait attirer dans son lit ; de même qu'elle reçoit le jeune homme dans un boudoir délabré qui se veut une charmante bonbonnière, elle entoure cette intrigue assez banale d'un voile de romantisme éthéré ou sentimental qui dicte la suite de petites faussetés par lesquelles elle manifeste son désir. Pourtant, il y a quelque chose de pathétique et de presque attendrissant dans cette nostalgie ingénue d'un grand amour et l'on comprend que Bolognini en ait fait une créature à la recherche de l'authenticité qui finit par se suicider de désespoir (alors que Maselli la traite comme un être dérisoire et grotesque). Tout aussi ambigu est le comportement de Michel qui feint l'excitation tout en s'avouant profondément écœuré par cette mise en scène : c'est tout de même à cette liaison qu'il consentira à la fin du volume ! Comme le note Michel (chapitre XIII), il devient impossible de démêler le vrai du faux : les actions « se valent toutes et s'accumulent, en belles stratifications, sur l'esprit oublié et finalement étouffé ».

Ce rapport ambigu entre réalité et fiction se retrouve dans la régularité presque obsédante avec laquelle le narrateur oppose ce que les personnages voudraient faire et ce qu'ils font en fin de compte. La confrontation permanente du souhait non réalisé et de l'action non souhaitée a pour conséquence de frapper l'un comme l'autre d'inauthenticité : si le personnage ne dit pas un mot alors qu'en fait il veut crier, son désir de crier est rendu mensonger par son silence et inversement son silence devient faux car il ne correspond pas à son aspiration au cri ! L'allusion à Pirandello au tout début du roman n'est dès lors pas innocente : Marie-Grâce évoque *Six Personnages en quête d'auteur* et le roman en comporte cinq qui ne sont pas moins problématiques. Elle avoue aussitôt après s'être beaucoup amusée à la comédie *Le Masque et le visage* : aucune comédie du dramaturge italien ne porte ce titre mais il convient tout à fait au monde de Pirandello comme au roman de Moravia, à ceci près que le masque *est* le visage, à la fois vrai et faux. Par une sorte de parallélisme, le roman s'achève sur le départ pour un bal masqué de Marie Grâce et de Carla, la première déguisée en Espagnole habillée tout de noir, la seconde en Pierrot blanc. Triomphe de la mascarade !

Il existe encore d'autres identités dans le

contraste : pour le décor, on oscille entre la neutralité d'un décor strictement fonctionnel et l'indéchiffrable opacité d'un cadre pesant, poussiéreux, presque visqueux : que l'on songe au début du chapitre II où le romancier peint une nature morte à la Morandi avec une table blanche, du vin rouge, du pain marron et une soupe verte ; la blancheur de la nappe et de la lumière finit néanmoins par éclipser toutes les couleurs et par contraster crûment avec l'ombre dans laquelle s'enfouissent tous les autres objets. Cette dichotomie entre un décor irréel à force d'être transparent et un décor irréel à force d'être opaque se retrouve tout au long de l'œuvre de Moravia et rend la réalité doublement insignifiante.

Quant au climat, il est pris en tenaille entre une tempête qui n'éclate jamais, sauf parfois dans le cœur des personnages ou lorsqu'une rafale de vent s'engouffre dans la maison, et un soleil resplendissant qui ne pointe presque jamais ; au bout du compte, ce qui l'emporte, c'est une grisaille anodine et insincère. Autre aspect du binôme vérité/fiction, les rêves ne sont pas moins réels que ne sont fictifs les gestes accomplis dans la vie quotidienne : dans une curieuse nouvelle, *Cinq rêves,* qui fait également partie des ébauches préparatoires du roman, Moravia décrit ses cinq personnages qui s'abandonnent confiants au sommeil dans l'espoir d'« oublier la réalité » ; c'est en fait leur vie qu'ils retrouvent, plus vraie que vraie, avec leurs aspirations, leurs angoisses et leur comportement.

Solidarités. Il n'y a donc aucune véritable extériorité des personnages les uns par rapport aux autres et cette solidarité est confirmée par les liens profonds qui les enchaînent. Certains sont évidents, comme le rapport amoureux qui lie Marie-Grâce et Léo, même si ce dernier s'y dérobe, de même que le rapport de Lisa et de Léo, même si la première le refuse. L'attirance de Carla pour Léo, sa sujétion, ou du moins l'affleurement d'un certain érotisme (« L'impétuosité, inexperte sans doute mais imprévue, de sa partenaire l'avait épuisé », dit le narrateur de Léo au chapitre X), sont assez perceptibles, de même que le penchant que Michel finit par éprouver pour Lisa au dernier chapitre (« Il observait cette chair rose et blonde, cette poitrine abondante... un grand désir l'envahissait d'oublier, ne fût-ce qu'un instant, sa misère »).

Moins clairs mais non moins forts sont les rapports souterrains qui rattachent Michel à Marie-Grâce et à Léo. Au moment de l'action, c'est-à-dire quand il tente de tuer Léo et que ce dernier parvient à l'immobiliser en lui tordant les poignets, Michel est ainsi décrit par le narrateur : « il avait le sentiment confus que jamais la vie ne lui avait été plus cruelle qu'à cet instant où, brutalement écrasé, il retrouvait un pitoyable désir des anciennes, des lointaines caresses maternelles » (chapitre XV). Singulier fléchissement chez un adolescent qui nous a toujours semblé détester sa mère; comment ne pas rapprocher cette faille de l'importance souterraine que Dacia Maraini, dans son enquête sur *Le Petit Albert*, croit déceler dans les rapports d'Alberto Moravia avec sa mère[1]? Dans cette optique, la scène du bal (chapitre VII) est assez troublante : Michel danse avec sa mère et celle-ci lui reproche d'avoir dansé... comme un voleur. « Il me semble — lui répond Michel — que je devrais plutôt danser

1. *Le Petit Albert*, tr. R. de Ceccatty, Paris, Michel de Maule, 1988.

comme un volé... comme un homme allégé du poids des richesses, toute passion et tout feu. » Par-delà le jeu de mots un peu pataud sur voleur/volé qui doit nous orienter vers Léo, voleur du bien des Ardengo, il y a un aveu faussement enjoué dont Maselli dans son film a tiré un parti intelligent, en montrant Michel en train de danser avec sa mère et de chercher sa tendresse. Ajoutons, enfin, que l'hypothèse d'un lien puissant entre Marie-Grâce et Michel complète la « chaîne » amoureuse qui régit le roman : Lisa tend vers Michel qui tend vers ? / Marie-Grâce qui tend vers Léo qui tend vers Carla !

La haine de Michel pour Léo est minée par une secrète admiration que Moravia nous laisse parfois deviner : « Mais il n'était pas capable de haïr cet homme ; il arrivait tout juste à l'envier » (chapitre II). Une nouvelle antérieure à la publication du roman, intitulée *Dialogue entre Hamlet et le prince de Danemark*, où Hamlet est à l'évidence une sorte de Michel tandis que Claudius annonce Léo, confirme de manière éclatante cette admiration : « quant à mon oncle, c'est un homme très sympathique, bien que je m'efforce de le haïr, je n'en suis pas capable ; c'est un type vraiment intelligent, plein d'astuce et d'énergie ; pour lui penser c'est agir, et au fond c'est le seul de nous tous qui sache gouverner le peuple[1] ». Cette sourde connivence entre le rêveur insatisfait et l'homme cynique et brutal ne cesse de croître et se retrouve dans bien des œuvres de Moravia. Elle est même théorisée dans une pièce de 1969, *La vie est un jeu*, qui met en scène un intellectuel et un patron d'usine, son frère jumeau : « Nous sommes deux personnes en une, nous nous complétons, nous nous intégrons mutuellement. Je ne pourrais

1. U. Carpi, *op. cit.*, p. 701.

pas diriger une usine si tu ne prêchais ici contre moi. Et tu ne pourrais pas prêcher contre moi si je ne dirigeais une usine. Je justifie ton existence et toi la mienne[1] ». Parfaite complémentarité du capitaliste et de l'intellectuel ! Ici la dépendance de Michel est déjà suggérée à la fin du livre où l'on devine que Léo va trouver du travail au jeune garçon, éventuellement en faire son employé.

L'argent, le sexe, la mort. Ce vaste système d'équivalences où tout se vaut n'exclut évidemment pas la présence de réalités plus fondamentales qu'on a vite fait de nommer car elles sont omniprésentes : l'argent et le sexe. Il se passe en effet des choses dans ce roman mais elles sont d'ordre économique et sexuel. Il est clair que Léo va devenir le nouveau propriétaire de la maison des Ardengo qui sont hors d'état de payer leur dette. Il va épouser Carla, la faire vivre, probablement trouver du travail à Michel, et on suppose qu'il ne laissera pas complètement sur la paille Marie-Grâce. En ce sens, le roman est aussi l'histoire d'une maison. On peut imaginer, comme Bolognini, que Léo est un promoteur immobilier et que la maison, située dans un bon quartier de Rome va lui permettre de fructueuses spéculations. En somme le pouvoir et l'argent changent de mains, une nouvelle classe d'entrepreneurs actifs et sans scrupules fait son entrée en scène. L'autre « événement », c'est bien sûr que Carla devient la maîtresse de Léo et Lisa va devenir celle de Michel tandis que Marie-Grâce devra se résigner à vieillir sans amant. C'est à ce dénouement qu'arrive le roman, mais il a été marqué tout du long d'initiatives dont le seul vrai

1. *La vita è gioco*, Milan, Bompiani, 1969.

mobile était le désir sexuel et qui mettaient en jeu tous les personnages.

Le poids des hypocrisies et des mensonges n'est donc pas suffisant pour désagréger l'argent et le sexe, comme il désagrège toutes les conventions bourgeoises, mais il les imprègne, il leur confère une vitalité trouble et repoussante qui en font des forces mais non des valeurs. C'est cette vitalité trouble et néanmoins puissante qui est à la source du personnage de Léo, manifestement le meneur de jeu. Actif et efficace comme ne le sont jamais Michel ou Carla, lucide comme ne le sont jamais Lisa ou Marie-Grâce, il est le seul à avoir une claire conscience de ses buts et une tactique qui leur est parfaitement adaptée, le seul à agir comme il pense (d'où l'inexistence chez lui de ces va-et-vient entre souhaits et actions que nous avons notés chez tous les autres), le seul à feindre pour tromper mais sans se tromper soi-même. C'est un personnage compact, monolithique.

C'est aussi un personnage sinistre et sa victoire a une résonance funèbre que perçoivent nettement les deux adolescents. Tout d'ailleurs dans ce roman a quelque chose de funèbre, comme si l'indifférence annonçait déjà la mort, triomphe de l'indistinction. C'est très exactement « la mort dans l'âme » que Carla s'apprête à épouser Léo et que Michel se résigne à devenir l'amant de Lisa. Dans le roman, cette mort n'est qu'une métaphore de l'esprit « étouffé » dont parle Michel au chapitre XIII, l'esprit qui seul différencie ; dans *Cinq rêves*, une nouvelle que nous avons déjà citée, elle est à la fois métaphore et réalité : Marie-Grâce poursuit Léo et, à un moment de son rêve, « elle comprend qu'elle l'a perdu pour toujours » ; la mort est physique dans le cas de Michel qui

1. U. Carpi, *op. cit.*, p. 702-705.

rêve que sa mère est morte et qu'il ne parvient pas à feindre la douleur; nous revenons à un plan métaphorique avec Carla : celle-ci rêve que sa « nouvelle vie » s'incarne en un objet « brillant et compliqué »; elle fait un mouvement brusque pour échapper à l'étreinte de Léo et l'objet tombe de la table où il se trouvait et se brise : perte irréparable! Léo quant à lui s'aperçoit soudain que la Carla qu'il enlace est un cadavre, mais il décide néanmoins de la posséder. Enfin, Lisa laisse échapper involontairement Michel et ne le retrouve plus. Les cinq protagonistes sont ainsi unis par une notion commune de perte qui oscille entre la mort et une forme métaphorique de la perte.

Un cercle vicieux. Lorsque le livre fut publié, il eut, rappelons-le, un succès de scandale et l'on y vit un brûlot contre la société fasciste. L'aridité, l'égoïsme, le mépris du peuple, l'hypocrisie de cette classe dans les domaines de l'argent et du sexe, semblaient y être représentés avec une acuité dévastatrice. Bien que Moravia se soit défendu d'avoir cherché la satire sociale, cette lecture est tout à fait plausible car elle met en évidence certains traits que Moravia ne cessera, par la suite, de reprocher à la bourgeoisie italienne : ses défauts moraux, son provincialisme culturel qui cache en fait son mépris de la culture comme recherche de l'échange ou comme volonté d'innovation, son « autarcie », ambition du régime fasciste dont Moravia a, sans le chercher sans doute, donné une parfaite image à travers son monde hermétiquement clos.

Il est clair toutefois qu'à ce stade, Moravia écrit d'instinct : il ne construit pas encore le discours idéologique et historique sur la classe dirigeante italienne qu'il échafaudera plus tard et qu'il développera dans certains romans (*Le Quadrille des masques*, *La Ciociara*, *Le Conformiste*, etc.). Sa réaction est pour l'instant celle d'un jeune homme en colère ; la charge de sa rancœur se marque par un violent expressionnisme qu'il est d'autant plus légitime d'évoquer que le courant expressionniste est à peine antérieur au roman. L'excellent film de Maselli choisit la rigueur de la tragédie à huis clos, celui de Bolognini la rutilance du mélo, mais aucun des deux ne rend justice à la violence exacerbée du regard ni ne traduit l'allure grotesque des visages et des corps déformés par le regard du narrateur, comme dans un tableau d'Ensor.

Même dans les œuvres qui suivent *Les Indifférents*, le discours idéologique est toujours légèrement extérieur à la matière romanesque. Prenant au pied de la lettre l'idée que « l'art est intériorité et non extériorité [1] », Moravia comme narrateur n'est pas plus extérieur à ses personnages que Michel ne l'est à ses compagnons. La conscience qu'il pouvait avoir de la crise ne suffit pas à dénouer la crise de la conscience qu'il observe. Il se trouve dans la même situation qu'eux et s'il les juge, c'est moralement, c'est-à-dire avec les mêmes armes que celles dont usent les plus lucides d'entre eux pour se juger. Autrement dit, leur malaise, leur indifférence ou leur ennui apparaissent indépassables.

Là est la force et la faiblesse de l'expérience moravienne : force parce que son analyse met d'autant plus mal à l'aise qu'il n'y a pas solution de continuité entre le personnage et son créateur. C'est là l'existentialisme que Moravia a revendi-

1. *L'Uomo come fine*, p. 66.

qué pour son premier roman et dont il s'est voulu un précurseur, bien avant le Sartre de *La Nausée* ou le Camus de *L'Etranger*. Faiblesse parce que les présupposés culturalistes, dont nous avons déjà parlé, l'enferment dans une sorte de cercle vicieux ou de rapport spéculaire : la civilisation est conçue comme la rencontre mythique, la jonction mystérieuse d'une poussée naturelle et d'une inventivité culturelle (jonction qui se trouve réalisée dans la tragédie). La décadence de la civilisation opère le décrochage de ces deux éléments : privée de culture, la nature apparaît comme trouble ou insignifiante ; privée de nature, la culture est inopérante. La culture n'a pas assez de vitalité pour donner du sens à la nature, la nature n'a pas assez de sens pour engendrer une nouvelle culture. Moravia ne parviendra jamais à sortir véritablement de ce dilemme, même si certains mirages — le peuple ou le sexe pour citer les plus importants — lui paraîtront un temps des voies pour sortir de ce cercle maléfique.

Gilles de VAN.

LES INDIFFÉRENTS

1

Carla entra ; elle avait mis un petit costume de lainette marron, avec une jupe si courte que le mouvement qu'elle fit en fermant la porte suffit à la relever d'une bonne largeur de main au-dessus du genou et à découvrir le revers du bas; mais elle n'eut pas l'air de s'en apercevoir et elle s'avança, d'une démarche à la fois précautionneuse, incertaine et molle, en regardant mystérieusement devant elle. L'unique lampe allumée éclairait les genoux de Léo, assis sur le divan. Le reste du salon était plongé dans une obscurité grise.

— Maman va descendre, dit-elle. Elle est en train de s'habiller.

— Nous l'attendrons ensemble, dit l'homme en se penchant en avant. Viens ici, Carla, mets-toi ici.

Mais Carla faisait la sourde oreille. Les yeux tendus vers ce cercle de lumière, sous l'abat-jour, où quelques bibelots, à la différence des autres objets morts et inconsistants, épars dans l'ombre, affirmaient toutes leurs couleurs et toute leur solidité, elle agitait du bout du doigt la tête mobile d'une porcelaine chinoise : un âne sur lequel était lourdement assis, entre deux paniers, une sorte de Bouddha rustique, un paysan gras et ventru, drapé dans un kimono à fleurs. L'âne hochait la tête, et Carla, les yeux baissés, les lèvres serrées, les joues en feu, s'absorbait tout entière dans cette occupation.

— Tu dînes avec nous ? demanda-t-elle enfin, sans bouger.

— Bien sûr, répondit Léo en allumant une cigarette. Ça t'ennuie ?

Assis sur le divan, le dos courbé, il observait l'enfant avec une attention avide : mollets bien dessinés, ventre plat, un sillon d'ombre entre les gros seins, des bras maigres, des épaules étroites, et cette tête ronde, si pesante sur le cou grêle.

« La belle petite! » pensait-il.

L'ardeur de ses sens, après une trêve de quelques heures, se réveillait; le rouge lui montait aux joues, il aurait voulu crier de désir.

Elle donna encore un coup sur la tête de l'âne.

— As-tu vu comme maman était nerveuse aujourd'hui, au thé ? Tout le monde l'a remarqué.

— Ça la regarde, dit Léo.

Il se pencha encore plus en avant et, sans avoir l'air de rien, il souleva le bord de la jupe :

— Sais-tu que tu as de belles jambes, Carla ?

Et il tourna vers elle une face stupide et excitée, sur laquelle un faux sourire de jovialité n'arrivait pas à se frayer passage. Sans rougir et sans répondre. Carla rabattit son vêtement d'un coup sec.

— Maman est jalouse de toi, dit-elle en le regardant. Voilà pourquoi elle nous rend la vie impossible.

Léo eut un geste qui signifiait : « Est-ce que j'y peux quelque chose ? » Puis il se renversa en arrière sur le divan et croisa les jambes.

— Fais comme moi, dit-il froidement. Quand je vois que l'orage va éclater, je n'ouvre plus la bouche... Alors ça passe et tout est fini.

— Pour toi, tout est fini, dit-elle à voix basse. — Et ce fut comme si les derniers mots de l'homme avaient ranimé en elle une fureur ancienne et aveugle. — Pour toi... mais pour nous... pour moi... — les lèvres tremblantes, les yeux dilatés par la colère, elle se touchait du doigt la poitrine — pour moi qui vis avec elle, ça ne finit jamais.

Un silence.

— Si tu savais, poursuivit-elle de cette même voix sourde où la rancune marquait chaque mot d'un accent bizarre, comme étranger, si tu savais comme c'est opprimant, mesquin, sordide... Quelle existence! Assister tous les jours, tous les jours, tous les jours...

De l'ombre qui remplissait le salon aux trois quarts, le flot mort du ressentiment s'éleva, déferla contre elle, puis disparut, noir et sans écume; elle resta les yeux grands ouverts, le souffle court, muette, sous cette vague de haine.

Ils se regardèrent. « Diable », pensa Léo, un peu stupéfait devant une pareille violence, « c'est sérieux ».

— Une cigarette ? proposa-t-il simplement.

Et il tendit son étui.

Carla accepta et fit un pas de plus vers le divan.

— Ainsi, demanda-t-il en la considérant de bas en haut, vraiment, tu n'en peux plus ?

Il la vit faire oui de la tête. Elle semblait embarrassée par le ton de confidence que prenait leur entretien.

— Eh bien! sais-tu ce qu'on fait quand on n'en peut plus ? On change.

— C'est ce que je finirai par faire!

Il y avait dans ces mots quelque chose de théâtral. Elle les prononça d'ailleurs avec le sentiment de jouer un rôle faux et ridicule. Tel était donc l'homme vers lequel la portait insensiblement la pente de son exaspération ? Elle le regarda:

ni mieux ni plus mal que les autres; mieux même, sans doute, et avec l'avantage d'une fatalité complice, qu'il avait laissée mûrir pendant dix ans. Il avait su attendre, et ce soir, dans ce salon obscur, il tendait son piège.

— Voilà! Change de vie. Viens habiter avec moi.

Elle secoua la tête :

— Tu es fou...

— Crois-moi! — Léo tendit le bras, la saisit par la jupe. — Ta mère, nous lui donnerons congé, nous l'enverrons au diable... et tu auras tout ce que tu voudras, Carla.

Il tirait sur la jupe. Son regard allumé courait de cette face épouvantée et hésitante à ce coin de chair nue qu'on entrevoyait au-dessus du bas. « L'emmener chez moi, pensait-il, la posséder ! » La respiration lui manquait.

— Tout ce que tu voudras; des robes, des tas de robes... des voyages... nous voyagerons ensemble. C'est un vrai péché qu'une belle petite comme toi soit sacrifiée comme tu l'es... Viens habiter chez moi, Carla...

— Mais tout cela est impossible, dit-elle en essayant de lui faire lâcher prise; il y a maman... c'est impossible.

— Nous lui donnerons son congé, répéta Léo en la serrant à la taille; nous l'enverrons au bout du monde. Il est temps que ça finisse... Et tu viendras habiter chez moi, n'est-ce pas ? Chez moi. Je suis ton seul vrai ami, le seul qui te comprenne, qui sache ce que tu veux.

Elle avait peur. Il l'attirait tout près de lui. Des pensées rapides traversaient comme des éclairs la tempête de son désir : « Chez moi... ce qu'elle veut... Je le lui ferai voir, ce qu'elle veut! » Mais il rencontra son regard éperdu et comprit qu'il fallait dire quelque chose de tendre, n'importe quoi, pour la rassurer :

— Carla, mon amour...

Elle fit encore un mouvement pour le repousser, mais elle était sans force, vaincue par une sorte de volonté résignée. Pourquoi repousser Léo ? Cet effort de vertu ne servirait qu'à la rejeter à l'ennui, au dégoût des vieilles habitudes; il lui semblait en outre, par un goût fataliste de symétries morales, que cette aventure presque domestique fût le seul épilogue qui convînt à son existence antérieure. Après, tout serait nouveau. Elle regardait ce visage d'homme, là, tendu vers le sien. « En finir, pensait-elle, jeter tout par terre... » et la tête lui tournait comme si elle allait sauter dans le vide.

Mais, au contraire, elle supplia : « Laisse-moi! » et elle tenta pour la troisième fois de se dégager. Son intention confuse était de repousser Léo et de lui céder ensuite : peut-être pour se donner le temps de mesurer le risque qu'elle affrontait, peut-être par un reste de coquetterie. Elle se débattait vainement; d'une voix faible, anxieuse et découragée, elle murmurait une prière inutile : « Restons bons amis, Léo, veux-tu ? Bons amis comme avant... » Mais dans toute son attitude, dans sa pauvre résistance, dans ce geste de tirer sa jupe pour couvrir ses jambes et se protéger, il y avait une honte, un désarroi, un désordre que le fait d'échapper à Léo et à son étreinte n'aurait pas suffi à abolir.

— Bons amis, répétait Léo d'un ton qui trahissait une sorte de joie, tout ce qu'il y a de plus amis. — Et il tordait dans son poing le petit vêtement de laine. — Amis, amis, Carla!

Il serrait les dents, tous ses sens s'exaltaient au voisinage de ce corps désiré. Il se blottissait au fond du divan pour lui faire place. « Enfin, tu es à moi », pensait-il, et déjà elle inclinait la tête sous la lampe, quand, du fond obscur du salon, le tintement d'une porte vitrée les avertit que quelqu'un entrait dans la pièce.

C'était la mère. Cette présence nouvelle provoqua dans l'attitude de Léo une transformation surprenante. Renversé soudain sur le dossier du divan, les jambes croisées, il regardait Carla avec indifférence. Il fut même assez bon comédien pour lui dire d'un ton important, comme pour conclure un discours commencé :

— Crois-moi, petite, il n'y a rien d'autre à faire.

La mère s'avança. Elle n'avait pas changé de costume, mais elle s'était peignée, peinte et abondamment poudrée. Elle allait vers eux, de son pas mal assuré, et, dans l'ombre, sa face immobile aux traits indécis et aux couleurs vives semblait un masque stupide et pathétique.

— Je vous ai fait attendre ? De quoi parliez-vous ?

Léo, d'un geste large, désigna Carla debout au milieu du salon :

— J'étais justement en train de dire à votre fille que ce soir nous n'avions rien d'autre à faire qu'à rester à la maison.

— Rien d'autre, en vérité, approuva la mère avec une majestueuse autorité, en s'asseyant dans un fauteuil en face de son amant; au cinéma, nous y sommes allés cette après-midi et tout ce qu'on donne dans les théâtres nous l'avons déjà vu... Je n'aurais pas été fâchée d'entendre la compagnie Pirandello dans *Six Personnages*... Mais, franchement, vous ne voudriez pas... c'est une soirée populaire.

— Et puis vous ne perdrez rien, je vous assure, observa Léo.

— Là, vous êtes injuste, protesta mollement la mère. Pirandello a de jolies choses. Comment s'appelait cette comédie que nous avons vue il y a quelque temps ?... Attendez... Ah! oui, *Masque et visage*. Je m'y suis bien amusée.

— Possible, dit Léo en se calant au fond du divan, mais moi je m'y suis ennuyé à mourir.

Les pouces dans les poches de son gilet, il regarda tour à tour les deux femmes.

Debout derrière le fauteuil de sa mère, Carla reçut le choc de ce coup d'œil inexpressif et lourd, et sa stupeur se brisa comme verre. Pour la première fois, elle comprit combien était ancienne, habituelle et toujours semblable à elle-même la scène angoissante qui se déroulait sous ses yeux : sa mère et l'amant de sa mère, assis l'un en face de l'autre, dans les attitudes de la conversation; cette ombre, cette lampe, ces faces immobiles et stupides, et elle, Carla, aimablement appuyée au dos du fauteuil, écoutant et donnant la réplique. « Toujours la même chose, pensa-t-elle; et ce n'est pas près de changer! » Pour ne pas crier, elle abaissa ses mains et là, contre son ventre, elle se les tordit au point de se faire mal aux poignets.

— Nous pouvons d'autant mieux rester chez nous, continua la mère, que la semaine prochaine toutes nos soirées sont prises... Demain, il y a ce thé dansant pour l'Enfance abandonnée... après-demain, le bal masqué du Grand Hôtel...; les autres jours, nous sommes invités à droite et à gauche... Et puis... Oh! Carla, sais-tu qui j'ai vu aujourd'hui ? Mme Ricci. Ce qu'elle a vieilli, c'est extraordinaire... Je l'ai observée avec attention : elle a deux rides profondes qui lui partent des yeux et qui vont jusqu'à la bouche... Et ses cheveux! On ne sait plus de quelle couleur ils sont. Une horreur.

— Elle n'est pas tellement horrible, dit Carla en s'asseyant à côté de Léo.

Une légère et douloureuse impatience la tourmentait comme une piqûre; elle prévoyait que sa mère, par de tortueux détours, arriverait, comme d'habitude, à sa petite scène de jalousie. Quand ? A quel propos ? Elle n'en savait rien. Mais elle était aussi sûre de l'événement que de la succession des jours et des nuits, et cette clairvoyance lui causait une sensation de peur. Il n'y avait pas de remède : tout était immuable, dominé par une mesquine fatalité.

— Elle m'a tenu des discours sans fin, continua la mère. Elle m'a dit qu'ils ont vendu leur vieille voiture pour en acheter une nouvelle, une Fiat. « Vous savez, m'a-t-elle dit, que mon mari est maintenant le bras droit de Paglioni, à la Banque Nationale ?... Paglioni ne peut plus se passer de lui; Paglioni le considère déjà comme son associé. » Paglioni par-ci, Paglioni par-là... Ignoble!

— Pourquoi ignoble ? demanda Léo. Je ne vois pas trop ce qu'il y a d'ignoble là dedans.

— Vous n'ignorez pas, je suppose, dit-elle en le fixant d'un œil aigu, comme pour l'inviter à bien peser ses mots, que Paglioni est son amant?

— Tout le monde le sait, dit Léo, et son regard inerte se posa lourdement sur Carla.

— Et vous savez aussi, insista Marie-Grâce en détachant les syllabes, qu'avant de faire la connaissance de Paglioni les Ricci n'avaient pas un sou et que maintenant ils roulent automobile ?

— Ah! c'est pour ça ? Eh bien! mais quel mal y a-t-il ? Ils se débrouillent comme ils peuvent, ces pauvres gens.

Ce fut comme s'il avait mis le feu à une mine soigneusement préparée :

— Ah! c'est ainsi, dit la mère, écarquillant les yeux de surprise, d'une surprise ironique... Vous justifiez cette femme éhontée qui n'est même pas jolie (c'est un paquet d'os), qui exploite son ami sans scrupules, qui se fait payer des robes, des autos et qui trouve encore le moyen de pousser en avant ce mari dont on ne sait pas s'il est plus intrigant qu'imbécile ?... Donc, ce sont là vos principes? Oh! très bien, mais très bien! Je n'ai plus rien à dire... tout s'explique... évidemment ces femmes-là vous plaisent...

« Nous y sommes », pensa Carla. Un rapide frisson d'impatience parcourut ses membres; elle ferma les yeux à demi et renversa la tête en arrière, hors de cette lumière, hors de ces discours, dans l'ombre.

Léo rit :

— Non, là, bien franchement, ce ne sont pas ces femmes-là qui me plaisent.

Il eut un bref regard cupide vers la jeune fille debout près de lui vers ces seins, vers ces joues en fleur, vers cette jeunesse. Voilà les femmes qui lui plaisaient.

— Vous le dites, insista la mère. Vous la reniez maintenant! Mais qui méprise achète... et quand on est près d'elle, l'autre jour, par exemple, chez les Sidoli, on se prodigue en compliments, on raconte mille fadaises... Allez, allez, je vous connais bien... Savez-vous ce que vous êtes ? Un menteur.

« Nous y sommes », se redit à elle-même Carla. Cette conversation pouvait continuer, elle avait reconnu que son incorrigible vie quotidienne ne changeait pas, et cela lui suffisait. Elle se leva :

— Je vais me mettre un pull-over et je reviens.

Et, sans se retourner, car elle sentait les regards de Léo se coller à son dos comme deux sangsues, elle sortit.

Dans le corridor, elle rencontra Michel.

— Léo est ici ? demanda-t-il.

— Oui.

— Je viens tout droit de chez son administrateur. J'ai appris un tas de belles choses... et d'abord que nous sommes ruinés.

Elle regarda son frère, interdite :

— Qu'est-ce que tu racontes ?

— Je raconte, expliqua tranquillement Michel, que nous devrons céder la villa à Léo en paiement de cette hypothèque et nous en aller, sans un sou, nous faire pendre ailleurs.

Un sourire forcé et pâle erra sur les lèvres du garçon.

— Pourquoi souris-tu ? Tu trouves que c'est drôle ?

— Pourquoi je souris ? Parce que tout cela m'est égal. J'y prends même presque du plaisir.

— Ça n'est pas vrai.

— Bien sûr que c'est vrai.

Et sans ajouter un mot, laissant Carla stupide et vaguement effrayée, il entra dans le salon.

Sa mère et Léo se disputaient encore. Michel eut le temps de percevoir un *tu* qui se transforma en *vous* à son arrivée; il en sourit avec une pitié pleine de dégoût.

— Je crois qu'il est l'heure de se mettre à table, dit-il à sa mère, sans saluer ni même regarder Léo, que cet excès de réserve ne déconcerta nullement.

— Qu'aperçois-je ? s'écria-t-il en effet avec sa jovialité coutumière. Notre Michel ! Viens ici, Michel... Il y a si longtemps que nous ne nous sommes pas vus!

— Pas plus de deux jours.

Il fixait Léo bien en face; il s'efforçait de prendre un air froid, un ton tranchant, mais, au fond, il restait indifférent à tout. Il aurait voulu ajouter : « Et moins nous nous voyons, mieux ça vaut » ou quelque chose d'analogue, mais il manqua de promptitude, ou de sincérité.

— Et, deux jours, tu trouves que ce n'est rien! s'exclama Léo. On peut faire tant de choses en deux jours.

Il se pencha, et sa large figure triomphante apparut en pleine lumière.

— Hé, hé! tu as un joli costume. Qui te l'a fait ?

C'était un complet bleu, bien coupé, mais très usé. Il devait le lui avoir vu sur le dos plus de cent fois; mais, touché par cet appel direct à sa vanité, Michel oublia à l'instant toutes ses résolutions de haine et de froideur.

— Tu trouves ? demanda-t-il en dissimulant mal un sourire satisfait. C'est un vieux costume. Il y a un temps infini que je le porte. C'est Nino qui me l'a coupé.

Instinctivement, il fit demi-tour et présenta son dos, tirant son veston par les bords pour qu'il adhérât bien au torse. Il se vit dans la glace de Venise suspendue au mur. La coupe était parfaite, c'était indéniable, mais son attitude lui parut empreinte de ridicule et de morne stupidité, semblable à celle de ces mannequins exposés dans les vitrines, le prix épinglé sur l'estomac. Une légère inquiétude l'effleura.

— Bien, très bien, bonne qualité!

Léo, le buste en avant, palpait l'étoffe. Puis il se redressa :

— Quel garçon étonnant, notre Michel, dit-il en lui donnant une tape sur le bras; toujours impeccable, toujours occupé à se divertir... et jamais il ne pense à quoi que ce soit!

Au ton de ces paroles et au sourire qui les accompagnait, Michel comprit un peu tard que l'astucieuse flatterie de Léo ne tendait qu'à cette dérision. Où donc étaient l'indignation, le ressentiment qu'il s'était figuré éprouver en présence de son ennemi ? Ailleurs, bien loin, dans les limbes de ses intentions. Odieusement embarrassé et ne sachant comment quitter la pose, il regardait sa mère.

— Tu as eu tort de ne pas rester avec nous aujourd'hui, dit-elle; nous avons vu un film magnifique.

— Ah oui ? fit le garçon.

Puis, se tournant vers l'homme, il commença de la voix la plus dure et la plus sèche qu'il put :

— Léo, je suis allé chez ton administrateur...

Mais l'autre, d'un geste net de la main, l'interrompit :

— Pas maintenant... J'ai saisi... nous parlerons de cela plus tard... après dîner. Chaque chose en son temps.

— Comme tu voudras, répondit Michel avec une mansuétude instinctive.

Aussitôt il se rendit compte qu'il venait encore de s'en laisser imposer. « Il fallait dire : tout de suite! pensa-t-il; entamer la discussion, parler haut. Il n'y avait pas d'autre attitude à prendre! » C'était à hurler de rage. En quelques minutes, Léo avait trouvé le moyen de le faire tomber par deux fois dans les deux misérables ornières de la vanité et de l'indifférence.

Sa mère et Léo s'étaient levés.

— J'ai faim, disait Léo en boutonnant sa jaquette, j'ai une faim...

La femme riait. Michel suivit. Il tâchait de secouer par un peu de colère sa pensée distraite : « Après dîner, se disait-il, tu ne t'en tireras pas à si bon compte! »

Tous trois s'arrêtèrent à la porte, et Léo s'effaça devant Marie-Grâce :

— Je vous en prie...

L'homme et le garçon restaient nez à nez :

— Allons, allons... Je n'en ferai rien, dit Léo, affectueux et courtois, en lui posant la main sur l'épaule. Cédons le pas au maître de maison!

D'un geste paternel, avec un sourire si amical

qu'il en semblait ironique, il poussa Michel doucement. Et Michel, sans une ombre de colère, songeait : « Le maître de maison, elle est bien bonne!... Le maître de maison, c'est toi. » Mais il ne dit rien et passa, derrière sa mère, dans le corridor.

II

Sous le lustre à trois branches, le bloc blanc de la table scintillait de menus éclats de lumière — porte-couteaux, verres et carafes — comme un bloc de marbre à peine éraflé par le ciseau. Il y avait des taches : le vin était rouge, le pain marron, une soupe verte fumait au fond des assiettes creuses; mais une blancheur triomphante les abolissait et semblait régner seule entre les quatre murs où, par contraste, meubles et tableaux se confondaient dans la même ombre noire. Déjà assise à sa place, l'œil fixe et étonné, Carla les attendait sans impatience.

La mère entra d'abord. La tête tournée vers Léo qui la suivait, elle déclarait d'une voix vibrante et railleuse :

— On ne vit pas pour manger, on mange pour vivre... Mais vous, vous faites le contraire... Tant mieux pour vous!

— Mais non, mais non, répondit Léo, entrant à son tour ; et il toucha d'un geste désabusé, par curiosité pure, le radiateur à peine tiède... Vous m'avez mal compris. J'ai dit que, lorsqu'on fait quelque chose, il ne faut penser à rien autre. Par exemple, quand je travaille, je ne pense qu'à mon travail; quand je mange, je ne pense qu'à manger, et ainsi du reste... Et alors tout va bien.

Michel, qui fermait la marche, avait envie de lui dire : « Et quand tu voles les gens ? » Mais il n'était pas capable de haïr cet homme; il arrivait tout juste à l'envier. « Au fond il a raison, pensa-t-il en s'asseyant; je réfléchis trop. »

— Tant mieux pour vous, répéta la mère, sarcastique. Pour moi, au contraire, tout va mal.

Elle s'assit, prit un air de dignité morose et, les yeux baissés, agita sa soupe avec sa cuiller pour la refroidir.

— Pour vous tout va mal ? Et comment cela ? A votre place, je ne me trouverais pas à plaindre : une fille délicieuse... un fils intelligent et donnant les meilleures espérances... une belle maison... Que peut-on désirer de plus ?

— Oh ! vous me comprenez à demi-mot, je pense, dit la mère avec un soupir étouffé.

— Moi ? Non. Au risque de passer pour imbécile, j'avoue que je ne comprends rien.

La soupe était finie. Léo posa sa cuiller.

— Et, d'ailleurs, vous êtes tous mécontents, vous autres. Ne croyez pas que vous êtes la seule, chère madame. Voulez-vous que nous fassions une expérience ? Toi, Carla, es-tu contente de ton sort ? Réponds franchement.

L'enfant leva les yeux. Cet esprit jovial et faussement bonhomme irritait son impatience : c'était donc là la table de famille où elle s'asseyait chaque soir; les propos habituels, les choses habituelles, plus fortes que le temps, et surtout l'habituelle lumière, cette lumière sans illusions et sans espérances, particulièrement quotidienne, usée comme l'étoffe d'un vieux vêtement et si inséparable de leurs personnes que parfois, en l'allumant soudain sur la table vide, elle avait eu l'impression de voir surgir leurs quatre visages — sa mère, son frère, Léo et elle-même — suspendus dans ce triste halo.

C'étaient là proprement les objets de son ennui, et il fallait que Léo vînt la piquer juste à ce point sensible où son âme lui faisait mal. Elle sut se contenir :

— Le fait est que les choses pourraient aller mieux, admit-elle.

Et elle baissa de nouveau la tête.

— Eh bien ? s'écria Léo, triomphant. J'en étais sûr. Et ce n'est pas tout... Je suis persuadé que Michel aussi... Voyons, Michel, je parie que rien ne va à ton idée ?

Michel le regarda avant de répondre. « Voilà, pensait-il, ce serait le moment de lui dire son fait, de l'insulter, de faire naître une belle dispute, de rompre avec lui et d'en finir. » Mais le cœur n'y était pas. Calme mortel, indifférence, ironie.

— Tu ne voudrais pas cesser ce petit jeu ? dit-il tranquillement. Comment vont les choses, tu le sais mieux que moi.

— Ah ! le finaud, ah! le grand rusé! s'écria Léo. Tu ne veux pas répondre, tu tournes la difficulté... Mais il est clair comme le jour que tu es mécontent, toi aussi, autrement nous ne verrions pas cette face de carême...

La femme de chambre lui présentait le plat; il s'interrompit pour se servir. Puis :

— Et moi, mesdames et messieurs, tout au contraire, je tiens à vous déclarer qu'en ce qui me concerne tout va bien et même très bien, que je suis archicontent et archisatisfait, et que, si je devais jamais renaître, je voudrais renaître comme je suis, dans la peau et sous le nom de Léo Merumeci.

— Homme heureux! s'exclama Michel, ironique. Au moins, enseigne-nous ta méthode.

— Ma méthode! répéta l'autre, la bouche pleine. Eh bien! vous n'avez qu'à me regarder!... Mais voulez-vous savoir, vous autres, pourquoi vous n'êtes pas comme moi ?

— Oui, pourquoi ?

— Parce que vous vous tourmentez pour des choses qui n'en valent pas la peine.

Il s'arrêta pour boire, et il y eut une minute de silence. Les trois autres, Michel, Carla et Marie-Grâce, se sentaient atteints dans leur amour-propre. Michel se disait : « Je voudrais bien te voir à ma place. » Carla pensait à sa vie toujours la même, aux embûches de cet homme : elle avait de bonnes raisons d'être malheureuse. Mais ce fut la mère, impulsive et loquace, qui parla pour tous les trois. La haute estime en laquelle elle se tenait lui rendait cruel autant qu'une trahison d'être mise au même niveau que son fils et sa fille sous prétexte d'une prétendue tendance générale au mécontentement :

— Comme vous voudrez, dit-elle; mais quant à moi, mon cher, j'ai bien sujet de n'être pas satisfaite.

Elle avait la voix mauvaise de quelqu'un qui cherche dispute. Mais Léo, toujours tranquille :

— Je n'en doute pas.

— Nous n'en doutons pas, confirma Michel.

— Je ne suis plus une enfant comme Carla, reprit-elle avec aigreur. Je suis une femme instruite par l'expérience. Une femme qui a connu la douleur... oh! oui, bien des douleurs! (Elle s'excitait en parlant.) Une femme qui a traversé bien des difficultés, qui a souffert et qui, malgré cela, a toujours su garder intacte sa dignité et se montrer supérieure à tout et à tous. Oui, mon cher Merumeci, à tous, y compris vous-même!

— Loin de moi la pensée... commença Léo.

Tous comprenaient maintenant que la jalousie de Marie-Grâce s'était trouvée un chemin et qu'elle le parcourrait jusqu'au bout. Tous prévoyaient avec dégoût et lassitude la mesquine tempête qui s'amoncelait sous la lumière de la lampe.

— Quant à vous, mon cher, continua la mère en fixant son amant de ses yeux égarés, vous venez de parler très à la légère... Sans doute m'avez-vous prise pour une de vos élégantes amies, pour une de ces femmes peu chargées de scrupules, qui ne songent qu'à se divertir et à tuer le temps de leur mieux, un jour avec l'un, un jour avec l'autre... Vous vous êtes trompé, mon cher... je crois n'avoir rien, oh! mais absolument rien de commun avec ces créatures...

— Je n'ai fait aucune allusion...

— Je suis une femme, continua Marie-Grâce avec une croissante exaltation, qui pourrait vous enseigner à vivre, à vous et à bon nombre de vos pareils, mais qui a la rare délicatesse, ou la sottise, de ne pas se pousser au premier rang, de parler peu d'elle-même et, par conséquent, de rester toujours méconnue et incomprise... Mais ce n'est pas une raison — ici sa voix atteignit le diapason le plus haut — ce n'est pas une raison, parce que je suis trop bonne, trop discrète, trop généreuse, ce n'est pas une raison, je le répète, pour qu'on me refuse le droit de n'être pas insultée à tout instant et par n'importe qui...

Après un dernier regard foudroyant à l'adresse de Léo, elle baissa les yeux et se mit, machinalement, à changer de place tous les objets à portée de sa main.

La plus grande consternation était peinte sur tous les visages.

— Je n'ai jamais eu le dessein de vous insulter, dit Léo avec calme. J'ai simplement dit que le seul d'entre nous qui ne fût pas mécontent, c'était moi.

— Bien sûr, répondit la mère, perfidement

allusive, on comprend sans peine que vous ne soyez pas mécontent.

— Voyons, maman, intervint Carla, il n'a rien dit qui ressemble à une insulte.

Elle se sentait envahir par le désespoir. « En finir! » pensait-elle en regardant sa mère, cette mère puérile et mûre qui, tête basse, ruminait sa jalousie. « En finir avec tout cela, changer à tout prix! » Des résolutions absurdes lui traversaient la cervelle : s'en aller, disparaître, se perdre dans le monde, se résorber dans l'air. Elle se rappela les paroles intéressées de Léo : « Tu as besoin d'un homme comme moi. » C'était la fin... Lui ou un autre... La fin de sa patience. Ses tristes yeux allaient de sa mère à Léo. Ils étaient là les visages de sa vie : durs, pétrifiés, obtus. Alors elle ramena son regard vers son assiette où se refroidissait une sauce figée.

— Toi, ordonna Marie-Grâce, tais-toi. Tu ne peux pas comprendre.

— Eh! chère amie, protesta Léo, moi non plus je ne comprends pas.

— Vous, dit la mère en appuyant sur chaque mot et en levant les sourcils, vous ne comprenez que trop.

— Possible, accorda Léo — et il haussa les épaules.

— Mais taisez-vous, taisez-vous donc! Il est préférable que vous ne disiez rien. A votre place, j'essaierais de me faire oublier, de disparaître.

Un silence. La femme de chambre entra et enleva les assiettes. « Voilà, pensa Michel en voyant le visage irrité de sa mère se détendre peu à peu, l'orage est passé, le beau temps revient. » Il leva la tête :

— Je demande la parole, dit-il sans la moindre gaîté. L'incident est-il clos ?

— Tout ce qu'il y a de plus clos, répondit Léo

avec assurance. Ta mère et moi, nous sommes réconciliés.

Il se tourna vers Marie-Grâce :

— N'est-ce pas, madame ?

Un sourire pathétique hésitait sur la face peinte de la femme; elle reconnaissait cette voix et ce ton insinuant des temps meilleurs, du temps où elle était jeune encore et où son amant lui était fidèle. Avec une mutinerie espiègle, elle se mit à examiner ses mains :

— Croyez-vous, Merumeci, qu'il soit si facile de pardonner ?

La scène tournait au sentiment. Carla frémit, Michel eut un sourire de mépris. « Bon, pensa-t-il, nous y voilà. Embrassez-vous et qu'on n'en parle plus.

— Pardonner, prononça Léo avec une gravité bouffonne, est le devoir de tout bon chrétien.

Et, en disant cela, il pensait : « Le diable l'emporte! Heureusement il y a la fille pour me dédommager de la mère. » Il regarda la petite du coin de l'œil sans remuer la tête : sensuelle; plus que sa mère; prête à céder, bien sûr; après dîner il tenterait sa chance : battre le fer pendant qu'il est chaud; ne pas remettre au lendemain.

— Alors, dit Marie-Grâce, complètement rassérénée, soyons chrétiens et pardonnons.

Le sourire jusque-là réprimé s'épanouit, découvrant deux rangées de dents d'une blancheur douteuse. Tout le corps satisfait palpita.

— Et à propos, ajouta-t-elle, dans un soudain élan d'amour maternel, n'oublions pas que demain c'est l'anniversaire de notre Carla.

— On ne fête plus les anniversaires, maman...

— Eh bien! nous, nous fêterons le tien, dit la mère avec majesté. Et vous, Merumeci, considérez-vous comme invité demain à midi.

Léo fit une espèce de plongeon sur la table :

— Très touché. Merci, chère madame.

Puis, se tournant vers Carla :

— Quel âge ? demanda-t-il.

Ils se regardèrent. La mère, assise en face de la fille, leva deux doigts et indiqua des lèvres le mot « vingt ». Carla comprit, hésita, mais un vent de cruauté dévasta son âme. « Elle veut que je me rajeunisse pour ne pas la vieillir », pensait-elle, et, sans égard à cette muette injonction :

— Vingt-quatre, répondit-elle.

Une ombre de déception passa sur le visage de Marie-Grâce.

— Si vieille ? s'exclama Léo d'un ton surpris et moqueur.

— Mais oui, si vieille, répéta Carla.

— Tu n'aurais pas dû le dire, gronda sa mère — et l'orange aigre qu'elle mangeait accentuait l'acidité de son expression. — On n'a jamais que l'âge qu'on paraît... et tu ne portes pas plus de dix-neuf ans.

Elle avala sa dernière tranche d'orange. Le dîner était fini. Léo tira son étui à cigarettes et le tendit à la ronde; de minces colonnes de fumée bleue s'élevèrent de la table en désordre. Tous quatre demeurèrent un moment immobiles à se regarder dans les yeux. Puis la mère se leva :

— Passons au salon, dit-elle.

Et tous quatre, l'un derrière l'autre, sortirent de la salle à manger.

III

QUELQUES pas dans le corridor. Petit trajet, mais lourde angoisse. Carla regardait par terre, songeant vaguement que ce passage quotidien devait avoir usé la trame du vieux tapis qui cachait le dallage, et que les miroirs ovales suspendus aux cloisons devaient garder la trace de leurs figures qu'ils reflétaient plusieurs fois par jour depuis des années — oh! à peine un instant chaque fois, le temps, pour sa mère et elle, de vérifier si leur rouge était bien mis et, pour Michel, d'examiner son nœud de cravate. Dans ce corridor, l'ennui et l'habitude étaient aux aguets, et chacun, au passage, recevait leurs traits empoisonnés. Tout était immuable : le tapis, la lumière, les glaces, la porte vitrée du vestibule à gauche, la cage sombre de l'escalier à droite; et tout se répétait : Michel s'arrêtait, allumait sa cigarette, soufflait son allumette; la mère, avec complaisance, demandait à son amant : « J'ai la figure fatiguée, ce soir, n'est-ce pas ? » et Léo, indifférent, la cigarette à la bouche, répondait : « Mais pas du tout! Je ne vous ai jamais vue si brillante. » Désolante monotonie.

Ils entrèrent dans le salon — une pièce rectangulaire, obscure et froide, qu'une sorte d'arc divisait en deux parties inégales — et ils allèrent s'asseoir dans l'angle opposé à la porte. Des tentures de velours sombre masquaient les fenêtres fermées; il n'y avait pas de lustre, mais simplement des appliques en forme de candélabres, fixées aux murs, à égale distance l'une de l'autre. Trois de ces appliques, allumées, répandaient une lumière avare dans la plus petite moitié du salon; l'autre restait plongée dans une ombre noire où l'on distinguait à grand'peine les reflets des glaces et la forme allongée du piano.

Personne n'ouvrit la bouche d'un moment; Léo fumait avec componction, la mère considérait avec une dignité triste ses mains aux ongles polis comme l'émail, Carla, presque accroupie, cherchait à allumer la lampe d'angle, et Michel regardait Léo. Puis la lampe s'alluma, Carla s'assit et Michel prit la parole :

— Je suis allé chez l'administrateur de Léo, qui m'a tenu des discours sans fin... Le plus clair de l'affaire, c'est que, paraît-il, notre hypothèque expire dans une semaine et que, le jour de l'échéance, il faudra décamper et vendre la villa pour payer M. Merumeci...

La mère ouvrit tout grands les yeux :

— Mais cet homme ne sait pas ce qu'il dit; il a pris cela sous son bonnet... Je vous l'ai toujours dit qu'il était mal disposé à notre égard.

Un silence. Puis Léo, sans lever les yeux :

— Cet homme dit la vérité.

Tous le regardèrent.

— Mais voyons, Merumeci, supplia Marie-Grâce en joignant les mains, vous n'allez pas nous mettre ainsi à la rue?... accordez-nous un délai...

— Je vous en ai déjà accordé deux. C'est suffisant... d'autant plus qu'un délai ne servirait à rien : la vente n'en serait que retardée... elle est inévitable.

— Comment, inévitable ? demanda la mère.

Léo se décida à lever la tête :

— Je m'explique : à moins que vous ne réussissiez à réunir huit cent mille lires, je ne vois pas comment vous pourrez vous acquitter autrement qu'en vendant la maison.

La mère comprit ; une vaste peur s'ouvrit devant ses yeux comme un gouffre ; elle pâlit, regarda son amant. Mais Léo, tout absorbé dans la contemplation de son cigare, n'eut pas un geste pour la rassurer.

— En d'autres termes, dit Carla, il faudra que nous quittions cette maison pour aller habiter un petit appartement ?

— C'est cela même, répondit Michel.

Silence. La peur de Marie-Grâce prenait des proportions gigantesques. Elle n'avait jamais rien voulu savoir des pauvres, elle n'avait jamais voulu en entendre parler, elle s'était toujours refusé à admettre l'existence de gens astreints à un travail pénible et à une vie misérable. Le peuple ? Elle se contentait de dire : « Ils sont plus heureux que nous. Nous avons plus de sensibilité qu'eux, plus d'intelligence, donc nous souffrons davantage... » Et voici que soudain elle serait forcée de se mêler à eux, de grossir leur foule ? Ce sentiment de répugnance, d'humiliation et de peur qu'elle avait éprouvé un jour en passant, dans une automobile très basse, à travers une foule menaçante et malpropre de grévistes, revenait l'opprimer. Plus encore que les désagréments et les privations qui allaient être son lot, ce qui l'atterrait, c'était la perspective de hontes cuisantes. Que penserait-on d'elle ? Que dirait-on d'elle dans la société riche et élégante qu'elle fréquentait ? Elle se voyait pauvre, voilà... pauvre et seule, avec ses deux enfants, sans amis, sans relations, car tout le monde l'abandonnerait. Plus de plaisirs, de bals, de lumières, de conversations ni de fêtes. Obscurité complète, obscurité nue.

Sa pâleur augmentait. « Il faudrait, pensait-elle, s'accrochant à l'idée de la séduction, que je pusse lui parler seule à seul, sans Carla et sans Michel... il comprendrait. » Elle se tourna vers son amant :

— Merumeci, proposa-t-elle d'un air vague, accordez-nous encore un délai et, d'une manière ou d'une autre, nous trouverons l'argent.

— Et comment ? demanda l'homme avec un demi-sourire ironique.

— Les banques... risqua la mère.

Léo se mit à rire.

— Oh! les banques!

Il se pencha pour la regarder en face.

— Les banques, articula-t-il, ne prêtent d'argent que contre des garanties sûres, et aujourd'hui l'argent est si rare qu'elles ne prêtent plus du tout... D'ailleurs, même si elles prêtaient, quelles garanties auriez-vous à offrir, chère madame ?

— Le raisonnement ne fait pas un pli, observa Michel.

Il aurait voulu se passionner. C'était pour la famille une question vitale : « Voyons, se disait-il, c'est notre existence qui est en jeu... D'un moment à l'autre, nous pouvons être réduits à n'avoir plus que juste de quoi manger. » Mais, en dépit de ses efforts pour s'échauffer un peu, il restait de glace, il demeurait étranger à cette ruine. C'était comme s'il eût assisté à une noyade sans lever le doigt.

La mère ne le prenait pas ainsi.

— Accordez-nous un délai, dit-elle fièrement, le buste redressé et en détachant les syllabes, et vous pouvez être sûr que vous aurez votre argent au jour de l'échéance. Jusqu'au dernier centime, n'en doutez pas.

Léo rit doucement :

— Je n'en doute pas... Mais, alors, à quoi bon un délai ? Les moyens que vous mettrez en œuvre dans un mois ou dans un an, pourquoi ne pas les employer dès aujourd'hui pour me payer tout de suite ?

Cette tête inclinée était si calme et si sagace qu'elle inspirait l'effroi. Marie-Grâce en détourna ses yeux et porta ses regards sur Michel, puis sur Carla. Ils étaient là, ces deux faibles enfants qui allaient avoir à souffrir la pauvreté. Son amour maternel s'exalta :

— Écoutez, Merumeci, commença-t-elle d'une voix persuasive, vous êtes un ami de la famille, et je peux tout vous dire... Il ne s'agit pas de moi, ce n'est pas pour moi que je vous demande ce délai... Moi, je serais prête à aller vivre dans une mansarde. (Elle leva les yeux au ciel.) Dieu sait si je pense à moi... seulement j'ai Carla à marier... et vous connaissez les gens... le jour même où nous quitterions cette villa pour aller vivre dans un petit logement, tout le monde nous tournerait le dos... le monde est ainsi fait... et alors, vous voyez d'ici le mariage de ma fille ?

— Votre fille est belle, dit Léo avec un sérieux bien joué. Elle trouvera toujours des prétendants.

Il regarda Carla et lui adressa un petit signe amical; mais une rage contenue et profonde la possédait. Elle avait envie de crier à sa mère : « Et comment veux-tu que je trouve un mari tant que cet homme sera chez nous et que vous serez, lui et toi, dans les termes où vous êtes ? » Elle se sentait offensée, humiliée par la désinvolture avec laquelle sa mère, qui habituellement ne prenait aucun souci d'elle, la mettait en avant comme un argument favorable à ses desseins. Il fallait en finir. Elle se donnerait à Léo, et alors personne ne songerait plus à la demander en mariage. Elle regarda sa mère dans les yeux :

— Ne t'inquiète pas de moi, maman, dit-elle d'un ton ferme. Je suis tout à fait en dehors de cette affaire et je tiens à y rester.

A ce moment un rire aigu et faux à faire grincer les dents s'éleva du coin où Michel était assis. La mère se retourna.

— Mais sais-tu, dit le garçon en faisant tout son possible pour donner à sa voix une intonation sarcastique, sais-tu qui sera le premier à nous tourner le dos si nous quittons la villa ? Devine !

— Mon Dieu... Je ne sais pas...

— Léo! s'écria-t-il triomphalement en le désignant du doigt. Notre Léo!

Léo eut un geste de protestation.

— Ah! oui ? Merumeci ? fit la mère, incertaine et impressionnée.

Elle fixait son amant comme pour déchiffrer sur sa figure s'il était oui ou non capable d'une trahison pareille. Puis, dévorée tout à coup d'une flamme amère :

— Mais c'est vrai... bien sûr... Et moi, idiote, qui n'y pensais pas... Bien sûr, Carla, Michel a raison... Le premier qui fera semblant de ne pas nous connaître, après qu'il aura empoché notre argent, bien entendu, ce sera Léo... Inutile de protester, continua-t-elle avec un sourire injurieux, ce n'est pas votre faute; tous les hommes sont les mêmes! J'en jurerais!... Quand il lui arrivera de passer près de moi en compagnie d'une de ses chères amies, si sympathiques, si élégantes, dès qu'il m'apercevra, il tournera la tête de l'autre côté... Mais bien sûr, mon cher, je vois cela d'ici, j'en mettrais ma main au feu.

Elle se tut un instant, prit son plus bel air de victime et conclut :

— Le Christ lui-même n'a-t-il pas été trahi par ses meilleurs amis ?

Submergé par ce flot d'accusations, Léo posa son cigare.

— Toi, dit-il en s'adressant à Michel, tu es un gamin, et c'est pourquoi je ne tiens pas compte de ce que tu as dit. Mais que vous, madame, vous puissiez croire qu'une vente d'immeuble soit pour moi une raison suffisante pour que je tourne le dos à mes amis les plus chers, je ne m'y attendais pas... non, en toute sincérité, j'étais loin de m'y attendre.

Là-dessus, il reprit son cigare.

Michel s'amusait bien. « Quel faux bonhomme ! » pensa-t-il. Mais brusquement il se souvint qu'il était, lui, volé, bafoué, frappé dans sa fortune, outragé dans sa dignité et dans la personne de sa mère. « Oh ! l'injurier ! Provoquer une scène ! » Il comprit qu'il avait laissé échapper, au cours de cette soirée, cent occasions plus favorables, par exemple quand Léo avait refusé le délai. Mais, désormais, il était trop tard.

— Tu ne t'y attendais pas, hein ? dit-il en se renversant dans son fauteuil, jambes croisées — il hésita une seconde, puis, sans bouger d'une ligne : — tu étais loin de t'y attendre ? Canaille !

Tous se retournèrent. La mère surprise, l'homme lentement, en retirant son cigare de sa bouche.

— Qu'est-ce que tu as dit ?

— Je veux dire, expliqua Michel en s'agrippant des deux mains aux bras de son fauteuil, mais sans retrouver dans son indifférence les raisons qui l'avaient poussé à l'insulte, je veux dire que Léo nous a ruinés, que maintenant il fait semblant d'être notre ami et qu'il ne l'est pas.

Silence. Désapprobation.

— Ecoute, Michel, dit Léo en fixant sur le garçon deux yeux parfaitement inexpressifs, tu cherches à créer un incident. Il y a un moment que je m'en suis aperçu. Eh bien! je regrette, mais j'aime autant te dire tout de suite qu'il n'y a rien à faire. Si tu étais un homme, je saurais comment te répondre... seulement tu n'es qu'un enfant irresponsable. Alors ce que tu as de mieux à faire c'est d'aller te mettre au lit et de dormir là-dessus.

Il se tut, reprit son cigare. Puis, brusquement :

— Et tu me dis cela juste au moment où j'allais vous proposer les conditions les plus favorables.

Silence.

— Merumeci a raison, dit la mère. Je ne te comprends pas, Michel. Il ne nous a pas ruinés, il a toujours été notre ami... Pourquoi l'injuries-tu de cette manière ?

« Tu le soutiens, maintenant, pensa Michel, aussi irrité contre lui-même que contre les autres; si tu savais comme je me moque de vos petites affaires! » L'excitation intéressée de sa mère, l'ahurissement de sa sœur, la fourberie de Léo, tout cela lui paraissait ridicule, mais enviable aussi, oui, enviable, parce que tout cela prouvait qu'ils adhéraient, eux trois, aux réalités de ce monde, qu'ils considéraient véritablement le mot « canaille » comme une insulte, tandis que, pour lui, mots, gestes et sentiments n'étaient qu'un jeu de vaines fictions.

Pourtant il ne crut pas devoir s'arrêter en si beau chemin et il proféra sans conviction :

— Ce que j'ai dit est la pure vérité.

Léo, irrité, haussa les épaules et secoua avec violence la cendre de son cigare :

— Tu vas me faire le plaisir, commença-t-il, tu vas me faire le très grand plaisir...

Et déjà Marie-Grâce s'apprêtait à soutenir son amant par un : « Tu as tout à fait tort, Michel! » quand là-bas, à l'autre bout du salon, la porte s'entr'ouvrit, laissant apparaître une tête blonde.

— On peut entrer ?

Tous se retournèrent.

— Oh! Lisa! s'écria Marie-Grâce. Mais entre, entre donc!

La porte s'ouvrit complètement, et Lisa entra. Un manteau bleu enveloppait sa personne replète et descendait jusque sur ses pieds minuscules ; la tête, coiffée d'un chapeau cylindrique, bleu et argent, paraissait encore plus petite qu'elle n'était sur deux fortes épaules, grossies par l'étoffe épaisse ; le manteau était ample et cependant gonflé par une poitrine et des flancs qui y dessinaient leurs florissantes rondeurs; par contre, les extrémités de ce corps étonnaient par leur petitesse et, sous la large cloche du manteau, on distinguait avec stupeur deux chevilles extrêmement fines.

— Je ne dérange pas ? demanda Lisa en s'approchant. Je sais qu'il est tard, mais j'ai dîné tout près d'ici et, comme je passais par votre rue, je n'ai pas résisté à la tentation de venir vous faire une visite.

— Comment peux-tu croire ?... dit la mère. Elle se leva pour aller à sa rencontre. Tu n'ôtes pas ton manteau ?

— Non. Je m'assieds une minute et je me sauve... Voilà, je vais simplement l'ouvrir un peu, pour ne pas avoir trop chaud.

Elle défit sa ceinture et découvrit une robe de soie noire, brillante et ornée de grosses fleurs bleues; puis elle salua à la ronde :

— Bonsoir, Carla... Ah! Merumeci! impossible de ne pas vous trouver dans cette maison... Et Michel ? Comment va Michel ?

Elle s'assit sur le divan à côté de Marie-Grâce.

— Tu as une robe ravissante, dit celle-ci en

touchant l'étoffe. Quelles nouvelles nous apportes-tu ?

— Aucune... mais vous avez tous des figures d'enterrement. Je suis sûre que je vous ai interrompus au milieu d'une discussion.

— Pas du tout, protesta Léo en posant sur Lisa, à travers la fumée de son cigare, un regard mystificateur. La plus franche gaîté n'a pas cessé de régner ici.

— On parlait de choses et d'autres... voilà tout, dit la mère.

Elle tendit à son amie une boîte de cigarettes :

— Tu fumes ?

Michel intervint alors avec son habituel manque d'à propos :

— C'est la vérité même, dit-il en se penchant pour considérer Lisa avec attention ; nous étions en train de nous prendre aux cheveux et tu nous as interrompus.

Lisa eut un rire forcé et plein de malice :

— Oh ! fit-elle sans bouger, alors je m'en vais... Pour tout l'or du monde, je ne voudrais pas troubler un conseil de famille.

— Il n'est pas question de cela, protesta la mère. Tu es stupide, Michel !

— Stupide, moi ?

« Eh oui ! pensa-t-il, stupide. Bien sûr, je suis stupide de vouloir à toute force m'intéresser à ce qu'ils font. » Un affreux sentiment de futilité et d'ennui l'opprima. Il jeta un regard circulaire à travers l'ombre hostile du salon. Léo le regardait, lui semblait-il, ironiquement. Un sourire à peine perceptible glissait sur ses lèvres charnues et y dessinait une insulte. Un homme fort, un homme normal, eût réagi à cette muette offense. Mais lui, Michel ? Il ne s'offensait de rien. Il n'éprouvait rien, sinon un sentiment avilissant de sa propre supériorité, joint à une compassion méprisante.

Il résolut pourtant d'aller contre sa propre nature et de tenir tête. Aussi se tourna-t-il vers Léo et prononça-t-il d'une voix incolore :

— Il n'y a pas de quoi sourire.

— Moi ? Parole d'honneur... commença Léo en feignant la plus profonde stupéfaction.

— Écoute, reprit Michel en haussant la voix avec un effort pénible.

C'était la bonne méthode pour se disputer. Il se rappelait avoir assisté, dans un tramway, à une altercation entre deux messieurs également gros et importants; chacun des deux, après avoir pris à témoin les personnes présentes, mis en avant sa propre respectabilité, sa profession, ses blessures de guerre et en général tous les arguments susceptibles d'émouvoir le public, avait fini, pour couvrir la voix de son adversaire, par hurler franchement et par arriver ainsi à un certain degré de colère authentique. Il n'avait qu'à en faire autant :

— Écoute... ne t'imagine pas que je ne serais pas capable de répéter devant Lisa ce que je t'ai dit tout à l'heure... Tiens, vois-tu ? je le répète : Canaille !

Tous le regardèrent. Marie-Grâce, indignée, éclata :

— Mais, à la fin du compte... !

Lisa observait Michel avec curiosité.

— Que s'est-il donc passé ? demanda-t-elle.

Léo, lui, ne bougea pas. Il ne semblait pas atteint par l'injure. Il eut seulement un rire aigu et méprisant :

— Ah! dit-il, elle est bien bonne! Maintenant on n'aura même plus le droit de sourire!

Puis, brusquement :

— Tant qu'on plaisante, on plaisante! cria-t-il en émergeant du fond de son fauteuil et en frappant du poing sur la table. Mais la plaisanterie a assez duré. Cela suffit. Ou Michel va me faire des excuses, ou je m'en vais.

Tous comprirent que la chose devenait sérieuse et que le rire de Léo n'avait été que l'éclair livide qui précède la foudre.

— Merumeci a absolument raison, dit la mère.

Son visage était dur, sa voix impérieuse. Elle éprouvait contre son fils une irritation cruelle, car elle craignait que son amant ne saisît cette occasion pour rompre :

— Ta conduite est inqualifiable... Je t'ordonne de faire des excuses.

— Mais je ne comprends pas. Pourquoi Merumeci est-il une canaille ? demanda Lisa avec le désir évident de compliquer les choses.

Seule Carla, dégoûtée jusqu'à l'écœurement, ne disait rien. Elle avait l'impression, à la fin de ce jour, que la marée impitoyable des événements mesquins allait submerger sa patience. Elle fermait à demi les yeux et épiait entre ses cils les visages stupides et irrités des quatre autres.

— Oh, oh! tu me l'ordonnes, fit Michel sans bouger. Et si je refusais d'obéir ?

— Si tu refusais d'obéir, répondit Marie-Grâce, non sans une certaine dignité de reine de théâtre, tu causerais un grand chagrin à ta mère.

Il la regarda un moment avant de répondre. Il se répétait ces derniers mots, qui lui semblaient à la fois ridicules et profonds. « Tout de même, pensait-il, il s'agit de Léo, de son amant... et elle n'hésite pas une seconde à jouer de sa qualité de mère. » Mais cette phrase : « Tu causerais un grand chagrin à ta mère », cette phrase était là, répugnante et irréfutable. Il détourna les yeux de ce masque sentimental et soudain oublia toutes ses belles résolutions de résistance énergique « Au bout du compte, tout m'est indifférent.

Pourquoi ne pas faire des excuses et lui épargner ce fameux chagrin ? »

— Et vous croyez, commença-t-il, que je ne serais pas capable de faire des excuses à Léo ? Si vous saviez à quel point cela m'est égal !

— C'est bien beau à dire, interrompit Marie-Grâce.

— Parfaitement, continua Michel en s'exaltant, je m'en moque à un point que vous ne pouvez pas imaginer ! N'aie pas peur, maman ! Je vais lui faire des excuses, à Léo... Faut-il que je lui baise les pieds ?

— Non, ne fais pas d'excuses, dit alors Lisa, qui avait suivi toute la scène avec la plus grande attention.

Tous se tournèrent vers elle.

— Je te remercie, Lisa, fit Marie-Grâce, de plus en plus dans son rôle de reine outragée, oui, vraiment, je te remercie d'exciter mon fils contre moi.

— Je n'excite pas ton fils contre toi, répondit Lisa tranquillement. Mais il me semble que l'affaire ne vaut pas la peine...

Léo la regarda de travers :

— Il ne me plaît pas d'être traité ainsi par un gamin, dit-il d'une voix dure. J'ai exigé des excuses et je les aurai.

— Ne serait-il pas préférable d'oublier tout cela et de nous réconcilier ? dit Carla.

— Non, reprit la mère. Merumeci a raison : il faut que Michel lui fasse des excuses.

Michel se leva.

— Je vais lui en faire, n'aie pas peur... Donc, Léo, je te demande pardon de t'avoir insulté — il s'arrêta un instant : comme ces mots humiliants étaient venus facilement à ses lèvres ! — et je te promets que je ne le ferai plus, conclut-il d'une voix tranquille et avec l'indifférence d'un enfant de six ans.

— Ça va bien, ça va bien! fit Léo sans le regarder.

« Imbécile! » avait envie de lui crier Michel en le voyant si sûr de lui, si bien dans la peau de son personnage. Mais Marie-Grâce, en pleine illusion, était entièrement satisfaite :

— Michel est un bon fils, dit-elle avec une tendresse soudaine, Michel a obéi à sa mère.

Le feu de l'humiliation et de la honte, qui n'avait pas brûlé ses joues, tandis qu'il faisait ses excuses à Léo, fut attisé par l'incompréhension maternelle :

— J'ai fait ce que vous avez voulu, dit-il brusquement, et maintenant permettez-moi d'aller me coucher, je suis fatigué.

Il pivota sur lui-même, comme une marionnette, et, sans saluer personne, sortit.

Mais, au moment où il passait dans le vestibule, il s'aperçut que quelqu'un l'y suivait. Il se retourna. C'était Lisa.

— J'étais venue tout exprès, dit-elle, un peu haletante, avec un singulier regard, pour t'avertir que je pourrai, quand tu voudras, te présenter à ce parent à moi... tu sais... Il te trouvera sûrement un emploi, dans sa maison ou ailleurs.

— Je te remercie beaucoup, dit Michel.

— Mais il faut que tu viennes chez moi... pour que vous vous rencontriez.

— Bien. Quand ?

A mesure que Lisa s'embarrassait, il semblait devenir plus calme et plus attentif.

— Demain. Demain matin... Viens de bonne heure. Lui arrivera vers midi, mais peu importe. Nous aurons le temps de causer, toi et moi.

Elle le regarda un instant en silence. Puis tout à coup, hardiment :

— Et pourquoi as-tu fait des excuses à Léo ? Tu n'aurais pas dû.

— Pourquoi n'aurais-je pas dû ? demanda-t-il. Et il pensait : « Tiens, c'est là qu'elle voulait en venir. »

— Ce serait trop long à te dire maintenant... et les autres pourraient penser... dit Lisa, réticente et mystérieuse. Mais viens demain et tu le sauras.

— Alors très bien. A demain.

Il lui serra la main et se dirigea vers l'escalier.

Lisa rentra dans le salon où les trois autres l'attendaient, assis dans leur coin, sous la lampe. Marie-Grâce parlait de Michel. Son visage peint était en pleine lumière.

— Il est évident, expliquait-elle à son amant, qui, affalé dans son fauteuil, l'écoutait sans même battre des cils, avec une expression parfaitement abrutie, il est évident qu'il lui en a coûté beaucoup... Il n'est pas de ceux qui plient facilement... il est fier.

Et ce fut d'un air de défi qu'elle ajouta :

— Il a une âme fière et droite, comme la mienne.

— J'en suis persuadé, dit Léo, en soulevant les paupières pour poser un long regard sur Carla. Mais, pour cette fois, il a plié et il a eu raison.

Tous trois se turent. L'incident était épuisé. A pas silencieux, sans hâte, Lisa traversait le salon.

— Merumeci, demanda-t-elle, avez-vous votre voiture ?

Léo se secoua.

— Ma voiture ?... Bien sûr, j'ai ma voiture.

— Alors raccompagnez-moi, si cela ne vous dérange pas trop.

— Aucun dérangement. Tout le plaisir est pour moi... Seulement il va falloir partir.

Là-dessus, il se leva et boutonna sa jaquette. Il était furieux. Du côté de Carla, ses affaires n'avaient pas avancé, et maintenant il allait avoir à raccompagner cette femme.

Mais la jalousie têtue et aveugle de Marie-Grâce le sauva. Bien des années plus tôt, Léo et Lisa s'étaient intimement connus; ils devaient même se marier. Mais elle, Marie-Grâce, déjà veuve, était survenue alors et avait enlevé à sa meilleure amie son fiancé. C'était une vieille histoire; et pourtant, s'ils se mettaient en tête de recommencer ?... Elle se tourna vers Lisa :

— Ne t'en va pas tout de suite, dit-elle. J'ai à te parler.

— Je veux bien, dit Lisa, l'air faussement embarrassé; mais, après, je n'aurai plus Merumeci pour me raccompagner.

— Oh ! ne vous inquiétez pas... et cette fois, vraiment, tout le plaisir était pour Léo, je peux vous attendre dans le vestibule, ou là... causez tout à votre aise, j'attendrai... Carla me tiendra compagnie.

Carla se leva avec indolence et s'avança en secouant sa grosse tête. « Voilà, pensait-elle, si je le suis dans le vestibule, tout est fini. » Elle surprit dans le regard de Léo sur elle quelque chose de malicieux, et cette complicité anticipée lui parut odieuse. Mais à quoi bon se défendre ? Une douloureuse impatience la possédait. « En finir », se redisait-elle en considérant, dans ce salon obscur où tant de jours de feu s'étaient consumés et réduits en cendres, le groupe solennel et ridicule qu'ils formaient autour de la lampe. Elle se sentait tomber avec un hésitant abandon, comme une plume dans la cage de l'escalier. C'est pourquoi elle ne protesta point.

Mais Marie-Grâce tenait bon.

— Partez donc, Merumeci... Vous ne savez pas combien de temps je garderai Lisa... Nous enverrons chercher un taxi pour elle.

Voix insinuante, voix de la jalousie inquiète. Léo fut aimable, mais inflexible :

— Pas du tout, j'attendrai... Une minute de plus ou de moins... Je vous assure que c'est très volontiers...

La mère eut le sentiment qu'elle avait perdu la partie, qu'elle ne réussirait pas à séparer Lisa et Léo. « Évidemment, il tient à l'attendre, pensa-t-elle en les examinant tous deux, et puis ils iront ensemble... chez lui ! » Cette idée lui sembla atroce; elle devint encore plus pâle, et la jalousie brilla franchement dans ses yeux.

— C'est bon, dit-elle enfin; allez, allez l'attendre dans le vestibule... Je vous la rends tout de suite, votre Lisa, tout de suite, n'ayez pas peur.

Sa main faisait un geste de menace; un rire amer et mauvais tremblait sur ses lèvres rouges. Léo la regarda fixement, puis il haussa les épaules et, sans rien dire, suivi de Carla, sortit.

Dans le corridor, comme sans y penser, il lui passa un bras autour de la taille. Elle s'en aperçut, mais résista à la tentation de se dégager. « C'est la fin, pensa-t-elle, la fin de mon ancienne vie. » Les miroirs qui brillaient dans l'ombre reflétèrent à leur passage deux figures enlacées.

— Tu as vu, dit-elle tout haut, maman est jalouse de Lisa!

Pas de réponse, sinon une pression du bras qui la fit adhérer au dur flanc de l'homme. Unis de la sorte, ils entrèrent dans le vestibule, petite pièce carrée aux murs blancs, pavée en losanges.

— Et qui sait, ajouta-t-elle avec un sentiment de futilité humiliante, si elle n'a pas lieu de l'être ?

Cette fois l'homme s'arrêta et, sans la lâcher, tourna son visage vers elle :

— Sais-tu, dit-il avec un sourire niais et excité, sais-tu au contraire de qui elle aurait vraiment sujet d'être jalouse ? De toi! Oui, ma petite, de toi!

« Nous y sommes », pensa-t-elle. Et elle demanda d'une voix claire :

— De moi ? Tiens, pourquoi ?

Leurs yeux se rencontrèrent. Et Léo, presque paternellement :

— Tu viendras chez moi ?

Il vit Carla baisser la tête sans répondre oui ni non. Il pensa : « Le moment est venu. » Déjà il l'attirait à lui, il allait se pencher pour l'embrasser quand un bruit de voix, dans le corridor, l'avertit que Marie-Grâce arrivait. Il crut étouffer de rage; c'était la deuxième fois ce jour-là que sa maîtresse venait tout gâter à l'instant décisif. « Que le diable l'emporte! » pensa-t-il. Marie-Grâce et Lisa tardaient à paraître, mais on les entendait parler dans le corridor, et Carla, désormais inquiète, fit un mouvement pour se détacher de Léo.

— Laisse-moi, voici maman.

Furieux, Léo regardait la porte, jetait les yeux autour de lui sans se décider à lâcher cette taille flexible. Soudain ses regards tombèrent sur une tenture qui, à droite du vestibule, dissimulait une porte. Il allongea le bras, éteignit la lumière.

— Viens, murmura-t-il dans l'obscurité en essayant d'entraîner Carla dans cette cachette, viens là dedans; nous allons faire une bonne farce à ta mère.

Sans comprendre, elle résistait. Ses yeux brillaient dans l'ombre.

— Pourquoi, mais pourquoi ? disait-elle.

Elle finit cependant par céder. Ils s'aplatirent derrière le rideau, contre la porte. Léo la saisit de nouveau par la taille et murmura : « Tu vas voir. » Mais Carla ne voyait rien. Droite, raidie, elle fermait les yeux dans cette nuit où flottait un relent de poussière et elle laissait la main de Léo lui caresser le cou et les joues. Il répéta : « Tu vas voir. » La tenture frémit du haut en bas, elle sentit les lèvres de l'homme se poser sur sa poitrine, glisser gauchement jusqu'à son menton, s'arrêter sur sa bouche. Baiser profond, mais bref. Les voix approchaient, Léo se redressa. « La voilà », murmura-t-il encore dans l'ombre, et son bras étreignit Carla avec une force confidentielle et intime, avec une sûreté qui lui avait manqué jusqu'alors.

La porte vitrée s'ouvrit. Carla écarta un peu la tenture et regarda : dans l'encadrement lumineux de la porte, la figure de la mère, rehaussée d'ombres et de reliefs, exprimait l'incompréhension et la stupeur.

— Mais ils n'y sont pas! s'exclamait Marie-Grâce.

Et, du fond du corridor, la voix de Lisa répondait :

— Où seront-ils allés ?

Demande sans réponse. La tête de la mère se tendit comme pour explorer le vestibule. L'ombre creusait ses traits et faisait de cette face molle et peinte un masque pétrifié dans une expression d'égarement pathétique. Chacune de ses rides, et sa bouche entr'ouverte, noire de fard, et ses yeux, et tout son visage semblaient crier : « Léo n'est plus là, Léo est parti, Léo m'a abandonnée! » Carla la regardait, curieuse et pitoyable ; elle devinait la peur qui tremblait derrière ce masque et elle avait l'impression de voir, par avance, un visage des jours à venir, le visage de sa mère quand elle aurait appris la trahison de son amant et de sa fille. Ce spectacle dura un instant, puis la tête se retira.

— C'est étrange, fit la voix, le pardessus de Merumeci est encore là et ils n'y sont pas.

— Ils sont peut-être dans le petit salon, répondit Lisa. — Et elles s'éloignèrent.

— Tu as vu ? dit Léo.

Il se pencha et serra encore une fois Carla sur sa poitrine. Une fois de plus, elle se dit : « C'est la fin », et elle tendit sa bouche. Elle trouvait bonne cette obscurité qui l'empêchait de voir l'homme et lui laissait toutes ses illusions. Enfin ils se séparèrent.

— Sortons, Léo, murmura-t-elle en écartant la tenture, sortons... Elles pourraient s'apercevoir...

Il céda à contre-cœur et, l'un après l'autre, comme deux voleurs, ils sortirent de leur cachette. La lumière brilla.

— Est-ce que je suis dépeignée, demanda Carla. — Il fit non de la tête. — Et maintenant, ajouta-t-elle, qu'allons-nous raconter à maman ?

Une malice grossière éclaira le visage rouge et excité de l'homme; il se donna une tape sur la cuisse et se mit à rire :

— Pour une bonne histoire, c'est une bonne histoire! Au fait, c'est vrai, qu'allons-nous leur dire ? Mais que nous sommes restés ici, naturellement... que nous n'avons pas bougé une minute.

— Non ? dit Carla d'un air de doute, en croisant les mains sur son ventre, vraiment ?

— Bien sûr! Tiens, la voilà.

La porte s'ouvrit, et la mère réapparut.

— Mais ils sont ici! s'écria-t-elle en se retournant vers Lisa. Et nous qui avons cherché par toute la maison. Où étiez-vous donc ?

Léo eut un geste de surprise :

— Nous n'avons pas bougé.

Marie-Grâce le regarda comme un pauvre fou.

— Ne dites pas de sottises. Je suis venue il y a un instant. Il n'y avait personne, et tout était noir.

— Alors, répondit l'homme placidement en décrochant son pardessus, c'est que vous souffrez d'hallucinations... Nous ne sommes pas sortis du vestibule. N'est-ce pas, Carla ?

— C'est vrai, fit-elle après une seconde d'hésitation.

Il y eut un silence chargé de menaces. La mère avait l'impression que tous se moquaient d'elle, mais elle n'arrivait pas à comprendre pourquoi. Elle soupçonnait Dieu sait quelles intentions machiavéliques. Irritée, irrésolue, elle scrutait les visages des trois autres.

— Vous êtes fou, dit-elle enfin. Il y a cinq minutes, il n'y avait personne. Lisa m'en est témoin.

— Le fait est qu'il n'y avait personne, dit Lisa avec calme.

Nouveau silence.

— Et Carla m'est témoin que nous étions ici, rétorqua Léo avec une œillade pleine de sous-entendus. C'est la pure vérité, n'est-ce pas, Carla ?

— Oui, confessa-t-elle, confuse, frappée soudain de cette pensée qu'ils étaient indéniablement dans le vestibule au moment où sa mère était venue.

— Comme vous voudrez, fit Marie-Grâce avec aigreur. Je suis folle et Lisa aussi.

Le temps de reprendre haleine et, tournée vers sa fille, elle éclata :

— Que Léo se permette ces plaisanteries, c'est son affaire, mais toi, tu devrais avoir honte de te moquer de moi comme tu fais!... Voilà bien le respect d'une fille envers sa mère.

— Mais puisque c'est vrai, maman, protesta Carla.

La plaisanterie lui devenait douloureuse, comme une épine enfoncée dans son impatience. Elle avait envie de dire brutalement : « Oui, nous étions dans le vestibule; nous nous tenions derrière la tenture, Léo et moi, embrassés. » La scène qui aurait éclaté alors, elle l'imaginait! Mais au moins ç'eût été la dernière.

Cependant Lisa, l'air ennuyé, demandait :

— Eh bien, Merumeci, partons-nous ?

L'homme, prêt à sortir, tendit la main à Marie-Grâce, sans pouvoir s'empêcher de lui dire en souriant :

— Réfléchissez là-dessus! Pensez-y toute la nuit!

A quoi la mère répondit avec un haussement d'épaules :

— Moi, la nuit, je dors.

Puis elle embrassa Lisa et lui glissa à l'oreille :

— Alors, rappelle-toi ce que je t'ai dit.

Carla ouvrit la porte, une bouffée d'air froid entra dans la maison. Lisa et Léo sortirent, disparurent.

IV

La mère et la fille montèrent ensemble à l'étage au-dessus. Dans l'escalier, Marie-Grâce, offensée du tour qu'on lui avait joué, n'ouvrit pas la bouche; mais dans l'antichambre elle demanda à sa fille ce qu'elle comptait faire le lendemain.

— Je vais au tennis, dit Carla.

Puis, sans s'être embrassées, elles se retirèrent, chacune dans sa chambre.

Chez Carla, la lampe était allumée; elle avait oublié de l'éteindre, et, dans cette lumière blanche, meubles et bibelots semblaient attendre sa venue. Aussitôt entrée, machinalement, elle se planta devant l'armoire à glace. Rien d'anormal dans son visage, sauf ses yeux fatigués, battus et singulièrement brillants; un cerne bleu noir les entourait et leurs regards profonds, pleins d'illusions et d'espérances, la troublaient comme eussent fait les regards d'une autre personne. Elle resta un moment sans bouger, les deux mains appuyées à la glace, puis elle s'en détacha et alla s'asseoir sur son lit. Elle regarda autour d'elle. Cette chambre, par bien des aspects, semblait celle d'une petite fille de trois ou quatre ans. Les meubles étaient blancs, bas, hygiéniques; les murs blancs, à décors d'azur; une rangée de poupées aux membres tordus, aux yeux révulsés, négligées et dépenaillées, s'alignait sur un petit canapé, devant la fenêtre. Le mobilier était celui de son enfance. Sa mère, à court d'argent, n'avait jamais pu le remplacer par un autre plus adapté à son âge. Et, d'ailleurs, quel besoin avait-elle d'une nouvelle chambre ? Elle se marierait, elle quitterait la maison. Ainsi Carla avait grandi dans le cadre étroit de ses années les plus lointaines. Pourtant la pièce n'était plus comme alors, enfantine et nue. Chaque âge y avait laissé sa trace, bibelots et chiffons, en sorte qu'elle était encombrée, commode et intime, mais d'une intimité ambiguë : tantôt celle d'une femme (à ne voir, par exemple, que la coiffeuse chargée de parfums, de poudres, de pommades, de fards, ou ces deux larges jarretières roses suspendues près de la glace), tantôt celle d'une petite fille. Un mol désordre, tout féminin, fait de vêtements jetés sur les chaises, de flacons ouverts et de souliers épars, compliquait l'équivoque.

Carla regardait ces objets avec une stupeur tranquille; nulle pensée ne traversait sa contemplation. Elle était assise sur son lit, dans sa chambre, la lumière était allumée, chaque chose était à sa place comme les autres soirs, voilà tout... Elle commença à se déshabiller, ôta ses souliers, sa robe, ses bas. Gestes de l'habitude, actes inconscients qui ne l'empêchaient pas de porter des regards furtifs autour d'elle, tantôt sur la tête hirsute d'une poupée, tantôt sur le portemanteau chargé de robes, sur la toilette, sur la lampe... Et cette lumière, qui n'était pareille à aucune autre, tranquille, familière, cette lumière qui, à force de les éclairer, semblait faire corps avec les objets eux-mêmes et qui, avec la fenêtre bien close et voilée de rideaux blancs, donnait un sentinent agréable et légèrement inquiétant de sécurité. Aucun doute possible... Elle était bien dans sa chambre, dans sa maison. Hors de ces murs, il était probable que régnait la nuit, mais elle en était séparée par les frontières d'un domaine intime, en sorte qu'elle pouvait l'ignorer et rêver qu'elle était seule, oui, complètement seule, et soustraite au monde.

Elle acheva de se déshabiller et, toute nue, secouant sa tête ébouriffée, elle se leva et alla jusqu'à son armoire pour prendre un nouveau pyjama; elle fit ces quelques pas légèrement, sur la pointe des pieds; elle ouvrit un tiroir et remarqua, en se penchant, que ses gros seins se mouvaient d'un mouvement propre, là, sous ses yeux. En se redressant, elle se vit tout entière; elle fut frappée par l'attitude gauche, sinon honteuse, de ce corps nu et par la disproportion de sa tête, trop grosse pour ses maigres épaules. Peut-être à cause des cheveux ? Elle saisit une glace à main et la plaça derrière sa nuque. Oui, ils étaient longs. « Il faut que j'aille demain chez le coiffeur », pensa-t-elle.

Elle se regarda encore... voilà... les jambes étaient un peu tordues — oh! à peine — au-dessous du genou. Et la poitrine ? Trop basse. Elle la souleva à deux mains. « Comme cela, ce serait bien », murmura-t-elle. Elle tourna la tête pour essayer de voir son dos, mais, tandis que ses yeux tentaient, par-dessus son épaule, d'embrasser cette autre image d'elle-même, elle fut touchée du contraste entre la futilité de tels gestes et la gravité des événements qui s'étaient produits ce jour-là. Quelques minutes plus tôt, Léo l'avait embrassée. A ce souvenir, elle posa son miroir et retourna à son lit.

Elle s'assit et demeura un instant immobile, les regards fixés à terre. C'était vraiment le début d'une vie nouvelle. Elle redressa la tête et soudain il lui sembla que cette chambre tranquille, pure et sans méfiance, ne formait, avec toutes ses sottes petites habitudes, qu'une seule chose vivante, un seul être aux traits définis, auquel sans avoir l'air de rien, sournoisement, elle préparait la surprise d'une trahison sans exemple. « Bientôt, adieu pour toujours »... dit-elle avec une joie amère, et de son lit, comme d'un navire en partance, elle salua de la main les choses qui l'entouraient. Des imaginations folles, vastes et tristes, la traversaient. Certaines circonstances lui semblaient liées par un lien fatal. « N'est-ce pas étrange, se disait-elle, demain, je me donnerai à Léo, et c'est demain mon anniversaire. » Alors, brusquement, elle pensa à sa mère et ajouta :

« Et c'est avec ton homme, maman, c'est avec ton homme que je vais partir ! » Cette rivalité même, cette ignoble coïncidence lui plaisait; tout devait être impur, bas et malpropre; un obscur désir de ruine remplaçait, dans cette aventure, la sympathie et l'amour. « Créer une situation scandaleuse, pensait-elle, une situation impossible, aller au fond de la colère et de la honte. » A un certain moment, relevant les yeux, elle se vit dans la glace de l'armoire et, sans savoir pourquoi, commença à trembler de tout son corps. Elle aurait voulu pleurer et prier. Il lui semblait que ses pensées l'avaient déjà perdue. Elle se répétait d'une voix dolente : « Où vais-je ? Où va ma vie ? »

Finalement, ces mots n'eurent plus aucun sens; elle s'aperçut qu'elle ne pensait plus à rien, qu'elle était nue, assise au bord de son lit. La lampe brillait, chaque chose occupait sa place de tous les soirs; de sa courte exaltation, il ne restait qu'une amertume vide. Elle avait l'impression qu'au prix d'un grand effort elle avait presque atteint, en elle, le centre d'un problème, puisqu'elle l'avait inexplicablement perdu de vue.

« Il arrivera ce qu'il arrivera », pensa-t-elle. Elle ramassa son pyjama, l'enfila avec paresse, se glissa sous la couverture, éteignit la lampe, ferma les yeux.

V

CHEZ Lisa, aucun domestique ne couchait à la maison. Elle n'en voulait pas. Pour les soins indispensables de la cuisine et du nettoyage, elle faisait venir la concierge de l'immeuble, petite femme fort active. Ce système offrait quelques inconvénients, mais Lisa, dont l'existence était très libre et même déréglée, préférait qu'il en fût ainsi.

Ce matin-là, elle s'éveilla tard; depuis plusieurs jours, elle rentrait chez elle passé minuit, dormait sans plaisir et se relevait plus lasse et plus nerveuse que la veille. Elle s'éveilla avec difficulté et regarda autour d'elle : une légère et poudreuse obscurité, trouée de mille traits de lumière, emplissait la chambre; dans cette ombre, on devinait, muets et morts, les vieux meubles, les miroirs silencieux, les habits suspendus et cette machine obscure : la porte; l'air était lourd, une odeur de sommeil s'y mêlait à celle des meubles ; la fenêtre était fermée. Lisa sauta du lit en relevant ses cheveux qui pendaient sur sa face moite, alla à la fenêtre et tira sur l'imposte. Un jour blanc envahit la pièce. Elle écarta le rideau, les vitres étaient tout embuées de vapeur, il devait faire froid; à travers cette rosée on devinait des couleurs vagues, ténues et pures — un blanc, un vert, comme dissous dans un lac d'eau. Elle déchira de la main ce voile liquide et vit aussitôt un coin de toit rougeâtre d'un aspect si peu lumineux, si indifférent, si opaque qu'elle n'eut pas besoin de lever les yeux pour voir que le ciel était gris. Elle quitta la fenêtre, fit machinalement quelques pas dans la chambre encombrée. Le grand lit matrimonial, le grand lit de noces foncé et vulgaire tout plein de la blancheur des draps défaits, tenait à lui seul beaucoup de place, et il était si près de la fenêtre rectangulaire que souvent, dans les nuits d'hiver, elle prenait un grand plaisir, étendue sous les couvertures chaudes, à voir là, à un mètre de distance, le flot de la pluie tomber de la vaste nuit torrentielle et heurter les vitres. Outre le lit, il y avait deux grandes armoires du même bois casanier et malodorant, avec d'immenses glaces jaunies. La pièce était d'une grandeur moyenne, mais, avec ces meubles, il ne restait guère de place pour se mouvoir.

Elle se dirigea vers le porte-habits. Elle n'avait sur le dos qu'une petite chemise transparente, rendue encore plus courte par les reliefs de son corps. Ses jambes étaient entièrement découvertes jusqu'au pli profond qui séparait des cuisses blanches et sans poils la rotondité des fesses. En haut émergeaient à demi deux seins musculeux, veinés et lisses, à peine plus bas qu'à vingt ans. Elle se vit ainsi dans une glace — demi-nue, penchée en avant comme pour cacher sous ce voile trop court la tache sombre du ventre — et elle estima qu'elle avait maigri. Elle enfila un peignoir, passa dans la salle de bains.

Une petite pièce nue et froide, aux angles pleins d'une ombre humide; des tuyaux passés au ripolin; une baignoire en fonte émaillée; un seul miroir, envahi par la rouille; Lisa alluma la lampe;

il lui vint à l'esprit qu'elle ne s'était pas baignée depuis trois jours. Elle avait besoin de prendre un bain. Elle hésita. Était-ce vraiment nécessaire ? Elle regarda ses pieds : les ongles étaient blancs, ils semblaient propres. Décidément, non, pas de bain; elle pouvait encore attendre — d'autant plus que si, comme il était probable, elle passait la nuit avec Michel, elle serait obligée de se nettoyer complètement le lendemain. Sa décision prise, elle s'approcha du lavabo fixé au mur, ouvrit les robinets et attendit que la cuvette fût pleine ; alors elle ôta son peignoir, fit tomber sa chemise jusqu'aux hanches et commença à se laver; d'abord, éternuant et soufflant, elle se lava la figure puis — avec des gestes maladroits destinés à empêcher l'eau qui lui coulait sur le dos et sur la poitrine d'atteindre les régions inférieures, toutes frileuses encore et pleines de tiédeur nocturne — le cou et les aisselles. Chaque fois qu'elle se penchait en avant, elle sentait sa chemise lui remonter dans le dos; le carrelage du sol lui communiquait un froid de pierre; pour finir, elle ne trouva pas sa serviette et s'enfuit, aveuglée, trempée et nue, pour en chercher une dans sa chambre.

Elle s'essuya et s'assit devant sa coiffeuse. Toilette brève. Elle ignorait fards et pommades. Un coup de peigne, un peu de parfum, un peu de poudre et c'était tout. Après quoi, elle tourna le dos à la glace et se pencha pour enfiler ses bas. Deux pensées, maintenant, alternaient dans son esprit : celle de son petit déjeuner et celle de Michel. Elle aimait les bonnes choses, le matin, avec son café : les confitures bien sucrées, les pâtisseries, le beurre, les biscottes; elle était gourmande et ne se détachait de la table que rassasiée. Mais, pour aujourd'hui, elle craignait de rester à jeun. « Michel peut venir de bonne heure, pensait-elle; il vaut mieux qu'il ne me trouve pas en train de manger... Tant pis... ce sera pour une autre fois. » Elle se leva, passa une combinaison rose, puis un costume très étroit du buste, avec un dessus de blouse qui lui serrait la poitrine comme un corset. En manière de consolation, sa fantaisie lui forgeait l'image d'un Michel très amoureux, d'un adolescent timide et sans expérience auquel elle se donnait, tremblante de joie. Enfin un amour pur ! « Après la vie que j'ai menée, pensa-t-elle avec conviction, ça fait du bien, un peu d'innocence. » Nuits sans sommeil, fatigues du plaisir, troubles des sens dénués de joie véritable, toute cette nuée malsaine se dissipait. Michel lui apportait le soleil, le ciel bleu, la fraîcheur et l'enthousiasme. Il la respecterait, la traiterait en idole, poserait sa tête sur ses genoux. De cela, elle avait un insatiable désir, impatiente de boire à cette fontaine de jeunesse, de revenir à cet amour neuf, balbutiant et pudique — oublié depuis bientôt vingt ans. Michel, ce serait la pureté même. A cet enfant, elle se donnerait sans luxure, presque sans ardeur. Elle irait à sa rencontre toute nue, d'une démarche dansante, et elle lui dirait : « Prends-moi ». Ce serait un amour extraordinaire, une chose comme on n'en voit plus.

Elle avait fini de s'habiller; elle sortit de sa chambre, traversa un corridor obscur, entra dans son boudoir plein de lumière. C'était une pièce toute blanche et rose : blancs les meubles et le plafond, roses les tapis, la tapisserie et le divan. Trois grandes fenêtres aux rideaux légers répandaient un jour tranquille. A première vue tout semblait pur et jeune; on remarquait mille gentillesses; ici, un panier à ouvrage, là une petite bibliothèque aux livres multicolores, de maigres fleurs sur les consoles laquées, aux murs des aquarelles sous verres, en somme une foule de riens qui faisaient penser à quelque nid de jeune fille. Mais, à mieux voir, on changeait d'idée; on s'apercevait que le boudoir n'était pas plus jeune que le reste de l'appartement : le laque était partout écaillé et jauni, la tapisserie décolorée laissait voir, par endroit, la corde; sur le divan d'angle, garni de coussins sordides, s'étalait une étoffe élimée. Un regard encore, et l'on perdait toute illusion; on découvrait les déchirures des rideaux, les verres fêlés des aquarelles, la poussière des livres déjetés, les larges crevasses du plafond... Et si, pour finir, apparaissait la maîtresse du logis, il devenait inutile de chercher plus loin; toute cette corruption, comme accusée par la figure de la femme, s'expliquait et sautait aux yeux.

Lisa prit place devant son secrétaire et attendit. Elle avait grande envie de déjeuner, mais comment faire ? « Si au moins je savais à quelle heure il viendra », pensa-t-elle avec dépit en consultant son bracelet-montre. Elle sut pourtant se dominer, écarta ce désir et revint à ses fantaisies érotiques, tendres et cruelles. « Je le ferai asseoir sur le divan, pensa-t-elle soudain, et je m'y étendrai, derrière lui... nous dirons quelques mots... je le pousserai sur un sujet un peu scabreux... je le regarderai... et, s'il n'est pas trop sot, il comprendra. » Elle examinait son divan comme un outil familier dont on vérifie le bon état et l'efficacité probable. Si tout allait bien, elle ferait un peu attendre l'adolescent pour le plaisir délicat de le voir soupirer, et finalement, quelques jours plus tard, elle l'inviterait à dîner et le retiendrait la nuit. Ce dîner en tête à tête, elle l'imaginait par avance : des friandises, et du vin surtout; elle mettrait cette robe bleue qui lui allait si bien et les trois ou quatre bijoux qu'elle avait pu sauver des mains rapaces de son ex-mari; on dresserait la table ici, dans le boudoir; la salle à manger n'était pas assez intime; une petite table à deux couverts et beaucoup de bonnes choses : du poisson, du pâté en croûte, des légumes, des sucreries; une table petite, riche et scintillante, pour deux, juste pour deux ; un tiers ne pourrait pas s'y asseoir, à supposer qu'on l'admît... Les yeux brillants de joie et de tendresse, elle s'assiérait en face du cher enfant; tout en mangeant, elle ne cesserait pas de le couver du regard, elle lui verserait du vin, beaucoup de vin, lui parlerait sur un ton gai, allusif et maternel; elle se ferait raconter par lui ses petites aventures d'amour; il rougirait; de temps à autre, elle aurait un gentil clin d'œil à son adresse, et leurs pieds se toucheraient sous la table. Le repas terminé, ils desserviraient la table ensemble, en riant, en se poussant, en se bousculant même un peu dans leur grand désir de se posséder. Puis elle se déshabillerait, passerait un peignoir et prêterait à Michel un pyjama. Les pyjamas de son mari lui iraient très bien ; ils avaient à peu près la même taille, Michel à peine plus étroit d'épaules... Assis sur le divan, elle et lui, ils connaîtraient la joie irritante et avare de cette première veillée, avant la première nuit... et finalement, dans la chambre à coucher...

Un peu excitée par de tels songes, elle était assise devant son secrétaire, le front baissé. Parfois elle relevait ses cheveux, comme pour éloigner ses pensées, et parfois, sans en interrompre le cours, elle se tordait les pieds et regardait ses chaussures. Un bruit de sonnette accéléra les battements de son cœur. Elle sourit, jeta un coup d'œil au miroir et sortit dans le corridor.

Elle alluma avant d'ouvrir. Michel entra.

— J'arrive peut-être de trop bonne heure ? dit-il en accrochant son manteau et son chapeau.

— Quelle idée!

Ils passèrent dans le boudoir, s'assirent sur le divan.

— Comment vas-tu ? demanda-t-elle.

Elle lui offrit des cigarettes qu'il refusa. Il était là, les mains sur les genoux, l'air soucieux...

— Bien, répondit-il.

Un silence.

— Si tu permets, dit Lisa, je vais m'allonger... mais que cela ne t'empêche pas de te mettre à ton aise.

Elle leva les jambes et s'étendit sur les coussins. Michel aperçut deux cuisses blanches et niaises; il sourit en dedans. « Elle cherche à m'exciter, bien sûr. » Malheureusement cette comédie le laissait froid : Lisa ne lui plaisait pas, vraiment pas du tout.

Elle regardait le garçon en se demandant quoi lui dire. Ces prétextes à plus d'intimité qu'il lui semblait tout à l'heure si facile de faire naître la fuyaient maintenant, l'abandonnaient à son trouble. Elle avait la tête vide, le cœur en tumulte. La première chose qui lui revint à l'esprit fut, Dieu sait pourquoi, cette dispute de la veille entre Léo et Michel; elle hésitait à lui en reparler, mais l'idée qu'elle pouvait tirer une petite vengeance de son ancien amant en révélant à Michel, qui peut-être l'ignorait, la liaison de sa mère, lui inspira du courage. Et de là, par quelque détour, on arriverait à des propos plus excitants.

— Je parie, dit-elle, que tu meurs d'envie de savoir pourquoi je t'ai demandé hier de ne pas faire d'excuses à Léo.

Il se retourna avec cette réponse aux lèvres : « C'est toi qui meurs d'envie de me le dire. » Mais il se retint.

— Mourir, c'est beaucoup... Mais dis tout de même.

— Je crois avoir plus que personne le droit de t'ouvrir les yeux, commença-t-elle.

— Je n'en doute pas.

— Pendant longtemps on ne dit rien, on fait semblant de ne rien voir. Mais, à la fin, c'est trop, la mesure est comble... Ce que j'ai vu hier soir m'a révoltée.

— Veux-tu me permettre... dit Michel. Qu'est-ce exactement qui t'a révoltée ?

— Ces excuses à Léo. (Elle fixa sur lui un œil sérieux.) Et surtout que ta mère, justement elle, ait exigé de toi une pareille humiliation.

— Ah! je comprends.

Le visage de Michel s'éclaira d'ironie. « Elle veut donc m'annoncer cette grande nouvelle que ma mère a un amant ? » pensa-t-il. Il lui vint un profond dégoût de Lisa et de lui-même.

— Peut-être n'était-ce pas une humiliation, dit-il.

— C'en était une dans tous les cas... et doublement. Tu comprendras quand tu auras entendu ce que je vais te dire...

Michel la regarda et pensa : « Si je te chatouillais dans le dos, tu aurais tôt fait de te trémousser et de laisser là ces airs secrets et ce ton sévère. »

— Je t'avertis, dit-il, et il eut l'impression qu'il parlait en toute franchise, que je ne tiens pas à le savoir.

— Très bien, répondit Lisa, nullement déconcertée, tu as raison. Mais je sens que je dois parler... Tu me remercieras plus tard. Donc il faut que tu saches que ta mère a commis une erreur...

— Rien qu'une ?

Entre les deux partis, de se fâcher et de rire, Lisa choisit le second :

— Elle a pu en commettre mille, dit-elle en souriant et en se rapprochant un peu de Michel; mais celle-ci est sûrement la plus grosse.

— Un instant! Je ne sais pas ce que tu vas me dire, mais si, comme il semblerait, il s'agit d'une chose grave, je voudrais savoir pourquoi tu veux me la révéler.

Ils se regardèrent.

— Pourquoi ? répéta Lisa lentement, en baissant les yeux; mais parce que je te porte beaucoup d'intérêt, que j'ai beaucoup d'affection pour toi, et puis, je te l'ai dit, parce qu'il y a des injustices qui me révoltent.

Il n'ignorait pas les liens qui avaient uni Léo à cette femme. « Ce qui te révolte, pensa-t-il, c'est qu'on te l'ait pris, ton Léo. » Mais il approuva gravement de la tête :

— Tu as raison, il n'y a rien de pire que l'injustice... alors, allons-y, en quoi consiste cette erreur ?

— Voilà... Il y a dix ans, ta mère a fait la connaissance de Merumeci...

— Tu ne vas pas me raconter, interrompit Michel avec une fausse épouvante, que Léo est l'amant de ma mère ?

— Je le regrette, dit Lisa avec une douloureuse simplicité, mais c'est ainsi.

Silence. Michel regardait par terre; il avait envie de rire. Son dégoût se transformait en un sentiment amer de ridicule.

— Tu vois maintenant, continua-t-elle, pourquoi je trouve révoltant que ta mère t'ait demandé de t'humilier devant cet homme.

Il n'eut pas un geste, pas un mot. Il revoyait sa mère, Léo, et il se revoyait lui-même dans l'attitude penaude d'un enfant qui demande pardon... pauvres et stupides fantoches, perdus sans recours dans le torrent d'une vie plus vaste. Mais ces visions ne le tourmentaient pas, n'éveillaient en lui nul sentiment. Il aurait aimé être tout autre : indigné, plein de rancune et de haine. Il souffrait de se trouver à ce point indifférent.

Il vit Lisa se redresser et s'asseoir à son côté.

— Allons, dit-elle en lui posant sur la tête une main maladroite et consolatrice, allons, du courage... je comprends que tu éprouves de la peine...

On vit dans l'assurance qu'une personne mérite notre affection, notre estime, et puis, soudain, autour de nous, tout s'écroule... Mais n'importe... ce sera un enseignement pour toi...

Il secoua la tête en se mordant les lèvres pour ne pas rire. Lisa crut au contraire qu'il luttait pour maîtriser sa douleur :

— Ce sera un mal pour un bien, dit-elle d'une voix pathétique et mielleuse, sans cesser de lui caresser les cheveux; tout cela nous rapprochera... Veux-tu que je devienne ce que ta mère était pour toi jusqu'à ce jour ?... Dis, veux-tu que je sois ton amie, ta confidente ?

Elle était sincère, mais elle parlait d'une voix si aiguë et si fausse que Michel avait envie de lui fermer la bouche avec la main. Il n'en fit rien. La tête obstinément baissée, il se voyait assis à côté de cette femme, au bord de ce divan... Une scène grotesque au point que, pour ne pas éclater de rire, il ne lui restait qu'une ressource : l'immobilité complète. Lisa redoublait de zèle.

— Tu viendras me faire des visites... Nous causerons... nous tâcherons de reconstruire, de réorganiser notre existence.

Il la regarda du coin de l'œil, penchée en avant, rouge sous la frange des cheveux blonds, rouge de désir. « Voilà donc le commencement de cette belle réorganisation », pensa-t-il. Puis il se souvint de ce parent qui devait venir. Pourquoi ne pas tirer profit de cette aventure, pourquoi ne pas continuer à feindre ?

— Le coup a été dur, prononça-t-il en levant la tête comme un homme qui a réussi à dominer une grande douleur; mais tu as raison... il faut que je me fasse une nouvelle existence.

— Sûrement, approuva Lisa avec ferveur.

Après quoi il y eut un profond silence. Tous deux, pour des fins différentes, feignaient une distraction inspirée : immobiles l'un près de l'autre, ils regardaient par terre.

Un froissement d'étoffe. Le bras de Michel glissa derrière le dos de la femme et entoura sa taille. « Non », dit-elle alors d'une voix claire, sans faire un mouvement, comme pour répondre à une question intérieure. Michel sourit de mauvaise grâce ; il se sentait tout de même un peu troublé; il attira Lisa contre lui, plus étroitement. Elle répéta : « Non, non! », mais d'un ton plus faible, céda et appuya sa tête éperdue sur l'épaule du jeune homme; enfin, après un instant d'immobilité sentimentale, il la prit au menton et, malgré la fausse protestation muette de ses yeux, la baisa sur la bouche.

Ils se séparèrent.

— Méchant, dit Lisa avec un demi-sourire de gratitude. Oui, tu es méchant... et quelle audace...

Michel leva les yeux et la considéra avec froideur; puis un sourire passa sur sa face maigre et sérieuse; il étendit la main et, de toutes ses forces, la pinça au côté, sous le bras. « Aïe! aïe! cria-t-elle en riant et en se débattant. Aïe! aïe! » Elle agitait les bras, les jambes. A la fin, elle tomba du divan dans un mouvement convulsif de tout son corps; sa robe lui remonta jusqu'au ventre, et de fortes cuisses blanches, d'une blancheur ombrée de muscles, apparurent. Alors Michel desserra son étreinte; Lisa se rassit et tira sa jupe sur ses genoux.

— Oh! la brute! fit-elle d'une voix aiguë en comprimant à deux mains son sein haletant; oh! la petite brute!

Michel se taisait et, avec une curiosité grave, l'observait.

— Au lieu de cela, ajouta-t-elle, voilà ce que tu aurais dû me faire... Regarde!

Elle approcha ses lèvres, serrées en forme de

cœur, de celles de Michel, les toucha légèrement et s'en détacha, les yeux brillants de satisfaction.

— Voilà ce que tu aurais dû me faire, répéta-t-elle stupidement pour cacher l'émoi de ses sens.

Michel réprima à peine une grimace, se leva, fit le tour du boudoir les mains dans les poches, en regardant les aquarelles accrochées aux murs. Il était irrité et excité. Tout à coup, il entendit la voix de Lisa derrière son dos :

— Elles te plaisent ?

— Des cochonneries, répondit-il.

— Vraiment ? dit-elle, mortifiée ; elles m'avaient toujours paru bonnes.

Ils revinrent au divan ; les tempes du garçon battaient ; ses joues brûlaient. « Tout cela est ignoble », pensait-il avec dégoût. Pourtant ils n'étaient pas assis que déjà il jetait Lisa sur les coussins comme s'il avait voulu la prendre : il la vit fermer les paupières et s'abandonner à une sorte d'extase aussi répugnante que ridicule. L'impression fut si forte que son désir s'évanouit ; il baisa froidement la bouche de la femme, puis, avec un gémissement étouffé, il appuya sa figure contre son sein. Obscurité. « Je ne bouge plus jusqu'au moment de partir, pensa-t-il ; comme cela, je ne la vois plus et je n'ai plus à l'embrasser. »

Il sentait une main caressante sur ses cheveux.

— Qu'as-tu ? demandait la voix fausse de Lisa.

— Je pense, répondit-il d'un ton grave, en fermant les yeux, qu'il suffirait d'un faible effort pour être sincère et que nous nous donnons bien du mal pour suivre la voie opposée.

Il soupira. Il lui semblait s'être défini lui-même. « Pourquoi suis-je ici, pensa-t-il, et pourquoi mentir ? Il me serait si facile de dire la vérité et de m'en aller. »

— C'est cela, reprit la femme, sans cesser de lui caresser les cheveux ; c'est tout à fait juste... mais maintenant il ne faut plus avoir de ces idées tristes... tu n'auras plus besoin des autres... Maintenant je suis là, nous sommes deux, toi et moi... nous ignorerons le monde entier! (Elle prononça ces mots avec une ferveur dont Michel frémit.) Nous vivrons loin des choses qui te déplaisent... tu veux ? loin de toutes ces misères... Tu me raconteras ta vie, tes chagrins, tes tristesses; et moi je te donnerai tout l'amour que je possède, que j'ai mis en réserve pour toi. Je serai ta compagne... veux-tu ?... ta compagne fidèle et humble... très humble, tu sais; une compagne qui t'écoutera en silence et te consolera par ses caresses, comme cela, tiens...

La main qu'elle passait sur la tête de Michel se contracta. Penchée sur lui, elle baisait ses cheveux et sa nuque avec fureur en s'agrippant à ses épaules de ses doigts fébriles. Son cœur tremblait. « Enfin, pensait-elle, enfin j'aime et je suis aimée. »

Michel ne bougeait pas. Il ne lui était jamais arrivé de voir à ce point confondus l'émotion et le ridicule, la comédie et la vérité. Un embarras cruel le possédait : « Si elle se taisait, au moins, pensait-il; mais non, il faut qu'elle parle! » Par moment il éprouvait un désir fou de dire crûment la vérité, la sienne, la seule — et de partir. Mais il était retenu par un sentiment de pitié. Et puis n'avait-il pas lui-même donné ces illusions à Lisa ? Ne l'avait-il pas embrassée le premier ?

— Chéri, chéri, répétait la femme, tu n'imagines pas combien je t'aime!

Michel avait envie de lui dire : « Tu exagères », mais il avait les yeux pleins d'obscurité. Il lui semblait n'avoir jamais vu la lumière. Ces mots, cette voix, ces caresses lui causaient une impression de nuit sans espoir. Il releva la tête et s'assit en se frottant les yeux.

— Il est temps que je parte, dit-il. Et ton parent, quand vient-il ?

— Je vais lui téléphoner, dit Lisa qui ne s'attendait guère à cette question.

Elle sortit. Resté seul, il se leva, fit trois pas jusqu'au mur et regarda distraitement une des aquarelles. Puis il s'approcha de la porte et l'entr'ouvrit. Le téléphone était là, fixé à la cloison, au fond du couloir obscur, mais Lisa, elle, n'y était pas. Cette sortie était feinte; Lisa avait menti pour l'attirer chez elle; ce fameux parent était un mythe.

« Feindre, songea-t-il en refermant avec précaution la porte. C'est juste, il faut feindre. » Il revint aux aquarelles et se mit à en contempler une qui représentait une maison de paysan et des meules; un léger dégoût l'opprimait, une sorte de malaise comme le mal au cœur qui précède le vomissement. Il ne retrouva un peu de compassion pour cette créature inutilement menteuse qu'en se disant : « Au bout du compte, elle est comme moi. Nous sommes tous pareils : entre les mille façons de faire une chose, d'instinct nous choisissons toujours la pire. »

Un instant après, la porte s'ouvrit, et Lisa rentra.

— Je suis navrée, dit-elle, il est occupé... il ne peut pas venir... mais il m'a promis que demain... Pourras-tu venir demain après-midi ?

Michel sentait croître à la fois sa compassion et son dégoût. « C'est trop, pensa-t-il, c'est vouloir mener les gens par le bout du nez. Et demain ce sera la même chanson : reviens demain ! » Il lui parut qu'à simuler plus longtemps la crédulité il devenait complice : il contribuait à créer entre elle et lui un malentendu abject qui leur permettrait, dans l'attente de ce parent inexistant, de s'entendre sans trop de scrupules sur tout le reste.

— Non, dit-il, demain je ne viens pas.

— Mais lui, il viendra, insista la femme avec une certaine effronterie, et si tu n'y es pas...

Michel lui posa une main sur l'épaule et la regarda en face :

— Tout cela est ridicule. Il ne viendra pas... Pourquoi ne pas dire la vérité ?

Il la vit se troubler et, ce qui fut pire, il la vit fuir son regard et risquer un sourire impudique, le sourire d'une femme qui n'est pas trop fâchée d'être prise en faute.

— Quelle vérité ? dit-elle en détournant les yeux et sans cesser de sourire; je ne te comprends pas... sauf imprévu, il viendra certainement.

— J'ai regardé dans le corridor, expliqua Michel avec calme. Tu n'as pas téléphoné, et ce parent n'existe pas.

Un silence. Puis Lisa choisit l'attitude la plus simple : elle sourit de nouveau, haussa un peu les épaules :

— Si tu as regardé, pourquoi me fais-tu toutes ces questions ?

Michel l'observait. « Est-il possible, se disait-il, qu'elle ne comprenne pas qu'on puisse agir autrement ? » Il voulut faire un dernier effort; il insista :

— Non, ne le prends pas sur ce ton... c'est une chose très sérieuse... Pourquoi, au lieu de jouer cette comédie, ne m'as-tu pas dit tout simplement : reviens demain, nous prendrons le thé ensemble ?

— Je sais bien, j'aurais dû... (elle parlait sans contrition, avec une sorte d'impatience). Mais, en somme, tu reviendras tout de même, n'est-ce pas ?... Et puis n'aie pas peur, ce parent à moi, je ne lui ai pas encore parlé, mais je lui parlerai, le plus tôt possible.

« Voilà, se dit Michel, elle croit que je lui reproche ma déception de n'avoir pas vu ce parent de tous les diables. » Son visage se durcit :

— Non, je ne viendrai pas, dit-il. Et inutile de rien dire à qui que ce soit.

Il lui tourna le dos et sortit dans le corridor. Dans cet espace étroit flottait un relent de cuisine.

— Alors, vraiment, je ne te verrai pas demain ? dit-elle d'un ton à la fois suppliant et incrédule, en lui présentant son chapeau.

Il la regarda. En définitive, tout avait été inutile : le dégoût comme la pitié; elle restait dans son erreur. L'ennui, le désespoir, le sentiment douloureux de la vanité de ses efforts l'étreignaient.

— A quoi bon revenir ? demanda-t-il.

— Comment « à quoi bon » ?

— Cela ne servirait à rien. (Il secoua la tête.) Tu es ainsi faite... tu ne changeras pas... rien à faire... vous êtes tous les mêmes.

— Comment « tous les mêmes » ? reprit-elle en rougissant malgré elle.

« Mesquins, avares... L'amour pour coucher ensemble... et ton parent au sommet de mes préoccupations... » Voilà ce qu'il avait envie de lui répondre. Mais, en réalité, il répondit :

— Ça va bien... Je reviendrai tout de même... Mais, avant que je parte, explique-moi une chose : puisque tu es sûre que... je t'aime et que par conséquent je reviendrai, pourquoi user encore de subterfuges au lieu de parler franchement ?

— Cela m'ennuyait, dit-elle avec un peu d'hésitation, de t'avouer que j'avais inventé cette histoire pour te faire venir... la première fois.

— Mais, même la première fois, c'était inutile, dit Michel en la regardant attentivement.

— Oui, admit-elle avec humilité, tu as raison... Mais qui est sans péchés ? Et puis, tu sais, ce parent, il existe vraiment... il est très riche... seulement il y a longtemps que je ne l'ai pas vu.

— Bon, dit Michel, cela suffit. (Il lui prit la main.) Donc, au revoir...

Mais il s'aperçut tout à coup que Lisa le regardait d'une façon singulière et lui souriait, timide et provocatrice. Il comprit. « Eh bien soit! » pensa-t-il. Il se pencha, prit la femme dans ses bras et la baisa sur la bouche. Puis il la laissa et sortit. Sur la porte, il se retourna pour la saluer. Alors il vit que Lisa, honteuse comme une petite fille à son premier amour, se cachait avec une pudeur espiègle derrière un manteau suspendu à une patère, là, dans l'ombre du vestibule, et, de ses doigts posés sur ses lèvres, lui envoyait un dernier baiser.

« Quelle indigne comédie! » pensa-t-il. Et, sans chercher à en voir davantage, il s'engagea dans l'escalier.

VI

Ce jour-là, Marie-Grâce finit très tard de s'habiller. A midi, elle était assise encore devant sa coiffeuse et occupée à passer, avec grand soin et force grimaces, un pinceau de noir sur ses paupières gonflées. Dès son réveil, les fantômes de la jalousie l'avaient mise de mauvaise humeur; puis elle s'était soudain rappelé que c'était l'anniversaire de sa fille, et un flot impétueux d'amour maternel avait inondé son âme. « Ma petite Carla, ma pauvre petite Charlotte! avait-elle pensé avec des larmes de tendresse; c'est bien le seul être au monde qui ait de l'affection pour moi. » Elle s'était levée, puis habillée dans la pensée des vingt-quatre ans de Carla. Cet anniversaire lui semblait un événement douloureux, pathétique et sur lequel il était décent de verser des larmes. D'autre part, elle ne cessait d'imaginer les cadeaux, les plaisirs qu'elle pourrait faire à la petite : « Elle n'a pas beaucoup de robes... je lui en achèterai... je lui en ferai faire quatre ou cinq... elle aura aussi un manteau de fourrure... il y a si longtemps qu'elle en désire un. » Quant à savoir où prendre l'argent nécessaire à ces munificences, Marie-Grâce ne s'en mettait pas en peine. « Il faut aussi qu'elle trouve un mari, après cela, je n'aurai plus rien à désirer. » La pensée de sa fille âgée déjà de vingt-quatre ans et encore à marier éveilla en elle, par contrecoup, une fureur injurieuse contre tous les hommes: « Tous ces crétins de jeunes gens... Ils ne songent qu'à s'amuser, à perdre leur temps... Fonder une famille! C'est bien le cadet de leurs soucis! » Mais Carla se marierait sûrement quand même : « Elle est belle, se disait la mère en comptant sur ses doigts les avantages de sa fille, elle est même très belle... elle est bonne : d'une bonté angélique... et puis elle est intelligente, instruite... elle a une excellente éducation... Que peut-on rêver de plus ? » L'argent, voilà, l'argent : c'était le seul point faible. Carla entrerait dans la maison de son mari nue comme l'enfant qui vient de naître, riche uniquement de ses vertus. Là-dessus, aucun doute. Mais était-il vrai que seules les filles riches trouvent des maris ? On pouvait citer le cas de plusieurs jeunes filles qui, tout récemment, avaient trouvé, sans un sou de dot, de très bons partis... Un peu réconfortée, Marie-Grâce passa de la chambre à coucher à l'antichambre.

Un magnifique bouquet de roses et une boîte étaient posés sur la table. Parmi les fleurs, un billet. La mère le prit, déchira l'enveloppe et lut : « A Carla — presque ma fille — avec mes vœux les plus affectueux, Léo. » Elle replaça le billet au milieu des roses. « Comme il est délicat! pensa-t-elle, toute contente. Un autre, à sa place, ne saurait trop comment se comporter vis-à-vis des enfants de son amie... mais lui désarme tous les soupçons... Il est pour eux comme un père. De joie, elle était prête à battre des mains; si Léo s'était trouvé là, elle l'aurait embrassé. Puis elle ouvrit la boîte, qui contenait une petite bourse de soie brodée avec une pierre bleue au fermoir. La joie de Marie-Grâce fut à son comble.

Elle s'empara du bouquet et de la boîte et courut chez Carla.

— Quelle bonne surprise, ma fille, s'écria-t-elle; regarde ce qui vient d'arriver pour toi!

Carla était assise, un livre à la main; elle se leva et, sans un mot, lut le billet. Cette impudence de Léo, cette complaisance à l'appeler « presque sa fille » rappelèrent à sa pensée, si brusquement qu'elle en frémit, le caractère inquiétant et en quelque manière incestueux de son intrigue; elle leva les yeux; ceux de sa mère brillaient de plaisir; elle souriait, émue, pressait bêtement sur sa poitrine le bouquet de fleurs.

— Très gentil de sa part, dit Carla. Et la boîte, qu'est-ce que c'est ?

— Une bourse, répondit la mère avec enthousiasme, une bourse pour le soir, très élégante. Il a dû la payer au moins cinq cents francs... regarde.

Elle ouvrit la boîte et présenta l'objet à sa fille.

— N'est-ce pas qu'elle est belle ?

— Très belle, dit Carla.

Et elle la posa sur la table.

Les deux femmes se regardèrent.

— Et voilà, dit soudain Marie-Grâce d'un ton pénétré, voilà que ma fille a aujourd'hui vingt-quatre ans révolus... et pourtant il me semble qu'hier encore elle n'était qu'une petite fille.

— Oui, maman, et à moi aussi, répondit Carla sans une ombre d'ironie. — Mais elle pensait : « A partir d'aujourd'hui, je ne le serai plus. »

— Tu jouais à la poupée, continuait la mère. Tu berçais tes poupées en me faisant signe de parler bas parce qu'elles dormaient...

Elle s'interrompit au milieu de ces évocations émouvantes et, les yeux fixés sur sa fille :

— Espérons, ajouta-t-elle, qu'il te sera donné de le faire un jour avec des poupées de chair et d'os.

— Oui, maman, espérons-le, répondit Carla avec un embarras mêlé de pitié.

— Vraiment, insista la mère comme si elle eût voulu la convaincre d'une grande et profonde vérité, vraiment, je n'ai qu'un seul désir : te voir mariée... Ce sera un tel bonheur pour moi...

Carla sourit : « Pour toi ? Mais, moi, serai-je heureuse ? » pensait-elle. Et elle répondit en baissant la tête :

— Je veux bien... mais il faut être deux pour se marier. Moi... et lui.

— Lui ? Il viendra! s'écria la mère, pleine de confiance. Et même, vois-tu... je vais te paraître ridicule... j'ai comme un pressentiment que tu te marieras au cours de cette année qui commence pour toi... ou qu'au moins tu te fianceras... J'ai cette idée, pourquoi ? Il y a des choses qu'on s'explique mal... Mais tu verras.

Carla pensait : « Tu verras bien autre chose ! » Elle était résolue à se donner à Léo le jour même, et l'aveuglement de sa mère lui causait une impression d'obscurité noire, de ténèbres qui les eussent enveloppés tous, sans espoir de libération. Elle sourit et répondit d'une voix ferme :

— Sûrement, il faut que quelque chose se produise.

— J'en ai le pressentiment, répéta sa mère, convaincue. Et ces fleurs, où les mettons-nous ?

Elles mirent les fleurs dans un vase et passèrent dans l'antichambre. Un rideau rouge tendu sur la verrière de l'escalier voilait la lumière. Les deux femmes s'assirent sur le divan, et aussitôt Marie-Grâce :

— Dis-moi, comment as-tu trouvé Lisa hier soir ?

— Comme d'habitude.

— Oui? Moi, je trouve qu'elle engraisse... et puis je ne sais pas... qu'elle vieillit.

— Ça ne m'a pas frappé, répondit Carla.

Elle avait compris où sa mère voulait en venir. « C'est de moi, maman, que tu devrais être jalouse, pensa-t-elle; de moi, pas de Lisa. »

— Et ce costume, continuait Marie-Grâce, on n'a jamais rien vu de plus mauvais goût... Et Dieu sait ce qu'elle s'imaginait avoir sur le dos.

— Non ? dit Carla, il ne m'a pas paru laid...

— Affreux! trancha la mère.

Elle demeura un instant les yeux grands ouverts dans le vide, comme si elle avait vu se former là, devant elle, l'image de sa jalousie. Puis brusquement, se tournant vers sa fille :

— Enfin, franchement... as-tu remarqué de quelle façon Lisa s'est attaquée à Merumeci ?

« Encore ! pensa Carla, excédée. Mais non, ce n'était pas Lisa, c'était moi... Nous étions dans les bras l'un de l'autre derrière le rideau ! »

— Comment « attaquée » ? répondit-elle.

— Attaquée, je dis bien. Tu as vu comment elle insistait pour se faire reconduire par lui?... Sais-tu ce que je crois ? (Elle se pencha comme pour une confidence.) Je crois qu'elle meurt d'envie de voir leur ancienne liaison se renouer. C'est pour cela qu'elle lui a fait les yeux doux... Mais Léo a autre chose à faire qu'à penser à cette pauvre femme... S'il voulait, il trouverait beaucoup mieux... Avec ce corps qu'elle a et cette figure... elle est toute pétrie d'envie et d'hypocrisie. Par devant, elle dit blanc : « Comme tu es belle, comme tu es élégante ! » et par derrière elle dit noir... Moi qui suis bonne avec tout le monde, qui trouve des qualités à tout le monde, qui ne ferais pas de mal à une mouche, eh bien! cette femme-là, je ne peux la souffrir.

— Mais c'est ton amie.

— Comment faire ? On ne peut pas toujours dire aux gens la vérité en face. Les convenances sociales nous obligent souvent à faire le contraire de ce que nous voudrions... sinon que deviendrait-on ?

Elle faisait des gestes comme pour dire : « Comprends-moi, c'est comme je te dis »; elle haussait les sourcils, tordait sa bouche. Mais le visage de Carla se durcissait; elle s'efforçait de ne pas regarder le masque maternel. Elle avait envie de crier : « Un peu plus de franchise, cela vaudrait mieux! »

— Mais le mensonge pour le mensonge, continuait Marie-Grâce, l'hypocrisie systématique, c'est une chose que je n'admets pas. Tout, mais pas ça... Par exemple, je suis sûre qu'hier elle n'est pas du tout venue pour nous... elle devait avoir appris je ne sais comment que Merumeci était là, et c'est pour cela qu'elle est entrée... D'ailleurs elle n'a rien dit d'intéressant, elle n'est restée qu'une minute et elle ne pensait qu'à s'en aller.

Carla l'observait avec pitié. Cet effort douloureux par lequel sa mère creusait et construisait dans l'erreur lui inspirait toujours un triste dégoût.

— Vraiment? demanda-t-elle pour dire quelque chose.

— Sans le moindre doute, répondit la mère avec assurance.

Elle parut méditer un instant, puis, dans l'ombre de l'antichambre, sa face peinte se contracta en une grimace de haine.

— Cette femme, vois-tu... elle me répugne même physiquement... je ne sais pas, elle me fait l'impression d'être gluante et en même temps pleine d'ardeur, pleine de chaleur... comme une chienne... Oui, quand elle regarde les hommes de ses yeux luisants, elle a l'air de les inviter, de leur dire : venez avec moi... mais, si j'étais un homme, je ne la toucherais pas du bout du doigt, elle me ferait horreur...

— Je t'assure, maman, dit Carla, qu'elle ne m'inspire rien de pareil.

— Tu ne peux pas comprendre... il y a des choses qui t'échappent. Mais moi qui suis femme et qui ai eu l'expérience de la vie, une créature comme celle-là, avec ces yeux, avec ces poses, il me suffit de la voir, elle est jugée... tac ! c'est comme si je prenais une photo.

— C'est bien possible, admit Carla.

Elles se turent un instant. Immobilité ; silence. Puis d'en bas, du fond du corridor, monta le bruit d'une porte fermée avec force. Marie-Grâce se leva :

— Ce doit être Merumeci. Reçois-le... je viens tout de suite.

Carla sentit son cœur battre. Elle descendit l'escalier, une marche après l'autre, lentement, comme si elle craignait de défaillir. Elle entra dans le salon. Léo était là, debout près de la fenêtre ; il lui tournait le dos.

— Tiens, te voilà ! — Il la prit par un bras et la fit asseoir sur le divan.

— Merci de ton cadeau, dit-elle. Mais pourquoi ce billet ?

— Quel billet ?

— « Presque ma fille ! »

— Ah ! s'écria Léo comme s'il s'en souvenait à l'instant. C'est vrai, j'ai écrit « presque ma fille », mais oui, mais oui.

— Et pourquoi as-tu écrit cela ?

Un sourire à la fois impudent et satisfait éclaira le visage de l'homme :

— Par égard pour ta mère, avant tout... et puis parce que j'aime me figurer que tu es ma fille.

« Quelle honte ! pensait-elle. Quelle infamie sans nom ! » Mais l'appétit de destruction était plus fort en elle que le dégoût :

— Moi, ta fille ? dit-elle avec un demi-sourire...

Franchement, je n'y avais jamais pensé. D'où t'est venue une idée pareille ?

— Elle m'est venue hier soir, répondit Léo tranquillement, pendant que nous étions derrière le rideau... Tout à coup, je me suis rappelé, qui sait pourquoi ? que je t'avais connue petite fille, haute comme ça, les tresses dans le dos et les jambes nues. Alors j'ai pensé : je pourrais être son père, et pourtant...

— Et pourtant nous nous aimons, n'est-ce pas ? acheva Carla en le regardant dans les yeux. Mais ne trouves-tu pas que les deux choses sont, comment dirais-je ? inconciliables ?

— Pourquoi ? dit Léo sans cesser de sourire et en se passant la main sur le front. En règle générale, peut-être, mais, dans les cas particuliers, chacun agit suivant son sentiment.

— Mais c'est contre nature !

Léo se mit à rire en voyant sa figure sérieuse et inquiète :

— Oui, mais, puisque tu n'es pas réellement ma fille, ça ne compte pas... A propos, avant que j'aie oublié... après déjeuner, sous un prétexte quelconque, descends au jardin... du côté du bosquet... je te rejoindrai tout de suite... c'est entendu ?

Elle fit oui de la tête ; Léo, satisfait, croisa les bras et leva les yeux au plafond. Il ne voulait pas embrasser Carla, il ne voulait pas la toucher, car il s'attendait, d'une minute à l'autre à voir entrer l'indiscrète Marie-Grâce. « Je risque de rester sur mon excitation et mon désir, pensait-il ; mieux vaut tout remettre à plus tard, un moment où nous serons seuls et où j'aurai tout mon temps. » Mais, dès qu'il regardait Carla, sa figure s'enflammait comme une lanterne ; il n'avait plus qu'une envie : la saisir, l'embrasser, la posséder sur le divan, à l'instant même.

Ces ardeurs contenues augmentaient sa rancune contre Marie-Grâce; il se souvint de la scène de jalousie qu'elle lui avait faite la veille au soir, et une colère sans pitié le souleva.

— Ta mère, dit-il brusquement à Carla, est une oie de première force.

La petite ouvrait la bouche pour répondre quand ils entendirent un bruit de porte. La mère entra. Elle tenait, ou plutôt traînait, Michel par la main.

— Bonjour, Merumeci, dit-elle à son amant — puis, sans transition, en désignant son fils : — Michel dit que si, au lieu de vous céder la villa, nous la vendions aux enchères, nous pourrions vous payer et qu'il nous resterait encore quelques dizaines de milliers de lires... C'est vrai ?

Le front de Léo se rembrunit :

— C'est une sottise, dit-il sans faire un mouvement. Personne n'offrira jamais de votre maison ce que je vous en donne.

— Mais à la fin du compte, dit Michel, tu ne nous donnes rien... tu nous mets dehors et c'est tout.

— J'ai donné déjà, répondit l'autre, irrité et ennuyé, en regardant la fenêtre pleine de ciel blanc. Et du reste, ajouta-t-il d'un ton fâché, faites comme il vous plaira... vendez la maison, donnez-la... mais je vous avertis que vous n'aurez plus à compter sur moi et que, le jour de l'échéance, il faudra que l'argent soit ici, entre mes mains.

Léo savait quel risque il courait en parlant ainsi. S'ils vendaient pour de bon leur villa aux enchères, sa véritable valeur serait révélée... et adieu la belle combinaison! Heureusement Marie-Grâce ne savait même pas ce qu'était une vente; une « affaire », pour elle, c'était forcément quelque chose de louche; et puis surtout elle craignait que son amant ne l'abandonnât. Prête à tout pour se concilier ses bonnes grâces, elle se hâta de le rassurer.

— Non, dit-elle, aux enchères, non. Mais vous, Merumeci, vous pourriez peut-être nous faire des conditions meilleures... Nous pourrions envisager un compromis.

— Quel compromis ? demanda l'homme sans la regarder.

— Par exemple, dit la mère avec une stupidité sublime, nous laisser l'usufruit de la villa jusqu'à ce que Michel gagne sa vie et que Carla soit mariée.

Un gros rire forcé et méprisant accueillit cette proposition :

— Alors j'attendrais un bon bout de temps! s'écria Léo, dès que cette fausse hilarité se fut calmée; oui, un bon bout de temps...

Il regarda Carla et, dans ses yeux résignés et tristes, il lut sa propre pensée : « Après, qui m'épousera ? » Mais il n'en éprouva, lui, nulle mélancolie, nulle pitié; il eut plutôt un mouvement d'orgueil à se sentir la vivante fatalité de cette vie.

— Comment ? fit la mère, offensée, que voulez-vous insinuer par là ?

— Je ne voudrais pas que vous me comprissiez mal, expliqua Léo; je ne doute pas que Carla ne se marie bientôt et je le lui souhaite de tout cœur... mais, quant à Michel, je ne crois pas qu'il soit capable de gagner sa vie avant bien des années, ni qu'il soit sur le chemin d'y arriver. Sur ce point, chère madame, je me permets d'avoir des doutes.

Jusqu'alors Michel, qui s'était laissé entraîner malgré lui dans cette discussion, n'avait guère parlé, mais, à s'entendre aussi ouvertement accuser d'incapacité et de veulerie, il éprouva le besoin de réagir. « C'est le moment de se fâcher », pensa-t-il, et il avança d'un pas.

— Je ne suis pas ce que tu t'imagines, dit-il d'une voix qui sonnait affreusement faux, je prouverai par des actes que je sais travailler et gagner ma vie comme un autre... Tu verras, ajouta-t-il, admirant à part lui l'expression de visage de sa mère, toute d'approbation et de fierté, que, sans ton secours, je saurai subvenir à mes besoins et à ceux de ma famille.

— Parfaitement juste, s'exclama Marie-Grâce — et d'une main orgueilleuse elle caressa la tête de son fils, qui en sourit de pitié; — Michel travaillera et deviendra riche. Nous n'avons besoin de personne, nous autres.

Mais Léo n'était pas bête à ce point; il haussa les épaules avec fureur :

— Des âneries! cria-t-il. Avec Michel, on ne sait jamais si on parle sérieusement ou si on plaisante; tu es un petit pitre... voilà ce que tu es, un petit pitre!

Il était au comble de l'indignation. S'il y avait une chose sur laquelle il n'admettait pas qu'on plaisantât, c'étaient les affaires. Il avait envie de les laisser tous là et de s'en aller. Michel fit encore un pas en avant. « Pitre! » Ce terme constituait-il, oui ou non, une injure grave et propre à offenser son honneur ? A en juger par son indifférence, non; mais, à ne considérer que le sens du mot, le sentiment peu amical qui l'avait inspiré, oui, certainement. « Agir, pensa-t-il avec une sorte d'ivresse, le souffleter, par exemple! » Il n'y avait pas une minute à perdre ; Léo était là, à un pas de lui, contre la fenêtre, appuyé au rideau de velours rouge; cette joue qu'il devait frapper se trouvait en pleine lumière, large, sanguine, bien nourrie et bien rasée... De la place pour toute la main; impossible de manquer le but... donc...

— Ah! je suis un petit pitre ? dit-il d'une voix incolore, en faisant un dernier pas en avant. Et l'idée ne te vient pas que je pourrais être offensé...

— Sois offensé si ça t'amuse, répondit Léo avec un sourire négligent, mais sans perdre Michel de vue.

— Alors, tiens, voilà pour toi...

Michel leva la main... mais il fut saisi par le poignet avec une rapidité surprenante, et son geste fut arrêté, brisé. Avant d'avoir compris comment, il se retrouva coincé dans l'angle de la fenêtre. Léo le tenait ferme par les deux poignets; derrière Léo, consternées, étaient accourues les deux femmes.

— Ah! tu voulais me gifler, dit enfin l'homme avec une sorte de sarcasme tranquille; mais tu te trompes, mon petit... il n'est pas encore né, celui qui me giflera...

Il parlait d'un ton calme, mais les dents serrées.

— Enfin, qu'y a-t-il? s'écriait Marie-Grâce derrière son dos.

Quant à Michel, en dépit de sa position incommode, il était surtout frappé par l'élégance forte et sûre de son adversaire : une jaquette croisée de drap marron lui moulait le torse : la chemise qu'il portait était blanche et fraîche ; un col de toile amidonné, blanc et brillant, soutenait à merveille son menton rasé, une cravate de soie havane, filetée de jaune, sobrement nouée, s'insérait dans l'échancrure du gilet. Il vit tout cela en quelques secondes, puis il leva les yeux et dit simplement :

— Laisse-moi.

— Non, mon cher, reprit l'autre, non, je ne te laisse pas; j'ai à te parler et j'en ai encore pour une demi-heure.

Cependant Marie-Grâce et Carla s'interposaient.

— Laissez-le, Merumeci, dit celle-ci en posant une main sur l'épaule de son frère; vous lui parlerez aussi bien sans le tenir de la sorte, vous ne croyez pas ?

Léo lâcha prise.

— Je n'ai rien d'autre à lui dire, prononça-t-il sèchement, rien, sinon qu'il serait temps d'en finir... Ces manières-là sont inadmissibles, sans compter qu'elles ne me paraissent pas le meilleur moyen d'aboutir à un compromis.

— Vous avez mille fois raison, dit la mère avec un empressement adulateur ; mais ne vous occupez pas de Michel... il ne sait pas ce qu'il fait...

« Et toi, tu le sais », pensa le garçon en la regardant.

— Mais, alors, pourquoi m'as-tu obligé à entrer en scène ? demanda-t-il.

— Donc, poursuivit Marie-Grâce, sans tenir compte de cette interruption, si vous voulez parler de cette affaire, adressez-vous à moi.

— Alors, je peux parler ? fit Léo. Eh bien ! je vais vous dire une fois pour toutes mes dernières conditions : je vous laisse la villa jusqu'à ce que vous ayez trouvé un logement... et puis... en outre, je vous donnerai une certaine somme... mettons, par exemple... trente mille lires.

— Trente mille lires, répéta la mère en écarquillant les yeux. Comment cela ?

— Je m'explique. Vous affirmez que la valeur de la villa est supérieure au montant de l'hypothèque... Je soutiens que non, mais, pour vous prouver que j'agis vraiment en ami, je vous donne trente mille lires supplémentaires... qui représentent... que sais-je ?... les travaux qui ont pu être exécutés ces derniers temps.. les améliorations apportées depuis l'hypothèque.

— Mais la maison vaut davantage, insista la mère presque douloureusement, elle vaut davantage.

— En ce cas, voulez-vous mon conseil ? dit

Léo avec calme ; vendez-la à quelqu'un d'autre... Vous verrez que non seulement il ne vous restera pas trente mille lires, mais que vous n'aurez pas de quoi me payer... D'abord, avec la crise que nous traversons, tout le monde veut vendre, et personne n'achète; il suffit de regarder les pages d'annonces des journaux pour s'en apercevoir... et puis la maison est hors la ville, et il ne sera pas facile de trouver quelqu'un qui accepte d'habiter si loin du centre... Mais faites à votre idée... je me reprocherais toute ma vie de vous avoir donné un mauvais conseil.

— A ta place, j'accepterais les conditions de Merumeci, dit Carla. Pour ma part, je n'ai qu'un désir, c'est de quitter cette maison et d'aller vivre ailleurs, même pauvrement.

La mère eut un geste d'exaspération.

— Toi, veux-tu bien te taire !

Silence consterné. Marie-Grâce voyait la misère, Carla voyait la fin de son ancienne existence. Michel, lui, ne voyait rien et il était le plus désespéré des trois.

— De toute façon, dit Léo, nous pourrons en reparler... venez... venez me voir après-demain dans mon cabinet, chère madame... nous discuterons cela tout à notre aise.

La mère accepta avec une sorte d'enthousiasme avide et douloureux :

— Après-demain... dans l'après-midi ?

— Dans l'après-midi, très bien.

Après un court silence et sur un mot de Marie-Grâce, tous quatre passèrent dans la salle à manger.

La table avait été dressée avec solennité et raffinement; argenterie et cristaux, toute la plus belle vaisselle de la famille sur la nappe blanche. La mère s'assit au bout de la table et, bien que les places fussent celles de la veille au soir, elle les redistribua : « Merumeci, ici... Carla, ici... Michel là... » soit qu'elle voulût souligner l'importance de la fête, soit parce que d'habitude elle traitait, en pareille occasion, des convives plus nombreux.

— J'aurais voulu, dit-elle en commençant à manger, faire pour l'anniversaire de Carla un repas comme je les entends, avec tous les services traditionnels, un repas en règle... mais comment y arriver ? Aujourd'hui ces choses-là ne sont plus possibles. J'ai une cuisinière qui a de la bonne volonté, mais ce n'est pas une vraie cuisinière. On a beau lui répéter : faites comme ceci, faites comme cela... il lui manque le feu sacré, et qui n'a pas le feu sacré n'a rien.

— Tu as raison, approuva gravement Michel, qui n'a pas le feu sacré n'a rien... Ainsi, moi, j'ai bien essayé de donner une gifle à Léo, je n'y suis pas arrivé... il me manque le feu sacré...

— Je ne vois pas le rapport, interrompit Marie-Grâce, rouge de fureur. Que vient faire ici Léo ?... On parle de la cuisinière... Ah! tu ne changeras jamais... Même un jour comme celui-ci, le jour de la naissance de ta sœur, quand on devrait tout oublier, tout pardonner, être tout à la joie, tu ne parles que de gifles, de disputes... ah! tu es bien toujours le même...

— Laissez-le dire, chère madame, proféra Léo sans lever les yeux de son assiette. Pour moi, c'est comme s'il ne disait rien : je n'écoute pas.

Michel ne s'empressa pas moins de rassurer l'auditoire :

— Je me tais, maman, je me tais, sois tranquille. Je serai muet comme une carpe. Ce serait tellement dommage de troubler cette petite fête...

Le silence retomba : la femme de chambre entra et changea les assiettes. Puis Marie-Grâce, qui n'avait pas cessé de fixer sur son amant des yeux inquisiteurs, se décida tout à coup :

— Vous vous êtes bien amusé hier soir, Merumeci ?

Léo eut pour Carla un regard qui signifiait : « Ça y est ! » mais Carla ne répondit pas ; elle entendit l'homme demander : « Où ? Quand ? » et au même instant un pied toucha le sien sous la table; elle se mordit les lèvres; cette mesquine duplicité l'écœurait.

— Où ? reprenait Marie-Grâce. Mais avec Lisa, voyons !

— Mon Dieu... si vous trouvez que c'est un amusement de raccompagner quelqu'un !

— Moi ? protesta la mère avec un rire fin, ah ! non, mon cher. Il y a des gens avec lesquels je m'ennuie franchement... mais vous, si vous recherchez leur compagnie, c'est donc qu'ils vous plaisent.

Léo allait répondre quand, avec son incongruité habituelle, Michel intervint :

— Ah ! maman, s'écria-t-il, parodiant la réprimande que sa mère venait de lui adresser, tu ne changeras donc jamais... même en un jour comme celui-ci, le jour de la naissance de ta sœur, non, pardon, de ta fille, quand on devrait tout oublier, tout pardonner, être tout à la joie, tu ne parles que de Lisa, de personnes qu'on raccompagne... ah ! tu es bien toujours la même...

Cette bouffonnerie fit sourire Carla malgré elle et rire Léo de bon cœur.

— Bien, Michel ! cria-t-il.

Mais la mère le prit très mal :

— De quoi te mêles-tu ? dit-elle en se tournant vers son fils, j'ai le droit de parler autant qu'il me plaît à Merumeci des choses qui nous intéressent sans que tu aies à y mettre ton grain de sel.

— Mais en un jour comme celui-ci...

— Cela n'a aucun rapport ! (Elle haussa les épaules avec fureur.) J'ai simplement fait allusion... et puis, après tout, oui, parlons d'autre chose... Mais vous, Merumeci, je tiens à vous prier de choisir dorénavant un autre endroit pour y rencontrer vos maîtresses... je ne dirige pas une maison de rendez-vous... vous avez compris?

C'était la première fois que Marie-Grâce s'abandonnait à pareille violence. Alors il se produisit un fait imprévu; Carla, qui, durant cette scène, n'avait pas ouvert la bouche, protesta :

— Je voudrais savoir une chose, commença-t-elle — elle se forçait à parler d'un ton mesuré, mais la contraction de son visage enfantin, sa rougeur soudaine et la dureté inaccoutumée de son regard révélaient une colère profonde — je voudrais savoir, maman, si tu te rends compte de ce que tu dis... je voudrais savoir simplement cela...

Sa mère la regarda comme un phénomène de cirque :

— Ah! ça, c'est du nouveau! Maintenant je ne serai même plus libre de parler!

— Je voudrais savoir, reprit Carla d'un ton déjà plus aigu, plus vibrant, avec un tremblement des lèvres, si tout cela devrait être permis...

Elle pencha un peu sa grosse tête et fixa sa mère dans les yeux, étrangement, de bas en haut.

La mère, la fille et Léo se regardaient en silence, hébétés et stupides; seul, peut-être, Léo eut alors une vague intuition de l'état d'esprit de Carla; pour mieux dévisager sa mère, elle s'était mise un peu de biais et ramassée sur elle-même; ses épaules maigres en semblaient plus étroites, sa tête plus grosse... On eût dit qu'elle se préparait à bondir. « Une petite furie, pensa Léo, elle va se jeter sur Marie-Grâce et la déchirer avec ses ongles. » Mais ces catastrophiques prévisions ne se vérifièrent pas; Carla ne fit que redresser la tête.

— Voilà ce que je voudrais savoir, et s'il est possible de continuer de la sorte, toujours de vivre toujours dans ce même ennui, de ne jamais échapper à ces misères, de nous complaire à toutes les stupidités qui nous passent par la tête, de discuter, de nous disputer, de revenir toujours sur les mêmes griefs, de ne jamais nous élever au-dessus de la terre, pas même de ça! — Elle leva un peu la main au-dessus de la table; ses yeux irrités s'embuaient de larmes, elle tremblait. — Oui, repritelle en se redressant tout à fait, je voudrais savoir si tu trouves cela beau... Mais tu ne te vois donc pas! Mais tu devrais te regarder dans une glace pendant que tu parles, que tu discutes : tu rougirais de toi-même et tu comprendrais jusqu'où peuvent pousser l'ennui et la lassitude, à quel point on peut arriver à désirer une vie nouvelle, complètement différente de celle-ci...

Elle se tut, la figure un peu rouge et larmoyante, et, sans savoir ce qu'elle faisait, elle se servit du plat que lui présentait la femme de chambre.

La mère, enfin, revint de sa stupeur.

— Ah! par exemple! C'est le comble... A partir d'aujourd'hui, je devrais donc m'adresser à ma fille pour demander la permission de parler ?... Je croyais rêver en t'écoutant... C'est inimaginable.

— Il me semble, au contraire, dit tranquillement Michel, que Carla n'a fait qu'effleurer la vérité. Tout cela est plus qu'ennuyeux, c'est dégoûtant... Mais il ne sert à rien de protester : mieux vaut en prendre son parti.

— N'exagérons rien, dit Léo, conciliant. Carla n'a pas voulu en dire autant.

— Allons donc! répondit la mère. Je les connais, mes oiseaux. Savez-vous ce que sont Carla et Michel ? deux égoïstes... voilà la vérité : deux égoïstes qui s'en iraient s'ils le pouvaient et qui me laisseraient seule!...

Seule! Sa voix tremblait. Oui, ils s'en iraient vraiment. Léo comme les autres, ils la laisseraient vraiment seule. Carla eut un regard vers elle, elle se repentait maintenant d'avoir parlé. Aussi bien, à quoi cela servait-il ? On n'épuise pas l'Océan avec un verre d'eau; sa mère resterait toujours ce qu'elle était : ridicule, inintelligente, perdue dans son obscurité; un miracle même ne la changerait pas. Rien à gagner à la heurter de front; agir valait mieux; s'en aller pour de bon, aujourd'hui, et ne plus revenir. Surmontant son dégoût, elle se disposa à la réconciliation :

— Voyons, maman, je n'ai pas voulu t'offenser. Je voulais simplement te demander, puisque c'est mon anniversaire, tu l'as dit toi-même, de laisser de côté toute discussion... et...

— D'être tout à la joie, acheva Michel avec une grimace.

— C'est cela, approuva Carla sérieusement, tout à la joie.

Mais, en voyant le front obstiné et mécontent de sa mère, elle avait envie de crier : « La joie ? Pouvons-nous donc nous réjouir d'être ce que nous sommes ? » Elle se tut un instant, puis :

— Alors, maman, ajouta-t-elle, tu ne t'en es pas offensée, n'est-ce pas ?

— Je ne m'offense jamais, répondit dignement la mère, mais il me semble que ce n'était pas là le ton d'une fille respectueuse.

— Tu as mille fois raison, maman, reprit Carla en exagérant la mansuétude, mille fois raison... mais il faut tout oublier, au moins pour aujourd'hui, et penser à des choses plus gaies.

— Toi, tu es une fine mouche, dit la mère avec un demi-sourire; eh bien! soit, oublions, puisque c'est ta fête... sinon cela se serait passé autrement.

— Très bien, approuva Carla, toujours du même ton intentionnellement calme; je te remercie, maman... Et maintenant, vous deux, Léo et Michel, racontez-nous quelque chose de gai; faites-nous rire un peu.

— Comme cela, au pied levé, dit Léo en posant sa fourchette, je serais incapable de raconter quoi que ce soit.

— Moi, dit Michel, je sais une histoire vraiment belle. Voulez-vous que je vous la raconte ?

— Nous écoutons, dit Marie-Grâce.

— Voilà.

Michel leva la tête et se mit à réciter :

— C'était le soir du vendredi saint; les bandits calabrais étaient assis en rond autour de leur feu. Tout à coup, l'un d'eux parla : « Toi, Giuseppe, dit-il, raconte-nous donc une histoire. » Et Giuseppe commença d'une voix caverneuse : « C'était le soir du vendredi saint; les bandits calabrais... »

— Assez, assez, dit la mère en riant. C'est le jeu sans fin, nous avons compris...

— Le serpent qui se mord la queue, expliqua Léo.

La femme de chambre entra, portant un magnifique gâteau sur lequel étaient inscrits en lettres de crème les mots « Meilleurs souhaits ». Marie-Grâce se servit la première, puis Léo, puis Carla et enfin Michel qui, tout en prenant sa part, demanda :

— Alors, mon histoire vous a plu ?

— Pas du tout! dit la mère qui mangeait avec componction. Il serait difficile de trouver quelque chose de plus stupide...

— C'est cela qu'on vous apprend à l'Université? demanda paisiblement Léo sans lever les yeux de son assiette.

Michel le regarda de travers.

— J'aurais bien une autre histoire en réserve, dit-il. Mais maintenant j'ai peur qu'elle ne vous plaise pas... Il s'agit d'une femme mûre qui avait un amant...

Carla se hâta de l'interrompre :

— Mais ce n'est pas une histoire gaie, et moi, tu sais, je n'aime que celles qui font rire...

— Ce n'est pas forcément triste, observa Léo.

— Et d'ailleurs, Michel, dit la mère avec dignité, je n'aime guère t'entendre parler si librement de certaines choses devant ta sœur.

A ces mots, Léo ébaucha un sourire. « Ne t'inquiète pas, pensa-t-il, amusé, la petite en sait plus long que toi. » Il chercha le pied de Carla sous la table, comme pour l'inviter à rire avec lui. Mais cette fois encore elle s'abstint de répondre à ce contact confidentiel et complice. Elle n'avait plus envie de rire. Elle regardait le masque stupide et indécis de sa mère, suspendu dans le jour blanc de la pièce. « En finir vite, pensait-elle, faire en sorte que, demain, elle ne puisse plus parler ainsi ! » Et, dans son impatience, elle aurait voulu faire un geste excessif, éclater d'un rire ironique pour faire perdre à sa mère toute illusion sur sa naïveté.

— Dommage! dit Michel. C'était une histoire très instructive... pas drôle, peut-être, mais très instructive.

Nouveau silence. La femme de chambre changea les assiettes et apporta les fruits.

— Ainsi donc, Carla, dit Léo en mordant avec attention dans un quartier de pomme, à partir d'aujourd'hui une vie nouvelle devrait commencer pour toi, n'est-ce pas ?

— Espérons, répondit Carla avec un soupir étouffé.

Une idée la tourmentait : quand se donnerait-elle à Léo ? Ce soir même ou un autre jour ?

— Nouvelle, dans quel sens ? demanda la mère.

— Dans tous les sens, maman.

— Je ne te comprends pas, ma chère, dit Marie-Grâce; explique-toi, donne un exemple.

— Nouvelle... c'est-à-dire moins stupide, moins superficielle, moins inutile, plus profonde que celle que j'ai menée jusqu'à présent... Nouvelle, dans le sens de complètement différente.

— Carla a raison, déclara Léo. De temps en temps, ça fait du bien de changer.

— Vous, taisez-vous, enjoignit la mère, inquiète. Je ne comprends pas. Comment, changer de vie ?... Un beau matin tu te lèves et tu te dis : je change de vie. Comment est-ce possible ?

— On peut accomplir tel acte, dit Carla sans lever les yeux, les dents serrées, tel acte qui transforme du tout au tout notre existence.

— Mais, ma chère enfant, rétorqua durement la mère, je ne vois pas trop comment une jeune fille convenable pourrait changer de vie, sinon en se mariant... Alors, vraiment, c'est une vie nouvelle... On a la responsabilité d'une maison; il faut s'occuper de son mari, élever ses enfants si on en a... tout un ensemble de choses qui modifie radicalement nos habitudes... Je te le souhaite de tout cœur, mais il me semble peu probable que tu puisses te marier du jour au lendemain... en sorte que je ne vois pas comment ta vie pourrait changer tout d'un coup, simplement parce que tu le désires...

— Mais, maman, se risqua à dire Carla en serrant nerveusement le manche de son couteau, il y a des événements autres que le mariage qui peuvent changer la vie d'une personne.

— Et quels sont-ils ? demanda Marie-Grâce très froidement, en piquant du bout de sa fourchette un morceau de pomme.

Carla regarda sa mère d'un regard presque haineux. « Par exemple, devenir la maîtresse de Léo », pensa-t-elle, et elle imaginait avec un plaisir triste et avide la stupeur, l'effroi, l'indignation que ces mots auraient suscités. Mais elle se contenta de dire avec une résignation ironique et du ton de quelqu'un qui n'a pas la foi :

— Eh bien! je pourrais rencontrer aujourd'hui le directeur d'une agence cinématographique américaine, et il pourrait, frappé par ma beauté, me proposer un bel engagement... Est-ce que ma vie ne changerait pas du jour au lendemain ?

Marie-Grâce eut une moue réprobatrice :

— Tu raisonnes comme une gamine. On ne peut pas causer avec toi.

— Tout est possible, dit Léo, qui tenait à se concilier Carla.

— Comment ? Que ma fille devienne aujourd'hui une actrice ? Vous ne savez pas ce que vous dites, Merumeci.

— Mais, toute plaisanterie à part, insista Carla, je crois comprendre que bientôt nous serons obligés de quitter la villa et d'aller habiter ailleurs... et puis il faudra réduire nos dépenses... Ce sera bien un changement de vie, n'est-ce pas ?

— Qui te parle de quitter la maison ? dit Marie-Grâce en regardant son amant dans les yeux, avec une sorte d'impudence désespérée. Tant que tu ne seras pas mariée, nous resterons ici.

Léo devint rouge de colère; il eut grand mal à réprimer un haussement d'épaules. « Plus souvent, que vous resterez, pensa-t-il. Vous déguerpirez, et au trot! »

— Nous resterons, répéta la mère avec un sourire mal assuré; n'est-ce pas, Merumeci, que nous resterons ?

Tous regardaient Léo. Il pensait : « Que le diable l'emporte! » mais, attentif surtout à ne pas provoquer de scènes et à gagner les bonnes grâces de Carla, il répondit :

— Oui, oui, vous resterez.

— Vous voyez, s'exclama la mère, triomphante, j'ai la parole de Merumeci. Pour le moment rien ne sera changé!

« Pour le moment... oui », murmura l'homme, mais d'une voix si basse que personne ne l'entendit. Ce fut alors que Carla eut son deuxième accès d'irrépressible fureur. Les trois autres la virent devenir toute rouge, et soudain elle frappa du poing sur la table :

— Moi... moi, je ne crois pas à tout cela, dit-elle d'une voix presque stridente. Toi, maman, tu veux me voir étouffer. Je préfère la ruine, comprends-tu ? Oui, la ruine... Je préfère aller jusqu'au fond, jusqu'au plus bas. Je le disais l'autre jour à Léo, je ne fais qu'y penser nuit et jour, et ce matin même, à peine levée, je me suis regardée au miroir et je me suis dit : « Une nouvelle année commence pour moi, elle doit être absolument différente de celle qui s'achève » ; parce qu'il est impossible que cela continue... impossible.

Brusquement, de rouge qu'elle était, elle devint pâle, inclina la tête et se mit à pleurer. Tous se regardaient, embarrassés. Marie-Grâce se leva; ce pleur dut lui paraître suffisamment sincère pour ôter toute importance aux accusations qui l'avaient précédé; elle s'approcha de sa fille :

— Pourquoi te mettre à pleurer comme cela sans raison... allons... le jour de ta fête... Il ne faut pas pleurer.

Carla demeurait tête basse et secouée de sanglots; mais il y avait dans les paroles consolatrices de sa mère un écho si limpide du temps de son enfance — chagrins puérils, refuges maternels — qu'un impérieux attendrissement s'insinua dans sa douleur aride ; elle crut se revoir comme elle était alors, toute petite, et elle éprouva soudain un regret de n'être plus telle, irresponsable et innocente. Des figures, des événements de ces années révolues passèrent devant ses yeux à travers un voile de larmes. Ce ne fut qu'un instant. Elle entendit Léo l'encourager à son tour :

— Allons, un peu de gaîté! Pourquoi pleures-tu ?

Elle releva le front :

— Vous avez raison, dit-elle d'une voix ferme, en s'essuyant les yeux. Aujourd'hui c'est ma fête...

Elle allait dire un mot de plus, mais elle se retint.

— Que diable ! s'exclamait Léo, pleurer à table !

Marie-Grâce souriait stupidement. Tout était à la fois doux et amer.

Seul Michel restait impassible. « De l'hystérie, avait-il pensé en voyant sa sœur éclater en sanglots; amoureuse et aimée d'un garçon de son âge, elle serait plus calme. » Il n'établissait aucune différence entre Carla et les deux autres; tous trois lui paraissaient intolérablement faux et lointains. « Est-il possible qu'à cela se réduise pour moi la société des hommes ? » se demandait-il avec angoisse. Plus il les écoutait, plus ils lui semblaient ridicules, emmurés dans leurs sincérités solitaires. « Rire, pensa-t-il, il faut que je rie. » Mais sans qu'il sût pourquoi — était-ce dégoût ou pitié ? — à les voir là, sa mère, sa sœur et Léo, pour la millième fois, immobiles, assis autour de cette table, son front s'assombrissait et ses yeux se fermaient de fatigue. « C'est une erreur, se disait-il, ce doit être une erreur »; et il baissait la tête pour cacher ses paupières humides.

Personne ne le vit, personne ne le comprit. Les fruits étaient mangés. Chacun avait devant son assiette une coupe, et Léo, l'œil tendu, lisait les étiquettes de deux bouteilles de vin français que venait d'apporter la femme de chambre.

— Celui-ci est bon, dit-il enfin, en connaisseur, et celui-là est excellent.

— L'un d'abord et l'autre ensuite, dit sagement la mère. Débouchez-les, Merumeci.

Léo prit une bouteille, la libéra de son fil de fer et compta tout haut : « Une, deux, trois! » Au « trois », le bouchon sauta et, en toute hâte, pour ne pas répandre la mousse, Léo versa le vin dans les coupes. Tous quatre, sous le lustre poussiéreux, s'étaient levés.

— A ta santé, Carla, dit la mère d'une voix basse et intime, comme s'il se fût agi de quelque secret.

Les coupes s'entre-choquaient ; aimables et émues, les interjections se croisaient : « Maman », « Michel », « Carla », « Madame », « Merumeci »... les mots volaient sur la table en désordre, entre ces quatre têtes courbées. Puis tous burent en s'interrogeant du regard.

— Il est bon, dit enfin la mère. On voit qu'il est vieux.

— Très bon, confirma Léo. Et maintenant je vais vous faire un discours, un discours pour chacun. Mais, avant tout, je prierai Michel de ne pas faire cette figure de condamné à mort : ce n'est pas de la ciguë, c'est du champagne.

« Tu as raison, pensa Michel, il faut rire. » Il fit une grimace tellement idiote qu'il en eut conscience lui-même et qu'il sourit.

— Là, bien! dit Léo satisfait de son allusion à Socrate. (Il leva la coupe.) A ta nouvelle vie, Carla. (Il sourit et heurta le verre qu'elle lui tendait.) Je sais très bien, continua-t-il en la regardant avec malice, quels sont tes désirs les plus chers et ces pensées que tu roules nuit et jour... Je crois donc mettre dans le mille en te souhaitant un mariage heureux, dans tous les sens du mot, c'est-à-dire avec un homme riche, beau et intelligent... Ai-je deviné, oui ou non ?

Marie-Grâce, de derrière sa coupe, fit signe que oui, l'air en fête. Mais celle qu'on fêtait ne répondit pas, n'eut pas un sourire : ce mensonge allusif et ironique de Léo lui faisait entrevoir au-devant de quelle ruine elle marchait. Qu'importe, il fallait aller jusqu'au bout. Elle fit des yeux un signe d'assentiment et, non sans répugnance, car elle n'avait jamais aimé le champagne, vida sa coupe.

— A la santé de Madame, reprit Léo, et, puisque nous avons cru comprendre que ses désirs étaient à l'opposé de ceux de Carla, nous lui souhaiterons, à elle, que rien ne change, qu'il lui soit donné de conserver toujours ses vieilles habitudes, et aussi, ajouta-t-il avec une habileté suprême, ses vieux amis.

Marie-Grâce sourit comme si on l'eût chatouillée sous les aisselles.

— Vivent les vieux amis! criait-elle.

Éperdue d'enthousiasme, elle leva sa coupe et la vida d'un seul trait.

— A notre amitié, Michel, dit enfin Léo.

Il but à son tour et s'avança vers le garçon, la main tendue, sûr de lui et bon enfant. Michel, assis sur sa chaise, le regardait de bas en haut et le voyait sourire. Il voyait cette main offerte, largement étalée sous son nez, ce buste large et ce sourire paternel et niais, qui se perdait dans des joues pesantes. « Refuser, pensa-t-il, refuser et lui tourner le dos. » Il posa sa serviette sur la table et fit un mouvement comme pour se lever. Alors, portant les yeux autour de lui, il s'aperçut qu'un profond silence avait succédé aux rires, aux discours et aux toasts. La vaisselle, sur la table en désordre, n'était pas plus immobile que Carla et sa mère; celle-ci, de plus, le regardait, angoissée et impérieuse, la tête dans les mains; deux rides lui barraient le front; on ne comprenait pas bien si elle commandait ou suppliait.

La pitié, de nouveau, le saisit comme un malaise. Il avait envie de dire à sa mère : « N'aie pas peur, maman, on n'y touchera pas, à ton homme! » D'elle à Léo erraient ses yeux éblouis... C'était un songe, un cauchemar d'indifférence. Il entendit la voix de Léo qui disait :

— Allons, allons, donne-moi la main et que tout soit fini.

Il lui tendit la main droite. Puis tout à coup, dans un mouvement d'une spontanéité qui lui parut invraisemblable, il se jeta dans les bras de l'homme. Ils s'embrassèrent. Aussitôt reparut la plus franche gaîté.

— Parfait, applaudissait la mère. Bravo, Michel!

— Il est inadmissible, criait Léo, que deux personnes intelligentes, comme Michel et moi, ne soient pas d'accord.

Et il pensait en lui-même : « Maintenant que nous nous sommes donné l'accolade, vas-tu me laisser la paix? » Quant à Michel, au bout de la table, il penchait honteusement la tête sur son assiette. Il semblait se repentir de cet embrassement comme d'une mauvaise action. Quand il leva les yeux, les trois autres, déjà, ne s'occupaient plus de lui : il les voyait rire et boire comme à travers une vitre, étranges et lointains; une fois surmonté l'obstacle de sa haine, ils l'ignoraient.

Léo avait repris la bouteille et versait du vin aux deux femmes, à la fille surtout. « Je perds mon nom, pensait-il, si je ne fais pas boire à Carla au moins une de ces deux bouteilles. » Il savait que l'ivresse faciliterait sa victoire, il s'imaginait par avance les délices de cette rencontre au jardin; le désir, sous l'effet du copieux repas, tendait son corps :

— Souvenez-vous, dit-il d'un ton sévère, que

nous ne quitterons pas la table avant que ces deux bouteilles soient finies.

— Buvez-les, vous, dit la mère qui riait beaucoup et qui, entre deux rires, lançait à son amant des regards enflammés; vous ou Carla... mais moi, vraiment...

— Très juste, approuva l'homme, nous les boirons, Carla et moi... N'est-ce pas, Carla ?

De sa coupe, il toucha la sienne. Ce vin ne plaisait pas à la jeune fille, il la dégoûtait, même ; mais il y avait dans le geste de Léo et dans le regard qui l'accompagnait quelque chose d'impérieux, d'irrésistible et de menaçant qui la fit obéir bon gré mal gré.

— Tout, n'est-ce pas, jusqu'à la dernière goutte!

Carla regarda Léo, puis sa mère qui riait. « M'enivrer », pensa-t-elle soudain. Ces visages, dans la lumière blanche de l'après-midi, l'épouvantaient. « Ne plus voir tout cela! » Elle leva sa coupe et, surmontant sa répulsion, la vida d'un trait. Le liquide mousseux, douceâtre et irritant lui remplissait la bouche. Elle tardait à l'avaler et, l'espace d'une seconde, elle eut le désir de le cracher à la face de Léo ; mais elle se contint, ferma à moitié les paupières et entendit les glouglous du vin qui descendait dans sa gorge. Puis elle rouvrit les yeux; la bouteille, dans la main de Léo, était de nouveau suspendue sur sa coupe, qui se remplissait d'un flot écumeux et jaune.

— Vous aussi, madame, buvez, disait Léo. Vous connaissez l'adage : « Remplis ton verre vide — Vide ton verre plein — Ne laisse jamais dans ta main — Ton verre ni vide ni plein. »

« Oh! oh! » riait Marie-Grâce, mise en joie par ces vieilles plaisanteries.

— *In vino veritas*, continuait Léo. Buvez avec moi... Je parie qu'au deuxième verre vous voyez double...

La mère prit un air de dignité offensée :

— Vous vous trompez, il y a peu de femmes qui supportent le vin comme moi.

Et, pour en donner la preuve, elle vida sa coupe.

— Voyons, dit Léo, tout à fait de bonne humeur, en montrant deux doigts, combien y en a-t-il ?

— Vingt! répondit sa maîtresse en éclatant de rire.

— Très bien!

L'homme, un instant, regarda la mère et la fille, puis, se tournant résolument vers Carla :

— Et maintenant, dit-il, buvons à la santé de ton futur mari.

— Alors je bois aussi, dit Marie-Grâce dans le ravissement.

Carla hésita. Un commencement d'ivresse déformait déjà sa vision. C'était comme de porter des lunettes trop fortes ou de regarder dans un aquarium; les objets tremblaient, se rapprochaient, se confondaient entre eux. « Encore une gorgée, pensa-t-elle, et je n'aurai plus conscience de rien »; elle sourit confusément, leva sa coupe en refoulant une nausée et but. Elle eut aussitôt l'impression d'avoir fait dans le ciel de l'ivresse un bond immense; une grande gaîté l'envahit, un besoin de parler, de montrer aux autres qu'elle avait toute sa raison :

— Je veux bien boire à la santé de mon futur mari, dit-elle en détachant les syllabes; mais qui est ce futur mari ?

— Dieu seul le sait, dit la mère.

— Si je ne te considérais pas comme ma fille, commença Léo, je te proposerais bien quelqu'un : moi-même. Voudrais-tu de moi ?

— Toi ! cria-t-elle en pointant son index vers l'homme, toi, mon mari ? Mais... (Elle le regarda un instant. N'était-ce pas l'amant de sa mère ?) Mais... tu es trop gros, Léo.

— Oh ! pour ça non! protesta la mère, scandalisée, il n'est pas gros du tout, je te souhaiterais un mari comme lui.

— Tu vois! Alors ? insista Léo en souriant; nous ferions notre voyage de noce à Paris...

— Non, moi je préfère les Indes, interrompit Carla d'un ton plaintif.

— Paris est bien plus intéressant, déclara la mère qui n'y était jamais allée, non plus qu'aux Indes.

— Eh! va pour les Indes, concéda Léo. Je te donnerai une automobile, une maison, des toilettes... Donc... c'est oui ?

Carla le regarda; l'ivresse lui brouillait les idées. Pourquoi Léo parlait-il ainsi ? Pour se moquer de sa mère, peut-être ? Alors il fallait rire.

— Pour moi, répondit-elle enfin, je n'y vois aucune objection... mais il faudrait que maman nous donnât son consentement.

— Eh bien ! madame, demanda Léo, toujours avec le même sourire tranquille et satisfait, m'accepteriez-vous pour gendre ?

— Voyons cela, dit la mère qui, sous l'effet du vin, trouvait un grand charme à cette facile parodie. Voyons... vous avez, je crois, une bonne situation...

— Je suis employé au ministère de la Justice et des Cultes, répondit Léo d'un petit ton humble; je touche huit cents francs par mois... mais je donne toute satisfaction à mes chefs et je suis proposé pour une promotion...

— Et votre famille ? dit la mère en maîtrisant à grand'peine son fou rire.

— Je n'ai plus de famille, je suis seul au monde.

— De la religion ?

— Beaucoup de religion.

— En somme, vous croyez pouvoir rendre ma fille heureuse ?

— J'en suis convaincu, dit Léo en regardant attentivement Carla.

— En ce cas, mariez-vous, et que Dieu vous bénisse, conclut Marie-Grâce en laissant éclater son hilarité.

—Marions-nous, Léo, répéta Carla sans entrain.

Léo riait aussi :

— Il me semble, dit-il, que la répétition générale n'a pas mal marché. Maintenant il ne nous reste plus qu'à trouver le vrai mari.

Il saisit la seconde bouteille, remplit le verre de Carla. « Il faut qu'elle boive, se disait-il, qu'elle boive comme une éponge! »

— A la santé de Madame, maintenant, proposa-t-il.

Carla prit sa coupe d'une main tremblante et but. Alors brusquement, si brusquement qu'elle en eut peur, elle comprit qu'elle était ivre. La tête lui tournait, sa gorge était sèche, sa vue se brouillait. On peut affirmer qu'à partir de ce moment elle perdit la conscience de ses propres actes. Elle ne savait plus voir et entendre. L'argenterie et les verres, sur la table, lui semblaient tellement précis et brillants que ses yeux lui faisaient mal; les faces des convives, immobiles et dures, étaient devenues des masques; mais, par moment, un tremblement léger faisait ondoyer ces lignes rigides; les contours s'estompaient; les taches sombres des yeux et des bouches s'élargissaient sur les faces blafardes. De même pour l'ouïe : elle percevait des phrases entières, mais, elle avait beau tendre son esprit, elle n'arrivait pas à en pénétrer le sens. « Et maintenant que je suis ivre, pensait-elle, comment ferai-je pour parler à Léo dans le jardin ? » Cette peur l'obsédait, elle se repentait amèrement d'avoir bu, elle avait envie de pleurer.

Mais il importait à Léo de la faire boire. Il

discourait, feignait de ne pas s'occuper d'elle, mais de temps à autre, au beau milieu d'une anecdote, il se tournait vers elle, la bouteille à la main, le visage hilare, et remplissait sa coupe :

— Allons, Carla... du courage!

Carla le regardait lever sa propre coupe. Elle avait l'air de dire : « Mais pourquoi ? » La face immobile de Léo traversée par cette main qui tenait la bouteille, ce geste, ces paroles, tout lui semblait plein d'une fatalité inintelligible et cruelle, comme si l'homme eût été un automate, une poupée mécanique placée là pour verser du vin toutes les cinq minutes. Pourtant elle ne protestait pas; surmontant son dégoût, elle buvait et, sa coupe vidée, elle regardait Léo d'un œil noyé et craintif. Elle pensait que bientôt le col trapu de la bouteille réapparaîtrait et laisserait impitoyablement couler dans sa coupe un nouveau flot de champagne.

Enfin la seconde bouteille fut épuisée.

— Nous en sommes venus à bout, dit allégrement Léo. Bravo, Carla!

Elle ne répondit pas. Une mèche de cheveux pendait sur son front.

— Eh bien! qu'y a-t-il ? insista l'homme. Tu te sens un peu étourdie, peut-être ? Prends une cigarette.

En la regardant fumer avec difficulté, il pensait : « Il ne lui manque plus qu'une rose au corsage pour avoir l'air d'une habituée des bals de nuit. » Et c'était vrai. Le coude sur la table, la tête un peu ébouriffée sur la main, cette cigarette pendante au coin de la bouche, elle regardait droit devant elle; son vêtement trop large — il avait appartenu à sa mère — lui glissait sur l'épaule et découvrait la naissance d'un sein blanc et gonflé. Dominée par son malaise, elle s'abandonnait sur la table et pensait mourir.

Marie-Grâce la regarda sans réprobation :

— Va au jardin, conseilla-t-elle, va prendre un peu l'air; cela te fera du bien.

Ces mots inspirèrent à Carla, malgré son ébriété, un sarcasme aigu. « Qu'est-ce qui me fera du bien ? pensa-t-elle, de me retrouver avec Léo ? Oui, sûrement, cela me fera du bien! » mais elle dit simplement :

— Tu crois ?

Et elle se leva.

Elle s'aperçut aussitôt qu'il lui serait très difficile de ne pas tomber. Toute la pièce ondulait et tremblait; le parquet s'élevait et s'abaissait sous ses pas comme le pont d'un navire; les murs oscillaient, les tableaux étaient suspendus de travers, les meubles menaçaient de lui tomber sur le dos, la table, avec ces trois personnes assises, semblait prête à s'envoler vers le plafond. Et au bout de la table quelqu'un la regardait, la tête dans les mains, les yeux fixes... Mais c'était Michel! Elle eut à peine le temps de s'en rendre compte. D'un pas mal assuré, elle sortit et disparut dans l'ombre du corridor.

— Elle n'a pas l'habitude du vin, dit la mère, qui l'avait suivie des yeux.

— Dame! répondit l'homme, il faut avoir fait la guerre comme je l'ai faite et avoir bu comme on buvait là-haut, au front, pour savoir ce que c'est que de se saouler.

Il prit la bouteille et en versa les dernières gouttes dans la coupe de Carla :

— A notre amitié, Michel, cria-t-il en se tournant vers le garçon.

Mais Michel ne répondit pas : il baissait la tête, un odieux dégoût mêlé de remords et d'humiliation l'opprimait. Il se revoyait embrassé par Léo, le nez sur l'épaule de l'homme, les bras pendants, ému, oui, presque ému dans son cœur très sentimental ! Il savourait la mémoire de ce baiser reçu, et donné aussi... oh ! le beau moment ! Un bruit de risées formidables retentissait à ses oreilles. Bafoué et content, voilà précisément ce qu'il était. Léo triomphait, il lui prenait son argent, il lui prenait sa mère ; et il restait, lui, les mains vides, payé d'un toast et d'un baiser !

Les bouteilles étaient vides, la fumée des cigarettes se dissipait. Une lumière calme et blanche s'irradiait à travers les brise-bise. Obstinée et imbécile, obsédée par sa jalousie, la mère revenait à sa vieille querelle :

— Pourquoi ne buvez-vous pas à la santé de l'amie lointaine ? demanda-t-elle. — Et elle ajouta, en français, avec un accent déplorable :

— Loin des yeux, loin du cœur.

Renversé sur sa chaise, appesanti par la digestion, Léo ne répondait pas ; il la regardait d'un œil terne. Sur ces corps rassasiés régnait un lourd silence, rompu seulement par un bruit bizarre qui provenait du radiateur : Brooum ! brooum !... Quelqu'un, au sous-sol, travaillait à la chaudière.

VII

Du corridor, Carla passa dans le vestibule; tout se mouvait autour d'elle; cette tenture... mais c'était là qu'elle s'était cachée avec Léo la veille au soir... Elle s'y cramponna pour ne pas tomber. Puis elle sortit, descendit les degrés de marbre du perron. Sur le jardin régnait un calme mortel; à travers les arbres aux branches dénudées on apercevait le mur de clôture, jaunâtre et parsemé de grandes taches d'humidité. Ni ombre, ni lumière; pas de vent. L'air était froid et immobile, le ciel gris. A une grande hauteur passait un vol de corbeaux; tour à tour épars et rassemblé, mais, s'éloignant sans cesse, il paraissait tomber mollement dans l'immensité de l'horizon. Caché Dieu sait où, un oiseau jetait une note aiguë, et c'était comme si la nature entière frissonnait.

Pas à pas, appuyée au mur, elle fit le tour de la maison. Elle leva les yeux vers la fenêtre fermée de la salle à manger. Que faisaient-ils là-haut ? Étaient-ils encore à boire autour de la table, ou déjà en train de discuter ? Elle ramassa un caillou et le lança devant elle, cueillit une fleur, surveillant ses gestes pour se convaincre elle-même qu'elle n'était pas ivre; mais, à une certaine distance, tout se troublait, tout chavirait, les arbres se tordaient comme des serpents; et puis — comment se le dissimuler ? — ses jambes la soutenaient à peine, et elle avait l'impression, à chaque pas, que le sol fuyait sous ses pieds.

Derrière la villa, le jardin était moins vaste que devant, mais plus touffu. De grands arbres s'y dressaient, d'épais buissons arrivaient presque à hauteur d'homme; un unique et étroit chemin, longeant le mur de clôture, contournait cette masse de végétation inculte, et même il était si abandonné, si envahi par l'herbe et les branchages, qu'il était difficile, en certains points, d'en suivre le tracé. Il devait y avoir aussi, au fond du jardin, une petite construction rectangulaire, une sorte de remise; mais Carla, de l'endroit où elle se trouvait, ne la voyait pas; les arbres la lui cachaient.

Un banc peint en vert était adossé au mur de la maison. Carla s'assit et se prit la tête dans les mains. Elle était la proie d'un malaise qu'elle n'avait jamais éprouvé encore; son ivresse, loin de diminuer, augmentait; aux premières sensations de légèreté et de facilité succédaient l'étourdissement et l'envie de vomir. Cet éternel roulis lui devenait insupportable. « N'y a-t-il donc aucun moyen de faire cesser cette torture ? » se demandait-elle avec angoisse, en fixant des yeux le fourmillement blanc du gravier. Pas de réponse. Vaincue par ce contraste entre sa faiblesse et le calme muet des choses, saisie du vague désir de s'abandonner, de s'anéantir dans cette immobilité, elle ferma les yeux. Sans penser ni dormir, elle demeura ainsi une dizaine de minutes; puis elle sentit une main lui toucher l'épaule; elle rouvrit les paupières. C'était Léo.

— Qu'as-tu ? Pourquoi te tiens-tu ainsi ? demanda-t-il.

Elle releva la tête; il était là, le paletot sur le bras, la cigarette aux lèvres.

— Je me sens mal, dit-elle simplement.

— Mal, mal... répéta Léo avec un sourire impatient; eh bien! lève-toi et marche... et puis tu n'es pas mal... tu as bu un peu trop, voilà tout.

Mollement, elle se leva, mais aussitôt s'accrocha à lui à deux mains.

— Soutiens-moi, supplia-t-elle.

Elle tourna les yeux vers lui, puis baissa la tête et poussa un long soupir.

Ils firent quelques pas, pénétrèrent sous la voûte de branchages, dans le sentier humide, resserré le long du mur. De temps à autre, Léo lui demandait : « Tu te sens mieux ? » et elle répondait : « Non. »

Les arbres et les arbustes dont les rameaux se mêlaient au-dessus de leurs têtes n'étaient pas moins immobiles que le ciel gris; une couche épaisse de feuilles mortes, noires et à moitié pourries, amortissait leurs pas. Profond silence.

— Tu te sens mieux, chérie ? demanda une fois de plus Léo.

Excité et plein de désir, il guettait l'instant favorable pour prendre dans ses bras ce jeune corps languissant. Carla se serrait contre lui, appuyait son flanc arrondi contre le sien et, chez lui, l'ardeur amoureuse s'éveillait à ces contacts. « Du calme, pensait-il. Il s'agit de la mener jusqu'à la remise; après j'en fais ce que je veux... un peu de patience. »

Le regard de Carla divaguait dans l'étroit espace du sentier plein d'ombre.

— Pourquoi m'as-tu fait boire ? dit-elle enfin d'un ton lamentable.

— Et pourquoi as-tu bu ? répondit Léo.

Des questions, toujours des questions! Ils s'arrêtèrent.

— J'ai bu, dit-elle, soudain volubile, j'ai bu pour ne plus vous voir... toi, maman, Michel... Pour ne plus voir personne...

Elle baissa les yeux et secoua la tête.

— Mais, si j'avais su que cela faisait si mal, je ne l'aurais pas fait.

— Pas de bêtises ! cria Léo d'une voix si forte qu'il en fut étonné lui-même; tu as bu parce que cela te plaisait.

Il la vit sourire mystérieusement :

— Et tu crois peut-être que je t'aime, demanda-t-elle, d'un ton confidentiel.

Ils se regardèrent; Carla sérieusement, avec cette légère folie de l'ivresse dans ses yeux lucides; lui, les yeux troubles, à la fois excité et ironique. Soudain il abaissa le bras et la saisit grossièrement par la taille. Elle éclata d'un rire aigu et se débattit en agitant les jambes, dans un désordre qui touchait à l'impudeur.

— Léo! Oh Léo! criait-elle entre deux accès de rire, ne me regarde pas comme cela... laisse-moi...

La voûte basse du branchage étouffait sa voix. Dans les intervalles de ses contorsions, elle voyait se tendre vers elle la face congestionnée de l'homme empreinte d'une luxure mauvaise et comme sénile. Elle ne savait pas elle-même pourquoi elle se débattait. Enfin Léo la maîtrisa et l'étreignit; il regarda une seconde ses yeux apeurés, sa figure pâle, sa bouche entr'ouverte; puis il se pencha et lui donna un baiser.

Ils se séparèrent et firent encore quelques pas hésitants sous cette ombre de bois mort. Mais Carla soudain s'arrêta et serra le bras de son compagnon :

— Léo, murmura-t-elle en levant un doigt puéril. Léo, il ne faut pas...

Elle n'en dit pas davantage. Distraite de son

discours comme de ses larmes, immobile, voici qu'elle considérait avec une attention étrange un objet qui devait se trouver par terre.

— Eh bien ? demanda l'homme.

Carla semblait fascinée par une pierre ensevelie sous les feuilles mortes; un caillou rond et blanc comme un œuf. Elle ne pouvait plus parler. La phrase : « Léo, il ne faut pas » lui était sortie de la bouche presque inconsciemment, puis les sentiments qui l'avaient inspirée s'étaient évanouis; l'obscurité était revenue.

— Allons, disait Léo, qu'est-ce qu'il ne faut pas? Il ne faut pas boire ? Je le sais bien... mais maintenant c'est fait...

Il la poussa en avant.

— Marche, marche encore un peu.

Ils étaient arrivés au fond du jardin. Là le sentier formait une courbe devant la remise adossée au mur de clôture. La petite construction disparaissait presque entièrement sous les plantes grimpantes : on n'en voyait que la porte déjetée et mal affermie sur ses gonds. Léo joua la surprise :

— Tiens! qu'est-ce que c'est ? demanda-t-il.

— La maison du jardinier.

— La maison du jardinier ? Oh très bien ! Et le jardinier est là ?

— Non.

— La maison du jardinier, répéta Léo, comme si quelque signification secrète eût rendu ces mots charmants à son oreille. Allons, allons la voir...

Carla se mit à rire; tout cela lui paraissait absurde; mais elle obéit. Léo poussa la porte et ils se trouvèrent au seuil d'une pièce au plafond bas — la seule pièce de la maisonnette — avec un plancher de bois couvert de poussière et des murs nus. Un petit lit de fer garni d'un matelas défoncé d'où s'échappaient des flocons de laine occupait un des angles de ce réduit; à l'angle opposé, trépied d'un rite perdu, un support de métal offrait sa cuvette rouillée. C'était tout. Comme en rêve Carla contemplait ces pauvres choses; sa nausée était devenue intolérable; elle aurait voulu rentrer à la villa, s'étendre sur son divan, dans sa chambre. Mais, cédant à l'ivresse, elle plia les genoux et s'assit sur le lit de fer.

— Pourquoi... pourquoi m'as-tu fait boire ? gémissait-elle.

Elle regardait les lames du parquet; des mèches folles lui pendaient devant les yeux, sa bouche s'emplissait de salive. Léo s'assit à côté d'elle. « C'est le moment », pensa-t-il, et il lui passa le bras autour de la taille.

— Voyons, dit-il d'une voix flûtée, sois raisonnable; si tu as bu c'est que tu l'as bien voulu.

Carla secouait la tête sans répondre.

— D'ailleurs, qu'importe ? ajouta-t-il, cela passera.

Il la tira par la manche et baisa avec ferveur l'épaule dénudée. Ses yeux ne se détachaient pas de cette gorge nue que la large échancrure du corsage laissait entrevoir. Brusquement il l'empoigna, la renversa; lutte, craquements du lit; inutiles contorsions.

— Laisse-moi! murmura-t-elle.

Épuisée par son effort et par une langueur inconnue, elle cessa tout mouvement. Du plafond qu'elle fixait de ses yeux hagards et douloureux, elle vit descendre comme un météore la face rouge de Léo. Le baiser se posa sur son cou, glissa sur son menton, s'arrêta enfin sur ses lèvres. Carla ferma les yeux, inclina la tête sur l'épaule ; ce contact mou et humide de la bouche de l'homme lui était indifférent : elle ne souhaitait qu'une chose : dormir. Mais un bruit de boutons arrachés et roulant sur le plancher la fit tressaillir. Elle rouvrit les yeux, revit ce visage allumé penché sur elle, s'aperçut qu'elle avait les épaules nues, se débattit, s'accrocha en vain aux bords de son vêtement comme à ceux d'un précipice ; une secousse plus violente faillit lui casser les ongles. Avec des précautions minutieuses, qui contrastaient étrangement avec l'altération de ses traits, Léo la souleva un instant et, non sans peine, fit glisser son vêtement jusqu'à la ceinture, puis il la coucha sur le ventre et dégagea adroitement les bras nus des petites bretelles de la combinaison. Épouvantée, Carla le regardait, et chaque fois qu'elle tentait de se débattre elle le voyait faire des gestes de chirurgien pendant l'opération, fronçant les sourcils, hochant la tête et faisant une moue des lèvres comme pour dire : « Mais non... n'aie pas peur... ce n'est rien... laisse-moi faire... » Cette mimique impérieuse et sa propre langueur, qui déjà devenait nausée, firent plus que les efforts de Léo; Carla céda : elle levait les bras quand il fallait les lever, ne retint pas sa chemise quand Léo lui découvrit le ventre et, nue, s'abandonna sur le matelas, les yeux fermés. Sa nausée était de plus en plus violente; elle ne pensait plus à rien, elle croyait qu'elle allait mourir.

« Ah! la belle petite », pensait Léo. Cette nudité l'aveuglait; il ne savait par où commencer : par les épaules délicates, maigres et blanches, ou par ce jeune sein tendre et laiteux dont ses yeux avides n'arrivaient pas à se rassasier.

« Ah! la belle petite! » et déjà il se penchait pour l'embrasser quand il la vit dresser la tête, effrayée, très pâle, émettant des sons gutturaux, les lèvres serrées. Il la laissa libre, recula d'un pas. Carla s'assit sur le lit, désignant du regard et d'un geste du menton le trépied, là, dans le coin. Léo comprit, empoigna la cuvette et la lui présenta juste à temps : de sa bouche ouverte, dans le récipient rouillé, elle projeta un jet dense, multicolore et fumant, s'arrêta, et, dans un sursaut de son estomac bouleversé, recommença. Rageusement l'homme la contemplait en lui soutenant le front. « Je peux bien dire *mea culpa*, pensait-il; je n'avais pas besoin de la faire tant boire. » Inutile désormais de se le dissimuler : pour cette après-midi, c'était fini, il n'y avait plus rien à faire. Il la regardait, gonflé de fureur à éclater : elle était là, l'enfant de ses rêves, nue, prête à se donner... et sur ses genoux, au lieu de la tête de son amant, elle tenait cette cuvette, c'était vers cette cuvette qu'elle tendait son regard fasciné. « Et dire que, si je ne l'avais pas fait boire, à l'heure qu'il est elle serait à moi! »

Cependant le vomissement s'était calmé, et Carla repoussait loin d'elle la cuvette pleine que, non sans dégoût, l'homme alla replacer sur son support. Après quoi il se retourna et regarda la jeune fille. Elle était encore nue, assise au bord du lit, la tête basse et les bras pendants. Léo fut frappé du contraste entre la maigreur de ce corps — épaules pointues et côtes saillantes — et la grosseur anormale de la tête et des seins. « Mal faite », pensa-t-il en manière de consolation. Et tout haut :

— Comment te sens-tu ?

— Mal, répondit-elle.

Elle regardait par terre, remuant dans sa bouche une salive acide; parfois ses yeux s'attachaient à ses vêtements en désordre sur son ventre à demi nu; elle commençait à sentir le froid, un dégoût sans espoir l'écrasait. « Tout est fini », pensait-elle; et en vérité elle devinait bien que quelque chose devait finir, sans plaisir et sans dignité, dans cette cuvette. Quoi exactement, elle n'aurait su l'exprimer. Elle leva doucement la tête, regarda Léo avec des yeux pleins de larmes et ne put s'empêcher de demander :

— Et maintenant ?

— Maintenant, habille-toi et filons, répondit l'homme avec une sorte de rage contenue.

Il se leva et se mit à marcher de long en large, jetant par moments un coup d'œil sur Carla, qui se rhabillait. Déjà renaissait son désir, et à plusieurs reprises il se demanda s'il ne ferait pas bien d'attendre que le malaise fût tout à fait dissipé pour reprendre l'offensive... Mais non, trop tard! Maintenant Carla était prête. « C'est inutile, pensa-t-il avec dépit, désormais le charme est rompu... Pour aujourd'hui plus rien à faire. » Il s'approcha du lit :

— Et à présent, comment te sens-tu ? demanda-t-il.

— Mieux, dit-elle.

Elle avait fini; elle se leva. Alors, sans se toucher, l'un derrière l'autre, ils sortirent de la remise. Dehors, les feuilles mortes crépitaient.

— Tiens, il pleut, s'écria Léo.

Gêné par le silence de Carla, il s'efforçait de paraître désinvolte. L'air, au couvert des arbres, restait immobile et étouffant, mais l'eau giclait sous leurs pieds, à chaque pas.

— C'est singulier, reprit Léo; tous les jours le même temps : serein à l'aube, il se brouille dans la matinée; et puis il pleut du début de l'après-midi jusqu'à la nuit...

Pas de réponse.

— ... Alors, nous nous voyons ce soir ?

Carla s'arrêta. Elle avait envie de répondre : « Plus jamais », mais une pensée la retint : « Il faut aller jusqu'au bout... jusqu'à la ruine. » Elle se remit à marcher.

— Peut-être... je ne sais pas, répondit-elle en baissant la tête.

Parvenus à l'extrémité du sentier, ils s'arrêtèrent de nouveau.

— Allons, allons, dit l'homme avec un sourire

niais, en la serrant par le bras, même quand tu te trouves mal, tu es encore une belle petite.

Ils se regardèrent. « Pouvoir l'aimer! » pensait Carla en observant cette figure inexpressive et rougeaude. Encore troublée par un reste d'ivresse, la tête lourde, elle éprouvait un grand désir de sympathie et d'abandon. Léo lui donna une tape sur la joue :

— La petite sotte, dit-il, la petite sotte qui veut boire et qui a mal au cœur.

Il l'attirait à lui.

— Embrassons-nous et qu'on n'en parle plus.

Ils s'embrassèrent. Puis Carla quitta l'abri des arbres et, courant sous la pluie, disparut derrière l'angle de la villa.

« Quelle vilaine journée, pensait Léo en se dirigeant vers la grille du jardin, et quelle journée stupide! » Une pluie égale tombait du haut du ciel, le sol était déjà détrempé, le bruissement humide et ininterrompu de l'eau abolissait toute autre rumeur. Léo partait mécontent; non seulement la fête de Carla lui avait coûté, en fleurs et cadeau, un billet de cinq cents lires, mais, par la faute de ce vin perfide, son aventure avait fini d'une manière aussi ridicule que dégoûtante. « Carla ne désirait pas autre chose, pensait-il rageusement, ce n'était pas la peine de la saouler... maintenant tout est à recommencer. » Il était déjà dans la rue quand il se rappela que Lisa, la veille au soir, lui avait demandé de passer chez elle dans la journée.

D'abord, l'idée de retourner chez son ancienne maîtresse lui sembla absurde. Il n'aimait guère revenir sur les chemins qu'il avait déjà parcourus; cette visite, c'était un plat réchauffé; mais, d'un autre côté, il fallait satisfaire cet appétit des sens que Carla avait éveillé en lui.

« Si je ne me soulage pas, pensait-il en avançant, sous la pluie, dans cette large avenue déserte de banlieue riche, si je ne me soulage pas, j'éclate. » L'image de Carla, nue et en larmes, était devant ses yeux, si obsédante qu'il fit un geste de la main pour la chasser. « Eh bien ! oui, allons-y, murmura-t-il; après tout, Lisa, c'est aussi une femme. »

Cette décision lui mit des ailes aux pieds. Il appela un taxi : « Via Boezio! » lança-t-il au chauffeur en ouvrant la portière. L'automobile partit. Léo alluma une cigarette. « Ce sera le plus beau jour de sa vie », pensa-t-il. Car il n'aurait qu'à se montrer pour que Lisa lui sautât au cou. Du moins il le croyait : « Hier soir, elle m'a joué un peu la comédie pour me mettre la puce à l'oreille; bien sûr, elle a son petit amour-propre de femme, elle aussi... mais aujourd'hui... aujourd'hui, elle ne se fera pas tant prier. » L'automobile roulait à toute allure et le secouait sur la banquette. Il lui semblait qu'en allant rendre cette visite à Lisa il accomplissait un acte de générosité tout en y trouvant son avantage. Une bonne affaire et une bonne action. « Ce sera le plus beau jour de sa vie, se répétait-il, je lui accorderai ce qu'elle n'a jamais osé espérer et en même temps je ne terminerai pas trop mal cette journée idiote. » Il jeta sa cigarette par la portière; déjà la voiture glissait doucement sur l'asphalte mouillée d'une rue déserte et bordée de platanes. Arrêt. Léo descendit, l'argent à la main, paya, et, courbé sous l'averse, s'engouffra dans la maison.

Il monta lentement l'escalier, se rappelant avec une complaisance libre de toute mélancolie combien de fois il avait fait cette ascension dix ans plus tôt. « Il n'y a pas à dire, pensait-il sans même essayer de s'expliquer le sens de sa propre pensée, dix ans, c'est dix ans. » Il sonna, entra et eut aussitôt l'impression d'un bond en arrière dans le passé. Rien n'avait changé. Chaque chose était à son ancienne place; les armoires dans le corridor sombre; au fond, la porte vitrée du boudoir et puis, dans ce salon bourgeois, la même odeur de renfermé et de poussière, les mêmes rideaux baissés, les mêmes meubles, les mêmes tapis... Il s'assit sur un fauteuil aux ressorts fatigués et alluma une nouvelle cigarette. Quelques instants plus tard, Lisa entrait.

— Tiens, c'est toi, dit-elle sans réfléchir.

Elle s'assit et regarda Léo comme pour lui demander la raison de sa visite.

— Tu ne m'attendais donc pas? dit-il, stupéfait, car il pensait être anxieusement attendu... Pourtant hier tu m'as laissé croire qu'au contraire...

— On dit tant de choses, fit-elle en tirant sa jupe sur ses genoux, — surtout la nuit, quand on n'y voit pas clair.

« Elle est maligne, pensa Léo, elle veut se faire prier. » Il approcha son fauteuil de celui de Lisa et, se courbant un peu :

— Et moi, vois-tu, j'étais persuadé que tu parlais sérieusement.

— Mais si j'avais changé d'idée ? demanda-t-elle d'un ton vif.

Sa faiblesse de la veille au soir lui apparaissait maintenant ce que réellement elle était, non pas un renouveau d'amour pour Léo, mais un égarement passager, rendu possible par l'ignorance où elle était encore de ses propres sentiments à l'égard de Michel. Elle ajouta avec un grand sérieux:

— Il peut s'être passé tant de choses entre hier et aujourd'hui.

Léo ne la quittait pas du regard. Ses yeux allaient de son visage à son corps, s'arrêtant à la naissance des seins blancs et gonflés ou à l'attache de l'épaule, qui, dans l'ombre sordide du salon, semblait encore plus fraîche, propre et pleine qu'elle ne l'était en réalité. « Elle veut me tenter,

pensa-t-il, eh! eh! fourbe comme une renarde! »
Il se pencha :

— Sais-tu que tu embellis d'une façon extraordinaire ?

— Ah ! j'étais donc si laide ? s'écria-t-elle dans un mouvement instinctif de coquetterie.

Mais aussitôt elle se reprocha cette faiblesse. « Il faut le renvoyer, pensa-t-elle, il faut lui faire comprendre qu'il s'est trompé. » Regardant alors Léo, elle se rendit compte à quel point il était sûr du succès. Il suffisait de le voir : rouge, excité, tendu en avant, le torse bombé, avec des yeux qui voulaient être éloquents et passionnés, mais qui n'étaient que brillants de concupiscence. A ce spectacle, il lui vint au cœur une telle rancune, mêlée de victorieux orgueil (elle avait envie de lui jeter à la figure : « J'aime et je suis aimée, maintenant! »), qu'il lui sembla soudain qu'il serait beaucoup plus amusant de lui laisser croire qu'il était aimé et désiré, pour le détromper ensuite tout d'un coup, pour tout dire : de le bafouer. Cependant l'homme reprenait :

— Tu as toujours été belle, mais, en ce moment, tu es encore plus belle que d'habitude.

— Mais tu as Marie-Grâce! protesta Lisa qui mettait son plan en action; comment peux-tu te soucier de moi?

— Tout est fini entre moi et cette femme... tout... et je me soucie de toi, justement... comme dans nos premiers jours.

— Je te remercie infiniment.

— Un malentendu nous a séparés... un simple malentendu... Que veux-tu ? Souvent on se trompe... Avec toi, je me suis trompé, je le reconnais... mais maintenant je suis ici pour te dire : oublions le passé et réconcilions-nous.

Il se tut et tendit la main à Lisa. Elle regarda ce visage, puis cette main :

— Mais pourquoi nous réconcilier ? Nous n'avons jamais été fâchés.

— Non, ça ne prend pas, dit Léo; c'est inutile, j'aime autant te le dire tout de suite... Je t'en supplie, ne fais pas l'innocente, ne fais pas la bécasse, excuse le mot; tu as très bien compris de quoi il est question. J'ai parlé clairement... quand je dis oublier tout, je veux dire *tout*. Nous réconcilier ? et pourquoi non ? Pour ma part, ce serait volontiers... Recommencer comme avant... Tu vois, je ne laisse aucune place à l'équivoque, je ne parle pas à demi-mot. Maintenant, à toi de répondre.

— Mais... moi... je ne sais pas, commença-t-elle en feignant un embarras profond.

— Qu'est-ce que tu ne sais pas ? Allons... du courage!

— Eh bien! conclut Lisa, réconcilions-nous si tu veux... mais, quant à recommencer, ce sera à voir...

« Le plus dur est fait, pensa Léo, ravi; elle n'est pas tellement bête, elle a parfaitement saisi... » Il s'inclina et baisa avec ferveur la main de la femme; puis, relevant la tête :

— Ce qui me plaît surtout chez toi, c'est ta simplicité... avec toi, pas besoin d'y aller par quatre chemins... on est compris...

— Cela tient, répondit-elle d'un ton plein de sous-entendus, en accentuant chaque mot, à ce que je sais deviner à temps les intentions des autres...

— Ah! très bien, fit Léo en poussant encore un peu son fauteuil vers celui de Lisa. Et, par exemple, quelles étaient mes intentions à moi, tout à l'heure?

— Tes intentions à toi ?...

Elle le regarda; ce petit jeu, ce rite composé de demandes et de réponses lui inspirait, à elle qui en avait tant abusé, un superbe dédain; « c'est fini tout cela, c'est fini, pensait-elle, maintenant j'aime et je suis aimée ». Mais elle voulut jouer la comédie jusqu'au bout :

— Ton intention à toi... ce ne serait pas difficile à dire...

— Et alors, puisque tu le sais, dis-le!

— Eh bien! commença-t-elle avec des pudeurs, des hésitations et des réticences bien calculées, puisque tu veux le savoir, il me semble que tes intentions étaient plutôt... belliqueuses.

— C'est-à-dire ? insista Léo en se penchant au point qu'il touchait presque de son menton l'épaule nue de Lisa.

Irritée à l'aspect de cette face rouge tendue vers la sienne, elle brûlait de lui répondre : « C'est-à-dire qu'il est inutile de te donner tant de mal... j'aime Michel, Michel est mon amant »; mais elle se contint.

— Fais attention! dit-elle d'un ton aigre-doux, à se pencher de cette manière, on risque de tomber.

Léo était trop excité pour entendre.

— Comment? demanda-t-il d'un air stupide.

— On risque de tomber, répéta Lisa, ou d'attraper un coup de sang.

— En tout cas, répondit l'homme sans lever la tête, avec une lenteur têtue, mes intentions sont très simples. Tu t'habilles... nous prenons le thé ensemble... chez moi si tu veux... puis nous dînons, nous passons la soirée dans quelque théâtre... et, pour finir, je te raccompagne ici...

Un silence. Lisa semblait hésiter beaucoup.

— Je t'accompagnerais bien, dit-elle enfin, mais qui m'assure que tu m'aimes vraiment, qu'il ne s'agit pas d'un caprice passager, que tu ne reviendras pas ensuite à Marie-Grâce ?

— Mais non, fit l'homme sans remuer la tête, avec une obstination animale, faite de désir et d'impatience. Mais non, tu te trompes... je te l'ai dit et je te le répète... je ne reviendrai pas à Marie-Grâce, parce qu'entre elle et moi tout est fini depuis longtemps... j'ai résisté autant que j'ai pu... c'était une de ces liaisons qu'on traîne derrière soi un peu par habitude... un peu pour d'autres raisons...

— Pour des raisons pratiques, suggéra Lisa.

— Pratiques ? Allons donc ! Et puis finissons-en. (Léo se décida à lever la tête et à la regarder.) Marie-Grâce n'est pas en cause; laisse-la où elle est et réponds-moi.

— Quoi ?

— Eh bien ! mais c'est pourtant simple, dit Léo d'un ton léger, en posant une main sur l'épaule de Lisa comme pour lui arranger le haut de sa manche. Veux-tu, oui ou non, venir avec moi aujourd'hui ?

Elle hésitait. Comment lui dire la vérité ? Elle fut sauvée par cette main qui, à présent, lui palpait la nuque :

— Non! laisse-moi... je n'aime pas qu'on me prenne par le cou... il n'y a rien qui m'agace davantage.

— Mais autrefois cela te faisait plaisir, répondit Léo lentement, les yeux fixes, en approchant son visage de celui de Lisa.

— Peut-être, mais je ne suis plus celle que j'étais autrefois... laisse-moi!

Elle tentait de se dégager.

— Ah! c'est ainsi!

Brusquement Léo, debout, se pencha sur elle, la saisit par les cheveux et la renversa en arrière pour l'embrasser. Lisa eut juste le temps de mettre la main devant sa bouche.

— Allons! ne fais pas la méchante!

Dans les yeux de Léo, dans la façon dont il s'y prenait pour écarter l'obstacle de cette main se manifestaient une telle certitude du succès final, un tel scepticisme quant à la sincérité des répugnances de la femme que Lisa se sentit envahir soudain par une colère aveugle; elle ôta sa main de devant sa bouche :

— J'ai dit : laisse-moi ! cria-t-elle d'une voix mauvaise, l'œil irrité.

Mais l'homme en profita pour s'emparer de ses lèvres. Un instant, elle subit son baiser, tendue dans son effort pour s'en libérer. Enfin, d'une forte secousse, elle réussit à se mettre sur pied. Le choc fut tel que Léo perdit l'équilibre et tomba à la renverse dans son fauteuil.

Il se leva et, nerveusement, remit en ordre sa jaquette.

— Enfin, pourquoi ces bêtises ? N'avons-nous pas décidé de nous réconcilier ?

D'un geste théâtral, elle lui montra la porte :

— Va-t'en! ordonna-t-elle.

— Comment ?

— Je ne t'aime pas, je ne t'ai jamais aimé. (Elle se penchait sur lui et lui parlait d'une voix sifflante.) Je te l'ai laissé croire un instant pour le plaisir de t'entendre débiter toutes tes fadaises... mais maintenant cela suffit... va-t'en !

L'homme demeura d'abord immobile d'ahurissement; puis, passant soudain de la stupeur à une colère vindicative :

— Ah! très bien! s'écria-t-il, parfait! Maintenant il faut que je m'en aille... après avoir fait le pantin devant toi... Eh bien ! je ne partirai pas... — Il hésita, cherchant en vain dans sa fureur un châtiment digne de la faute de Lisa : abîmer quelque meuble, briser une porcelaine, la souffleter ? — Je ne partirai pas sans t'avoir embrassée...

Il repoussa son siège et fit un pas en avant pour prendre la femme entre ses bras. Dans sa rage, ce baiser devenait une possession; il pensait confusément à la jeter par terre et à la prendre là, sur le tapis; mais Lisa lui échappa et se réfugia derrière un fauteuil; un instant, ils se trouvèrent debout face à face, courbés, agrippés au même fauteuil, chacun épiant l'autre et s'efforçant de prévoir ses gestes.

— Va-t'en! cria-t-elle, hors d'haleine, décoiffée, épouvantée par la figure gonflée et brutale de l'homme.

Alors, avec une grossière astuce, Léo la saisit aux cheveux, écarta le fauteuil d'un coup de pied et l'étreignit. Ils luttèrent quelques secondes : Léo tentait d'entraver les mouvements de Lisa; Lisa s'efforçait d'échapper à cet embrassement. Elle y réussit enfin et courut s'adosser à la porte.

— Va-t'en... va-t'en ou j'appelle!

Elle était rouge, les cheveux en désordre, son vêtement déboutonné à l'épaule, les deux mains appuyées à la porte, le sein palpitant.

— Hors d'ici!

Mais elle se sentit poussée en avant; quelqu'un, du couloir, cherchait à entrer.

— Inutile, Maria, dit-elle sans se retourner, je n'ai pas besoin de vous...

— Ouvre! fit une voix d'homme. Ce n'est pas Maria, ouvre!

Machinalement, Lisa se tira de côté; la porte s'ouvrit, Michel entra.

Il tenait son chapeau à la main et portait un imperméable vert tout mouillé. Il regarda Lisa dégrafée et haletante, Léo rouge comme un coq. La scène qui venait de se dérouler, il la construisit aussitôt dans son esprit : « Léo est venu pour renouer avec elle... elle l'a repoussé »; mais il se garda bien d'agir en conséquence. Il avait l'intuition confuse qu'il devait profiter de cette aubaine pour rompre définitivement avec Lisa... et puis n'était-ce pas l'attitude que dictait une pareille circonstance?

— Excusez-moi, dit-il d'une voix atone qui voulait être ironique, tous les torts sont de mon côté... J'avais résolu de ne plus venir et je suis venu... je vous ai dérangés... mille pardons!

Il fit un salut raide et ridicule, tourna les talons et sortit. La porte se referma. Ce diable sans ressort, surgi de l'ombre du couloir pour y rentrer aussitôt comme dans une boîte, avait calmé Léo. Il sourit :

— C'est le grand amour, Lisa ?

Absorbée dans sa stupeur, elle fit oui de la tête d'un air sombre. Puis soudain, comme si la pensée de Michel parti sans la saluer, pour toujours peut-être, se révélait intolérable, elle courut à la fenêtre et l'ouvrit toute grande. L'appartement — à l'étage « noble » — avait des fenêtres très basses, Lisa se pencha pour regarder : l'air était froid; personne dans la rue; il pleuvait; juste en face, un grand platane sans feuilles obstruait la vue... mais plus à gauche, à quelques mètres, un homme vêtu d'un imperméable vert serré à la taille s'éloignait tranquillement le long des murs :

— Michel!

Elle le vit se tourner, la regarder curieusement, puis se remettre en route.

— Michel! cria-t-elle plus fort.

Cette fois le garçon, sans se retourner ni s'arrêter, lui adressa un petit salut de la main. Il était déjà à quelque distance; il marchait d'un bon pas sur le trottoir luisant; bientôt, il allait disparaître au coin de la rue. Lisa comprit qu'il était inutile d'insister et quitta la fenêtre. Au milieu du salon, Léo, debout, la considérait avec un faux air bonhomme :

— Il reviendra, n'aie pas peur, je le connais... il est de ceux qui font les choses pour de bon... Il reviendra, tu peux être tranquille.

Cette voix la provoquait, l'insultait, la blessait, jusqu'au sang. Très digne, elle alla presser un bouton de sonnette fixé au mur. Un instant plus tard, la femme de chambre parut.

— Maria, accompagnez monsieur.

C'était la fin, la fin banale et ridicule. Du salon à la porte, il y avait deux pas à faire. Le monsieur s'en allait en bredouillant ignoblement :

— Mais oui, je m'en vais, Lisa... je m'en vais... et bien le bonjour à Michel.

La femme de chambre ne comprenait rien et regardait niaisement tour à tour l'homme et la femme. Mais Léo, sans attendre qu'on lui montrât le chemin, prit son paletot et son chapeau et sortit.

L'averse lui rafraîchit l'âme; il ouvrit son parapluie et marcha quelques minutes sans songer à rien. Puis, en manière de consolation : « Ça pouvait réussir ou ne pas réussir; ça n'a pas réussi ». Et, plus sereinement encore : « Pour aujourd'hui, c'est vu, il vaut mieux que je ne touche pas à cette corde-là. » Après quoi, il ne pensa plus à rien. Il marchait de son pas normal, ni lent ni rapide, la cigarette à la bouche, uniquement attentif à ne pas mettre les pieds dans les flaques d'eau. Il arriva au bout de la rue, déboucha sur une vaste place pluvieuse sans jardins ni monuments; à l'angle, sous un signal d'arrêt, un groupe de personnes attendait le tram. Il s'approcha et reconnut, adossé au trolley, Michel.

— Tiens, tu es encore là, dit-il sans une ombre de rancune.

— Bien sûr, répondit le garçon en tournant vers lui son regard ennuyé, j'attends.

Un silence.

— Mais alors, dit Léo, puisque je rentre chez moi, je te prends dans mon taxi... Taxi!

Michel accepta. Dans la voiture, Léo rompit le silence le premier :

— Peut-on savoir pourquoi tu es parti ? Tu

n'avais donc pas compris qu'elle ne désirait rien tant que de te voir rester ?

Michel ne répondit pas tout de suite. Il contemplait par la portière les façades mouillées des maisons.

— Je m'en doute, dit-il enfin.

— Et alors, pourquoi n'es-tu pas resté ?

— Mais... parce que je ne l'aime pas.

Léo sourit à cette réponse :

— Voyons, crois-tu que pour aller avec une femme il soit nécessaire de l'aimer ?

— Oui, je le crois, dit Michel d'un ton sérieux, sans se retourner.

— Oh ! en ce cas... murmura Léo, un peu déconcerté... Mais moi, par exemple, ajouta-t-il avec calme, j'ai eu un certain nombre de femmes que je n'ai jamais aimées... Lisa elle-même, je l'ai prise sans l'aimer... et je n'ai pas eu à m'en repentir. J'ai eu du plaisir autant que personne.

— J'en suis bien convaincu, dit Michel, les dents serrées; et il ajouta mentalement : « Et tu crois que tout le monde est comme toi. »

— Du reste, continua Léo, quand je vois un garçon tel que toi, sans grandes relations, sans grandes ressources, faire la petite bouche devant une femme comme Lisa, qui est ce qu'elle est, bien sûr, mais qui n'est pas à dédaigner... eh bien ! il me semble que le monde marche à l'envers.

— Laisse-le marcher comme il veut, murmura Michel. — Mais l'homme ne l'entendit pas.

— Après tout, faites à votre idée, conclut Léo.

Il alluma une cigarette et se serra dans son paletot. Michel l'observait.

— Donc, selon toi, demanda-t-il, je ne devrais pas renoncer à Lisa ?

— Mais non, bien sûr, approuva Léo. Réfléchis : d'abord Lisa, encore une fois, n'est pas une femme à dédaigner... aujourd'hui, justement, je la regardais... elle est grasse, mais ferme... elle a une poitrine... (il eut un clin d'œil à l'adresse de Michel, dégoûté) et des hanches... et puis, mon cher, c'est une femme qui pourra te donner autrement plus de satisfaction qu'une de ces petites jeunes filles à l'eau de rose... elle a du tempérament... c'est une vraie femme. Et, en second lieu, trouve-moi donc aujourd'hui une maîtresse qui te reçoive chez elle. Quand on n'a pas de quoi se payer une chambre en ville ou un petit appartement, c'est une commodité tout de même! Tu vas, tu viens, tu entres, tu sors, personne ne te dit rien, tu es comme chez toi, tu t'en fiches... Sinon, à ton âge surtout, on finit toujours par conduire son amie dans de vilains endroits, des restaurants, des hôtels, etc., qui vous coupent l'appétit rien qu'à y penser... Et puis ajoute à cela que Lisa ne te coûtera pas un centime, je dis pas un centime... que peux-tu désirer de plus ?...

« C'est juste, pensait tristement Michel, que peut-on désirer de plus ? » Il ne disait rien; il se tenait un peu courbé, regardant tantôt Léo, tantôt la rue ; le soir tombait déjà, les lumières n'étaient pas encore allumées; une ombre envahissait la chaussée populeuse, au point qu'on n'en voyait pas le bout; hommes, véhicules, parapluies, à une certaine distance tout se confondait en une même grisaille pluvieuse d'où l'on voyait parfois émerger, isolés et rapides, les phares jaunes des autos et des trams. « Que vais-je faire, maintenant ? » se demandait-il. Comme chaque fois qu'il lui était donné d'observer l'agitation continuelle de la vie, sa propre inertie lui faisait peur.

— Allons, mon cher, continuait Léo, ne pèse pas tant le pour et le contre; la chose est beaucoup plus simple que tu ne le crois... Lisa n'attend que toi... retourne chez elle ce soir, elle t'accueillera à bras ouverts...

— Il faudra donc que je fasse semblant de l'aimer ?...

— Mais quoi, faire semblant, interrompit Léo. Qui t'y oblige ? Tu approfondis trop les choses, mon ami... elle est prête à coucher avec toi... c'est l'essentiel... accepte et profite de l'occasion.

Michel restait pensif.

— Dépose-moi ici, dit-il; je descends.

Et, après un silence :

— Mais, enfin, continua-t-il, supposons que quelqu'un t'ait offensé. L'individu en question ne t'est pas antipathique et même, quoi qu'il t'ait fait, tu n'arrives pas à le haïr... vas-tu faire semblant de te fâcher ?

— Cela dépend de l'offense.

— La plus grave qui soit.

— En ce cas, répondit l'homme, il est impossible qu'il me reste sympathique.

— Donc ?...

— Donc il aurait affaire à moi.

L'automobile était arrêtée, et déjà Michel descendait quand Léo le retint par la manche :

— Et tu sais, dit-il avec un geste expressif de la main, pour Lisa... suis mon conseil!

Là-dessus il donna son adresse au chauffeur et la voiture repartit.

Cinq minutes plus tard, il était chez lui; il passa dans son bureau, une pièce presque nue, avec une haute plinthe de bois sombre, des rayonnages et un bureau américain. Il s'assit. L'ombre du crépuscule pluvieux donnait à ces meubles banals, à ces objets utiles, un air de tristesse et de précarité intolérable. C'était la plus mauvaise heure; la lumière du jour s'effaçait, celle de la lampe allumée tout à coup dans la pénombre semblait brutale. Mais Léo triompha sans peine de ce malaise. Il parcourut une lettre d'affaires et se mit en devoir d'y répondre. C'est alors que le téléphone sonna.

Il saisit le récepteur de la main gauche, sans quitter la plume.

— Qui est à l'appareil? demanda une voix féminine. « La voix de Marie-Grâce », pensa Léo, et il répondit : 31 496. — Je parle à M. Merumeci ? insista la voix. — Oui. — Très bien... ici Marie-Grâce... Carla a envie d'aller danser au *Ritz*... veux-tu venir avec nous ? — Soit. Dans une petite heure je suis prêt. — Et à propos, continua Marie-Grâce, quand nous voyons-nous ?...

Mais Léo avait reconnu là le début d'un de ces discours interminables. — Nous verrons... répondit-il; et il raccrocha brusquement le récepteur.

Il acheva d'écrire sa lettre et, sans se presser, en écrivit une seconde. Des affaires, au vrai sens du mot, il n'en avait pas. Toute son activité se bornait à l'administration de ses biens, qui consistaient en quelques immeubles, et à de prudentes spéculations en Bourse. Sa fortune n'en augmentait pas moins régulièrement chaque année : il ne dépensait que les trois quarts de son revenu et employait le reste à des achats d'appartements. Ses lettres mises sous enveloppe, il passa dans sa chambre à coucher. Il avait une heure pour se raser, se laver, s'habiller et aller prendre les Ardengo. Il se fit la barbe avec le plus grand soin et commença à s'habiller. C'était une occupation qu'il trouvait des plus agréables, car il aimait avec exagération les beaux vêtements et le beau linge. Il enfila une chemise de soie blanche sur laquelle il noua une cravate noir et argent, mit des chaussettes de laine grise à filets rouges et pour finir endossa, avec force contorsions, un costume bleu d'une coupe vraiment sensationnelle. Puis il alla se camper devant son armoire à glace et s'admira. Soit que la pénombre flatteuse de la pièce le transformât et le rajeunît, soit qu'il fût complètement enivré à la vue d'une si admirable toilette, il se jugea beau, il se trouva une allure noble, empreinte d'une sorte de dignité mélancolique. Il regarda la pendule. Trois quarts d'heure déjà s'étaient écoulés; il sortit en hâte, se précipita au garage et monta dans sa voiture. Dix minutes plus tard, il sonnait à la porte des Ardengo.

Dans le salon, sous l'unique lampe allumée, Carla était assise et immobile. Elle portait un vêtement léger, couleur pêche; elle était prête à sortir, poudrée, ondulée, fardée.

— Maman vient tout de suite, dit-elle.

— Bien! fit Léo, s'asseyant lui aussi et se frottant les mains avec force. Et... comment vas-tu ?

— Pas mal.

Un silence. Léo prit la main de la jeune fille et la baisa.

— Alors que fait-on ?

— On va danser... Et ce soir tu dînes avec nous, n'est-ce pas ?

— Dîner, peut-être non, mais je viendrai sûrement après dîner!

On entendit un bruit de portes. Carla retira sa main vivement. Michel entra.

— Oh! quelle magnificence, s'écria-t-il avec une gaîté forcée. Bonsoir, Léo! Et que faites-vous ici, gens riches, élégants et heureux ?

— On va danser, répéta Carla comme dans un rêve.

— Danser ? (Michel s'assit.) Mais alors j'y vais aussi. Tu veux de moi ?

— C'est Léo qui invite.

Léo dressa l'oreille. « Que le diable m'emporte si j'ai invité qui que ce soit. » Mais déjà Michel protestait.

— Allons donc, Léo! J'ai encore de quoi me payer le thé!

Et Léo, sous le regard de Carla, s'empressa de répondre :

— Il n'est pas question de cela... C'est moi qui invite, c'est moi qui paye pour tout le monde.

Ils se turent un instant ; puis Carla :

— Alors tu viens, Michel, mais à une condition : va te changer.

— Oui, en effet... (Michel se regarda. Il était incroyablement sale. Des chaussures pleines de boue, des pantalons éclaboussés jusqu'aux genoux et fripés par la pluie)... Je crois que tu as raison. (Il se leva.) Merci mille fois, généreux ami, je vais me nettoyer.

Avant même qu'il eût refermé la porte, Carla murmura :

— Je suis triste.

— Pourquoi ?

— Ah! qui sait ?

Elle regarda la fenêtre : derrière les vitres noires glissaient de rapides lueurs qui révélaient la chute de la pluie.

— Le temps, peut-être, dit-elle.

Sa grosse tête se pencha faiblement vers l'homme qui la prit dans ses mains et la baisa aux cheveux.

— Tu danseras avec moi, dit-elle avec une tranquille impudeur, rien qu'avec moi... tu laisseras maman sur sa chaise... ou bien elle dansera avec d'autres... avec Michel, pourquoi pas ?

Elle eut un rire sec; elle avait vraiment l'impression d'être un an plus vieille. Oui, c'était la fin... Ils s'embrassèrent encore, puis, délibérément, Léo lui dit :

— Alors, ce soir, tu viens chez moi, c'est entendu ?

Elle pâlit.

— Comment, chez toi ?

— Eh bien! chez moi, dans ma maison...

Il la regardait dans les yeux. Il la vit hésiter,

courber la tête comme pour chercher un objet sur le tapis.

— Non... c'est impossible, dit-elle enfin.

— Comment, impossible ? Tu me l'as promis, tu dois venir.

— Non... (Elle secoua la tête.) Non, c'est impossible.

Ils se turent. Léo la contemplait. La vue de cette poitrine comprimée sous l'étoffe l'excitait; une chaleur insolite lui montait aux joues. « Quelle maîtresse elle sera, pensait-il, quelle maîtresse étonnante! » Sa bouche se crispait de désir. Il saisit Carla par la taille.

— Il faut que tu viennes. Il le faut absolument... ou sinon... (Il hésita, chercha une raison convaincante; soudain il se rappela le dégoût qu'elle avait de son existence quotidienne.) Sinon, conclut-il avec modestie, comment pourras-tu te faire une vie nouvelle ?

Elle le regarda. « Il ne cherche que son plaisir, pensa-t-elle avec un vif sentiment de la réalité; n'importe, il a raison : et la vie nouvelle ? » Elle comprenait que, pour changer, il fallait d'abord détruire sans pitié, mais l'idée seule d'aller, la nuit, dans une maison étrangère lui causait de la répugnance et de l'effroi.

— J'aime mieux dans la journée, dit-elle avec une fausse simplicité. Un de ces jours, veux-tu ? Nous prendrons le thé ensemble... nous causerons... tu veux bien ?

— *Io non voglio il the, voglio te* (1), plaisanta Léo.

Mais aussitôt il revint à un ton plus sérieux et plus efficace :

— Non, mon amour!... Ce soir ou pas du tout.

— Mais voyons, Léo, supplia-t-elle.

(1) Ce n'est pas le thé, c'est toi que je veux.

— Je t'attendrai dans la rue avec ma voiture et je te reconduirai chez toi avant le jour... d'ailleurs, tu verras, tu auras été si contente que tu y reviendras chaque nuit.

— Non! cria-t-elle avec une sorte d'effroi. Non!... après, tout devra être clair... il faudra tout dire!

« Toutes les nuits, pensait-elle, où en suis-je donc arrivée ? »

— Tu viendras, j'en suis sûr, dit Léo.

Et, la saisissant brusquement dans ses bras :

— Tu viendras, n'est-ce pas, dis ?

Elle s'accrocha à un ultime prétexte :

— Il n'y a que deux jours que nous nous aimons... Pourquoi ne pas attendre un peu ?... Tu ne crois pas que toute femme puisse avoir son orgueil ?

— Mais bien sûr, mon petit, se hâta de répondre Léo. Alors, je t'attends ?

Elle hésitait encore, les sourcils froncés.

— Je te le dirai à la danse, dit-elle enfin. Oui, c'est cela, ajouta-t-elle comme pour se convaincre elle-même ! A la danse, je te le dirai.

« Dieu soit loué », pensa Léo. Il l'embrassa.

— Et maintenant il ne nous reste plus qu'à y aller, à cette danse, dit-il joyeusement.

Il la prit par la taille et, tendant vers son visage fardé et apeuré son propre visage grimaçant de passion :

— Sais-tu ce que tu es?... Un amour, oui... un amour de petite fille.

— Alors, Merumeci, partons-nous ? demanda Marie-Grâce en ouvrant la porte.

Il se leva.

— Mais oui... partons... nous sommes prêts, répondit Léo précipitamment.

Carla aussi se leva et alla au-devant de sa mère.

— Pourquoi n'as-tu pas pris la bourse dont

Merumeci t'a fait cadeau ? demanda Marie-Grâce en examinant Carla de la tête aux pieds. Elle irait merveilleusement bien avec ce costume.

— Je vais la chercher et je reviens, dit Carla.

Elle sortit, monta en courant dans sa chambre. La bourse était là, sur la commode, très élégante, vraiment de très bon goût ; au moment de mettre la main dessus, l'idée la traversa que ce cadeau serait sans doute le premier d'une série. Son imagination en fut tellement frappée qu'elle resta immobile, devant son miroir ; hallucinée, elle se voyait sur les genoux de Léo, en train de lui donner une petite tape sur la joue, ou, la tête contre sa poitrine, dans une pose abandonnée, lui demandant à mi-voix cet argent promis, pour une robe. Elle et lui, ils iraient ensemble chez la modiste, une grande modiste qui aurait fait venir pour elle trois ou quatre chapeaux de Paris, les dernières nouveautés. Tout cela, certes, était bien séduisant. Comme aussi de posséder une automobile, une maison, des bijoux, de voyager, de voir des gens et du pays, en somme, de ne plus connaître les limites de sa propre activité et de ses propres désirs. Quel rêve ! Elle en souriait malgré elle, quand soudain, s'approchant du miroir, elle découvrit sur son cou une petite tache rouge et ronde. D'abord elle ne comprit pas ce que c'était. Elle frotta avec son doigt, regarda de près... puis, enfin, elle se rappela que Léo l'avait embrassée tout à l'heure, dans le salon. Elle fut saisie d'une peur absurde que sa mère ne s'aperçût de quelque chose, prit sa houppette et se poudra abondamment, et voici que tout à coup, tandis qu'elle se contorsionnait devant sa glace pour voir si cette rougeur coupable avait disparu, l'invitation impérieuse de Léo à se rendre chez lui cette nuit même, et ces cadeaux, ces toilettes qu'elle espérait lui apparurent liés par une association inévitable. « Mon Dieu! c'est donc cela, ma nouvelle vie ? se demanda-t-elle avec un effroi artificiel et de convention (car elle n'était pas encore assez consciente de ce sentiment pour qu'il lui inspirât une vraie épouvante); c'est donc cela ? » Elle n'eut d'ailleurs pas le temps d'y réfléchir davantage. Déjà, montant du jardin noir, l'appel déchirant du klaxon l'avertissait qu'il était temps de partir.

Elle éteignit la lampe, descendit l'escalier à la hâte. Tandis qu'elle accomplissait ces actes ordinaires, aucune pensée n'occupait sa conscience, mais une tristesse aiguë, une nostalgie de pleurs la tourmentaient et contractaient son visage en une ridicule grimace. Le corridor était noir; c'est à tâtons qu'elle passa dans le vestibule et ouvrit la porte. Elle fut accueillie par les cris de joie de sa mère, de Léo et de Michel, qui l'attendaient dans la voiture. La place, sous une bruine silencieuse, était plongée dans l'obscurité; Carla ne distinguait que la machine, à quelques reflets de nickel, et ces portières, éclairées d'une lumière jaune, derrière lesquelles, dans leur petite boîte capitonnée, les faces roses et satisfaites des trois autres la regardaient venir avec curiosité. Vision fugitive. Déjà Carla montait et tombait assise à sa place. L'automobile partit.

Pendant toute la durée du trajet, aucun des quatre ne parla... Léo, au volant, conduisait avec adresse la grosse voiture parmi la confusion des rues encombrées. Carla, immobile et l'esprit absent, regardait le mouvement de la rue où, entre deux processions de parapluies, les feux rouges des véhicules affolés giclaient de toutes parts. Marie-Grâce regardait aussi, par la portière, mais moins pour voir que pour se faire voir; cette lourde et luxueuse machine lui donnait un sentiment de félicité et de richesse, et chaque fois qu'une pauvre tête, émergeant de l'obscur tumulte, passait sous ses yeux, transportée par le courant de la foule, elle avait envie d'adresser à l'inconnu une grimace de mépris, comme pour lui dire : « Tu vas à pied, imbécile! »

Seul Michel ne regardait pas dehors. Il s'intéressait davantage à ce que portait la voiture dans son écrin somptueux. L'ombre lui cachait les visages des trois autres, mais, chaque fois que l'auto passait sous un lampadaire, une lumière vive les faisait surgir; alors apparaissaient soudain les traits profonds et ravagés de sa mère, son regard vaniteux; Carla, avec sa figure de petite fille contente qui va à la fête; le profil rouge de Léo, régulier et un peu dur — objets inexplicables et effrayants tels ceux que révèlent, durant l'orage, le feu rapide des éclairs. A chaque apparition nouvelle, Michel retombait dans la même stupeur : pourquoi était-il là, avec eux ? pourquoi ceux-ci et non pas d'autres ? Ces êtres lui étaient étrangers; arbitrairement placés devant lui par le destin, ils auraient aussi bien pu être différents : Carla, une blonde aux yeux bleus, sa mère, une grande femme maigre, Léo, un petit homme tout en nerfs. Pourquoi non ? Mais ils étaient là, et chaque secousse de l'automobile les faisait se heurter entre eux comme des fantoches inertes. Rien n'était plus angoissant que de les voir ainsi : lointains, détachés l'un de l'autre, irrémédiablement seuls.

Ils arrivaient. L'hôtel s'ouvrait au fond d'une petite place que remplissaient quatre noires rangées de voitures. Il y en avait de toutes formes et de toutes dimensions. Les chauffeurs en longs manteaux de toile fumaient et causaient par groupes. Sur des profondeurs de lumière qui contrastaient avec les ténèbres du dehors, la porte du Ritz s'ouvrait, accueillante et magnifique.

Le tambour de bois et de verre, au bruit familier, les introduisit l'un après l'autre dans le grand vestibule peuplé de chasseurs et de domestiques; ils passèrent au vestiaire, regorgeant de manteaux numérotés, traversèrent une enfilade de salons vides, arrivèrent à la salle de bal. Assis près de la porte à une petite table, un homme vendait les tickets d'entrée; Léo paya; ils entrèrent.

Il était déjà tard, une foule nombreuse remplissait la salle basse et longue; les tables avaient été disposées contre les parois, on dansait au milieu, et au fond, sur une sorte d'estrade ombragée de deux palmiers, s'agitait un orchestre nègre.

— Quel monde! dit la mère, admirative et pessimiste, en portant autour d'elle des regards pleins de dignité; tu verras, Carla, que nous ne trouverons pas où nous asseoir.

Ils trouvèrent tout de même une table libre, dans un coin, et ils s'assirent. Marie-Grâce ôta son manteau.

— Vous savez, dit-elle en jetant dans la salle un coup d'œil circulaire, je vois une quantité de gens de connaissance... regarde, Carla, les Valentini...

— Et les Sant'Andrea, maman.

— Et les Contri, ajouta Marie-Grâce; — elle se pencha et, d'un ton plus bas : — A propos des Sant'Andrea, tu sais qu'ils viennent de passer deux mois à Paris, en voyage de noces? Eh bien! quand ils sont partis, dans le même wagon-lit, il y avait le marié, la mariée et l'amant de la mariée... comment s'appelle-t-il déjà ?...

— Giorgetti, dit Carla.

Giorgetti, parfaitement... Quelle histoire! Cela semble impossible...

La musique s'était tue. Après de vagues applaudissements, les danseurs revenaient à leurs places. Aussitôt le murmure des conversations devint plus fort. La mère se tourna vers son amant :

— Vous ne seriez pas d'avis, proposa-t-elle, d'aller ce soir au théâtre entendre cette troupe française ?... J'ai une loge valable pour deux représentations, ce soir ou après-demain soir.

— Aujourd'hui, je ne peux pas, dit l'homme en lançant un regard à Carla ; — j'ai un rendez-vous à onze heures que je ne veux pas manquer.

— Un rendez-vous à onze heures du soir ? répéta la mère d'un ton à la fois confidentiel et sarcastique... Et dites-moi, Merumeci, un rendez-vous masculin ou féminin ?

Léo hésita ; fallait-il ou ne fallait-il pas éveiller la jalousie de Marie-Grâce ?

— Féminin, bien entendu ; seulement je me suis mal expliqué... il ne s'agit pas d'un rendez-vous, mais d'une visite... d'un souper. Je vais souper chez une dame qui reçoit quelques amis.

— Et qui est cette dame ? Peut-on savoir ? demanda la mère d'une voix dure.

Léo resta déconcerté. Il n'avait pas prévu cette indiscrétion. Il chercha... il chercha le nom d'une personne inconnue de Marie-Grâce. Enfin il crut avoir trouvé :

— Mme Smithson... vous savez, cette dame qui fait de la peinture ?

— Ah ! très bien, approuva Marie-Grâce, avec un amer triomphe ; Mme Smithson... Il n'y a qu'un malheur, c'est qu'avant-hier je suis allée chez ma modiste et que ma modiste m'a montré un chapeau commandé par Mme Smithson. Elle devait le lui expédier à Milan... Oui, figurez-vous... elle est à Milan depuis cinq jours, cette dame !

— Quoi, à Milan ? répéta Léo, stupide.

— Mais oui, intervint Michel, tu ne savais pas ? On a avancé la date du vernissage de son exposition.

— Allez donc chez Mme Smithson, reprit Marie-Grâce avec un sourire venimeux. Allez-y, mais j'ai peur que vous n'arriviez pas à temps, même en sautant tout de suite dans le train ou dans l'avion... (Elle se tut un instant. L'homme ne répondait pas; Carla observait attentivement sa mère.) Ah! cher ami, le mensonge, comme on dit, a les jambes courtes. Mais voulez-vous que je vous le dise, moi, ce qu'est cette fameuse dame à qui vous devez rendre visite ? Ce n'est sûrement pas une honnête femme, vous ne pouvez pas en connaître! C'est bien plutôt quelque fille perdue, une cocotte du dernier ordre.

A ces mots Carla devint si pâle que Léo craignit une seconde de la voir s'évanouir ou éclater en larmes; mais il n'en fut rien :

— Maman, dit-elle avec calme, ne crie pas si fort. On entend des tables voisines. (Trois coups de baguette annonçaient la reprise de la danse.) Alors, Léo, nous dansons ?

Ils se dirigèrent vers la patinoire, l'un derrière l'autre, à travers la foule des gens assis. Carla était toujours aussi pâle, mais son visage était empreint d'une sorte de réserve hautaine. Au moment de prendre le bras de son cavalier, elle leva la tête :

— Naturellement, Léo, dit-elle avec fermeté, je vais chez toi ce soir. Tu n'auras qu'à m'attendre.

Il sembla à Léo qu'elle parlait les dents serrées.

— Sérieusement ?

— Très sérieusement!

Mais déjà le son de sa voix avait changé et c'est en tremblant, comme privée à la fois de confiance et de souffle, qu'elle ajouta :

— Maintenant, ne parlons plus de cela... Dansons.

Ils dansèrent. Léo soutenait la jeune fille de toute la force de son bras. Une ardeur insolite lui donnait des ailes et, bien que l'espace fût étroit et la foule dense, il se risquait aux pas les plus difficiles. « Cette fois, tu es à moi, pensait-il, tu es à moi. » Dans l'âme de Carla, en revanche, régnait une triste confusion; elle dansait à contre-cœur; elle aurait voulu sortir, s'asseoir dans un coin, fermer les yeux. Mais le carrousel des danseurs tournait sans cesse et l'emportait : figures d'hommes et de femmes immobiles, sérieuses, souriantes; la musique était triomphale, non sans une petite note de tristesse, très banale d'ailleurs, qui reparaissait de temps à autre. Ces couples, cette musique, à force de les voir et de l'entendre, la tête lui tournait.

La danse était finie. Les danseurs regagnaient leurs chaises. Parmi eux, Michel et sa mère se querellaient aigrement.

— C'est la dernière fois que je danse avec toi, répétait Marie-Grâce, indignée.

— De quoi s'agit-il ? demanda Léo.

— La dernière fois ! Vous vous imaginez! Tout le monde nous regardait! Qui sait ce que les gens ont pensé de nous ? C'était terrible... il a dansé comme... comme... (elle cherchait une épithète et, dans le désordre de sa colère, elle n'en trouva qu'une)... comme un voleur!

— Oh ! vraiment ? s'écria Léo, stupéfait.

— Comme un garçon sans éducation, précisa la mère avec dignité.

— De grâce, demanda Michel avec un sourire forcé, comment dansent-ils donc, les voleurs?... Et où est le voleur parmi nous ? Est-ce moi, vraiment ? Ou sinon qui ?

— Mais tais-toi, supplia la mère en jetant les yeux autour d'elle.

— Il me semble, insista Michel, que je devrais plutôt danser comme un volé... comme un homme allégé du poids des richesses, tout passion et tout feu. Pour savoir comment dansent les voleurs, mieux vaudrait danser avec un autre... bien sûr (il regarda fixement Léo)... avec un autre.

Immobile entre les deux femmes anxieuses, Léo demeura un instant sans rien dire, puis il sourit :

— Je crois, Michel, qu'il t'est vraiment arrivé quelque chose. Ça ne va pas... tu devrais t'en aller, mon petit... ou peut-être tu veux que ce soit moi qui parte ?

— Oui, Michel, va-t'en ! gémit la mère.

A quoi Michel ne put se retenir de répondre :

— Ainsi tu aimes mieux renvoyer ton fils qu'un étranger comme Léo ?

— Mais c'est Léo qui nous invite!

Rien à dire à cela. « Elle a raison, pensa-t-il, Léo a payé. » La grande salle basse résonnait du bruit confus des conversations; tous ces groupes de gens, ces femmes peintes découvrant jusqu'aux genoux leurs jambes croisées, ces hommes assis dans des attitudes désinvoltes, la cigarette à la bouche, tous mangeaient, buvaient, parlaient avec insouciance. Les nègres, sur leur estrade, accordaient leurs instruments. Rien à répondre.

— Tu as raison, je m'en vais. Amusez-vous bien... le voleur s'en va.

Et il partit. Dehors il pleuvait toujours. « Voleur, se répétait Michel sans colère, mais avec une fausse exaltation; il a même essayé de me prendre Lisa! Et pourtant c'est moi le voleur! » Quelques minutes plus tard, il s'étonna de constater qu'il n'était même pas ému. Très tranquille, au contraire. Les pires canailleries de Léo ne parvenaient pas à secouer son indifférence. Après un accès de haine simulé, il se retrouvait comme toujours un peu hébété, le cœur léger, la tête vide.

Les trottoirs étaient noirs de monde; la chaussée regorgeait de véhicules; c'était l'heure du trafic le plus intense. Sans parapluie, Michel marchait lentement comme par un beau jour de soleil, flânant devant les vitrines, regardant les femmes et les réclames lumineuses suspendues dans l'obscurité; mais, quelque effort qu'il fît, il n'arrivait pas à s'intéresser à cet éternel spectacle de la rue; l'angoisse qui, sans raison, l'avait envahi tandis qu'il traversait les salons vides du Ritz ne le quittait pas. Sa propre image le persécutait; il se voyait tel qu'il était réellement, seul, indifférent, misérable.

Le désir lui vint d'entrer dans un cinéma. Il y en avait un tout près, très luxueux; sur sa porte de marbre s'étalait une annonce lumineuse en perpétuel mouvement. Michel s'approcha, regarda les photographies : une histoire chinoise fabriquée en Amérique. Trop stupide. Il alluma une cigarette, reprit son chemin dans la foule, sous la pluie, découragé. Puis il jeta sa cigarette. Rien à faire.

Cependant son angoisse augmentait. Là-dessus, aucun doute possible. Il n'en connaissait que trop les symptômes : d'abord une vague incertitude, un manque de confiance, un sentiment de vanité, le besoin de s'occuper, de se passionner pour quelque chose; puis, la gorge sèche, la bouche amère, les yeux fixes; le retour insistant, dans sa tête vide, d'un certain nombre de phrases absurdes, un désespoir furieux et sans illusions. De cette angoisse, Michel avait une peur douloureuse; il tâchait de ne pas y penser; son désir eût été de vivre comme les autres, dans la minute présente, sans inquiétude, en paix avec lui-même et avec autrui. « Être un imbécile », soupirait-il; mais, alors qu'il s'y attendait le moins, il suffisait d'un mot, d'une image, d'une pensée pour réveiller son angoisse; l'effort qu'il faisait pour s'en distraire se relâchait soudain; tout espoir de fuite s'écroulait.

Ce soir-là, tandis qu'il suivait pas à pas le trottoir envahi par la foule, il fut frappé, en regardant ces centaines de pieds qui pataugeaient dans la boue, de la vanité de son propre mouvement. « Chacun de ces passants sait où il va, pensa-t-il; il sait ce qu'il veut, il a un but. Et c'est pour cela qu'il se hâte, qu'il se tourmente, qu'il est triste ou joyeux, qu'il vit... et moi ? Moi, rien. Aucun but : que je marche ou que je sois assis, c'est tout pareil. » Il ne détachait pas ses regards du sol : vraiment, dans tous ces pieds qui foulaient la boue, il y avait une sûreté, une confiance en soi qu'il enviait; à ce spectacle, il sentait croître en lui son dégoût pour lui-même. En tous lieux, donc, il ne promenait que son désœuvrement, son indifférence ? Cette rue pluvieuse, il la parcourait, comme sa vie tout entière, sans foi, sans enthousiasme, les yeux éblouis par l'éclat fallacieux des affiches lumineuses. Quand cela finirait-il ? Il leva les yeux vers ces girandoles idiotes : l'une recommandait une pâte dentifrice, l'autre un vernis pour les chaussures... De nouveau, il baissa la tête : la fange ne cessait pas de gicler sous les talons des passants, la foule marchait. « Et moi, où vais-je ? » se demanda-t-il. Il glissa un doigt dans l'ouverture de son col. « Qui suis-je ? Pourquoi ne pas courir, ne pas me hâter comme les autres ? Pourquoi ne pas être un homme instinctif, sincère ? Pourquoi manquer de foi ? » L'angoisse l'opprimait. Il aurait voulu arrêter un de ces passants, le saisir par la manche et lui demander où il allait d'un pas si vif; il aurait tant désiré avoir lui aussi un but, même trompeur, et ne plus errer ainsi de rue en rue comme à l'abandon. « Où vais-je ? » Obscurité complète. La tête dans le sac. Il ne savait plus même où il allait. Et pourquoi pas chez lui ?

Il lui vint une hâte soudaine; mais la rue regorgeait de véhicules. Les autos défilaient lentement, l'une derrière l'autre, au ras du trottoir. Impossible de traverser. Sous la pluie oblique, les voitures, en deux files opposées, l'une montante, l'autre descendante, attendaient le moment de s'ébranler pour un nouveau bond en avant. Lui aussi attendit. Alors, parmi les voitures, il en remarqua une, plus grande et plus luxueuse que les autres; à l'intérieur, un homme était assis, très raide, le buste renversé en arrière, la tête dans l'ombre; un bras couvrait sa poitrine, un bras de femme; et on comprenait que la femme s'était à demi affaissée sur les genoux de l'homme et s'accrochait d'une main à son épaule, comme une suppliante qui n'ose pas regarder en face. L'homme immobile et la femme blottie contre lui demeurèrent un instant sous les yeux de Michel, dans la lumière blanche des lampadaires; puis la voiture se mit en marche; Michel ne vit plus que la lanterne arrière, sur le numéro, tel un souvenir. Enfin ce signe, à son tour, disparut.

Il lui resta de cette vision une tristesse nerveuse intolérable : il ne connaissait pas cet homme et cette femme; ils appartenaient sans doute à un milieu très différent du sien... des étrangers peut-être. Et pourtant il lui semblait que cette scène était sortie de son esprit, qu'elle était une de ses imaginations anxieuses, incarnée et offerte à ses yeux par quelque volonté supérieure. Tel était le monde de ses rêves : un monde où l'on souffrait sincèrement, où l'on embrassait des épaules impitoyables, où l'on suppliait en vain... et non ce limbe plein de fracas insanes et de sentiments faux où s'agitaient des masques grimaçants : sa mère, Lisa, Carla, Léo, tous les autres. Cet homme qui était dans la voiture, il eût été capable de le haïr vraiment; cette femme, de l'aimer. Mais à quoi bon se leurrer ? C'était impossible, il le savait bien : cette terre promise lui était interdite ; il ne l'atteindrait jamais.

Cependant l'agent de police avait interrompu l'interminable défilé des voitures. Michel traversa. Au milieu de la rue, il éprouva un malaise, une sorte de vertige; alors il retira son chapeau pour laisser tomber la pluie sur sa tête nue.

Ce qu'il ressentait, il n'aurait su le dire; des désirs sans nombre bouillonnaient dans son âme, le tourment de penser lui causait une souffrance physique. Un taxi libre passait à portée de sa main; il l'arrêta, donna son adresse. Mais le souvenir de cet homme et de cette femme, entrevus dans leur luxueuse automobile, l'obsédait. « Savoir où ils allaient, pensa-t-il presque sérieusement, me faire conduire chez eux, leur demander de me garder... » Ces imaginations folles le calmèrent un peu. Mais chaque secousse du taxi le rejetait hors du songe inaccessible; il comprenait avec amertume que tous les écarts de sa fantaisie ne changeraient pas le moindre élément du monde réel dans lequel il se mouvait.

Cinq minutes plus tard, il était chez lui. Il traversa le jardin en courant sous la pluie qui redoublait, entra dans le vestibule. C'était la nuit noire, et dans le corridor également; il déposa sa canne et son chapeau sur une chaise et, sans rien allumer, se dirigea vers l'escalier à tâtons; mais, au moment où il passait devant la porte du salon, il aperçut un peu de lumière au trou de la serrure et entendit de la musique, quelques notes sur un rythme de danse... la danse même qu'il venait d'entendre une demi-heure plus tôt, à l'hôtel : « C'est une persécution », pensa-t-il. Il ouvrit la porte et entra. La partie du salon où on se tenait d'habitude pour causer était obscure ; l'autre, au contraire, au delà de l'arceau et des deux colonnes, était éclairée, et quelqu'un jouait du piano. Il s'avança; la personne penchée sur le clavier redressa la tête. C'était Lisa.

« Elle vient me donner des explications, pensa Michel avec ennui. Comme si je n'avais pas déjà tout compris. » Il s'assit dans un fauteuil, loin de la lumière.

— Nous sommes allés au *Ritz*, dit-il tranquillement. Mais je ne m'amusais pas et je suis parti... Et puis figure-toi que je me suis disputé avec Léo.

— Ah! vraiment? demanda-t-elle en se levant.

Elle alla vers lui et s'assit le plus près de lui qu'elle put, l'œil curieux.

— Et pour quelle raison ? ajouta-t-elle, hésitante et confidentielle. A cause de moi, peut-être ?

Michel considéra ce front mal assuré et il lui vint une forte envie de rire. Sa réponse était toute prête: « Ma pauvre Lisa, que faut-il faire pour que tu sois persuadée que je ne t'aime pas ? » Mais il eut pitié.

— Non, dit-il, pas à cause de toi... Il s'agissait de ma mère. Affaires de famille...

— Ah! je comprends, dit Lisa, un peu déçue.

Elle le regardait avec insistance, passionnément. Le désir de se justifier la tourmentait. Elle lui expliquerait ce qui s'était passé. Après, tout serait clair. « Il posera sa tête sur mes genoux, comme ce matin. » Mais parmi ces pensées elle ne trouvait pas un prétexte pour lui parler de ce qui lui tenait tant à cœur.

— Je disais cela parce que j'estime que tu as quelque raison d'être en colère contre moi et contre Léo.

— Pourquoi ? Aucune raison, répondit Michel. Et il avait envie d'ajouter : « Hélas! »

— Je te comprends, continua Lisa. Oh! oui, je te comprends. Et c'est pourquoi je sens que je te dois une explication.

Michel ne bronchait pas. « Il faut lui donner l'impression d'être absent, d'être très loin... d'ignorer ce dont elle parle. »

— Et avant tout (elle se pencha et le regarda

dans le blanc des yeux) si tu crois qu'il y a quelque chose entre cet homme et moi, je t'assure que tu te trompes. Il y a eu entre nous, je n'ai pas à te le dissimuler, une... une liaison... Lui m'aimait. (Elle eut un geste pour exprimer qu'elle remuait un passé lointain.) Moi, j'étais jeune; alors, j'avais besoin d'aide. Il insistait et, les circonstances aidant, j'ai cédé.

— J'ai entendu dire que depuis tu t'es mariée, interrompit Michel presque sans le vouloir.

— Mon mari a pris la fuite, répondit Lisa avec une extrême simplicité, un an après notre mariage... et avec tous mes bijoux.

Elle resta songeuse un instant, mais sans tristesse ni embarras, comme une personne qui s'efforce de reprendre le fil de son discours après une insignifiante parenthèse.

— Donc, j'ai cédé, continua-t-elle, et la chose a traîné quelque temps... trois ans, quand, un beau jour, je me suis aperçue que je ne l'aimais pas, que je ne l'avais jamais aimé. Nous nous séparâmes...

« Ou, plutôt, il t'abandonna pour ma mère », pensa Michel. Mais il garda cela pour lui. D'ailleurs, à quoi bon le dire ?

— Jamais plus nous ne nous sommes vus, sauf quelquefois, chez vous... jusqu'à... jusqu'aujourd'hui. Il est venu, qui sait dans quelles intentions ? Il croyait que tout allait recommencer! (Elle éclata de rire pour marquer l'absurdité des espérances de Léo.) Comme si je pouvais oublier sa conduite à mon égard, et, sans parler de cela, comme s'il n'y en avait pas d'autres que lui!... Il se figure qu'il n'a qu'à se présenter pour obtenir tout ce qu'il veut... J'étais justement en train de le renvoyer quand tu es arrivé... Telle est la vérité; tu peux me croire, je veux bien te le jurer sur ce que j'ai de plus sacré au monde...

Lisa se tut, lançant à Michel un coup d'œil

inquiet et suppliant. Michel, la tête basse, regardait ses mains. Enfin il se redressa. Aucune lueur de compréhension dans ses yeux. Il avait seulement l'air vaguement préoccupé.

— En effet... dit-il.

En effet quoi ? Que signifiait cet « en effet » ? « En effet, tu ne m'as pas trahi » ou : « En effet tu m'as trahi »? Ce doute augmentait la confusion de Lisa; courbée et tout émue encore, elle regarda Michel comme pour chercher sur sa figure l'explication de sa réponse; mais cette figure ne présentait que l'indifférence la plus immobile; les yeux étaient durs, la bouche semblait n'avoir jamais parlé.

Déçue, Lisa se remit d'aplomb; des craintes diverses se mêlaient dans son esprit. « Il ne me croit pas », pensait-elle. De douleur, elle se serait tordu les mains. « Et c'est vrai pourtant! » Il y eut un silence embarrassé; puis elle rit.

— Ce pauvre Léo, s'écria-t-elle. Mauvaise journée, pour lui! Il s'est disputé avec moi, avec toi, sans compter ta mère, ce qui est normal... Que de déboires!

Elle rit nerveusement, d'un rire faux, sans cesser d'observer Michel, qui redoublait d'incompréhension. Elle riait. Le salon était plein d'ombre : les deux petites ampoules du piano, vissées dans deux fausses bougies, éclairaient le couvercle luisant et oblong, comme deux cierges sur un cercueil. Elle riait, et son rire mourait sur ses lèvres, en présence du visage immobile et tout de même vaguement apitoyé de Michel. Ce visage disait (elle en déchiffrait clairement l'expression) : « Je dois subir le voisinage d'une folle; le mieux est de l'écouter, de l'approuver, de ne pas l'irriter, surtout »; et rien n'était plus atroce à son désir de bonne entente et à son appétit de passion que cette volontaire froideur. Puis Michel parla :

— Pour sûr, dit-il. Il aurait pu avoir plus de chance.

Cette réponse ôta à Lisa ses dernières illusions; un découragement passionné et amer l'envahit : « Il se venge : il croit que je l'ai trompé, alors il ne veut même plus m'entendre et il me répond comme un idiot. »

Michel était là, devant elle : aucun doute n'entamait ce fait; cette pureté, cette sincérité qu'elle aurait voulu revivre n'avait pas quitté ces yeux, ce front; sa passion à elle était véritable, elle existait. Il lui sembla qu'il suffisait, pour le convaincre, de trouver les mots adaptés à cette situation.

— Voyons, Michel, supplia-t-elle en se penchant de nouveau vers lui, ce n'est pas ma faute si tu m'as trouvée avec Léo... il était venu... Comment peux-tu croire, après ce qui s'était passé entre toi et moi dans la matinée, que j'aurais ainsi accordé l'après-midi à cet homme ?... Mais réfléchis ! il est impossible que j'aime Léo : c'est un grossier personnage, un être matériel... Tu me juges vraiment mal, il faut que tu reviennes sur ton jugement; je suis frivole... facile ? Eh bien ! je t'assure que ce n'est pas vrai... Je suis bien différente. J'ai besoin de quelque chose de plus, si tu savais que de fois j'y ai pensé : de quelque chose qui ne serait pas seulement l'apparence, le corps... (soudain elle s'arrêta) et vois-tu, ajouta-t-elle d'une voix plus basse et plus lente, en approchant son visage de celui de Michel, en toi, vois-tu, cette chose-là existe, et c'est pour cela que je t'estime et que je t'aime.

« Voilà qui s'appelle parler clair », pensa Michel. Sans répondre, il rejeta un peu la tête en arrière et, avec plus d'embarras que de répugnance, observa Lisa. De tout son buste, elle se penchait hors du fauteuil bas où elle était assise, et, dans la robe étroite, le corps ainsi plié en deux éclatait; tirée par le dos, la jupe courte remontait, découvrant une large cuisse féminine, étranglée d'une jarretière rose. Ce dernier détail le frappa. « Léo a raison, pensa-t-il, elle n'est pas à dédaigner. » Mais aussitôt la bassesse de sa propre pensée et ce sentiment du mensonge qui habitait toujours en lui lui inspirèrent un dégoût si fort que ses lèvres tremblèrent. « Ce n'est pas cela, ce ne peut être cela! » Il se rejeta encore plus en arrière, les yeux baissés.

— Non! ne me regarde pas ainsi! s'écria-t-elle avant même qu'il eût parlé, épouvantée de le voir de nouveau si distant, après ce bref et favorable trouble dû au spectacle de sa nudité; je t'en prie, ne sois pas si fermé, réponds-moi... dis-moi sincèrement ce que tu penses.

Le silence retomba et, pour la première fois depuis qu'il était rentré, Michel entendit le picotement de l'averse contre les fenêtres; il se souvint alors des trois autres qu'il avait laissés à l'hôtel.

— Ce que je pense ? répondit-il enfin sans une ombre d'ironie, je pense qu'ils ne sont pas encore de retour, je pense qu'il fait mauvais temps, voilà...

Silence. Elle demeura sans bouger, pliée en deux. Il n'y avait rien à faire, rien à espérer. Elle regardait les chaussures de Michel, et il lui semblait que son esprit s'obscurcissait. Elle se surprit à songer : « J'aurais mieux fait de ne pas renvoyer Léo... A l'heure qu'il est, j'aurais celui-là au moins. »

Cependant l'ombre du salon augmentait, devenait plus dense et plus noire, engloutissait les parois et les meubles, se resserrait autour de Lisa et de Michel. La lueur affaiblie des lampes creusait dans l'obscurité une caverne étroite, où ces deux figures courbées semblaient veiller un mort, tandis que, sur le cercueil, les cierges palpitaient, rougissaient, vacillaient... Finalement ils s'éteignirent.

— Qu'est-ce que c'est encore ? demanda Lisa d'un ton découragé.

— Rien. Le courant est coupé...; c'est le mauvais temps. Attendons.

Silence, obscurité; murmure de pluie. Soudain Michel sentit une main se poser sur la sienne et il en sourit sans pitié. « Voici le moment, pensa-t-il, le bon moment pour oublier, pardonner et s'abandonner au sentiment dans les ténèbres propices. »

Mais son cœur oppressé refusait le sarcasme et, de la caresse de ces doigts, tirait plutôt un prétexte à des rêveries passionnées : chercher Lisa dans cette ombre, l'étreindre, la meurtrir d'un baiser sincère et définitif... Un instant, il lutta contre cette faiblesse; devant ses yeux aveugles passaient des images : celle de Lisa, et plus précisément celle de cette cuisse nue où s'aiguisait son désir, l'image aussi de cet homme et de cette femme entrevus dans l'automobile. « Pourquoi Lisa n'était-elle pas cette femme ? Pourquoi ne suis-je pas cet homme ? » On entendait la pluie battre les murs de la villa, l'obscurité était complète, la main stupide et zélée ne se relâchait pas de sa chaude caresse; Michel n'osait pas la repousser, il avait peur de la perdre. Il comptait les secondes, se proposant d'attendre une minute que la lumière revînt les séparer. Se forçant à sourire, il invoquait à part lui cette main : « Attends encore un peu, le temps voulu pour que les apparences restent sauves. » Mais la minute s'écoula sans ramener la lumière; alors, pleinement conscient de la ridicule faiblesse de son acte, il se pencha en avant et baisa les doigts de Lisa.

« Maintenant tout est fini, pensa-t-il aussitôt après, dégoûté et content; il ne me reste plus qu'à l'attirer sur mes genoux et à l'embrasser sur la bouche. » Déjà il allait mettre ce dessein à exécution quand, du corridor, arriva un bruit joyeux de voix et de rires. La porte du salon s'ouvrit. Une tremblante lueur de bougie rompit l'obscurité et fit osciller toute la pièce; des ombres gigantesques se portèrent au plafond, alternant avec des éclairs de lumière vive. Suivie de Léo et de Carla, Marie-Grâce entrait.

Ils avançaient à pas prudents, cherchant à reconnaître les deux personnes assises; Léo, le bougeoir au poing, présentait en pleine lumière sa face rouge; la mère et la fille, à ses côtés, n'étaient éclairées qu'à demi ; tous trois étaient suivis de leurs ombres énormes, projetées sur les murs, jusqu'au plafond.

Marie-Grâce reconnut Lisa :

— Ah! c'est toi! s'écria-t-elle.

— Encore ici ? dit à son tour Carla. La panne dure depuis longtemps ? Nous avons dansé... nous nous sommes amusés... Et puis, figure-toi, Léo a fait danser le charleston à maman!

— Et d'une façon... dit Léo, c'était magnifique.

— Ah! Merumeci, ne me parlez plus de ce charleston, soupira la mère. Elle se jeta sur un siège comme une femme très fatiguée. Imagine-toi, Lisa, qu'à un certain moment il s'écarte de moi, commence à agiter les jambes et me dit : « Faites ce que je fais. » Moi, d'abord, je ne voulais pas; puis je me décide, et cinq minutes après je dansais mieux que toutes les autres... Ce n'est pas bien sorcier, votre charleston.

— Tout de même... on ne peut pas dire que tu saches vraiment le danser, observa Carla.

— On ne peut pas dire... Oh! mais regarde, je vais te le refaire, c'est facile comme tout!

— Mais, maman, insista Carla, on n'apprend pas une danse en cinq minutes.

— Ah tu crois ? répondit la mère tout à fait furieuse. Eh bien ! tu vas voir... Simplement pour te prouver que je n'ai pas l'habitude de dire des mensonges, comme toi.

Elle se leva, ôta son manteau et le posa sur une chaise.

— Lisa, s'il te plaît, veux-tu jouer un charleston ? Tu en trouveras dans ce tas de musique, là, sur le piano.

Lisa alla se mettre au piano ; Léo la suivait avec la lumière.

— Que veux-tu que je te joue ? *Sur le transatlantique. Une nuit à New-York* ?

— *Une nuit à New-York*, parfait !

Assise au piano, Lisa commença à jouer, tandis que Léo l'éclairait, debout à côté d'elle. A l'autre bout du salon, plongés dans l'ombre, silencieux et immobiles, Carla et Michel regardaient. La musique facile et discordante du charleston résonna.

— Du courage, fit Léo.

Attentive aux mouvements de ses jambes, Marie-Grâce commença à danser ; la lumière de la bougie éclairait pauvrement son visage peint et congestionné, sillonné de rides molles ; sa robe la serrait étroitement et, à chacun des sauts brusques qu'elle exécutait, l'étoffe brillante se tendait sur sa poitrine et sur ses hanches ; elle lançait ses pieds à droite et à gauche, s'efforçant de suivre la mesure et de garder les genoux joints ; mais apparemment elle avait oublié la leçon de Léo, car, au bout d'une minute, elle s'arrêta et regarda son amant d'un air déçu.

— Je ne sais pas... ce n'est pas la même danse qu'au *Ritz* ; ici, je n'y arrive pas.

— Tu vois, maman, dit Carla, c'est moi qui avais raison.

— Jamais de la vie! (Un vif mécontentement se peignait sur le visage enflammé de la mère.) Seulement, ce n'est plus la même danse...

— Tu l'as choisie toi-même, dit Carla en se tournant vers le piano.

Léo s'avança avec son bougeoir, se plaça entre la mère et la fille et, conciliant :

— Peu importe, peu importe, dit-il; ce sera pour une autre fois.

Tous les cinq se turent un instant. La pluie devait être devenue très violente : au bruit continu de l'averse se mêlait celui des rafales contre les volets.

— Allons nous déshabiller, dit Carla; il va bientôt être l'heure de nous mettre à table.

— Vous dînez avec nous, n'est-ce pas, Merumeci, dit la mère qui voulait à tout prix arracher à son amant un rendez-vous pour le lendemain.

— Non... c'est-à-dire oui, répondit Léo.

Ils se dirigèrent vers la porte, l'un derrière l'autre, d'un pas incertain. C'était Marie-Grâce maintenant qui tenait le lumignon, et elle disait : « Qui m'aime me suive! » Carla riait. Mais, avant de sortir, Léo s'approcha de Michel qui était resté assis :

— Eh bien ! demanda-t-il, as-tu suivi mon conseil ? Rappelle-toi ce que je te dis, Lisa n'est pas une femme à dédaigner : un peu grasse... mais experte!

Après quoi, non sans avoir adressé un clin d'œil au garçon silencieux et indifférent, il rejoignit les autres. La bougie jeta une dernière lueur sous le linteau de la porte et s'engouffra dans la nuit du corridor. On entendit encore des voix et, dominant les autres, celle de Marie-Grâce qui commandait : « Carla, ouvre la porte. » Michel, qui n'avait pas quitté son fauteuil, resta seul dans l'obscurité.

Ils montèrent l'escalier tous ensemble, parlant

et se bousculant. A l'étage supérieur, dans l'antichambre, Carla trouva deux autres bougies dans un tiroir; sa mère les prit et entraîna Lisa avec elle pour lui montrer une nouvelle robe.

— L'empiècement est doré... tu verras, c'est la grande mode!

Léo et Carla restèrent dans l'antichambre, face à face. Une grave et pesante excitation surnageait dans les yeux inexpressifs de l'homme. Il avait posé le bougeoir sur la table et, de ses doigts légèrement velus, il tourmentait la main de Carla, une main qui lui plaisait beaucoup parce qu'elle était blanche, froide et maigre. Il regardait Carla par en dessous, d'un œil pénétrant et sournois, et sa fantaisie opaque s'attardait à imaginer les indécentes caresses que cette main frigide, avec un naturel non exempt de stupeur, saurait donner. « Une de ces mains, pensait-il, qui sont délicates comme des fleurs et qui avec cela, pour vous donner du plaisir, sont capables de tout.» Plus il y pensait, plus son désir s'exaspérait; à la fin son visage se durcit, il lâcha la main de Carla et la saisit par la taille. Évidemment elle était loin de s'y attendre:

— Non, Léo... non, fais attention, murmura-t-elle à voix basse avec un mouvement de défense.

Elle jetait autour d'elle des regards effrayés ; puis elle céda. Ce fut alors que Lisa revint.

Elle les vit tous deux enlacés au milieu de l'antichambre sur laquelle ouvraient cinq portes, toutes pareillement tendues de velours; elle fit un pas en arrière et se cacha; ensuite, écartant à peine l'étoffe, elle risqua un regard; elle vit les deux têtes, encore unies, se pencher à droite et à gauche, prolongeant leur baiser, tandis qu'au plafond bondissaient en silence leurs ombres. Elle ne pensait à rien. Son cœur battait; elle s'arrêta un instant d'épier, épouvantée, indécise, entre la tenture et la porte; quand, avec mille précautions, elle regarda de nouveau, Léo et Carla s'étaient séparés. Ils parlaient.

— Il me semble, disait Léo, que ce rideau a bougé. Esprit, ajouta-t-il en riant, si tu es là, frappe un coup, si tu n'es pas là frappe deux coups.

Il parodiait les amateurs de tables tournantes. Carla, le visage légèrement crispé, riait à contre-cœur; et Lisa, derrière son rideau, avait envie de frapper un coup pour de bon : ils auraient eu une belle peur!

— Assieds-toi là, disait l'homme, là, sur mes genoux.

— Mais Léo!... Léo, si quelqu'un venait!

— Rien à craindre...

Un froissement d'étoffe. Lisa écarquillait les yeux : non elle ne rêvait pas. Carla était assise, un peu raidie, sur les genoux de Léo; leurs têtes se touchaient, et puis... voilà qu'il l'embrassait dans le cou.

— Allons, petite... Si tu es là, donne-moi un baiser, si tu n'es pas là, donne-m'en deux.

Silence. Carla inclinait faiblement sa grosse tête noire. Soudain, elle glissa entre les bras de l'homme.

— Non, Léo, non... pas cela !

Elle se débattit au milieu d'une agitation d'ombres gigantesques, puis s'arrêta. La bougie les éclairait, elle et lui, d'une flamme inégale; ils ne remuaient plus, ne disaient rien; on n'entendait que les craquements du divan par intervalles. Alors, sans faire de bruit, Lisa rentra dans la chambre de la mère.

A son premier étonnement succédait une joie vindicative : « Maintenant, je prends Marie-Grâce par le bras et je lui montre ce que son cher Léo est en train de manigancer. » Mais à peine fut-elle dans la chambre que la vue de son amie, qui sait pourquoi ? la désarma.

Elle la trouva qui marchait de long en large, la bougie à la main, louchant vaniteusement vers le miroir pour juger l'effet de sa robe.

— Comment la trouves-tu ?

Elle avait remarqué un faux pli au-dessus de la taille et le considérait, le front soucieux.

— J'y ferai mettre un ruban... ou bien... donne-moi une idée. Lisa, aide-moi un peu.

Elle se tournait et se retournait, insatisfaite ; Lisa s'était assise dans un coin obscur. Elle ne savait pas pourquoi, mais maintenant le souvenir de ce qu'elle avait vu lui serrait le cœur. Elle fermait les yeux.

— Mais... je ne sais pas...

— Comment, tu ne sais pas ? répéta la mère, perplexe, sans quitter sa glace du regard. Je suis là à me tourmenter, et tu me réponds: « Je ne sais pas »... Qu'est-ce que tu sais, alors ?

« Je sais tant de choses », pensait Lisa. Mais elle n'avait plus la moindre envie de révéler sa découverte. Un sentiment de dignité lui inspirait cette réserve. Elle ne voulait pas donner à croire, en dénonçant le nouveau méfait de Léo, qu'elle agissait par vengeance — une vengeance mesquine de femme abandonnée — alors qu'elle n'eût agi que poussée par son dégoût d'une chose semblable et par l'affection qu'elle portait à Carla. C'est pourquoi elle se tut.

Cependant Marie-Grâce suivait son idée :

— Et qu'est-ce que tu penserais d'une rose d'or ? demanda-t-elle.

La bougie qu'elle tenait à la main jetait des lueurs sur sa face anxieuse et molle.

— Oui, sûrement, approuva Lisa d'un air vague; mais elle voyait ces deux têtes unies et elle en souffrait; c'était bien la première fois que cela lui arrivait; elle en souffrait comme d'une chose triste et obsédante.

— Et d'une petite ceinture d'or? insistait la mère. Qu'est-ce que tu dirais d'une petite ceinture d'or ? (Elle continuait à s'examiner et paraissait plus satisfaite.) Il n'y a pas à dire, c'est une belle robe... Mais ce faux pli, ce maudit faux pli... (Un doute passa sur son visage.) Peut-être me suis-je mal arrangée dessous ?...

Elle posa le bougeoir par terre, souleva ses vêtements à deux mains et fouilla dans les tissus légers qu'elle portait sur la peau. La flamme de la bougie palpitait, vacillait, et de noirs serpents de fumée se tordaient dans l'air; assise sur sa chaise dans son coin obscur, Lisa, immobile, ne disait rien: ses regards allaient des grosses jambes nues de la mère à la porte derrière laquelle, dans l'antichambre, Léo et Carla s'embrassaient. Un sentiment de dégoût — encore un sentiment nouveau pour elle — l'accablait; dégoût lucide, qui considérait la jeunesse de Carla et prévoyait froidement la ruine qui résulterait de l'aventure. De l'indignation, elle n'en éprouvait pas, ni de l'étonnement, oh! non (après sa propre vie!); mais une vague pitié qu englobait Marie-Grâce, Léo, Carla, tous tant qu'ils étaient, et elle-même avec eux. La nouveauté des sentiments qu'elle éprouvait lui faisait peur; elle était très lasse; finalement il lui vint une envie nerveuse de partir et de repenser, toute seule, aux événements de cette journée. Elle se leva.

— Je m'en vais, dit-elle.

Marie-Grâce, qui avait ôté sa robe, vint à elle en combinaison.

— Déjà! s'écria-t-elle.

Mais elle ne la retint pas et, après l'avoir embrassée, la suivit, avec sa bougie, jusqu'à la porte.

— Et ce soir, que fais-tu ? lui demanda-t-elle sur le seuil.

— Je vais me coucher, répondit Lisa avec une grande simplicité; elle vit Marie-Grâce la regarder attentivement, d'un air de doute... Alors, au revoir.

Et, fermant la porte avec bruit pour avertir les deux amoureux, elle passa dans l'antichambre.

Carla, aussitôt debout, vint à sa rencontre.

— Je t'accompagne, dit-elle. Toi, Léo, tu resteras cinq minutes dans l'obscurité.

La lumière de la bougie éclairait en plein sa face ronde; Lisa put observer qu'elle avait les yeux fatigués et troubles et les joues plus pâles qu'à l'ordinaire. Elle éprouva soudain le désir de parler, de dire ce qu'elle avait vu; mais la petite, déjà, la précédait dans l'escalier.

À chaque marche qu'elle descendait, cette pensée tourmentait Lisa : « Dois-je parler ou non ? » Elle regardait les joues enfantines de Carla, cette grosse tête, et sa pitié allait croissant : « Tout cela, c'est la faute de Marie-Grâce, pensait-elle; et maintenant dans quelle situation se trouve cette pauvre petite ! » Elles arrivaient dans le vestibule. Parlerait-elle, oui ou non ? Lisa n'avait jamais fait l'expérience d'une incertitude aussi déconcertante et jamais, si fortement, elle n'avait ressenti la pitié. Elle ne cessait de se dire : « Ce n'est pas sa faute »; elle aurait voulu trouver un geste, un regard qui, sans qu'elle eût à dire un mot, fût allé droit à ce honteux secret. Mais elle n'en était pas capable.

Elle mit son chapeau devant la glace du corridor, à la lueur de la bougie, sans cesser d'observer Carla du coin de l'œil.

— Qu'as-tu ? lui demanda-t-elle tout à coup. Je trouve que tu n'es pas comme tous les jours.

— Moi ? dit Carla d'un air surpris, je n'ai rien.

— Sais-tu que tu es pâle ? continua Lisa. Il me semble que tu te fatigues trop.

Pas de réponse. Allait-elle parler, oui ou non ? Elle enfila son manteau et, sur le point de sortir, prit la main de Carla. Elles se regardèrent. Puis Carla, incapable de soutenir le regard inquisiteur de son amie, baissa les yeux.

— Carla! dit soudain la femme d'une voix émue, tu es changée. Que se passe-t-il ?

— Mais... rien.

Lisa, déconcertée, ne se décidait pas à partir.

— Alors, embrasse-moi, dit-elle brusquement.

Elles s'embrassèrent; mais, en posant un baiser sur ces joues froides et en quelque sorte insensibles, Lisa se sentait triste et insatisfaite. « Non, pensait-elle avec regret, non, ce n'est pas ainsi qu'il fallait lui parler. » Elles passèrent dans le vestibule.

— Rappelle-toi bien... ajouta-t-elle avec embarras, s'il y a quelque chose qui ne va pas, si tu as des ennuis, viens me voir... Ne me cache rien.

— Bien sûr, bien sûr, dit Carla, comme honteuse.

Et, sur Lisa qui sortait, elle ferma la porte.

Pensive, elle remonta au premier. Les paroles de Lisa l'avaient vaguement épouvantée. « Aurait-elle soupçonné quelque chose ? » se demandait-elle. Mais, plus elle y pensait, plus cette hypothèse lui paraissait invraisemblable. Son aventure avec Léo ne durait que depuis un jour, et Lisa avait à peine passé quelques instants à la maison... à moins... à moins que cette inexplicable disparition, la veille, dans le vestibule, ne lui eût donné l'éveil. « De toute façon, qu'elle ait deviné ou non, il est trop tard, conclut-elle; ce soir, j'irai chez Léo. »

Elle montait lentement. La bougie qu'elle tenait à la main l'éclairait d'une clarté tremblante et projetait derrière elle, sur le mur, une ombre grotesque, à tête énorme. « Ainsi, je vais au-devant de ma nouvelle vie », pensa-t-elle; elle aurait voulu se sentir tout à fait calme, mais elle n'y parvenait pas; son cœur battait; un sentiment d'angoisse et d'incertitude l'opprimait : « Que ces heures passent vite! murmura-t-elle dans un soupir profond et puéril; que cette nuit passe vite, c'est tout ce que je demande. »

Dans l'antichambre obscure, à la lueur de la bougie, elle découvrit Léo au fond de son fauteuil; elle posa le bougeoir sur la table et s'assit à côté de lui.

— Quel ennui, cette électricité qui ne revient pas, commença-t-elle pour dire quelque chose.

L'homme ne parut pas l'entendre; il lui prit les mains.

— Alors, chez moi, ce soir ?...

Carla n'eut pas le temps de répondre; la tenture d'une des cinq portes s'écarta, et Marie-Grâce parut, une bougie à la main, drapée dans un grand châle noir, le visage illuminé d'une expression de malice.

— Lisa est partie, dit-elle à son amant, sans s'asseoir. Vous, Merumeci, vous auriez peut-être préféré que je l'invitasse à dîner ? N'est-ce pas ?... Mais que voulez-vous ?... On n'a pas toujours ce qu'on désire... et puis cela donnera le temps à votre chère amie de se préparer à votre visite... nocturne.

Elle souligna d'un rire réprimé le mot « nocturne » et se dirigea vers l'escalier sans attendre la réponse.

— Où vas-tu, maman ?

— Je crois qu'il est l'heure de se mettre à table, répondit Marie-Grâce sans se retourner. (Elle descendait lentement, marche à marche, s'éclairant d'une main, s'appuyant de l'autre à la rampe de bois.) Mais vous, Merumeci, si vous voulez courir après Lisa, ne vous gênez pas, surtout... Partez, restez, pour moi, c'est pareil...

Ces derniers mots se perdirent dans l'escalier redevenu obscur : Marie-Grâce avait atteint le palier d'en bas. Carla, qui avait suivi cette descente, se retourna vers Léo. Alors, lui :

— Ta mère est comme ça, dit-il; on n'y changera rien... Quand elle s'est mise une idée dans la tête, le diable ne la lui en ferait pas sortir...

Il fit un geste définitif. Carla, préoccupée et comme effrayée, le considérait en silence.

— Sais-tu ce que je crois ? dit-elle enfin. Je crois que Lisa a deviné quelque chose.

— Et comment ?

— Je ne sais pas... mais du ton dont elle m'a parlé...

— Qu'elle devine ce qu'il lui plaît. Moi, tu sais...

Brusquement, il tenta d'attirer Carla contre lui, mais elle, sans raison, résista; des deux mains, elle le retenait par les épaules.

— Non... assez pour le moment.

— Allons! supplia Léo; qu'est-ce que cela peut te faire ? Rien qu'un peu... comme tout à l'heure.

Il essayait de lui serrer la taille, et son visage excité se tendait dans l'ombre.

— Non!

Elle se débattit avec une violence insolite, les yeux pleins de colère; à un certain moment, elle heurta la table; la bougie posée tout au bord tomba par terre et s'éteignit.

Obscurité profonde; descente précipitée dans l'escalier; puis, le silence.

« Quelle drôle de fille, pensa Léo resté seul dans le noir. Elle se laisserait ôter la chemise et, cinq minutes après, elle ne permet plus qu'on l'embrasse sur le front. » Il n'était pas irrité, mais seulement un peu surpris. Son désir se calmait. Tout en jetant autour de lui, dans les ténèbres, des regards aveugles, il chercha dans ses poches une boîte d'allumettes, fit de la lumière et se pencha pour ramasser la bougie. « Maintenant, pensa-t-il, allons manger. » Il fit quelques pas, mais tout à coup la pensée lui vint qu'il avait oublié de dire à Carla quand et comment ils se retrouveraient pour aller chez lui.

Il revint à la table, y posa le bougeoir et, avec lenteur et méthode, écrivit de son gros stylographe d'or, sur une carte de visite : « Je t'attends dans une heure à la porte du jardin. » « A remettre en sortant », pensa-t-il. Et, satisfait, il reprit le bougeoir et descendit.

Une seule bougie brûlait sur la table. De Carla, de Michel et de la mère, déjà assis à leurs places, on ne distinguait que les visages mal éclairés. Derrière eux, dans toute la pièce, régnait une obscurité totale. Léo alla s'asseoir lui aussi et se mit à manger en silence. Le premier plat fut desservi sans que personne eût prononcé une parole. Tous regardaient la flamme dansante des bougies; chacun était la proie d'une pensée obsédante; mais de tous, la plus absorbée, la plus préoccupée était sans aucun doute Marie-Grâce : le menton appuyé sur ses mains réunies, deux rides amères aux coins de la bouche, elle suivait d'un œil triste et effaré les mouvements silencieux des deux flammes.

Puis elle se décida à regarder son amant, et un sarcasme violent la contracta :

— Je voudrais bien savoir, commença-t-elle de sa voix de femme têtue, en s'adressant indistinctement aux trois autres, pourquoi il existe au monde des gens si menteurs... Oui, voilà ce que je voudrais savoir... Faire une chose, c'est bien, mais pourquoi s'en cacher, pourquoi déguiser la vérité, pourquoi mentir ?... C'est cela qui me met hors de moi.

Silence. Personne ne voulait prendre la responsabilité de lancer Marie-Grâce sur cette piste par quelque réponse imprudente. Elle les regarda tour à tour comme pour les inciter à parler, mais Léo et Carla baissaient les yeux et Michel détournait la tête. Alors, l'attaque indirecte ayant échoué, elle se décida à l'attaque directe :

— Vous, par exemple, Merumeci, vous êtes absolument libre d'avoir un rendez-vous ce soir après dîner, personne ne vous le défend (bien que ce soit une énorme impolitesse que de s'en aller à peine levé de table quand on est invité chez quelqu'un)... Mais pourquoi, au lieu de dire tout bonnement la vérité, amonceler des fables stupides, inventer qu'on a un rendez-vous important, qu'on va chez Mme Smithson quand Mme Smithson est à Milan, etc., etc. Dites-moi un peu, qui vous force à mentir ainsi ? On ne vous demande rien. Et puis ce n'est pas seulement un mensonge, c'est une insulte à mon égard... Vous avez l'air de me croire incapable de comprendre certaines choses... Au lieu qu'il serait si simple de dire franchement : A propos, chère madame, il faudra que je vous quitte à telle heure. Je vais chez... chez Mme une telle... Et moi, je vous répondrais : « Mais, cher monsieur, allez où bon vous semble... allez au diable, si vous voulez... » Et l'incident serait clos.

Elle se tut, refusa d'un geste et fit rentrer dans l'ombre le plat que la femme de chambre lui tendait.

Son agitation était extrême, ses mains tremblaient. Machinalement, elle déplaçait et remettait à leur place son couteau et sa fourchette.

— Mais dites quelque chose, cria-t-elle, voyant que Léo ne se décidait pas à parler. Allons, qu'on l'entende une bonne fois, cette fameuse vérité.

L'homme regarda sa maîtresse de travers. Tant d'insistance commençait à l'irriter. « Elle mériterait de recevoir des gifles pendant deux heures de suite », pensait-il en observant haineusement ce visage mûr et stupide. « Deux heures au minimum. » Mais il se servit et répondit entre ses dents :

— Je n'ai rien à dire.

Rien ne pouvait exaspérer Marie-Grâce plus que cette réponse indifférente.

— Comment! s'écria-t-elle, je vous accuse avec raison de mentir et vous, non seulement vous ne me donnez pas les raisons de votre attitude, mais vous me répondez mal... comme si j'étais, moi, dans mon tort... Voulez-vous savoir ce que vous êtes ? Vous êtes un insolent.

Habituellement Léo ne répondait pas aux reproches de sa maîtresse, mais ce jour-là, soit que son désir lui inspirât une impatience nerveuse, soit que l'injure l'eût vraiment touché, il réagit :

— Écoutez, dit-il rudement, en se détournant tout d'une pièce du plat que la femme de chambre lui présentait, finissez-en une bonne fois... ou j'aurai le regret de le prendre sur un autre ton. Un peu, on le supporte, mais trop, ça ne va plus. Tenez-le-vous pour dit.

Il fixa un instant sa maîtresse d'un regard si dur, si outrageant, que la malheureuse en perdit presque le souffle. La mouvante lumière des bougies, les jeux de l'ombre accusaient, sur la figure de l'homme, une expression de rage contenue; aux mâchoires, sous la peau rouge et rasée, on voyait se contracter des nerfs impatients; la fureur des pupilles rayonnait au coin des yeux en rides brutales, comme celles que creuse la fatigue sensuelle; le pli méprisant et violent de la bouche, qui semblait retenir une insulte, était souligné d'un cône d'ombre couvrant la moitié du menton. Épouvantée, pétrifiée, arrêtée net au milieu de son indignation loquace, Marie-Grâce regardait ce masque sans pitié, cette manière de catapulte qui la frappait en pleine figure; son corps tremblait; un sentiment aigu d'infélicité, une totale disette de bonté et d'amour lui serraient le cœur, l'étouffaient. Elle aurait voulu pouvoir crier : « Lulu, ne me regarde pas ainsi! » puis se cacher la figure dans les mains; mais elle restait muette, éperdue, et dans sa tête vide elle se répétait douloureusement : « Je l'aime... et voilà comme il me parle. »

Elle vit Léo se retourner et, tranquillement, prendre au plat deux tranches de viande et des légumes. Rien à ajouter. Aucun remède. Ses yeux se remplirent de larmes, elle posa sa serviette sur la table et, avec effort, se leva :

— Je n'ai pas faim, dit-elle; continuez, vous autres...

Et, en courant presque, non sans se prendre les pieds dans le tapis, elle gagna la porte.

Un silence suivit cette sortie inattendue; Léo, qui avait déjà saisi son couteau et sa fourchette, resta avec ces deux objets en main, tournant un front stupéfait vers le trou d'ombre de la porte où Marie-Grâce venait de s'engouffrer. Carla aussi ouvrit de grands yeux dans cette direction. Michel, qui semblait le moins surpris des trois, se tourna vers l'homme :

— Il ne fallait pas lui répondre sur ce ton, dit-il sans colère, mais d'un air ennuyé; tu sais comme elle est impulsive... Maintenant nous allons avoir des histoires à n'en plus finir...

— Et qui lui a dit quelque chose ? Si elle a les nerfs ébranlés, qu'elle se soigne... maintenant on n'aura même plus le droit de parler.

— Vous parlez encore trop, elle et toi, dit

Michel en regardant Léo dans les yeux; beaucoup trop.

— Sottises! gronda l'autre en haussant les épaules; ta mère parle trop oui, mais moi...

Il se tut. Il regardait tantôt son assiette où se refroidissait la viande, tantôt la porte par où Marie-Grâce était sortie.

— Et maintenant, ajouta-t-il, que faisons-nous ? Elle ne va tout de même pas se priver de manger.

Carla posa sa serviette sur la table.

— Michel a raison, dit-elle. Vous ne deviez pas traiter maman comme vous l'avez fait. Elle a ses défauts, mais enfin c'est une femme. Vous avez mal agi...

Elle se leva, hésita un instant, l'air soucieux. Ce qu'elle allait faire lui répugnait et irritait son impatience. Enfin, elle écarta sa chaise :

— Je vais voir, dit-elle.

Et elle sortit à son tour.

Dans le corridor, obscurité complète. Elle avançait à tâtons, contre le mur. « J'aurais dû prendre une bougie », pensa-t-elle. Elle se rappela brusquement qu'un jour, après une scène du même genre, sa mère était allée se réfugier au salon; elle fit quelques pas encore, s'accrocha au tapis et faillit tomber. Elle ressentit une irritation aiguë contre cette femme mûre et puérile qui était sa mère. « Il faut que cela finisse, pensa-t-elle, les dents serrées, au moment d'entrer dans le salon, la main déjà posée sur la poignée de la porte. Ce soir, j'irai chez Léo et tout sera fini... Cette obscurité qui lui remplissait les yeux, il lui semblait qu'elle était entrée, qui sait comment ? dans son âme. « Allons chercher cette mère stupide », pensa-t-elle. Elle se sentait sans pitié et en même temps profondément peinée d'être impitoyable. Elle se mordit les lèvres et entra.

Comme elle l'avait prévu, sa mère s'était réfugiée au salon; en effet, là tout près, dans ce noir, quelqu'un pleurait et soupirait — ouh, ouh — non sans se moucher le nez de temps en temps. L'irritation de Carla céda la place à un sentiment plus doux :

— Maman, où es-tu ? demanda-t-elle d'une voix claire, en s'avançant dans la nuit, les bras tendus.

Pas de réponse. Enfin, après s'être heurtée plusieurs fois aux meubles, elle toucha une épaule de sa mère, qui, autant qu'elle pouvait en juger, devait être assise sur le divan d'angle :

— Que fais-tu là ? lui demanda-t-elle en la secouant un peu, les yeux tendus vers le plafond invisible, comme s'il eût fait clair et qu'elle n'eût pas voulu voir pleurer sa mère. Allons, viens...

Un haussement d'épaules :

— Mangez seuls... j'aime mieux rester ici, fit la voix de Marie-Grâce.

Carla poussa un soupir à la fois impatient et attristé, fit le tour du divan et vint s'asseoir à côté de sa mère.

— Allons, maman, allons, reprit-elle en lui posant les mains sur les épaules; je t'assure que Léo n'avait pas l'intention de... qu'il est le premier à être désolé de ce qui est arrivé...

Pour toute réponse, Marie-Grâce exhala en un gémissement sa puérile amertume :

— Mon Dieu, comme je suis malheureuse!

Carla eut un frisson :

— Allons, maman, répéta-t-elle d'une voix moins assurée.

Un craquement du divan, et deux bras entourèrent le cou de la jeune fille; elle sentit contre sa propre joue la joue baignée de larmes de sa mère :

— Tu crois vraiment, demanda la voix plaintive, dis-moi, tu crois vraiment qu'il se soit remis à aimer cette femme ?

— Mais qui ? demanda Carla, troublée. Elle sentait contre son bras cette poitrine molle et haletante ; elle ne savait que faire. Consoler sa mère lui répugnait comme un acte contre nature. « Si au moins elle cessait de pleurer », se disait-elle.

— Mais... Lisa, insista la voix sanglotante. Tu n'as pas vu qu'hier ils sont partis ensemble... Je suis sûre, je suis sûre qu'ils ont recommencé à s'aimer... Ah ! comme je suis malheureuse !

« C'est moi qu'il aime », aurait voulu répondre Carla. Mais, après tout, était-ce vrai ? Il lui vint un dégoût soudain de tout ce qui se passait autour d'elle.

— Que lui ai-je fait, reprenait Marie-Grâce, pour mériter cela ?... J'ai sacrifié toute ma vie pour lui... et maintenant tu vois comme il me traite.

Carla aurait voulu être à cent lieues :

— Je ne sais pas, dit-elle, et déjà elle allait se détacher des bras de sa mère, quand là-bas, au fond du salon, tranquillement, comme si quelqu'un avait tourné l'interrupteur, les deux petites lampes du piano s'allumèrent.

Aussitôt, d'un mouvement instinctif, la mère se sépara de la fille. Elle se moucha, courbée en avant. Carla était déjà debout.

— Je suis décoiffée ? demanda Marie-Grâce en se levant à son tour. Je suis très rouge ?

— Mais non... tu es très bien.

Elles sortirent du salon. Le corridor aussi était éclairé. Marie-Grâce s'approcha d'un miroir et, tant bien que mal, remit de l'ordre dans sa toilette. Puis elle rentra dans la salle à manger, derrière sa fille.

Là aussi, la lumière était revenue et, assis l'un en face de l'autre, Léo et Michel causaient tranquillement.

— Dans les affaires, disait Léo, il n'est pas facile de réussir... Celui qui n'y connaît rien trouve avantage à confier son argent à celui qui s'y entend.

Mais, aussitôt qu'il eut vu les deux femmes, il coupa court :

— Alors, nous sommes amis, n'est-ce pas, madame ? dit-il en se levant et en allant à la rencontre de Marie-Grâce.

— Jusqu'à un certain point, répondit la mère avec une froideur affectée ; — elle se rassit à sa place.

La fin du dîner fut silencieuse. Chacun suivait sa propre pensée. « Qu'elle aille au diable », se répétait Léo, déconcerté, en regardant Marie-Grâce. Si indifférente que lui fût l'attitude de sa maîtresse, cette rancœur insolite ne lui présageait rien de bon. La mère, de son côté, cherchait un moyen de se venger de Léo; sa douleur disparue avait fait place à un aride ressentiment : « Il a l'air de tenir à ce que je lui cède la villa directement, pensa-t-elle enfin, triomphante, eh bien ! moi, je la ferai vendre aux enchères. » Elle ignorait le véritable avantage de cette spéculation, mais elle devinait vaguement que cette forme de vente, outre qu'elle serait désagréable à Léo, lui rapporterait, à elle, quelques milliers de lires de plus. Carla songeait à la nuit qu'elle allait vivre, et un trouble extraordinaire la possédait : « Lui ai-je vraiment promis ?... Faut-il vraiment que j'y aille ce soir ? » Quant à Michel, tourmenté par un malaise aigu, il lui semblait avoir atteint, pendant la discussion entre sa mère et Léo, le dernier degré de l'indifférence : « Voilà encore une belle occasion perdue, pensait-il. Une belle occasion de me fâcher et d'en finir avec lui. »

VIII

Ils sortirent enfin de la salle à manger, traversèrent lentement le corridor en allumant des cigarettes et en se regardant à la dérobée dans les glaces puis passèrent au salon.

— Ce soir, dit tout à coup Léo en s'asseyant sur le divan près de Marie-Grâce, je me sens disposé à entendre un peu de bonne musique classique... Allons, Carla, joue-nous quelque chose, du Chopin, du Beethoven, ce que tu voudras, pourvu que ce soit de la bonne musique d'autrefois, du bon vieux temps où on ne connaissait pas encore ces jazz qui vous donnent mal à la tête...

Il se mit à rire avec cordialité, en croisant les jambes.

— Oui, Carla, insista la mère, ravie de pouvoir, sous prétexte de musique, parler à son amant avec plus de liberté... c'est cela, joue-nous quelque chose, par exemple... cette fugue... de qui donc ? Ah! oui, de Bach... Tu l'avais si bien dans les doigts!

Michel aussi trouvait l'idée de Léo excellente; il se sentait las et irrité; l'image conventionnelle de la mélodie assimilée à un doux fleuve dans lequel on peut se plonger et trouver l'oubli ne lui avait jamais paru si vraie. « De la musique, pensa-t-il en fermant à demi les yeux, de la vraie musique. Et au diable toutes ces mesquineries! »

— Il y a longtemps que je n'ai plus joué, prévint Carla. Aussi ne soyez pas trop sévères.

Elle ouvrit le piano, feuilleta quelques partitions et finalement annonça :

— Une fugue de Bach.

Les premiers accords résonnèrent. Michel se préparait à écouter. Sa solitude, ses conversations avec Lisa avaient éveillé en lui un grand besoin de société et d'amour, un ardent espoir de rencontrer, parmi la foule des humains, une femme qu'il pourrait aimer sincèrement, sans résignation, sans ironie : « Une vraie femme, pensait-il, une femme pure, qui ne serait ni fausse, ni stupide, ni corrompue... la trouver... voilà qui remettrait tout en place. » Pour le moment, il ne savait pas même où la chercher, mais il s'en forgeait un fantôme, à la fois idéal et matériel, qui allait rejoindre les autres figures de ce monde instinctif et sincère où son imagination se complaisait et où il aurait voulu vivre; la musique l'aiderait à reconstruire cette image chérie... et voici qu'en effet, plutôt par la vertu de son exaltation et de son désir que grâce à la musique elle-même, elle surgit dès les premières notes. C'est encore une enfant... il le devine à ce corps svelte, à ces yeux, à cette agile démarche; très gracieuse, elle l'observe par-dessus son épaule (car elle lui tourne presque le dos); elle le regarde attentivement, mais d'un regard qui n'a rien de provocant, rien de lascif, oh! non, il en jurerait; curiosité franche et étonnée des enfants qui se voient pour la première fois. « Ma compagne », pensa-t-il; et déjà un sourire, le geste d'ouvrir les bras, un mouvement de la main, des événements, des promenades, des conversations se formaient et passaient au ciel de sa fantaisie quand un chuchotement rapide rompit l'illusion et le ramena à la réalité.

Marie-Grâce ne perdait pas son temps :

— Vous savez, Merumeci, disait-elle avec un regard empoisonné, vous pouvez très bien y aller tout de suite, à ce rendez-vous... ; il n'est nullement nécessaire que vous vous ennuyiez ici à écouter de la musique... personne ne vous retient... allez, allez là où vous êtes attendu.

Léo la regarda distraitement; il n'avait aucune envie d'entamer une dispute; il fit dans la direction du piano un geste qui signifiait : « Pas maintenant, écoutons... »

— Mais si, insista la mère, vous vous ennuyez... ne dites pas non : je vous ai vu bâiller de mes propres yeux... Et pourtant nous ne pouvons pas nous mettre à danser pour vous divertir... Allez donc là où vous savez bien qu'on vous accueillera à bras ouverts, qu'il n'y aura pas de musique, que vous ne serez pas dérangé... qu'attendez-vous ?

Elle ne cessait pas de sourire stupidement, reprise, à la seule pensée de Lisa, d'un vertige de jalousie.

— Et puis, ajouta-t-elle, ce serait une véritable impolitesse que de manquer la réception de Mme Smithson... il y aura sûrement un monde fou... elle a dû commander un train spécial pour amener ses invités à Milan...

Léo aurait donné n'importe quoi pour la faire taire; il secoua avec calme la cendre de son cigare et se tourna vers Marie-Grâce :

— Si j'ai menti, dit-il, ce fut uniquement par égard pour vous et pour ne pas vous laisser croire qu'on s'ennuyait dans votre maison... La vérité est que ce soir je ne vais à aucune réception. Je vais dormir... Il y a trop longtemps que je me couche au petit jour, je suis fatigué... Ce soir, je veux être au lit de bonne heure.

— Ah oui! s'écria la mère, avec l'air d'une personne qui en sait long; oui, vous allez dormir... vous avez sommeil... vous vous couchez tard depuis longtemps... On le voit bien que vous ne tenez plus sur vos jambes, que vous n'en pouvez plus... Pauvre petit!... Si vous saviez à quel point vous me faites pitié!

— Je n'ai besoin de la pitié de personne, répliqua Léo, qui, malgré lui, se mettait en colère.

— Mais vous ne vous rendez pas compte que vous dévidez des chapelets de mensonges? demanda brusquement Marie-Grâce. D'abord c'était Mme Smithson, maintenant vous avez sommeil... Vous n'avez donc pas honte?

— Pas du tout. Et je ne vois pas pourquoi j'aurais honte.

— Taisez-vous! Faites-moi le plaisir...

Léo haussa les épaules et ne dit rien. De son fauteuil, Michel les observait avec dégoût : « Que le diable les emporte, pensait-il; on ne peut même plus écouter un morceau de musique. » Son rêve s'était dissipé. Un amas de notes dénué de signification : voilà la musique. Sa mère et Léo triomphaient.

— Dormir, tiens, tiens! continuait Marie-Grâce, parlant à l'oreille de l'homme; dormir, n'est-ce pas?... Mais voulez-vous que je vous dise? Je sais tout! Vous comprenez? *Tout!* et d'hier soir, et de ce soir...

— Et, au contraire, vous ne savez rien, dit Léo sans se retourner. — Il souffla devant lui un nuage de fumée; il regardait Carla, il voyait ses deux épaules charnues et pleines : « Quelle nuit! pensait-il, quelle nuit!... Encore une heure ou deux à attendre... une éternité! » Ses yeux fixes, immobiles, ignoraient Marie-Grâce, Michel, tout ce qui était autour de lui. Le désir lui donnait des hallucinations... Voici Carla complètement nue, au piano, juchée sur son étroit tabouret. Il croyait voir dans cet angle plein d'ombre un dos blanc, divisé par un sillon courbe, des flancs larges et ronds et, maintenant qu'elle se tournait vers lui, deux seins. Mais la musique s'était tue, la réalité reprenait ses droits. Michel, dans un élan d'affection insolite, applaudissait.

— Cela vous a plu ? demanda Carla.

— Oui, beaucoup, dit Léo. Tu devrais recommencer.

— Mais non, Carla, intervint la mère. Non, ne joue plus. Non seulement Merumeci s'ennuie, mais il grille d'envie de partir... il tombe de sommeil... il veut dormir... Ne le retenons pas! Allons, insista-t-elle en tirant Léo par la manche, votre lit vous attend.

Léo dégagea son bras et sourit de mauvaise grâce; il eût volontiers appliqué une solennelle paire de gifles à son incorrigible maîtresse. Carla les considéra un instant tous deux. « C'est vraiment pour cette nuit ? » songeait-elle. Quelle chose étrange! Elle était là, assise devant son piano, et dans deux heures elle serait dans la chambre de son amant. Mais, devinant la folle impatience de l'homme, un peu pour retarder le moment suprême de sa défaite, un peu par un reste de coquetterie, elle voulut se remettre à jouer.

— Très bien, dit-elle avec fermeté; Léo ne s'en ira pas si vite. Il peut encore s'ennuyer dix minutes...; n'est-ce pas, Léo ?

Elle ouvrit un gros cahier de musique et, le front attentif et préoccupé, elle se pencha sur le clavier.

« Ah! la petite sorcière, pensa Léo : elle veut me voir mourir d'impatience, elle veut me voir agoniser. » Musique, conversation, silence, tout désormais lui semblait également insupportable; dévoré par son désir, il n'avait plus qu'une pensée : emmener Clara chez lui, la prendre : « Qui sait combien de temps cela va durer, pensa-t-il avec rage aux premières notes de la mélodie; dix minutes ?... un quart d'heure ?... Et c'est moi qui lui ai dit de recommencer... On n'est pas plus imbécile... »

Mais la mère ne se donnait pas pour battue; elle toucha Léo à l'épaule :

— Et demain matin, dit-elle avec un sourire maniéré, comme si elle poursuivait une conversation commencée, j'irai chez mon avoué et je lui donnerai mes instructions en vue de la mise aux enchères de la villa.

Si une brique s'était détachée du plafond et lui était tombée sur la tête, Léo n'eût pas été plus désagréablement surpris; sa figure devint rouge, puis violacée; sa mâchoire se crispa; de brefs lambeaux de phrases traversaient son esprit : « Il ne manquait plus que cela... justement ce soir... que Dieu la maudisse... il n'y a qu'à moi que ces choses-là arrivent... »; il se tourna vers Marie-Grâce, tout d'une pièce :

— Tu ne feras pas une sottise pareille!

Il la tutoyait dans sa fureur, et, instinctivement, serrait les poings. « Ils vont se prendre aux cheveux », pensa Michel, écœuré.

— Je ferai comme j'ai dit, répondit la mère avec une tranquillité affectée; et pas plus tard que demain...

— C'est de la folie! (Il lui saisit la main avec violence.) Tu veux... vous voulez vendre la maison aux enchères pour y perdre cinquante pour cent... et vous me dites cela ce soir. (« Ce soir! » à cette pensée il jeta un coup d'œil furibond dans la direction de Carla.) Maintenant que le contrat est rédigé, qu'il ne reste qu'à signer... c'est de la folie, j'appelle cela de la folie pure et simple.

— Appelez-le comme il vous plaît, répondit

Marie-Grâce, ravie de pouvoir prendre l'attitude inébranlable d'une martyre; mais, demain matin, mon premier travail sera d'aller chez mon avoué.

Léo la regarda. A l'irritation que lui donnait sa luxure insatisfaite s'ajoutait ce nouvel ennui. Son mouvement le plus naturel eût été de se jeter sur cette femme, de la bourrer de coups de poing, au besoin de l'étrangler; mais il sut se contenir :

— Vous ne parlez pas sérieusement... Réfléchissez un peu...

— C'est tout réfléchi.

— Voyons, Marie-Grâce — de nouveau, il la tutoyait, mais cette fois en pleine conscience, — ne fais pas de ces coups de tête. En affaires, il ne faut jamais agir avec impulsivité. Veux-tu, plutôt... veux-tu que nous nous voyions demain après-midi ?

— C'est inutile, répondit Marie-Grâce d'un ton déjà moins ferme; je crois qu'il vaut mieux que j'aille chez mon homme d'affaires.

« Sombre brute! » pensa Léo. Il joignit les mains :

— Marie-Grâce, les enchères, c'est un risque, supplia-t-il; ton homme d'affaires pourrait fort bien être un filou, le monde en est plein; tu es une femme, tu n'entends rien à ces questions-là... il est trop facile de te tromper.

— Tu crois ? demanda-t-elle avec un sourire incertain.

— J'en suis sûr... alors, c'est convenu... je t'attends demain à quatre heures...

Elle regarda à droite et à gauche avec coquetterie. Son cœur de femme mûre tremblait. Elle aurait voulu demander à Léo : « M'aimes-tu ? »

— Demain, dit-elle, je ne peux pas.

— Alors après-demain.

— Attends, murmura-t-elle, les yeux au plafond, comme si elle rassemblait ses souvenirs; oui, j'ai un rendez-vous, mais je me rendrai libre... je viendrai, soit... mais ne crois pas, ajouta-t-elle dans un sourire brillant et enjôleur, que tu me convaincras facilement.

Elle se tut, hésita une seconde, prit la main de Léo, et elle ouvrait la bouche pour lui demander : « M'aimes-tu un peu ? » quand, brusquement, la musique s'arrêta. Carla s'était retournée :

— Il est inutile que je continue, dit-elle avec calme; tout le monde parle, tout le monde tient des discours; autant vaut aller se coucher.

Sur le divan, le couple surpris se sépara ; la mère regarda la fille d'un air déconcerté.

— Si vous voulez parler, ajouta Carla, ne me faites pas jouer.

Un nouveau silence. Puis Léo :

— Nous commentions ta musique. Tu joues bien, Carla; continue encore, joue un peu.

Ce nouveau mensonge fut le signal d'une sorte de révolte. Tous semblaient soudain réveillés de leur longue torpeur; et d'abord Michel, qui jusque-là avait supporté sans rien dire le bavardage de sa mère et de Léo. Un peu par mauvaise humeur, un peu par besoin instinctif de faire quelque chose, il saisit un journal qu'il avait sur les genoux et le jeta violemment par terre :

— Il n'y'a pas un mot de vrai ! cria-t-il en regardant Léo. C'est un mensonge impudent. A la musique, vous y pensiez comme moi à me faire curé... vous parliez d'affaires, de maison — il rit avec effort — et d'autres choses encore.

— Bravo! s'écria Carla en battant des mains. Voilà la vérité... enfin on respire...

Ce fut comme si quelqu'un eût ouvert une fenêtre et que l'air froid de la nuit eût pénétré dans le salon. Tous se regardèrent, stupéfaits. Léo fut le premier à se ressaisir.

— Tu te trompes, dit-il sévèrement à Michel; tu as mal écouté, voilà tout.

Tant de fausseté inspira au garçon un rire aigu et désagréable. Il se renversa dans son fauteuil :

— Ah ! ah ! elle est bien bonne...

Puis, s'arrêtant brusquement de rire :

— Menteur!

Marie-Grâce pâlit; Carla retenait son souffle.

— Eh bien, je déclare, cria Léo en frappant du poing sur la table, je déclare que c'en est trop!

Mais il ne se leva pas. Il se contenta de fixer sur Michel un œil inquisiteur :

— Je ne te savais pas si querelleur, ajouta-t-il; et, si tu continues, je serai obligé de te tirer les oreilles.

Cette dernière phrase fut prononcée de la façon la plus stupide et la plus solennelle. Fièrement lancée d'abord, la menace de Léo était allée s'affaiblissant jusqu'à cette plate vulgarité. Par contre-coup et dans les mêmes proportions, Michel sentait décroître sa colère. Jeter le gant, faire parade de son honneur offensé ?... A quoi bon ? Il ne lui restait qu'une chose à faire : mettre ses oreilles à l'abri. Cela suffisait. C'était bien peu.

« Me tirer les oreilles, à moi ? A moi ? A moi ? »

Chaque nouvel « à moi » éperonnait un peu sa volonté d'agir, mais il se sentait froid et indifférent. Fausses étaient les paroles qui sortaient de sa bouche, fausse sa voix. La ferveur, l'indignation ? Où se cachaient-elles ? Ailleurs, nulle part peut-être.

Sur la table, parmi les tasses, entre un vase de fleurs et la cafetière, se trouvait un cendrier d'albâtre blanc veiné de gris : Michel tendit une main de somnambule, prit l'objet et, mollement, le lança. Il vit sa mère joindre les mains; il l'entendit pousser un cri; Léo hurlait : « C'est insensé! » Carla s'agitait; Michel comprit que son projectile avait fait fausse route. Au lieu de Léo, il avait atteint sa mère. A la tête ? Non, à l'épaule.

Gauchement, il se leva et s'approcha du divan où gisait sa victime; encore incertaine de l'attitude à prendre, Marie-Grâce fermait les yeux à tout hasard et soupirait par intervalle, mais il était évident qu'elle n'éprouvait aucune douleur et que cet évanouissement était entièrement imaginaire.

En même temps que les deux autres, Michel se pencha sur le divan; à ce spectacle qui aurait dû lui être douloureux, il n'éprouvait pas le moindre remords, mais seulement la sensation, qu'il ne parvenait pas à chasser, du ridicule de cette scène. C'est en vain qu'il se disait : « C'est ma mère... je l'ai frappée... je l'ai blessée... elle aurait pu mourir »; c'est en vain qu'il cherchait en lui un peu d'affection et de pitié pour cette figure immobile, perdue dans l'erreur : son âme demeurait inerte. Il se pencha et regarda : maintenant sa mère levait, sans changer de position ni ouvrir les yeux, un bras languissant; elle dégrafait son vêtement pour découvrir la région meurtrie; l'épaule apparut, nue et grasse, mais sans trace de contusions, ni rouge ni livide; rien. Cependant les doigts insatisfaits continuaient à tirer sur l'étoffe, dénudant le bras, dévoilant l'aisselle. Chose étrange : errant sur la poitrine qu'ils découvraient, déjà plus large et plus blanche, jusqu'à la naissance des seins, ces doigts impudiques semblaient poursuivre un but tout à fait étranger à celui de montrer une blessure ; ils procédaient plutôt à un déshabillage.

En vérité ce mol abandon s'adressait à l'amant : il devait l'inonder d'une tendresse romantique propre à attendrir son cœur : « Il me verra blessée, évanouie, le sein nu » : telle était à peu près la pensée de Marie-Grâce. « Il se rappellera que je me suis jetée devant lui, que j'ai reçu le cendrier à sa place, et il ne pourra moins faire que d'éprouver pour moi une tendre et profonde reconnaissance. » L'illusion de sa fantaisie lui montrait déjà Léo la prenant dans ses bras, la secouant, l'appelant par son nom, s'inquiétant de ne pas la voir revenir à elle... enfin elle aurait doucement rouvert les yeux, son premier regard aurait été pour son amant, pour lui son premier sourire. Mais il n'en fut pas ainsi, Léo ne la prit pas dans ses bras, ne l'appela pas par son nom.

— Il vaudrait peut-être mieux que j'aille attendre de l'autre côté de la porte, dit-il au contraire à Carla, avec une intention ironique dans la voix. Pour Marie-Grâce, ce fut à peu près comme si on lui eût envoyé un jet d'eau froide en plein sur son épaule nue; elle rouvrit les yeux, se dressa sur son séant, regarda autour d'elle; Michel l'observait d'un œil morne; à son remords semblait s'être mêlé un autre sentiment; Carla se mettait en devoir de cacher le sein dénudé; et Léo ? où était Léo ? A ses côtés ? Non pas. Il avait ramassé le projectile et le soupesait. Brusquement, il se tourna vers Michel :

— Mes compliments, dit-il. Bien, mais très bien!...

Michel haussa les épaules :

— Certainement, très bien, articula-t-il avec calme.

Alors la voix de la mère s'éleva, aiguë et familière :

— Je vous en supplie, Merumeci, je vous en supplie, ne recommencez pas; ne le touchez pas, ne lui dites rien, ne lui parlez même pas...

Elle semblait à l'extrême limite de la patience et de la raison, au bord de la folie.

Le garçon se réfugia près de la fenêtre; la pluie tombait encore; on entendait son grignotement contre les volets et sur les arbres du jardin; elle tombait tranquillement sur les maisons, sur les rues désertes. Beaucoup d'autres devaient l'écouter comme lui, derrière des vitres fermées, le cœur plein de la même angoisse, tournant le dos à la chaude intimité de la maison. « C'est inutile, se disait-il en promenant ses doigts hésitants sur les bords de la fenêtre, c'est inutile... Cette vie n'est pas ma vie. » Il songeait à la scène du cendrier, à cet évanouissement ridicule, à son indifférence : « Tout cela devient comique à force d'insincérité : je n'étais pas fait pour cette vie-là. » L'homme qu'il devait haïr, Léo, ne savait pas assez se faire haïr; la femme qu'il devait aimer, Lisa, était fausse dans ses moindres gestes et masquait d'un sentimentalisme intolérable des désirs trop simples : il lui était impossible de l'aimer. Il eut l'impression qu'il tournait le dos non pas au salon, mais à un abîme vide et obscur. « Ma vie n'est pas là, pensa-t-il encore avec conviction. Oui, mais alors... ? »

Au bruit d'une porte qu'on fermait, il se retourna; le salon était vide; mère et fille étaient sorties pour raccompagner leur hôte; la lampe brillait dans le cercle immobile des fauteuils déserts.

— C'est un gamin, disait Marie-Grâce dans le vestibule. Il ne faut pas le prendre au sérieux, il ne sait pas ce qu'il fait.

L'air contrit, elle tendait à Léo son haut de forme.

— A moi, dit Léo gaiement, en s'enroulant autour du cou une écharpe de laine, à moi, il ne m'a rien fait... Je regrette seulement que vous ayez été touchée à l'épaule par le projectile.

Il eut un rire froid, faux et aimable; il regarda un instant Carla comme pour quêter son approbation; enfin il passa son pardessus.

— C'est un gamin, répétait machinalement la mère en l'aidant à enfiler les manches; la pensée que Léo pouvait profiter de ce geste inconsidéré pour rompre avec elle la remplissait de terreur :

— Vous pouvez être sûr, ajouta-t-elle d'un ton humble et autoritaire, que cela n'arrivera plus... Je me charge de parler à Michel. Et, s'il le faut, conclut-elle d'un ton moins résolu, j'agirai.

— Allons, dit Léo, il y a tant de choses plus importantes. (Il baisa la main de Marie-Grâce, à peine rassurée.) Au revoir, à bientôt, dit-il à Carla, en la regardant fixement dans les yeux. (Elle pâlit et, d'un geste lent et résigné, tourna la poignée de la porte.)

La porte s'ouvrit violemment et battit contre le mur comme sous la poussée de quelqu'un qui, dehors, eût impatiemment attendu le moment de se précipiter dans la maison.

— Ouh là! quel froid, quelle humidité... s'écria la mère.

Comme pour lui répondre, un impétueux coup de vent s'engouffra dans le vestibule; la pluie vint battre rageusement le carrelage; la lumière oscilla; Léo se sentit frappé plusieurs fois à la figure par les longues manches du pardessus léger de Michel, suspendu au porte-manteau; les jupes des deux femmes se gonflèrent, se soulevèrent et finalement se collèrent à leurs jambes.

— Ferme, ferme, criait la mère, s'appuyant des deux mains à la porte, les pieds joints, ridiculement penchée en avant pour ne pas se mouiller.

Carla, comme un oiseau aquatique, sautillait avec précaution sur le sol inondé.

— Ferme! répétait Marie-Grâce...

Mais personne ne faisait un mouvement; tous regardaient, stupides, cette violence faite de rien qui gémissait, rugissait, grinçait sur le seuil vide; finalement l'autre porte du vestibule s'ouvrit aussi; il se forma alors une sorte de tourbillon qui, après avoir parcouru le corridor, s'engouffra dans l'escalier. Du haut en bas de la maison, les portes se mirent à battre. Étrange fracas; ce n'était pas celui d'une porte fermée brusquement par une main irritée ou distraite; il s'y mêlait la voix du vent, on y discernait des chocs successifs, des hésitations qui semblaient préparer un irrésistible coup final; les grandes pièces vides se peuplaient d'échos; toute la villa trembla, on aurait cru qu'elle allait se détacher du sol, se mettre à tourner comme une toupie folle, s'envoler sur la crête phosphorescente des nuages.

— Et alors? demanda Léo à Marie-Grâce, qui s'efforçait toujours de fermer la porte; que faisons-nous ?

— Attendons.

Tous trois se turent. Marie-Grâce jetait sur son amant des regards désenchantés et amers. Tant de hâte la consternait. Encore un instant, et Léo serait parti; il aurait disparu dans la nuit pluvieuse, la laissant à sa maison froide, à son lit désert. Où irait-il ? Ailleurs. Chez Lisa, par exemple. Oui, bien sûr, chez Lisa. On l'y attendait depuis longtemps. Et qui sait quels plaisirs ils prendraient ensemble, cette nuit ? Qui sait comment ils riraient d'elle ?

Dernière tentative : elle tendit l'oreille, contracta son visage, parut écouter :

— Il me semble entendre battre une fenêtre du salon... Va, Carla, dit-elle d'une voix impatiente, va voir un peu.

Ils écoutaient tous les trois. La mère, par une mimique impérieuse, semblait vouloir créer ce bruit que le silence de toute la maison lui refusait.

— Je ne crois pas, dit Carla au bout d'un instant. Je n'entends vraiment rien.

— Je te dis que si, insista la mère, anxieuse et

têtue. Tu n'entends pas ? ajouta-t-elle dans le plus parfait silence, tu n'entends pas cette fenêtre ?

Léo se mit à rire :

— Mais non, dit-il tranquillement, réjoui par la stupidité de sa maîtresse, mais non... rien ne bat.

Une expression de douleur passa dans les yeux de la femme.

— Illusions, conclut-il en reprenant son haut de forme, illusions, chère madame.

— Alors vous partez ? demanda la mère.

— Mais bien sûr, il est temps...

— Est-ce qu'il ne pleut pas trop ? gémit-elle avec une insistance éperdue, en se plaçant entre son amant et la porte. Ne feriez-vous pas mieux d'attendre encore un instant ?

— Il pleut... comme les portes battent... répondit Léo en boutonnant son pardessus.

Il baisa la main de Marie-Grâce anéantie, fouilla dans une de ses poches pour chercher ses gants qui étaient dans l'autre, fit un pas vers la porte et l'ouvrit en la retenant d'une main, à cause du vent.

— Au revoir, Carla.

Il serra la main qu'elle lui tendait, sourit, sortit.

Elles restèrent seules dans le vestibule. La mère répétait en frissonnant : « Quel froid... mon Dieu, quel froid ! » Les muscles fatigués de son visage s'étaient détendus; elle semblait s'écrouler; ses regards éperdus se posaient au hasard, vacillaient, flottaient; une triste nudité se répandait sur sa face usée par les fards; un imperceptible tremblement agitait sa bouche.

— Je vais me coucher, dit-elle.

Elle monta lentement l'escalier, en tenant la rampe de bois.

— Je vais me coucher, bonne nuit.

Son ombre grandit jusqu'au plafond, fit halte

sur le palier, passa d'un mur à l'autre par des mouvements obliques et disparut.

Une fois seule, Carla vint se mettre sous la lampe; dans son poing fermé, elle froissait quelque chose : un billet de Léo, le billet que ses doigts hésitants avaient retiré de leur longue poignée de main.

Deux lignes : « Je t'attendrai dans une heure avec l'auto, à la porte du jardin », et la signature de Léo.

Déconcertée, elle se dirigea vers l'escalier : « Dans une heure... dans une heure, je vais partir ! » A mi-chemin du premier étage, elle s'arrêta sur le palier étroit, regarda en haut l'antichambre déserte où elle distinguait un fauteuil et un coin du divan. Un silence casanier et tranquille régnait sur cette ombre; dans une heure, sans aucun doute, sa mère et Michel seraient plongés dans le sommeil. Elle finit de monter, alla droit à la porte de sa chambre, au fond du petit corridor de droite, entra; elle fut aussitôt saisie par l'aspect intime et chaud de la pièce : chaque chose était à sa place; la lampe, sous son abat-jour rose, était allumée; sa chemise de voile bleu-ciel était étalée sur son lit; les draps étaient ouverts; tout invitait au repos : il n'y avait qu'à se déshabiller, à se glisser sous les couvertures, à dormir.

La vue de ce lit, peut-être, jointe au bruit de la pluie torrentielle contre les volets, lui inspira un grand désir de sécurité et de repos, ou peut-être fut-ce vraiment la lassitude de cette journée, le fait est qu'elle se sentit tout à coup assaillie par une lâcheté si persuasive, par une si forte répugnance en face de l'aventure qu'elle allait courir, qu'elle eut peur d'elle-même : « Voyons, pensa-t-elle, dormir, se reposer, bien... mais après ? Demain matin je me retrouverai au même point... Et alors, cette nouvelle vie ? Jamais ?... »

Elle s'avança vers son armoire à glace et se regarda, s'approchant et s'éloignant tour à tour de son image. Ses joues lui semblaient enflammées jusqu'aux yeux; de tout près, cependant, elle distinguait, entre ces joues rouges et ces pupilles brillantes, un cerne noir et profond qui la troublait comme une pensée coupable; de loin, au contraire, elle ne voyait plus qu'une enfant en habits de fête, les mains croisées sur le ventre, la tête un peu inclinée sur l'épaule, avec un sourire embarrassé et des yeux tristes. Rien de plus; elle aurait voulu pénétrer le mystère de cette apparence, mais elle n'y parvenait pas.

Elle tourna le dos à la glace, fit quelques pas dans la chambre, s'assit sur le lit; une légère angoisse l'empêchait de penser; elle se sentait prête, curieuse et impatiente : ainsi, au cours de quelque banale visite, eût-elle attendu, en marchant de long en large dans le salon et en regardant les bibelots, la souriante entrée de la maîtresse de maison. Maintenant, les jambes croisées, le front incliné, elle se donnait à elle-même l'illusion de méditer profondément, mais, dès qu'elle levait les yeux et se retrouvait dans la glace, elle s'apercevait, rien qu'à son regard distrait et fixe, que toute pensée la fuyait.

Elle demeura ainsi quelques minutes. Dormir, il n'en était plus question; au fond d'elle-même, vaguement, elle admettait qu'elle irait chez Léo cette nuit; à quelle heure? elle n'en savait rien, et l'instant du départ lui semblait encore très éloigné. « Comme il pleut », se disait-elle par intervalles, chaque fois qu'un coup de vent rendait plus fort le grondement de l'averse; mais il ne lui venait même pas à l'esprit que bientôt elle devrait sortir dans la nuit et affronter cette pluie pour aller rejoindre son amant; une stupeur alanguie la possédait; enfin, lentement, sans tristesse, elle se prit la tête dans les mains et se laissa tomber sur le lit, à la renverse.

Dans cette position, elle ne voyait que le plafond éclairé; les seuls bruits qui parvenaient à ses oreilles étaient ceux de la nuit orageuse; bientôt, non sans se répéter qu'à un certain moment il faudrait se lever et partir, elle ferma les yeux et s'abandonna à une espèce de torpeur pleine de crainte et de méfiance; puis cette torpeur devint plus profonde et peu à peu, perdant conscience d'elle-même, Carla s'endormit.

Sommeil vide, noir comme la poix, qui, sans nul doute, contribua beaucoup aux amnésies et aux distractions de cette nuit. Absence de rêves qui dut tromper la dormeuse sur la durée de sa léthargie. Soudain, sans aucune raison, elle se réveilla glacée de peur, à court de souffle : « J'ai dormi, pensa-t-elle, atterrée, en se dressant sur son lit et en regardant autour d'elle sa chambre éclairée et tranquille. Qui sait quelle heure il doit être... deux heures, trois heures... Léo doit être reparti... il aura attendu et il sera rentré chez lui. » De regret, de désespoir, elle était prête à fondre en larmes. « J'ai dormi », disait-elle à haute voix en se prenant la tête dans les mains et en se regardant dans la glace, toute décoiffée.

Elle se leva, courut à sa pendulette posée sur la commode; elle n'avait dormi que trois quarts d'heure : les aiguilles marquaient minuit moins le quart.

Impossible ! La pendule s'était arrêtée. Elle la porta à son oreille. Elle marchait. Il était donc encore temps d'aller chez Léo. Sans s'expliquer pourquoi, elle se sentit presque déçue; elle reposa la pendule sur la commode.

Mais un doute lui vint : quand et comment devait-elle retrouver Léo ? Elle se souvenait de ces mots : « dans une heure »; elle n'avait pas oublié non plus qu'il serait avec sa voiture à la grille du jardin, mais elle n'en était pas absolument sûre. « Le billet », pensa-t-elle tout à coup, « où est le billet ? »

Elle jeta les yeux autour d'elle, ne vit rien. Elle chercha sur la commode, rien; elle revint à son lit, le secoua, retourna les oreillers... toujours rien. Elle se sentit gagnée par une anxiété, par une hâte déraisonnables. Où était ce billet ?... Elle se mit à courir à travers la chambre, jetant tout en l'air, fouillant les tiroirs... Enfin, au milieu de ce désordre, elle s'arrêta : « Voyons, je l'ai lu en bas, dans le vestibule, mais je le tenais encore à la main quand je suis entrée ici. Donc, il doit être ici... Inutile de s'affoler, il doit y être. » Comme pour attraper une bête agile et menue, une souris, un papillon, doucement, méticuleusement, elle cherchait, se penchait, regardait sous les meubles, se contorsionnant pour ne pas salir son costume, s'écrasant le front et les joues sur la poussière du parquet, tendant les yeux dans l'obscurité des recoins. Chaque fois qu'elle se redressait, une fatigue nerveuse envahissait tous ses membres; elle fermait les yeux à demi et, immobile, avec un geste désolé de ses mains ouvertes, pensait confusément que cette épreuve lui était infligée en expiation d'une faute oubliée; chaque fois qu'elle se courbait, elle souhaitait s'effondrer sur le sol et y rester inerte, comme un objet brisé.

Avec un scrupule puéril, elle chercha jusque dans des endroits absurdes; dans un panier à ouvrage, dans une boîte à poudre... Elle ne trouva rien. Elle se rassit, lasse et stupide. De quelle encre étaient donc ces lignes qui disparaissaient à peine lues ? Comme en un songe, une irréalité fabuleuse plongeait ses souvenirs dans cette impalpable atmosphère qui, de certaines paroles et de certains actes rapides et extraordinaires, fait penser ensuite : « Est-ce arrivé ou l'ai-je rêvé ? » Cette poignée de main, ce papier chiffonné avaient interrompu, pendant un instant difficile à reconnaître, la continuité de l'habitude; puis tout était rentré dans la règle. Maintenant, dans son trouble, Carla aurait voulu revoir ces caractères tracés par Léo. Ce qui lui manquait, ce n'était pas le souvenir, encore qu'il fût vague, d'avoir reçu le billet, mais la notion claire et certaine de ce qu'il contenait; elle l'avait touché, elle l'avait vu et lu, mais elle n'avait pas eu le temps de s'en convaincre; et voici qu'elle doutait.

Qu'avait écrit Léo ? Dans une heure ? Ni plus ni moins ? Cette nuit ou la nuit prochaine ? N'était-il pas trop tard déjà ? Ne pleuvait-il pas trop ? Ne valait-il pas mieux se coucher et dormir pour reprendre demain matin la vie habituelle ? Assise, immobile et courbée, elle s'abandonnait à Dieu sait quel vertige. Elle avait l'impression qu'elle se détruisait de ses propres mains à force de doutes, qu'elle s'éteignait, se suicidait.

Elle tressaillit aux coups aigus d'une horloge qui sonnait minuit; elle eut enfin une idée pratique : « J'irai ; s'il n'est pas là, cela voudra dire que j'ai rêvé. » Elle calcula qu'il devait l'attendre depuis un quart d'heure et fut aussitôt la proie d'une hâte folle. Elle courut à la fenêtre, colla son front aux vitres pour voir s'il pleuvait encore, regarda, écouta. En vain. La nuit refusait son secret, et, derrière son dos, avec une fatalité ironique, sa chambre offrait ses blanches illusions et l'indifférente lumière de la lampe. « Qu'il pleuve ou non, mettons notre imperméable! » Elle ouvrit son armoire avec précipitation, en tira un manteau de pluie et l'endossa devant la glace; elle se pencha pour resserrer une jarretière détendue. Et maintenant vite un peu de poudre, un peu de rouge aux lèvres, un coup de peigne. Et n'importe quel chapeau, n'importe comment, sur la nuque. « Comme les petites Américaines, dit-elle en apercevant dans la glace sa tête ronde et ses boucles rebelles... Et mes gants... ces maudits gants! » Elle ne pensait plus, elle vivait; un élan mécanique avait aboli en elle toute humanité. Elle courut à la pendule avec cette même impatience frivole, qui, parmi le désordre de ses chapeaux et de ses bas, lui faisait crier à la femme de chambre, au moment de partir pour quelque visite : « Dépêchons-nous, dépêchons-nous, il est tard... » Elle regarda le cadran : « Déjà dix minutes de passées... vite, vite. » Elle ouvrit la porte et, soudain, refrénant son impétuosité, elle sortit sur la pointe des pieds dans le corridor.

L'antichambre était vide et éclairée; tout était à sa place, fauteuil et divan; sans bruit, Carla prit dans le tiroir de la table les clefs de la maison et, avec mille précautions, tantôt s'appuyant au mur, tantôt à la rampe, elle descendit l'escalier étroit. Les marches de bois craquaient sous ses pas; le bas de l'escalier était très sombre, à peine distinguait-elle le tapis marron retenu par des tringles; le hall était complètement obscur. Elle fit de la lumière, longea le corridor entre deux rangées de miroirs; elle prit son parapluie dans le vestibule et sortit.

Il pleuvait abondamment; la nuit était noire et humide; de toutes parts arrivait la rumeur monotone de l'averse. Carla descendit les gradins de marbre en ouvrant son parapluie d'un geste familier qui la surprit elle-même, comme si, en certaines circonstances exceptionnelles, il eût fallu que tout se passât d'une façon différente de l'ordinaire.

Il lui sembla qu'elle n'attribuait pas à sa fugue toute la triste et honteuse importance que d'autres, à sa place, lui auraient donnée. Elle sortait, tout simplement; elle suivait l'allée, courbée sous son parapluie, attentive à protéger sa figure, à éviter les flaques d'eau; elle traversait le jardin à cette heure tardive, sans peur, sans étonnement, sans même cette vaste tristesse aventureuse qui accompagne les actions graves; elle écoutait le bruit de ses pas sur le gravier et elle y prenait plaisir : voilà tout.

Elle leva les yeux et vit devant elle la tache noire de la porte encadrée de deux pilastres blancs ainsi que le feuillage obscur d'un grand arbre courbé sous l'averse. Elle ouvrit la petite entrée de service et fit un pas dans la rue, les regards tendus du côté opposé à celui où l'attendait Léo. « Il n'y est pas », pensa-t-elle, déçue, en observant le reflet tranquille de la lampe à arc sur la chaussée mouillée et déserte; mais déjà l'automobile de Léo s'avançait vers elle, moins rapide que le rayon des deux phares, allumés soudain.

Adieu, rues, quartier désert, parcouru par la pluie comme par une armée, villas assoupies dans leurs jardins humides, longues avenues bordées d'arbres, parcs en tumulte; immobile à côté de Léo, Carla regardait avec stupeur la pluie violente heurter le pare-brise, et, parmi des flots intermittents, se dissoudre sur la vitre toutes les lumières de la ville, lampadaires, enseignes lumineuses. Les rues succédaient aux rues; elle les voyait s'incurver, confluer l'une dans l'autre, tourner en rond devant le capot de la voiture; par intervalles surgissaient de noires façades qui se détachaient dans la nuit, passaient et disparaissaient comme des flancs de transatlantiques luttant contre les vagues; des groupes de personnes, des portes éclairées, des arbres, mille objets divers semblaient sortir du néant le temps d'un éclair, puis y rentraient, engloutis définitivement dans l'ombre.

Carla, immobile sous le charme, regardait tantôt Léo — ces mains immobiles posées sur le volant, cette façon calme et réfléchie de conduire — tantôt la rue; de menus détails la fascinaient; elle avait l'esprit vide. Aussi, quand, au bout de dix minutes, l'automobile s'arrêta et que cette pensée lui vint : « Nous sommes arrivés », son impression fut telle que la respiration lui manqua.

Mais Léo, déjà descendu, lui disait : « Attends-moi ici! » Elle le vit, par la vitre mouillée du pare-brise, ouvrir quelque chose de noir qui ressemblait à une porte et disparaître dans l'obscurité du jardin. « Il faut mettre la voiture au garage », pensa-t-elle; en effet, un bruit de rideau de fer lui parvint à travers la pluie, l'homme réapparut, remonta et, sans nullement se soucier d'elle, fit avancer la voiture d'abord sur le gravier mouillé, puis dans l'antre noir de la remise. Odeur de benzine et d'acier huilé; dans un coin, une lanterne rouge. Tous deux descendirent et, non sans peine, firent retomber le rideau de fer; après quoi Léo, méticuleux, en ferma le cadenas à clef.

Une lampe ronde illuminait, à droite, la porte de la maison avec ses quatre degrés de marbre et ses battants fermés; Léo ouvrit et poussa Carla dans le hall d'entrée. En contraste avec le jardinet obscur, tout ici était coloré et brillant, une lanterne de fer battu pendait au plafond, les murs étaient blanchis à la chaux jusqu'à la plinthe jaune, des plantes vertes se dressaient aux quatre angles, tout était neuf; il y avait aussi l'ascenseur, là-bas, dans sa cage, mais ils préférèrent monter à pied, par l'escalier.

Au premier étage, ils perçurent le son, à peine étouffé, d'un gramophone, en même temps qu'un piétinement confus et qu'un joyeux murmure de voix.

— On danse, fit Carla avec un sourire forcé,

en s'appuyant à la rampe. Qui sont ces gens-là ?

— Voyons, dit Léo en se penchant pour examiner la plaque de cuivre clouée sur la porte. C'est monsieur... le docteur Innamorati...

Pour égayer Carla et tromper sa propre impatience, il ajouta :

— Le docteur est chez lui avec sa charmante femme et ses jeunes enfants, pour recevoir dignement une élite d'amis, appartenant tous à la meilleure société... Allons, ajouta-t-il en riant et en prenant le bras de Carla, encore quelques marches et nous y sommes.

A mesure qu'ils montaient par l'escalier, blanc, vide et éclairé, le son du gramophone s'atténuait ; puis, le morceau terminé, ce fut un complet silence. On devinait le petit salon, les danseurs arrêtés, debout sous le lustre, les rires, les mouvements des couples et, dans les coins, aux embrasures des fenêtres, derrière les rideaux, les compliments ingénus... Au second étage, ils entrèrent.

Léo se débarrassa de son chapeau et de son pardessus et aida Carla à ôter son imperméable. Le vestibule était vaste et blanc; au fond, une grande fenêtre rectangulaire donnant sur la nuit opaque d'une cour intérieure; à droite et à gauche, trois portes. Ils passèrent au salon.

— Mettons-nous là, dit Léo en désignant un large divan couvert de fourrures et de coussins.

Ils s'assirent. Une lampe à abat-jour rouge, posée sur un guéridon, les éclairait jusqu'à la poitrine; leurs têtes, et tout le haut de la pièce, restaient dans la pénombre. Ils ne parlèrent pas d'un moment. Carla regardait autour d'elle sans curiosité. Ses yeux se posaient tantôt sur ce flacon de liqueur, là, sur la table, tantôt sur les murs, mais elle avait moins l'air de regarder quelque chose que d'attendre anxieusement une parole ou un geste. Léo admirait Carla.

— Eh bien! ma chérie, commença-t-il enfin, pourquoi ne dis-tu rien ? Tu ne me regardes même pas. Allons, du courage! A quoi penses-tu ? Si tu as envie de quelque chose, dis-le sans façons, tu es chez toi.

Il tendit la main et caressa du bout des doigts ce petit visage sérieux.

— Tu ne vas pas regretter d'être venue ? ajouta-t-il sans une ombre d'embarras.

Elle détourna la tête :

— Non... répondit-elle, non, je suis très contente... Mais, tu comprends..., il faut que je m'habitue.

— Habitue-toi, habitue-toi, dit Léo, très sûr de lui.

Il se rapprocha encore de Carla. « Le diable emporte les préliminaires! » pensait-il, troublé et excité. Il passa un bras autour de la taille de Carla, qui ne parut même pas s'en apercevoir.

— Quel gentil petit costume tu as! reprit-il d'une voix douce et caressante. D'où vient-il ?... Quelle belle petite fille tu es... Tu verras comme on s'entendra bien tous les deux... Tu seras ma petite fille, la seule petite fille de ma vie, ma jolie petite fille!

Il se tut, effleura de ses lèvres la main, puis le bras nu de Carla; au cou, il s'arrêta un instant, attira contre lui la grosse tête sérieuse. Ils s'embrassèrent, se séparèrent.

— Assieds-toi là, dit Léo en désignant ses genoux.

Carla obéit avec docilité; le mouvement qu'elle fit pour s'asseoir découvrit ses jambes, mais elle ne tira pas sur sa jupe, et cette négligence convainquit définitivement Léo de la solidité de sa conquête.

— Où va-t-on par là ? demanda-t-elle en montrant l'autre porte du salon.

— Dans la chambre à coucher, répondit-il en la considérant attentivement; — puis il l'embrassa de nouveau et, d'une voix persuasive : — Mais laisse donc cela... Écoute-moi, dis-moi... est-ce que tu m'aimes ?

— Et toi ?... demanda-t-elle du bout des lèvres en le regardant de ses yeux graves.

— Moi ?... Quelle idée !... Forcément, je t'aime, sinon je n'aurais pas fait ce que j'ai fait... bien sûr que je l'aime, ma petite Charlotte, ma petite poupée, ma petite Lolotte... (Il lui enfonçait les doigts dans les cheveux, la décoiffait.) Je l'aime beaucoup beaucoup, et gare à qui voudrait la toucher... Et je la désire aussi, je la veux tout entière... ces lèvres, ces joues, ces bras, ces belles épaules, tout ce corps plein de... féminité, délicieux, charmant, ce corps qui... qui me rendra fou...

Il fit explosion. Saisi d'une sorte de frénésie, il se jeta sur Carla, l'étreignit de toutes ses forces, tomba avec elle sur le divan; de sa lumière indifférente, la lampe éclairait l'échine de l'homme, la jaquette tendue par l'effort du torse, et les jambes de Carla, gainées de rose. Ils demeurèrent ainsi quelques instants, parmi les soubresauts de la volupté; des mots confus de tendresse sortaient de la bouche de l'homme; Carla, au contraire, se taisait. Au milieu de ces fureurs, son attitude était docile, mais non résignée; ses pensées n'étaient pas aussi claires qu'elle l'avait prévu; elle se sentait toute chavirée, honteuse et les joues brûlantes. En somme, inutile de se le cacher, ces caresses lui faisaient quelque chose. Un certain plaisir, d'autant plus aigu qu'il lui paraissait absurde, troublait son esprit. « Voyons, pensait-elle dans l'intervalle des frémissements instinctifs que lui arrachaient les étreintes libertines et cruelles de son amant, qu'est-ce que je fais ? »

Jamais encore son aventure ne lui était apparue sous un aspect aussi vulgaire, aussi impardonnable, aussi ruineux. « Une nouvelle vie... » pensa-t-elle faiblement; puis elle ferma les paupières.

Mais l'homme savait imposer une limite à sa luxure. Voir Carla s'abandonner, les yeux clos, blanche comme la cire sur le fond sombre du divan, et penser : « Non, pas ici, c'est trop incommode », ce fut tout un. Il se redressa, la fit se rasseoir; un moment, ils demeurèrent immobiles, haletants, sans parler. La lumière de la lampe laissait dans l'ombre Léo, adossé au fond du divan, et éclairait Carla. Une Carla déjà toute différente de la jeune demoiselle qu'elle était quelques minutes plus tôt : elle avait les cheveux en désordre, une mèche lui tombait devant les yeux, son visage était rouge, grave et troublé, une des bretelles de sa chemise, déchirée durant l'étreinte, pendait en deux morceaux sur son dos et sur sa poitrine, découvrant l'épaule blanche et nue. Alors, tandis qu'elle regardait devant elle, absorbée, l'homme remarqua une chose étrange : un objet qui ressemblait beaucoup à un morceau de carton plié en quatre tendait la soie rose du corsage, entre les deux seins, dessinant deux pointes aiguës. Il tendit la main en souriant :

— Et ça, qu'est-ce que c'est ? demanda-t-il sans aucune intention, par pure curiosité.

Carla prit un air effrayé :

— Ça ? Quoi donc ?

— Ce morceau de papier que tu caches si jalousement dans ton sein ? insista Léo, avec un sourire presque paternel.

Elle baissa la tête et porta la main à sa poitrine : oui, Léo avait raison, quelque chose qui ressemblait à un morceau de papier était là, caché entre sa peau et sa chemise, seulement elle ne se rappelait pas l'y avoir mis et n'arrivait pas à comprendre ce que c'était. Déconcertée, elle leva les yeux et regarda son amant.

— C'est là que toutes les petites filles mettent leurs secrets, dit Léo, que l'idée d'une telle cachette attendrissait et excitait tout à la fois. Voyons, Carla, voyons-le un peu, ton secret.

Il fit mine de vouloir glisser sa main sous l'étoffe.

— Je ne te permets pas, cria-t-elle soudain, sans même savoir pourquoi, en se protégeant des deux mains.

Le sourire de l'homme disparut; son regard devint attentif :

— Bien, dit-il, je te permets de ne pas permettre... prends-le toi-même, ce précieux papier... et puis lis-le à haute voix.

Silence. Carla le regardait, désorientée et irrésolue; elle avait l'intuition que cette histoire de bout de papier commençait à le fâcher sérieusement; elle voyait ses yeux se durcir et elle se torturait vainement la mémoire pour savoir ce que pouvait bien contenir cette lettre qu'elle touchait de ses doigts curieux. Mais elle la laissa où elle était, un peu par un triste point d'honneur (et si réellement c'était un secret à ne confier à personne ?), un peu dans la vague intention de voir comment se comporterait Léo sous l'empire de la jalousie.

— Et moi, dit-elle enfin d'un ton de défi, en posant ses mains sur ses genoux, si je refusais de te la montrer, cette lettre ?

— Tiens! c'est une lettre ? s'exclama Léo, intéressé et déjà inquiet. Et de qui, s'il est permis de savoir ? De quel personnage assez important pour qu'on garde ses billets là, oui, là! Pour qu'on évite de les laisser à la maison ?

Elle le regarda à travers ses cils mi-clos, inclinant sa grosse tête ébouriffée sur son épaule nue :

— Ça, répondit-elle d'un air mutin, en pianotant tranquillement du bout des doigts sur ses genoux, ça, je ne te le dirai pas.

« Elle est très capable, pensa Léo, tout à fait furieux, elle est très capable d'en avoir un autre... très capable. » Il se leva lentement :

— Écoute, Carla, dit-il en scandant les syllabes et en plantant sur elle deux yeux impérieux et inquisiteurs, je veux absolument savoir de qui est cette lettre.

Elle rit, amusée par cette jalousie, mais sans changer d'attitude.

— Devine, dit-elle.

— Un homme ? demanda Léo.

— Il y a des chances, répondit-elle d'un ton moqueur.

Pour prévenir tout geste brusque de Léo, elle gardait une main sur sa poitrine. Le front levé vers le plafond plein d'ombre, elle se sentait lasse; elle aurait voulu se blottir contre ce secret qui n'existait pas et dormir.

— J'ai saisi, dit Léo avec un rire forcé, j'ai saisi... quelque amoureux... quelque petit jeune homme...

— Petit jeune homme ? fit-elle sans baisser la tête. Un homme, j'ai dit.

Elle distinguait, sur le mur opposé, l'ombre de Léo, confuse et large, qui se balançait de droite à gauche, comme prête à lui sauter dessus.

— Un homme, reprit-elle d'une voix plus lasse, sans cesser de tambouriner du bout des doigts. Et si tu savais, ajouta-t-elle, s'enivrant d'une tristesse sans cause, si tu savais comme je l'aime!

Ses yeux se fermèrent à moitié, se mouillèrent de larmes; son cœur battait. « Le seul malheur, pensa-t-elle froidement, c'est que cet homme n'existe pas. »

— Un homme... tous mes compliments!

Léo se fâchait pour de bon. Cette pureté qui n'était qu'un faux semblant, cette conquête que d'autres avaient faite, il y avait de quoi le rendre fou; la Carla puérile et chaste de ses désirs cédait la place à une jeune personne experte en amour et qui n'avait pas peur d'aller voir les hommes chez eux. Le piquant, le parfum et la fleur de l'idylle s'évanouissaient. Son amour-propre de séducteur restait, devant cette porte ouverte, les mains vides.

— C'est ma faute, dit-il avec conviction, j'aurais dû m'en douter que ce n'était pas la première fois.

— La première fois que quoi ? demanda-t-elle en se retournant tout d'une pièce.

— La première fois que... tu me comprends... que tu fais des visites... que tu vas chez quelqu'un.

Les joues de Carla s'embrasèrent. Elle regarda Léo, partagée entre le désir de protester, de lui révéler l'absurde vérité, et celui de prolonger la fiction. Pour finir, elle prit le second parti.

— Et quand ce serait vrai ? dit-elle en le regardant dans les yeux.

— Ah! c'est donc vrai ?

Le temps d'une seconde, Léo serra les poings; puis il se domina et dit d'une voix que le sarcasme rendait perçante :

— Ainsi, très pure jeune fille, dit-il, tu as un amant ?

— Oui, avoua-t-elle en rougissant de nouveau.

Le ton ironique de l'homme lui faisait mal jusqu'au fond de l'âme; jamais elle n'avait éprouvé un si grand besoin de bonté.

— Mais bravo! mais très bien! fit Léo lentement, comme s'il se parlait à lui-même. Tout naturel d'ailleurs... telle mère, telle fille.

Brusquement, une colère rouge lui fit monter le sang aux yeux; il saisit Carla par un bras :

— Sais-tu ce que tu es ?... une... une... (dans sa rage, il ne trouvait pas le mot juste ; il balbutiait) : une impudente... et, quand même, tu es venue chez moi ?

— Ça, c'est autre chose, répondit Carla avec calme.

« Dégoûtant... ignoble... et dire qu'elle a à peine vingt-quatre ans », pensait Léo.

— Peut-on du moins savoir qui est ce monsieur ? demanda-t-il.

— C'est un homme grand, dit-elle en s'efforçant de fixer cette vague image vers laquelle se tendait son âme : il a les cheveux châtains... un beau front calme, un visage ovale... il n'est pas rouge, il est plutôt pâle... il a les mains très longues.

— Santoro ! s'écria Léo, s'arrêtant au premier de leurs amis qui lui parût correspondre au portrait.

— Non, ce n'est pas lui.

Carla regardait droit devant soi. « Si seulement il existait, pensait-elle, je ne serais pas ici. » Elle se tut un instant :

— Il m'aime beaucoup, et je l'aime beaucoup, continua-t-elle avec une douceur égale et facile dont elle s'enchantait et s'émerveillait elle-même ; elle n'avait déjà plus le sentiment de mentir... Nous nous sommes rencontrés ici il y a deux ans... et depuis nous nous sommes toujours vus... il n'est pas comme toi... il est... avant tout il est bon... je veux dire qu'il sait me comprendre avant que j'aie parlé, que je puis lui confier tout ce que je pense, qu'il me parle comme personne ne me parle, qu'il me prend dans ses bras et... et... (Sa voix trembla, ses yeux se remplirent de larmes ; elle était réellement convaincue de ce qu'elle disait ; il lui semblait le voir là, devant elle, en chair et en os, cet être créé par sa fantaisie.) Et, tu sais, il est différent de tous les autres, il n'y a que lui qui m'ait vraiment aimée.

Elle s'arrêta court, émue, un peu stupide devant son propre mensonge.

— Son nom ? dit Léo, nullement impressionné par ce ton et par ces paroles; peut-on savoir son nom ?

— Son nom ? Jamais!

Ils se mesurèrent du regard en silence. Puis Léo :

— Donne-moi cette lettre.

Troublée par cet ordre impérieux, elle mit ses deux mains sur sa poitrine :

— Pourquoi, Léo ? demanda-t-elle d'un ton suppliant.

— La lettre! Allons... sors cette lettre!

Il la saisit par la taille et tenta de s'emparer du billet caché dans son sein. Mais Carla se débattit, se dégagea et, pour finir, échevelée, courut à l'autre bout de la pièce.

— Par la violence on n'obtient rien; tu ne le sais pas encore ? cria-t-elle.

Et, ayant ouvert la porte de la chambre à coucher, elle disparut.

Possédé par une fureur sans bornes, Léo se précipita contre la porte fermée. Carla, de l'autre côté, avait déjà tourné la clef dans la serrure. Impossible d'entrer.

— Ouvre! criait-il, au comble de la rage, en frappant des deux poings contre la porte. Ouvre! tu es stupide...

Pas de réponse. Il lui vint tout à coup à l'esprit qu'il pouvait entrer dans sa chambre par la salle de bains; il courut au vestibule; du vestibule, il passa dans la salle de bains; les tubes nickelés et les carreaux de majolique brillaient dans l'ombre. Il s'aperçut avec joie que la porte vitrée qui ouvrait sur sa chambre était entre-bâillée. Il chercha Carla des yeux dans la demi-obscurité, ne vit rien. « Elle ne s'est tout de même pas jetée par la fenêtre», pensa-t-il une seconde, en avançant à tâtons. Il alluma l'électricité. Rien. La chambre était vide. « Que le diable l'emporte! Où a-t-elle bien pu aller se fourrer ? » se demanda-t-il. Déjà il allait ressortir pour chercher la fugitive dans les autres pièces de l'appartement quand tout à coup il la découvrit, blottie, debout, derrière la porte de la salle de bains.

Il alla droit à elle, la prit par un bras et la tira hors de sa cachette avec une certaine violence, comme on fait avec les enfants qui ne veulent pas obéir.

— Dehors la lettre! ordonna-t-il sévèrement, en la tenant bien serrée.

Ils étaient face à face. La pensée que Léo allait s'apercevoir de son mensonge épouvantait et humiliait Carla. Elle savait que ce bout de papier ne devait avoir aucune importance — une carte de visite ou n'importe quoi — et elle souffrait à l'idée de reconnaître devant Léo la vanité de ses songes. Elle osa une dernière tentative :

— Enfin ce n'est pas juste... commença-t-elle d'une voix plaintive; je...

— La lettre! intima l'homme pour la seconde fois.

Elle comprit qu'il était inutile de résister. « On verra bien ce que ça sera », pensa-t-elle avec résignation et avec un peu de curiosité aussi. Elle porta la main à son sein, en tira un morceau de papier, le tendit à Léo :

— La voici.

Léo s'en empara, mais, avant de l'examiner, il regarda la jeune coupable. Alors, qui sait pourquoi ? elle parut soudain écrasée de honte; brusquement son visage se contracta, elle alla se jeter sur le lit, la tête enfouie dans ses mains. Ce ne fut qu'une attitude, et qui ne répondait à aucun sentiment véritable; elle-même ne s'y trompait pas. Tout à coup elle entendit un éclat de rire, elle releva la tête.

— Mais c'est mon billet, disait Léo en se dirigeant vers elle, le billet que je t'ai remis ce soir.

Elle n'éprouva aucune surprise. Au fond, cette histoire de lettre était absurde. Personne ne pouvait lui écrire, personne ne l'aimait... et, malgré tout, il lui semblait cruellement injuste qu'il en fût ainsi. Injuste cette absence de miracle (pourquoi son grand désir n'aurait-il pu changer ce stupide griffonnage en une lettre d'amour ?). Injuste cette méticuleuse réalité, jamais en défaut. Elle pâlit :

— Bien sûr, c'est ton billet, dit-elle avec le sentiment d'une désillusion amère et inévitable. Que voulais-tu que ce fût ?

— Mais alors, reprit-il en s'approchant d'elle et en s'asseyant à côté d'elle sur le lit, alors c'était moi, cet homme... des cheveux châtains, un front calme... C'est moi que tu aimes.

Elle le considéra longuement, comme si elle eût voulu retrouver dans ce visage rouge et satisfait l'image rêvée :

— Léo... dit-elle en hésitant et en baissant les yeux avec la conscience de mentir une fois de plus, tu ne l'avais pas encore compris ?

Pour la première fois depuis qu'elle le connaissait, il eut un rire frais, spontané, presque jeune :

— Eh bien! non, vraiment, je n'avais pas pensé à moi, s'écria-t-il. (Et il la prit par la taille.) Ce que j'ai dit ne compte pas, ajouta-t-il; que ce soit comme si je n'avais rien dit.

Il se pencha, couvrit de baisers ses épaules, son cou, ses joues, sa poitrine; de nouveau ce corps l'excitait : avec son illusion, il retrouvait son désir.

— Ma petite menteuse... ma petite enfant menteuse, murmurait-il.

Ces épanchements ne durèrent qu'une minute; après quoi Léo se leva gauchement :

— Et maintenant ? demanda-t-il, sérieux à moitié, sans le moindre souci de ses cheveux en désordre qui lui donnaient l'air d'un ivrogne, ne crois-tu pas qu'il serait temps d'aller se coucher ?... J'ai un sommeil... un sommeil terrible.

Carla rit avec effort et, timidement, fit signe que oui.

— Alors, un peu de courage. Ton pyjama est là, sur l'oreiller... Sur cette armoire, tu trouveras tout ce qu'il te faut pour ta toilette... Déshabille-toi et mets-toi au lit, je te rejoins tout de suite...

Plein de confiance, il lui adressa un bon sourire, lui donna une tape sur l'épaule et passa dans la salle de bains.

IX

Le lit large et bas occupait un coin de la pièce. Carla s'y étendit et regarda autour d'elle. A la faible lueur d'une lampe de chevet, elle entrevoyait deux armoires à glace, l'une à droite de la porte du salon, l'autre à gauche; pas d'autres meubles; toute la paroi d'en face était occupée par une fenêtre basse, rectangulaire, à petits carreaux, garnie de rideaux blancs; sous la fenêtre, on distinguait le radiateur derrière une espèce de grillage; les persiennes étaient fermées, la porte du salon était fermée, et aussi la porte de la salle de bains, dont elle voyait de biais la vitre dépolie, éclairée d'une lumière douce, comme une vitre d'aquarium où donne un rayon de soleil. Elle baissa les yeux; une grande peau d'ours, blanche et hirsute, servait de descente de lit, une peau d'ours avec des yeux de celluloïd jaune et une gueule ouverte, pleine de dents aiguës; les pattes et la queue, réduites à rien, donnaient l'impression que la bête avait été aplatie par un gigantesque rouleau qui n'avait laissé intacte que la tête féroce. Machinalement, elle se leva, fit quelques pas dans la chambre, toucha le radiateur, qui était chaud, écarta le rideau, se retourna : derrière la vitre éclairée, l'ombre de Léo passait et repassait, on entendait le bouillonnement d'un jet d'eau et d'autres rumeurs... Alors, non sans avoir, en passant devant les glaces, jeté un regard sur son visage défait et apeuré, elle retourna au lit et commença à se déshabiller.

Elle ne pensait à rien; les actes inaccoutumés qu'elle accomplissait l'absorbaient tout entière, la jetaient dans une stupeur de rêve. Ce qui l'impressionnait surtout, c'était de n'être pas chez elle, de se trouver à cette heure, dans cette pièce. Elle ôta sa robe déchirée, la posa sur un petit fauteuil, au pied du lit; elle retira ses bas et contempla un instant ses jambes nues. Les autres vêtements suivirent. Quand elle en fut à la chemise, elle hésita : devait-elle ôter aussi sa chemise ? Oui, c'était nécessaire. La chemise rejoignit le reste sur le fauteuil. Carla ne se sentit nue qu'au contact des draps froids; elle s'y pelotonna, serrée contre le mur, une main sur la poitrine, l'autre entre les jambes; quant au pyjama — un pyjama à grosses raies qui faisait penser à un uniforme de forçat, elle l'avait jeté par terre; il lui était venu à l'esprit que sa mère l'avait peut-être endossé.

Peu à peu son corps ardent réchauffait les draps. Elle eut soudain l'impression que cette tiédeur avait dénoué en elle ce triple nœud de stupeur et de crainte qui l'angoissait; elle se sentit seule; elle éprouva pour elle-même une grande tendresse, une pitié indulgente; elle s'efforça de se ramasser, de se mettre en boule le plus possible; ses lèvres finirent par toucher ses genoux ronds. L'odeur saine et sensuelle qui en émanait la troubla; elle les baisa à plusieurs reprises, passionnément; et, tout en se caressant, elle se répétait : « Pauvre, pauvre petite! »... Ses yeux se remplirent de larmes; elle aurait voulu courber la tête, s'abandonner sur son propre sein comme sur celui d'une mère; puis, sans cesser de fixer d'un œil attentif le mur à peine éclairé par la lampe, elle écouta : les bruits qui parvenaient jusqu'à elle étaient des bruits familiers qui, sur le lieu où elle se trouvait, ne lui permettaient aucun doute; la pluie tombait encore et battait contre les persiennes; quelqu'un marchait dans la salle de bains; de l'eau coulait; à chaque mouvement que faisait Carla, le lit se creusait sous elle avec un sourd murmure dont elle ne savait trop s'il était provoqué par quelque souvenir ou par l'extrême mollesse de la plume. Ce n'était pas son lit à elle, dur et étroit; ce n'était pas non plus un de ces lits étrangers où l'on se jette après un long voyage, où l'on éprouve aussitôt la sensation d'être trop haut ou trop bas, où l'on dort sans plaisir; non; c'était un lit commode, un lit très tendre, plein d'attentions et de petits soins, mais son corps y avait peur; elle y tremblait de tout son corps blotti et parfois avançait une main hésitante pour explorer l'espace immense et froid de cette Sibérie de toile, inhabitée et hostile. Elle avait un peu le sentiment de marcher sur une route, la nuit, et de savoir quelqu'un à ses trousses.

Elle ferma ses yeux fatigués. Elle était dans ce lit depuis une minute et il lui semblait y être depuis une heure. « Pourquoi Léo ne vient-il pas ? » se demanda-t-elle tout à coup. Cette pensée en entraîna d'autres : « Je ne me retournerai pas avant qu'il ait éteint la lumière, se dit-elle sans haine; je ne veux pas le voir. »

Elle frissonna. « C'est la fin », pensa-t-elle distraitement et sans conviction. De cette volonté de destruction qui l'avait portée jusqu'à ce lit naissait en elle un désir avide de l'obscurité dans laquelle, bientôt, elle s'enlacerait à son amant. Peut-être par appétit instinctif de plaisir, peut-être pour réaliser son programme qui était de s'avilir complètement, elle imaginait, non sans trouble, de se livrer, à la faveur des ténèbres et de la promiscuité de la nuit, aux transports les plus effrénés qu'elle avait, à défaut de les connaître par expérience, devinés depuis longtemps. Mais ces rêveries n'arrivaient pas à la distraire de l'attente; elle se répétait : « Pourquoi Léo ne vient-il pas ? » Brisée par la fatigue de cette débauche, elle s'endormirait à côté de son amant. Cette idée lui plut, qui sait pourquoi ? Déjà, elle songeait qu'il devait être doux et triste de dormir ensemble, côte à côte, enlacés, nus et unis dans la nuit; elle en éprouvait presque de l'affection pour Léo; elle en était à penser qu'elle ne bougerait pas, qu'elle retiendrait même son souffle pour ne pas l'éveiller... quand la porte de la salle de bains s'ouvrit avec un tintement de vitre.

Dans l'anxiété qui avait fini par l'envahir, ce bruit familier lui fut agréable comme une présence amie dans quelque lieu inconnu et plein d'épouvante; avec ce bruit, de cette manière s'ouvraient les portes vitrées dans tous les pays du monde, et dans sa propre maison. Elle oublia du coup tous ses projets; elle vit sur le mur l'ombre large de l'homme et se retourna; Léo était penché sur elle. Elle eut à peine le temps de s'apercevoir qu'il n'avait pas de pyjama, mais une sorte de robe de chambre légère, qu'il s'était soigneusement rasé, poudré et peigné. Déjà, d'un geste simple, sans perdre son expression dure et distraite, il soulevait la couverture et se glissait à côté d'elle.

X

LÉO s'endormit le premier. L'impétuosité, inexperte sans doute, mais imprévue, de sa partenaire l'avait épuisé. Après une dernière étreinte, ils furent quelques instants immobiles l'un et l'autre, mêlant leurs membres moites, les yeux mi-clos, leurs têtes unies sur l'oreiller, vaincus par la torpeur et la lassitude; puis Carla avait senti son amant retirer peu à peu son bras de dessous sa taille, dénouer ses jambes des siennes et se tourner contre le mur. « Et demain ? pensa-t-elle confusément, en écoutant la respiration tranquille du dormeur, et demain matin ?... » Elle était morte de fatigue; cette obscurité épaisse, il lui semblait y être plongée depuis un siècle; elle n'osait pas remuer, la tête lui faisait mal. Puis, soudain, bien qu'elle eût toujours la sensation nette de ce corps nu contre le sien, de ces draps pleins d'une chaleur spéciale si nouvelle pour elle, de cette atmosphère impalpable qui ne lui laissait pas oublier un instant l'acte qu'elle venait d'accomplir — soudain, toutes ces choses extraordinaires cessèrent de l'étonner; ce fut comme si d'un seul coup elle s'y fût endurcie, comme si elle en eût acquis la pratique et l'habitude; elle aussi se retourna, tira sur la couverture et s'endormit.

Aussitôt elle a un rêve étrange : il lui semble voir cet amant imaginaire qu'elle avait si bien su décrire à Léo : il est très grand (peut-être parce qu'il est debout tandis qu'elle est couchée sur le dos) ; son front est calme, ses yeux pleins de sérénité et d'indulgence; il se tient droit; il est vêtu sans recherche; il la regarde avec une attention étonnée : on dirait vraiment qu'il vient d'entrer dans la chambre et de la trouver dans cet état, étendue sur ce lit, nue, avec ce corps naguère intact et maintenant défloré, souillé même çà et là, oui, souillé à la poitrine, aux bras, au ventre, par les récentes débauches de Léo. Elle ne se voit pas, elle est couchée sur le dos, mais les regards de l'homme lui révèlent que ses membres sont parsemés de Dieu sait quelles marques, de Dieu sait quels signes, qu'elle n'est plus, même pour cet étranger, la Carla d'avant la faute. Ils demeurent un instant l'un et l'autre dans la même attitude, ils se regardent sans bouger, mais, à la fin, la vue de ce visage calme et attentif, la torture de ces yeux fixés sur son corps défloré (le pire, c'est qu'elle ne peut pas se voir) lui deviennent intolérables; d'un geste instinctif, elle se couvre le visage d'un bras, elle voudrait pleurer. Autre surprise désagréable; ses yeux restent secs; malgré tous ses efforts, les larmes ne jaillissent pas. Elle éprouve cependant une douleur poignante, un amer regret, elle ne sait de quoi; elle se lamente, elle hurle, du moins elle en a l'illusion dans son rêve, et, tout en restant sur le dos (autre tourment : l'impression d'être clouée sur le lit), elle tord son buste et ses flancs nus; dans les intervalles de ces mouvements spasmodiques de papillon épinglé, elle voit cette tête calme, très lointaine, ces yeux qui ne cessent de la regarder, ce front juste. « Pleurer, pleurer... » pense-t-elle tout bas; par tous les moyens, elle essaie de mouiller au moins d'une larme ses paupières arides; tentatives inutiles... cette douleur ne s'exprime pas, elle reste comme un poids énorme sur son âme, elle l'étouffe; enfin, elle n'en peut plus, elle tend ses bras frénétiques vers cette tête hors d'atteinte, elle croit appeler cet homme des noms les plus doux, de noms nouveaux et spontanés qui l'émeuvent elle-même profondément; elle lui promet de l'aimer toute sa vie, toujours (ce sentiment de l'éternité, elle ne sait pourquoi, lui donne une grande amertume); mais en vain; l'homme disparaît tout à coup, et elle retombe dans la nuit. Alors, avec une force croissante, résonne une syllabe, grave comme un battement de cloche — *san... san... san... san...* — qui jette en elle un désarroi et une terreur atroces; puis, brusquement le nom entier : « Santoro »; elle se réveille.

L'obscurité dans laquelle elle s'était endormie l'enveloppait toujours; elle avait le corps baigné de sueur et touchait, par son côté droit, à une zone humide et brûlante. « Où suis-je ? se demanda-t-elle, effrayée. Ce ne fut qu'une seconde d'oubli, car aussitôt elle se rappela tout ce qui était arrivé et elle comprit que cette chaleur provenait du flanc nu de Léo, au contact du sien. Elle suffoquait; elle rejeta les couvertures, sortit ses bras du lit; cette liberté, cette fraîcheur lui procurèrent un grand soulagement; elle ouvrit les yeux tout à fait, car désormais, soit par nervosité, soit par crainte d'un nouveau cauchemar, elle n'avait plus aucune envie de dormir, et, d'instinct, elle se mit à évoquer les événements qui s'étaient déroulés depuis le commencement de la nuit.

La mémoire de ces événements lui revenait par lambeaux : tantôt elle se revoyait dans cette automobile lancée sous la pluie; tantôt dans le salon, assise sur les genoux de son amant; presque en même temps réapparaissait l'image de Léo pénétrant dans le lit où elle l'attendait; puis surgissait une autre image, plus étrange et plus troublante : ils étaient nus, elle et lui, côte à côte, encore somnolents et étourdis, dans l'aveuglante lumière de la salle de bains, toute murée de majolique blanche; ils attendaient, debout, leur eau chaude pour se laver. Ces images d'un passé si récent lui semblaient au contraire lointaines et comme détachées de sa personne; elle ne les possédait pas, ne se les expliquait pas; elles lui semblaient pleines d'une inadmissible irréalité. Aucun doute, pourtant : ces scènes dont les personnages, grandeur naturelle, se mouvaient devant les yeux de son esprit, c'était elle qui les avait vécues; il lui suffisait d'allonger la main sous le drap pour toucher le corps de son amant endormi, ou d'allumer la lumière pour se convaincre qu'elle se trouvait vraiment dans la chambre de Léo, et non dans la sienne. « Loin de chez moi, pensa-t-elle avec un trouble extraordinaire, ici... dans le lit de mon amant... » Mais, si le souvenir des faits les plus normaux de cette nuit suffisait déjà à la plonger dans la stupeur, elle était littéralement bouleversée par celui de certaines autres choses qu'elle ne pouvait prévoir, qu'elle avait toujours ignorées; elle ne se lassait pas de les analyser, elle recommençait plusieurs fois de suite à les reconstruire, elle en retrouvait la saveur... Elle gardait, par exemple, une mémoire précise de certains éclairs de lucidité grâce auxquels, la lampe étant encore allumée, elle avait surpris telles attitudes de Léo, ou d'elle-même, telles postures d'une si indécente monstruosité qu'elles s'étaient pour ainsi dire gravées dans son esprit d'une manière ineffaçable.

Mais par l'effet, peut-être, de la nuit qui l'enveloppait, ou peut-être de la peur et de l'incertitude, peu à peu ces images la lassèrent et ne suffirent plus à lui ôter la conscience de la présente situation. « Et maintenant ? pensait-elle, que va-t-il m'arriver ? » Elle ne voulait pas se l'avouer, mais elle se sentait terriblement seule... oui, voilà... seule ! Étendue dans ce lit, abandonnée à ses pensées solitaires, à ses frayeurs, à sa faiblesse ; la nuit remplissait ses yeux grands ouverts; son front, ses cheveux défaits attendaient en vain une caresse; dans sa torpeur anxieuse, son amant ne l'assistait pas, ne la défendait pas; rien ne trahissait plus sa présence qu'un souffle régulier, impersonnel; ce souffle... la seule chose qui lui rappelât de temps à autre qu'elle n'était pas seule.

Brusquement, un désir fou de société et de caresses la saisit. « Pourquoi dort-il ? Pourquoi ne s'occupe-t-il pas de moi ? » Cette respiration léthargique finissait par lui inspirer de l'épouvante; ce dormeur couché là, à son flanc, il ne lui semblait pas qu'il fût son amant; c'était n'importe quel homme inconnu, sinon hostile ; dans ce souffle rythmé, il y avait pour tout dire une régularité si monstrueusement en désaccord avec sa propre angoisse, avec ses propres fantômes, qu'elle ne savait pas si elle devait davantage s'en effrayer ou s'en indigner; elle s'efforça de ne plus y penser; elle tendit l'oreille aux petites rumeurs de la maison, à des craquements de meubles; puis elle tendit les yeux dans l'obscurité pour y trouver un point visible où fixer son attention... Vains efforts : ce souffle s'imposait toujours, calme, presque inhumain... « Comme ce serait beau, pensa-t-elle avec découragement, si maintenant il se réveillait pour me dire qu'il m'aime. » Et déjà son imagination l'entraînait : Léo la prenait par la taille, l'attirait à lui et, joue contre joue, lui murmurait à l'oreille de douces paroles; déjà, à cette pensée, elle se sentait tout émue, consolée presque... Mais soudain une peur terrible la glaça.

Elle avait cru voir, là-bas, au pied du lit, la porte de la salle de bains s'ouvrir. Soit qu'une faible lueur émanât de la vitre, soit qu'un peu de clarté vînt de la cour par une persienne ouverte de la salle de bains, il est certain que de ce côté les ténèbres étaient moins épaisses que dans le reste de la chambre... et voici que dans cette pénombre très incertaine la porte s'ouvrait... Aucun doute, elle s'ouvrait tout doucement, elle remuait comme si quelqu'un l'avait poussée avec précaution pour s'introduire dans la pièce.

De terreur, la respiration lui manqua; son cœur battait furieusement dans sa poitrine; elle demeura immobile, couchée sur le dos, raidie, les yeux fixés sur cette lueur mouvante; une pensée folle (et dont elle comprit d'ailleurs aussitôt toute l'invraisemblance) traversa son esprit : « C'est maman qui vient me surprendre. » Puis la vitre tinta légèrement; c'en était trop. Carla ferma les yeux, rassembla toutes ses forces et poussa un long hurlement, déchirant et lamentable.

Remue-ménage. La lampe s'alluma et la chambre reprit son aspect tranquille; Léo, tout ensommeillé, se dressa sur le lit :

— Eh bien... qu'y a-t-il ?

— La porte, balbutia Carla, pâle et haletante, la porte de la salle de bains...

Sans dire un mot, l'homme sauta du lit; elle le vit ouvrir cette fameuse porte, disparaître, reparaître :

— Je ne vois rien. Ce devait être le vent... j'avais laissé la fenêtre ouverte...

Il se recoucha.

— N'y pense plus, dors... Bonne nuit...

Et il éteignit la lumière.

Ces gestes de l'homme furent si rapides, si brève cette parenthèse de lumière, qu'elle n'eut le temps ni de parler, ni même de faire comprendre à son amant par un baiser ou par un regard le désir extrême de caresses et de consolations qui, à cet instant, opprimait son cœur. Elle se retrouva dans l'obscurité, incertaine et perplexe : bientôt elle se mit à pleurer.

Les larmes se pressaient sur ses joues, toute l'amertume accumulée au cours de cette nuit débordait de son âme, brisait ses digues. « S'il m'aimait, pensait-elle, il m'aurait consolée; au lieu de cela... rien... Il a éteint la lumière et s'est tourné du côté du mur. » Cette solitude dont elle avait eu un moment plus tôt l'intuition lui apparaissait maintenant inévitable; elle se couvrit les yeux de son bras nu; elle fit, et sentit sur son visage, une grimace d'amère douleur. « Il ne m'aime pas... personne ne m'aime », ne cessait-elle de se répéter. Elle se prenait les cheveux à pleines mains; ses joues étaient inondées de larmes; enfin, vaincue par la fatigue, elle se rendormit en pleurant.

Quand elle se réveilla, il devait faire jour. Elle le devina à ce peu de lumière que les persiennes laissaient filtrer dans l'obscurité moins épaisse de la chambre. Elle se dressa sans peine, sur le lit, reconnut aussitôt l'endroit où elle se trouvait, ne fut pas surprise de se voir sur le dos ce pyjama à grosses raies que la veille elle n'avait pas voulu mettre — bien qu'elle ne se rappelât plus à quel moment précis de la nuit elle avait pu l'enfiler; — pas davantage elle ne s'étonna, une fois habituée à la pénombre, de découvrir sur l'oreiller cette tache ébouriffée et obscure, la tête de Léo. Le sommeil avait dissipé toutes les peurs et les stupeurs de la nuit. Elle avait l'impression d'être habituée depuis des années à s'éveiller de cette manière, dans le lit de son amant; c'en était fini des tourments, des étonnements, de l'impatience; fini de cette sensation d'irréalité triste et aventureuse. Le dos au mur, les yeux bien ouverts, Carla reconnaissait à l'insolite satiété, au calme, à la patience réfléchie qui la possédaient qu'elle était entrée pour de bon dans une vie nouvelle. « C'est singulier, pensa-t-elle, un peu effarouchée, un peu dépitée, on dirait que je suis devenue d'un seul coup beaucoup plus vieille... » Elle demeura quelques secondes immobile, vaguement préoccupée, puis elle se pencha et secoua l'homme par une épaule.

— Léo... appela-t-elle avec une douceur étrange.

L'homme avait tiré ses draps sur ses oreilles, semblait plongé dans un sommeil profond et, d'abord, n'entendit pas ou feignit de ne pas entendre; Carla le secoua une seconde fois; alors une voix assoupie émergea de l'ombre :

— Pourquoi m'as-tu réveillé?

— Il est tard, dit-elle avec cette même intonation basse et intime; il doit être l'heure que je rentre...

Sans dire un mot, sans que le reste de son corps fît un mouvement, Léo tendit un bras hors du lit et alluma la lampe; ce fut alors de nouveau la lumière tranquille de la veille au soir, et Carla reconnut complètement les meubles, les deux portes, le fauteuil bas où ses vêtements les plus intimes formaient un petit tas blanc, et elle-même, assise sur ce lit... la pendulette placée sous la lampe marquait cinq heures et demie.

— Cinq heures et demie, répéta Léo avec regret et irritation, sans se retourner; je voudrais bien savoir pourquoi tu m'as réveillé.

Elle répéta : « Il est tard », hésita, puis, avec précaution, enjamba le corps de son amant et s'assit au bord du lit.

Il ne parut pas s'en apercevoir et ne répondit pas; il avait refermé les yeux; elle le crut rendormi;

alors, sans s'occuper de lui davantage, elle commença à s'habiller.

Mais à peine s'était-elle débarrassée de ce répugnant uniforme à grosses raies et se préparait-elle, debout et toute nue, à passer sa chemise, que soudain elle sentit un bras la saisir par la taille. Son premier mouvement fut de peur; laissant tomber sa chemise par terre, elle se retourna et vit là, contre son flanc, la tête ébouriffée, mal réveillée et rouge de Léo :

— Carla, murmura-t-il, penché hors du lit, levant vers elle un œil avide et affectant de parler péniblement pour feindre une envie de dormir qu'il n'éprouvait plus, pourquoi partir si vite ? Viens ici... reviens près de ton Léo.

Elle regarda, sous la lumière chaude de la lampe, ce visage tentateur, et au même instant une souffrance inexplicable gonfla sa poitrine :

— Laisse-moi, dit-elle d'un ton résolu, en s'efforçant de détacher de son côté les cinq doigts qui s'y incrustaient, il est tard, je te dis qu'il faut que je parte...

Elle le vit rire en clignant de ses petits yeux égrillards : « Il n'est jamais trop tard pour certaines choses », et du coup, sans raison, puisque au fond elle devait bien admettre que son amant eût de tels désirs, elle fut au comble de la colère :

— Je te dis : laisse-moi, répéta-t-elle durement.

Pour toute réponse, Léo allongea lourdement son autre bras et tenta de la renverser sur le lit; alors, d'une bonne secousse, elle se dégagea, alla s'asseoir sur le fauteuil, et, penchée en avant, sans un mot, elle se mit à enfiler ses bas.

Après les bas, ce fut le tour des jarretières; et seulement ensuite elle releva les yeux et jeta un regard dur dans la direction du lit. Léo s'était retourné contre la cloison et semblait dormir. « Eh bien ! dors », pensa-t-elle. Ce ne fut qu'un éclair; déjà, comme si cette pensée même avait pu le provoquer, un sentiment de peur et d'incertitude l'étreignit; après tant d'heures de complet oubli, l'écho se révéla dans son cœur de ces vieux mots : « la nouvelle vie ». Elle se pencha pour ramasser sa combinaison : « Est-il possible, pensa-t-elle en serrant nerveusement la fragile étoffe, que ce soit cela, ma nouvelle vie ? »

Sans cesser d'agiter cette idée dans son âme inerte, elle finit de s'habiller et se leva.

— Allons, lève-toi... il est temps de s'en aller...

Penchée sur Léo, elle le secouait par l'épaule.

— Ça va... répondit-il.

Et Carla, sûre de le retrouver habillé, passa dans la salle de bains.

Elle se coiffa avec le peigne et la brosse de Léo, se lava les mains, examina attentivement au miroir sa figure pâle. « A la maison, pensa-t-elle, je me laverai bien... je prendrai un bain, et puis... et puis il faudra partir tout de suite, aller à un rendez-vous, au tennis. » Mais, en dépit de ces calmes pensées et de ces projets d'emploi du temps, une question ne cessait de résonner tristement dans les régions inférieures de sa conscience : « Faut-il donc que ce soit là ma nouvelle vie ? »

Dans la chambre à coucher l'attendait une surprise : non seulement Léo n'était pas habillé, mais il n'était même pas levé; il n'avait pas bougé d'une ligne et semblait toujours dormir. Elle revint le secouer :

— Mais Léo... il est tard... il faut partir... lève-toi.

L'homme se souleva à peine et tourna vers elle une figure bouffie de sommeil :

— Eh quoi !... déjà habillée ?

— Il est tard...

— Tard ? répéta Léo comme s'il ne comprenait pas; et alors ?

— Comment « et alors » ?... Il faut que tu me raccompagnes chez moi.

Il bâilla, se tira les cheveux :

— Si tu savais comme j'ai sommeil... Tu ne m'as pas laissé une minute tranquille cette nuit... Tu m'appelais, tu me parlais, tu me donnais des coups de pied... Je meurs de sommeil.

Il parlait lentement, traînant sur les syllabes, évitant de la regarder en face. Carla, au contraire, l'observait avec attention : « Évidemment, pensa-t-elle sans colère, ce n'est pas seulement parce qu'il a envie de dormir qu'il ne veut pas se lever. Il fait semblant d'avoir sommeil parce que je ne lui ai pas cédé tout à l'heure... » Elle se redressa :

— Si tu veux dormir, Léo, dit-elle, presque avec douceur, ne fais pas de cérémonie... je puis aussi bien aller seule...

— Quelle bêtise... (Il s'étira pesamment, l'œil vague.) Maintenant que tu m'as réveillé, je t'accompagne.

« Il faut lui montrer qu'il se trompe... que je ne suis pas comme lui », pensa-t-elle.

— Mais pas du tout, insista-t-elle, toujours avec la même douceur, non... ne te dérange pas; tu as sommeil, c'est bien... je préfère aller seule.

Un peu déconcerté, Léo la regarda :

— Seule ? Rien à faire, dit-il avec une molle énergie; tu dis cela maintenant... et après tu n'en finirais pas de me le reprocher... je sais comment vous êtes... C'est tout décidé, je t'accompagne.

Il se tut, secoua la tête, mais ne bougea pas. Ils se regardaient.

— Et si je te l'ordonnais? demanda brusquement Carla.

— Et si tu m'ordonnais quoi ?

— De ne pas m'accompagner.

Léo ouvrit les yeux tout grand :

— En ce cas, répondit-il d'un ton méfiant, la question changerait d'aspect.

— Eh bien ! — dit Carla en bouclant tranquillement sa ceinture — je te l'ordonne.

Un silence. Puis Léo :

— Tout à l'heure tu voulais être raccompagnée, maintenant tu ne veux plus... En voilà des caprices.

« Ah! c'est moi qui ai des caprices », pensa-t-elle, les dents serrées; elle s'assit au bord du lit, à côté de son amant :

— Il ne s'agit pas de caprices, dit-elle, mais j'ai pensé qu'en me raccompagnant tu pouvais me compromettre; on pourrait nous voir ensemble... Michel pourrait être déjà levé... alors, tu comprends ? Il vaut mieux que je m'en aille seule... je connais le chemin, je serai à la maison en dix minutes... et toi... tu pourras te rendormir.

Ils se turent tous deux. Après cette soudaine flambée de désir, Léo sentait réellement un grand besoin de sommeil. L'idée seule de se lever, de sortir dans la rue, peut-être sous la pluie, lui était pénible; et puis il y avait la voiture à prendre au garage... Il sourit, tendit la main à Carla et lui caressa la joue :

— Au fond, dit-il, malgré toutes tes bizarreries, tu es une vraie brave petite... alors, sérieusement, je peux te laisser partir seule ?

— Bien sûr, dit-elle en se levant (ce ton de Léo l'irritait), bien sûr, tu peux; et même je t'en prie.

— En tout cas, ajouta Léo, tu as vu que j'ai insisté, qu'il m'était impossible d'insister davantage... si je ne t'accompagne pas, ce n'est pas que j'aie envie de dormir, c'est parce que je pourrais te compromettre, comme tu l'as fort bien dit... aussi ne viens pas, plus tard, me reprocher...

Il s'interrompit. Carla n'était plus dans la chambre : elle était sortie pour prendre son chapeau. « Tant mieux, pensa Léo, elle est contente comme ça, moi aussi... nous sommes contents tous les deux. »

Elle rentra un instant après, le chapeau sur la tête; elle avait son imperméable et son parapluie; elle enfila un gant, l'air préoccupé, et chercha vainement l'autre dans toutes ses poches.

— Tant pis, dit-elle à la fin, j'ai dû le perdre... Et à propos, ajouta-t-elle avec embarras, en s'avançant vers Léo, peux-tu me donner l'argent du taxi... je n'ai rien sur moi.

La jaquette de Léo était accrochée à une chaise, près du lit; il se pencha, tira de la poche une petite poignée de pièces d'argent :

— Tiens, dit-il.

Carla glissa l'argent dans son imperméable : « Je commence à gagner ma vie », pensa-t-elle. Elle s'approcha du lit, se courba :

— Alors, à aujourd'hui, cher, dit-elle presque affectueusement, comme pour réparer la mauvaise pensée qu'elle venait d'avoir malgré elle.

Ils s'embrassèrent.

— Ferme bien la porte ! cria Léo.

Il la vit sortir avec précaution, écouta un instant pour entendre la porte se fermer, mais nul bruit ne parvint jusqu'à ses oreilles. Alors il éteignit la lampe, se retourna contre le mur et se rendormit.

XI

TANDIS que le soleil brille et que, dans la chambre en désordre, la lumière s'infiltre de toutes parts comme l'eau dans un bâtiment disjoint, dans le sommeil de Léo, les pâles fantômes de l'aube, les personnages des rêves du matin entrent et sortent... Carla, Marie-Grâce, Michel, tous ont des gestes complaisants et obscènes, mais leurs figures pâlissent comme si la lumière du dehors les décolorait... Et pourtant le dormeur s'efforce tant qu'il peut de les retenir. Inconsciemment, il se répète : « Je ne veux pas m'éveiller, je ne veux pas m'éveiller »; une voix poétique et lointaine, chargée d'un léger reproche, vient jusqu'à lui, il ne sait de quel lieu reculé : — Léo, Léo, réveille-toi, c'est moi. — Il a l'impression que ce n'est pas un songe et, les yeux obstinément clos, retranché et blotti sous les couvertures, il espère que cette intrusion est momentanée et qu'il va pouvoir se replonger dans le réseau serré et délicieux du sommeil... mais les appels se répètent, toujours plus clairs, une main enfin se pose sur son épaule. Il se décide à ouvrir les yeux et voit Marie-Grâce.

Il crut d'abord avoir mal vu et regarda si c'était vraiment sa maîtresse qui était là en costume gris, le chapeau sur la tête, une fourrure autour du cou, debout près de son lit; l'obscurité de la nuit s'était dissipée, la journée devait être belle, des taches de soleil brillaient gaiement un peu partout sur les meubles poudreux et opaques.

— Toi ici ? dit-il enfin; et comment as-tu fait pour entrer ?

— J'étais venue pour te remettre un mot; j'ai trouvé la porte ouverte et je suis entrée.

Léo la regardait avec stupeur. « La porte ouverte ? pensa-t-il, eh bien! sûr... c'est Carla... » Il bâilla et s'étira sans le moindre égard.

— Et qu'avais-tu à me dire ?

Marie-Grâce s'assit sur le lit, dans cette ombre striée par les rais de lumière qui passaient entre les lattes des persiennes.

— Je voulais te téléphoner, commença-t-elle, mais, comme depuis deux mois nous ne payons plus notre abonnement, on nous a débranché... Hier soir tu m'as promis que nous nous verrions demain... mais j'y ai repensé... est-ce que tu ne serais pas libre cette après-midi ?

Léo se prit les genoux entre les bras :

— Aujourd'hui... cette après-midi ?

La proposition ne lui déplaisait pas. Il calculait qu'en se débarrassant ce jour même de la corvée de recevoir Marie-Grâce il gardait tout le reste de la semaine libre pour Carla. Mais, pour prévenir toute surprise, il ne voulut rien promettre.

— Écoute, dit-il, j'irai vous voir après déjeuner... je serai fixé à ce moment-là... ça va ?

— Soit.

Long silence. Méfiante et peu satisfaite, Marie-Grâce regardait autour d'elle, elle inspectait avec attention ce mobilier qu'elle connaissait bien, ce lit, le visage de son amant; Léo lui sembla un peu pâle, un peu défait; cette impression et le fait de l'avoir trouvé profondément endormi suffirent à la confirmer dans ses soupçons jaloux. « Il a passé la nuit avec Lisa, pensa-t-elle, il n'y a pas l'ombre d'un doute... Peut-être Lisa était-elle ici il y a un instant »; une âpre rancœur l'envahit; elle jeta à son amant un coup d'œil venimeux et plein de reproche :

— Moi, dit-elle d'un ton aigre-doux, à ta place, je ne me conduirais pas comme si j'avais vingt ans.

— Ce qui veut dire?... demanda Léo, interdit.

— Ce qui veut dire que tu vieillis... et que tu ne te rends pas compte que des folies comme celles que tu as probablement faites cette nuit, tu n'as plus le droit d'en commettre... Mais regarde-toi dans une glace, ajouta-t-elle en haussant la voix, mais par curiosité regarde-moi ces yeux que tu as, ce masque, ces jolies couleurs... je t'en prie, regarde-toi.

— Moi, je vieillis ?... je fais des folies ?... répéta Léo, irrité surtout par cette allusion directe à son âge. Et de quelles folies s'agit-il ?

— Je me comprends, fit la mère avec un geste de la main. Mais sais-tu ce que je te dis ? Dans un an, deux ans au maximum, on te poussera dans une petite voiture... Mais parfaitement... tu ne pourras même plus marcher.

Léo haussa les épaules avec fureur :

— Si tu es venue pour me dire ces stupidités, il vaut mieux que tu t'en ailles... (Il regarda la pendulette posée sur la table de nuit.) Midi!... Et moi qui suis là à t'écouter quand j'ai un rendez-vous à midi et demi... sauve-toi, sauve-toi vite.

Il sauta du lit, enfila ses pantoufles, courut ouvrir les persiennes. La chambre se remplit de lumière.

— Et ma robe de chambre, tu ne la mets plus, demanda Marie-Grâce sans se lever; tu en as peut-être fait cadeau à quelque amie de passage?

Sans répondre, Léo passa dans la salle de bains;

Marie-Grâce se leva et, un peu par curiosité, un peu par désœuvrement commença à tourner autour de la chambre.

— Encore un autre de mes cadeaux que je ne vois plus... ce magnifique vase de Murano... disparu... donné aussi, sans doute ?

Toujours pas de réponse. Derrière la porte vitrée, un bruit de jet d'eau. Léo prenait sa douche.

Découragée mais non vaincue, Marie-Grâce continua son inspection; chaque objet, dans cette pièce, rappelait à sa mémoire d'agréables souvenirs; souvent elle soupirait, faisant comparaison de sa misère présente avec les beaux jours d'autrefois; la vue de sa photographie, posée sur la commode, lui rendit un peu de confiance; « au fond, il n'aime que moi, pensa-t-elle; quand il ne va pas, quand il a un ennui, c'est toujours à moi qu'il revient... Il me reviendra encore... un peu de froideur momentanée... » Elle portait au corsage un bouquet de violettes qu'elle venait d'acheter dans la rue; par gratitude et avec la vague intention de faire une gentillesse, elle mit ces fleurs dans un petit vase à côté de sa photographie; puis elle entra dans la salle de bains.

Debout, en robe de chambre, Léo se rasait.

— Alors, je te laisse, dit-elle. Et... à propos, quand tu viendras, aujourd'hui, fais comme si tu ne m'avais pas vue, comme si tu avais simplement reçu mon mot... entendu ?

— Entendu, répéta Léo sans se retourner.

Satisfaite, Marie-Grâce partit. En hâte elle descendit l'escalier et, au premier coin de rue, elle sauta dans un tram qui la conduisait vers le centre de la ville; depuis vingt minutes peut-être Lisa devait l'attendre chez cette modiste où elles s'étaient donné rendez-vous pour voir les derniers modèles de Paris... Marie-Grâce, assise près de la fenêtre, tournait le dos le plus qu'elle pouvait au peuple du tramway et regardait dans la rue; les trottoirs étaient encombrés d'un flot rapide de travailleurs de toute espèce qui rentraient chez eux; le froid soleil de février illuminait leurs figures rougies par le vent, sous les bords usés de chapeaux décolorés et déformés, et la misère de leurs paletots verdis; c'était un petit soleil blanc et sans chaleur qui se répandait généreusement sur tous ces haillons comme s'il avait voulu les bénir; l'une après l'autre défilaient les brillantes boutiques, avec leurs lettres peintes en bleu, en rouge, en blanc, au-dessus des vitrines; les enseignes lumineuses suspendues aux corniches, grises et éteintes, semblaient des larves réduites en cendre; le tramway avançait lentement, plein de monde, multicolore et vulgaire comme un manège de chevaux de bois; il tremblait avec un tintement de vitres... De temps à autre, sous les yeux de Marie-Grâce, le capot luisant et oblong d'une automobile surgissait dans un mouvement rapide, s'arrêtait, comme si ses gros phares eussent cherché un passage, puis faisait un nouveau bond en avant... Elle apercevait derrière la portière, immobile à son poste, les mains gantées posées sur le volant, un chauffeur tout vêtu de cuir, puis, bien à l'aise dans le coupé, l'air satisfait, l'œil entr'ouvert abaissé sur la foule, un personnage pansu, ou, quelquefois, noyée dans une ample fourrure, quelque dame au visage délicat et fardé... Alors, sans le vouloir, elle soupirait ; jamais il ne lui serait donné de traverser ainsi une foule misérable dans une imposante et puissante machine; ses années s'étaient évanouies, sa jeunesse avait disparu, avec l'automobile de ses rêves. Peu à peu, les figures de son envie, ces êtres éphémères emportés dans leurs chars trépidants, s'éloignaient même de sa fantaisie et de son espérance ; résignée, elle poursuivait son chemin, non sans une sorte de dignité dégoûtée, dans ce pesant véhicule bariolé, de fer et de verre.

Elle trouva Lisa chez la modiste, assise dans une arrière-boutique pleine de miroirs et de chapeaux nouveaux; devant une psyché, une jeune dame se contemplait vaniteusement, marchant de long en large avec des gestes nobles et affectés; on entendait des bruits de voix dans une autre salle et des battements de portes vitrées; le parquet sentait la cire; la pièce était grise et nue; dans un coin se dressait une pyramide de grands cartons blancs légers, fermés pour la plupart, quelques-uns déjà ouverts; dans l'angle opposé croissait une végétation serrée de chapeaux neufs, aux couleurs fraîches, sobres et délicates, sur des champignons de bois.

Dès qu'elle vit Marie-Grâce, Lisa se leva :

— Je suis désolée, vraiment désolée, mais je ne peux pas rester avec toi; il est tard, il faut que je rentre.

La mère la regarda d'un œil soupçonneux. « Voilà bien son égoïsme, pensa-t-elle, maintenant qu'elle a fait son choix, elle veut m'empêcher de faire le mien. »

— Alors, je reste ?... dit-elle d'un air irrésolu.

— Fais comme tu voudras.

Déjà Lisa lui tendait la main quand Marie-Grâce changea d'idée :

— Non, décidément, je vais avec toi; je m'occuperai de mes chapeaux un autre jour. Je t'accompagne jusqu'aux jardins, comme cela nous aurons le temps de causer.

Lisa ne disait rien. Elles sortirent ensemble dans la rue et marchèrent côte à côte, s'arrêtant souvent aux vitrines pour examiner les étalages, comparer les prix; les devantures de bijoutiers rendaient Marie-Grâce mélancolique. « J'avais un collier pareil à celui-ci, disait-elle en désignant avec un soupir une parure de perles exposée dans son écrin; je ne l'ai plus. » Lisa la regardait et ne disait rien. Ses bijoux à elle aussi étaient partis vers des destinations inconnues : « Mais les miens, pensait-elle, c'est mon mari qui les a emportés... au moins je n'ai pas été obligée de les vendre pour joindre les deux bouts. » Elles arrivèrent ainsi au premier coin de rue.

Marie-Grâce avait suivi son amie pour pouvoir donner libre cours à ses soupçons quant à Léo; puis la foule, les magasins, la matinée lumineuse avaient adouci sa rancœur. Mais quand soudain, sur la place, elle vit Léo en personne, debout sur le trottoir, en conversation avec un monsieur, quand elle le vit saluer, sans s'interrompre, en soulevant à peine son chapeau, alors ses pensées jalouses revinrent la tourmenter de plus belle.

Elle regarda Lisa. « Pas plus tard qu'hier soir, pensa-t-elle, elle était avec lui. » Cette supposition lui paraissait irréfutable. Même à des yeux moins passionnés que les siens, il devait être évident qu'entre eux « il y avait quelque chose ». Elle examinait Lisa et lui trouvait comme une séduction nouvelle, une sorte de félicité physique, difficile à définir, mais qui ne trompait pas; et ce changement, la mère le devinait avec un frisson malsain, c'était un signe d'amour. Pas de doute, ces traits délicats et gras de femme blonde le disaient, Lisa aimait; Lisa était aimée. Par qui ? « Par Léo », pensait la mère, et sa jalousie s'affolait sous l'aiguillon d'une imagination indécente. « Pas plus tard qu'hier soir ! » Elle trouvait dans les yeux humides, dans les narines palpitantes de son amie, une confirmation à son dégoût : « Comment peut-on aimer une telle femme ? se demandait-elle avec une véritable répulsion hystérique. Moi, je ne pourrais même pas la toucher, toute pleine de chaleur, toute pleine d'amour; ce n'est pas une femme, c'est une bête. » Et ses doigts se crispaient d'horreur à la pensée que Léo avait pu caresser, palper ce corps, cette tête, toute cette chose ardente et frémissante.

Maintenant, devant leurs yeux, une avenue plantée d'arbres, longue, large et droite, fuyait dans le lointain gris, entre deux rangées de villas à demi cachées dans leurs jardins; les arbres, des platanes gigantesques, étaient dénudés; l'air était froid et immobile; avec un ronflement léger, avec un bruissement de soie, presque silencieuses, passaient sur la chaussée lisse les lourdes automobiles tant rêvées par Marie-Grâce.

Celle-ci racontait ses préparatifs en vue du bal qui devait avoir lieu le soir :

— Mon costume d'Espagnole va merveilleusement bien à mon teint. J'aurai un grand peigne, tu sais, un de ces peignes andalous... Nous sommes invités à la table des Berardi... et toi... viendras-tu ?

— Moi, dit Lisa en baissant les yeux, moi, au bal ?... je n'ai personne pour m'accompagner.

Elle se tut, attendant avec une certaine anxiété la réponse de son amie. Elle pensait que Marie-Grâce pouvait bien l'inviter. Lisa connaissait les Berardi; elle se serait costumée n'importe comment, elle aurait bu, elle se serait amusée... Et puis, au retour, elle aurait demandé à la mère de lui laisser Michel (elle aimait le traiter un peu en petit garçon); il l'aurait raccompagnée chez elle au milieu de la nuit; elle l'aurait plaisanté, piqué, excité; naturellement ils auraient pris une voiture fermée, lumière éteinte... Le parcours était long; les rues obscures; ils auraient eu le temps de parler, de se taire, en un mot de se mettre d'accord; une fois devant sa porte, elle l'aurait invité à monter prendre chez elle un petit verre de liqueur ou une tasse de thé avant de repartir dans cette nuit froide.

Ce programme lui plaisait par le caractère inévitable des événements qui devaient se produire : il était impossible que Michel refusât de l'accompagner, impossible qu'il n'acceptât pas de monter chez elle, impossible...

Mais déjà la mère parlait; elle avait médité sa réponse et, comme toutes les personnes qui s'imaginent posséder de dangereuses réserves de malice, elle en mit tellement peu dans ses paroles que ce qu'elle en mit passa inaperçu :

— Tu ne manques pas d'amis, dit-elle avec intention; fais-toi accompagner par l'un d'eux.

— Mes amis, c'est vous, dit Lisa qui voulait absolument se faire inviter. Je n'ai que vous.

— Merci, trop aimable...

— Et qui vous a invités, vous autres ? Les Berardi ? Mais alors je les connais... bien sûr, je les connais... nous sommes allés en villégiature ensemble.

— Ah! oui ?

— Et qui vous accompagnera, vous deux ? demanda Lisa ingénument.

— Léo, dit Marie-Grâce en détachant les syllabes, sera à une autre table... Nous serons accompagnées par les Berardi.

« Je me moque bien de Léo », pensa Lisa. Puis elle ajouta d'un air de doute.

— Et ce sera brillant ?

— Extrêmement brillant.

Elles se turent un instant.

— J'aimerais y aller, reprit Lisa négligemment, en regardant droit devant elle, quand ce ne serait que pour revoir les Berardi... il y a si longtemps que nous ne nous sommes pas rencontrés... au moins deux ans.

— Ah! pour revoir les Berardi ? Marie-Grâce devenait nerveuse et battait la bordure du trottoir avec la pointe de son parapluie. Les Berardi ?

— Mais... oui... dit Lisa, l'œil toujours fixe, comme si elle fouillait dans ses souvenirs, Pippo, Mary, Fanny... ils vont tous bien ?

— Très bien, n'aie pas peur, leur santé n'est pas en danger.

Nouveau silence. Lisa regarda la figure un peu rouge de son amie. « Qu'est-ce qu'il lui prend ? » pensa-t-elle. Elle avait fini par s'apercevoir de l'état nerveux de Marie-Grâce et lui attribuait un sens peu favorable à ses propres désirs. « Quel égoïsme, se dit-elle avec amertume; dès mon premier mot, elle a compris que je serais contente d'y aller, et rien que pour m'être désagréable elle ne m'invitera pas. » Un peu découragée, elle tenta un dernier effort :

— Je dois t'avouer, Marie-Grâce, murmura-t-elle d'une voix persuasive, que cela me ferait vraiment plaisir d'aller à ce bal... je ne voudrais pas vous déranger, mais peut-être... tu pourrais m'emmener avec toi à la table de Berardi ?

Elle attendit la réponse. Tout à coup Marie-Grâce éclata d'un rire amer :

— Ah! celle-là est bonne!... Moi, je devrais... Merci beaucoup pour cette pensée délicate; merci mille fois, mais je ne me prête pas à ce genre de service.

— Quel genre de service ? fit Lisa irritée, saisissant enfin la véritable intention de toutes ces ironies. Mais l'autre coupa net :

— Alors, il faut que je te le dise ? Eh bien ! j'ai tout compris : ce n'est ni pour moi, ni pour les Berardi que tu as envie de venir, mais pour quelqu'un d'autre, pour quelqu'un qui t'intéresse.

— Et qu'est-ce que cela peut te faire ?

— Évidemment, dit Marie-Grâce en secouant

tragiquement la tête, cela devrait m'être égal. Complètement égal... Au fond tu as raison. Si on me volait, si on me tuait cela devrait aussi m'être égal ? Naturellement. (Elle s'arrêta un instant pour savourer le venin de ses pensées, puis elle reprit :) Et tout cela n'arrive que parce que je suis bonne, oui, trop bonne... Si je t'avais mis le pied dessus dès la première fois (elle fit le geste d'écraser quelque chose par terre), tout cela ne serait pas arrivé.

— Tu veux me mettre le pied dessus, maintenant... Mais tu deviens folle, Marie-Grâce... tu deviens folle ?

Elles marchaient et se disputaient sur le trottoir désert. La mère avait un costume gris, Lisa un costume marron; toutes deux portaient un tour de cou en renard, fauve celui de Lisa, argenté celui de Marie-Grâce. Elles marchaient et se disputaient; les brillantes automobiles glissaient sur la chaussée; de temps à autre passait un couple jeune et élégant. Gris et or. Grises les silhouettes lointaines ou proches des passants, gris les jardins profonds, l'interminable avenue et ses platanes; d'or ce soleil froid et neuf, encore figé dans le gel de l'hiver, laissant couler de ses glaçons fondus l'eau et la lumière, riant et frissonnant comme un convalescent enveloppé dans une couverture : ce soleil d'or dans la couverture bleue du ciel.

La mère poursuivait son monologue :

— Trop bonne, oui, trop bonne... et dire que je t'ai toujours fait tout le bien que je pouvais... Voilà ta reconnaissance! (Elle leva les yeux au ciel, puis, avec un soupir emphatique) : Bah ! patience ! Cela me servira de leçon pour une autre fois !

— Trop bonne ! répétait Lisa avec un rire méprisant. Trop bonne, toi ?

Un silence.

— Mais tout de même, continua la mère en s'écartant de son amie et en regardant devant elle comme si elle se fût adressée à une tierce personne, je ne comprends pas comment on peut aimer certaines femmes... c'est une chose que je n'arrive pas à comprendre.

— C'est ce que je pense aussi.

Lisa était pâle; ses lèvres tremblaient. Pourquoi son amie se montrait-elle à ce point dure et impitoyable ? Elle ne lui avait rien fait de mal. Pour une fois que cette mère s'inquiétait de son fils, il était triste que ce fût pour faire tort à son ancienne rivale! Qu'est-ce que cela pouvait bien faire à Marie-Grâce qu'elle allât au bal pour y rencontrer Michel ?... Comme c'était peut-être la première fois de sa vie que Lisa se voyait accusée à tort, sa rancœur était grande, exubérante; en face d'une telle injustice, elle se croyait revenue aux temps de son innocence, elle se sentait une âme d'ange et deux petites ailes, une auréole de martyre. Elle aimait Michel, Michel l'aimait. Comment un être au monde pouvait-il trouver dans une histoire aussi pure matière à réprobation et à scandale ?

— Et hier soir, continuait la mère, comment cela s'est-il passé ? Bien, je suppose... Chez nous, pas moyen de le retenir, il avait sommeil, il s'est sauvé... Tout naturel, il était attendu chez toi. (Elle se tut pendant une seconde, puis elle éclata :) Sais-tu ce que je te dis ? Tu devrais avoir honte! (Elle regarda son amie de haut en bas avec une contorsion dégoûtée de sa bouche peinte.) Tu n'es plus jeune.

— Nous avons presque le même âge... et c'est toi la plus âgée de nous deux, répondit Lisa doucement, sans lever la tête.

— Non, chère madame, nia la mère avec autorité, nos cas sont bien différents... moi, je suis veuve... mais toi tu es encore mariée... ton mari existe... Mourir de honte, voilà ce que tu devrais faire...

A ce moment, elles passaient devant une villa aux fenêtres fermées; derrière la villa, tout entourée de grands arbres dénudés, devait avoir lieu une partie de paume : on entendait, dans le silence de midi, les balles rebondir avec un bruit sec, comme si quelque chose éclatait là-haut, dans l'azur; et, quand le vent dispersait du côté de la rue la fumée blanche de la cheminée, on entendait aussi les voix allègres et fortes des joueurs.

Lisa, songeuse, prêta un instant l'oreille à ces échos, puis elle regarda Marie-Grâce. Elle cherchait à comprendre. Était-il possible que cette face irritée et jalouse reflétât... l'amour maternel ? Singulier amour maternel qui faisait naître une telle colère chez une femme qui ne s'était jamais montrée excessivement tendre pour ses enfants... N'était-ce pas plutôt une jalousie charnelle, une jalousie d'amante ?... Soudain, elle comprit. D'abord elle se sentit soulagée; puis elle regarda la mère et le doute l'assaillit de nouveau :

— Marie-Grâce, demanda-t-elle, dis-moi, tu penses à Léo, n'est-ce pas ?

Elle vit son amie faire oui de la tête avec une expression embarrassée et douloureuse. Elle semblait dire : « Pourquoi me le demander ?... tu le sais bien... je n'ai que lui... » les yeux de Lisa exprimèrent une sorte de pitié triomphante :

— Ma pauvre Marie-Grâce, dit-elle.

Elle pouvait s'expliquer, se disculper, aplanir cette ride soupçonneuse sur le front de son amie.

— Ma pauvre Marie-Grâce!...

Maintenant, elle revoyait la scène de la veille : Léo et Carla embrassés, à la lumière de la bougie : « C'est de sa fille, pensait-elle, c'est de sa fille qu'elle devrait être jalouse. » Elle éprouvait un peu de compassion pour cette malheureuse, perdue dans son erreur, mais en même temps une telle joie de n'être pas coupable de ce dont elle était accusée qu'elle ne savait si elle devait lui répondre avec pitié ou avec mépris.

— Tu peux être sûre, dit-elle enfin, que je n'ai vu Léo ni hier, ni... jamais. Je puis te le jurer, tiens... sur ce que j'ai de plus sacré.

Sans rien dire, la mère continuait à la scruter d'un œil méfiant.

— Crois-moi, ajouta Lisa, mal à l'aise sous ce regard, il s'agit d'un malentendu.

La mère baissa la tête :

— Il vaut mieux que nous nous quittions, dit-elle en s'efforçant de paraître froide et digne, il est tard.

On entendait encore, par intervalles, les voix des joueurs. Marie-Grâce fit quelques pas en avant :

— Crois-moi, répéta Lisa d'un ton mal assuré... un malentendu.

Elle regarda autour d'elle comme pour chercher un argument, une preuve décisive. A ce moment, l'avenue était complètement déserte, et le soleil augmentait cette solitude en illuminant à perte de vue le trottoir vide. Lisa, arrêtée, portait ses regards à droite et à gauche; Marie-Grâce, au contraire, s'éloignait lentement, pas à pas, les yeux fixés à terre, dans une attitude pensive et distraite. Lisa avait envie de lui crier : « C'est avec Carla, ce n'est pas avec moi qu'il te trompe; avec ta fille, ma pauvre Marie-Grâce... » Mais dans l'échine un peu voûtée de la mère on devinait une résolution inébranlable de ne pas se retourner vers la vérité; Lisa la vit peu à peu rapetisser et se décolorer en passant à travers tout ce soleil, se confondre avec l'ombre des hautes grilles des jardins; n'être plus enfin qu'un point noir, là-bas, au bout de l'avenue.

XII

POURQUOI Lisa, après s'être reconnue coupable, avait-elle protesté de son innocence ? Toute autre que Marie-Grâce en serait demeurée perplexe; elle non. Pour elle tout était clair, transparent comme le cristal; elle avait cette conviction profonde que Lisa était une hypocrite et une menteuse... elle en avait l'aspect, le geste, la parole. C'était là une croyance ancienne qui devait tirer origine de quelque fait oublié, mais qui était tellement indispensable au portrait moral que Marie-Grâce se faisait de Lisa que l'abolir eût été comme d'effacer de son esprit la figure de son amie.

Donc Lisa était menteuse et hypocrite; et dès lors tout était clair. Pourquoi lui avait-elle dit avec compassion : « Ma pauvre Marie-Grâce » ? Évidemment pour se moquer d'elle, pour la bafouer ou, au moins, pour la plaindre de son aveuglement, de son ingénuité, de son ridicule éclatant. Pourquoi avait-elle manifesté un tel désir d'aller au bal avec elle et avec les Berardi ? Clair comme le jour : ruse machiavélique pour lui faire croire que, ce soir-là, elle n'attendait pas Léo. En somme, Lisa, avec son habituelle fausseté, avait imaginé mille stratagèmes pour lui embrouiller les idées. Avait-elle réussi ? Non, certes; pour la tromper, elle, Marie-Grâce, il en fallait tout de même un peu plus : « Ne te fais pas tant d'illusions, ma chère, pensait-elle rageusement; je suis idiote, mais jusqu'à un certain point seulement... Il est passé le temps où je vous croyais tous bons, gentils, affectionnés... Maintenant j'ouvre l'œil et je ne tombe plus dans le panneau... ah ! non, ma chère, c'est assez d'une fois... Donc, pas d'illusions, ma petite, j'ai tout compris... plus moyen de m'en faire accroire... je suis fine, moi, très fine, extrêmement fine... » Parmi ces pensées, elle secouait la tête avec une grande suffisance et souriait, donnant à son visage une expression de supériorité amère et désabusée. Ce qui l'irritait le plus, c'était l'idée que son amie pouvait la supposer irrémédiablement débonnaire et ingénue; de rage, tout en marchant, elle aiguisait son regard et serrait les dents; elle ne s'était jamais sentie si impitoyable : Lisa eût-elle été sur le point de mourir de faim ou de soif, elle lui aurait refusé un verre d'eau, une bouchée de pain; si son amie était tombée tout à coup dans la misère, elle aurait bien pu venir la supplier à genoux et lui baiser les mains, elle ne lui aurait pas donné un centime. Rien. Et même si, à l'agonie, elle l'avait fait appeler à son chevet, elle l'aurait laissée mourir seule, comme un chien, oui, crever seule dans son lit malpropre, la tête contre le mur, dans sa chambre vide; elle se serait même sentie capable de la piquer à coups d'épingle, de la torturer, de la traîner par les cheveux, de la fouler aux pieds, de lui imprimer ses talons sur le ventre, sur la poitrine, sur la face... parfaitement, elle aurait été capable de tout cela; jamais de toute sa vie elle ne s'était sentie si pleinement, si voluptueusement méchante.

Mais... mais la vengeance la plus délicieuse

n'était-elle pas le pardon ? Sans doute, mais quel pardon ? Un pardon gentil, gai, affectueux, ou au contraire méprisant, froid, jeté à la face comme une aumône ?

Le second, bien sûr. Lisa se ruinait, faisait des dettes, glissait peu à peu vers l'extrême pauvreté; une vraie loqueteuse, une mendiante; ou encore, après une grave maladie, elle restait amaigrie, enlaidie, grisonnante et, qui sait ? ce sont des choses qui arrivent, peut-être hébétée, à moitié stupide, peut-être aveugle... un visage décharné, des yeux sans couleur, un front incertain heurtant contre les personnes, contre les meubles... le doigt de Dieu, le châtiment du ciel, ce sont des choses qui arrivent... Alors, elle lui pardonnait... Attention, une minute : elle lui pardonnait, mais à moitié seulement, avec froideur, avec mépris, avec une mémoire tenace, en l'humiliant, en la tenant à distance, comme pour lui signifier qu'elle n'était plus digne de sa haine... Et comment se déroulait la scène du pardon ? Voilà... un soir de grande réception... l'orchestre rythmait la danse... les couples de danseurs passaient et repassaient devant les portes dorées de ses salons... sous les lustres allumés, près du buffet, dans les recoins intimes, dans les spacieux vestibules et jusque sur les terrasses à balustrades de marbre d'où l'on pouvait voir la lune surgir derrière les pointes noires des cyprès, partout dans sa maison, la meilleure société de la ville se pressait; la soirée en était à ce point culminant où les conversations et la musique se fondent en une seule et même rumeur, où les passions s'allument, où les fleurs se fanent, où l'on commence à murmurer aux oreilles des dames de tendres déclarations... Alors, un valet de chambre s'approchait d'elle et lui disait tout bas : « C'est Mme Lisa. » Elle se levait tout de suite... non, pas tout de suite, elle la faisait attendre un peu, puis sortait en s'excusant; elle se dirigeait vers un vestibule plein de chapeaux et de manteaux amoncelés, entassés les uns sur les autres; pas une chaise libre; et, au milieu de ces somptueuses dépouilles, debout, pauvrement vêtue, vieillie de dix ans au moins, Lisa l'attendait; Lisa la voyait apparaître et aussitôt s'avançait vers elle les bras tendus... Doucement, doucement, ma petite... Une fois les distances rétablies, elle écoutait avec magnanimité les excuses embrouillées, les protestations d'amitié de la pauvre femme... puis, très froide, très supérieure, elle répondait : « Cela va bien, je te pardonne... mais il va falloir que tu prennes patience et que tu m'attendes ici, ou là-haut, dans l'antichambre. Aujourd'hui, justement, je reçois une foule de gens auxquels il m'est impossible de te présenter... des gens nobles, tu comprends... des aristocrates... des gens qui ne veulent pas se lier avec n'importe qui, un milieu très fermé... Alors, c'est bien entendu, tu vas m'attendre en haut... » Et pendant toute cette longue soirée elle la laissait attendre... Finalement, très tard dans la nuit, elle revenait voir la malheureuse assise dans l'ombre et écrasée de tristesse. Dans ses plus beaux atours, avec son plus beau sourire, elle lui disait : « Je regrette infiniment, Lisa, mais pour ce soir, vraiment je n'ai pas une minute... reviens demain, c'est cela, demain, peut-être pourrons-nous causer un peu. » Et elle sortait dans un éclat de rire... Et qui l'attendait dehors, à côté d'une énorme huit cylindres nickelée, à deux chauffeurs et toute capitonnée de satin ?... Léo! Et tous deux, mis en gaîté par cette réapparition de Lisa, partaient dans la nuit.

Ces cinématographies qui galopaient sans repos sur l'écran de son âme consolaient Marie-Grâce; c'est seulement quand elle levait les yeux que la vue des objets qui l'environnaient interrompait ses rêves. Alors elle se retrouvait, la Marie-Grâce de tous les jours, plus loin de ces chimères que du bout du monde, cheminant à pied, toute seule, dans une rue de faubourg déserte. Finalement elle arriva chez elle, poussa la grille entr'ouverte et entra.

Elle traversa le jardin à la hâte; elle se sentait fatiguée, sans bien savoir si cette fatigue résultait de sa dispute avec Lisa ou de cet arrière-goût de vanité qui lui restait chaque fois qu'elle s'abandonnait ainsi à ses imaginations. Dans l'antichambre elle trouva Michel qui fumait, installé dans un fauteuil :

— Je suis morte... dit-elle en ôtant mollement son chapeau. Où est Carla ?

— Dehors, répondit Michel.

Sans ajouter un mot, Marie-Grâce sortit.

Michel était de mauvaise humeur : les événements de la veille au soir l'avaient laissé en proie à un mécontentement hypocondriaque; il comprenait qu'il fallait une bonne fois vaincre sa propre indifférence et agir; l'action, sans doute, lui était suggérée par une logique étrangère à la sincérité; amour filial, haine contre l'amant de sa mère, affections domestiques : autant de sentiments qu'il ne connaissait pas... Mais qu'importe ? Quand on n'est pas sincère, il faut feindre et à force de feindre on finit par croire; c'est le principe de toute foi.

En somme : « Se monter la tête » ?

Parfaitement. « Lisa, par exemple, je ne l'aime pas, je ne la désire même pas... et pourtant, hier, je lui ai baisé la main... et aujourd'hui j'irai chez elle. D'abord, je serai très froid, puis je m'exciterai, je me monterai... c'est ridicule, mais je crois que de la sorte j'arriverai à être son amant. »

Faute de sincérité et de foi, il n'existait pas

pour lui de tragédie véritable; son ennui lui faisait tout apparaître pitoyable, ridicule et faux; mais il comprenait les difficultés et les dangers de la situation : il fallait se passionner, agir, souffrir, triompher de cette faiblesse...

« Comme le monde devait être beau, pensa-t-il avec un regret ironique, quand un mari outragé pouvait crier à sa femme : « Épouse scélérate, paie de ta vie le châtiment de tes crimes! » et, chose encore plus forte, penser réellement ce qu'il criait ainsi, se précipiter sur les coupables, massacrer épouses, amants, parents et *tutti quanti*, et demeurer seul, impuni et sans remords; en ces temps heureux l'acte suivait de près la pensée : « Je te hais », crac! un coup de poignard; et voilà l'ennemi (ou l'ami) étendu par terre dans une mare de sang; on ne réfléchissait pas tant, le premier mouvement était toujours le meilleur; alors, la vie n'était pas ridicule comme aujourd'hui, elle était tragique; c'était pour de bon qu'on mourait et qu'on tuait, qu'on aimait et qu'on haïssait; on versait de vraies larmes sur de vrais malheurs; tous les hommes étaient faits de chair et d'os et attachés au réel comme les arbres à la terre. » Peu à peu s'évanouissait l'ironie et demeurait le regret; il aurait voulu vivre en ces âges tragiques, éprouver ces grandes haines dévastatrices, s'élever à ces sentiments sans bornes... mais il était enchaîné à son temps et à sa vie, au ras du sol.

Il songeait et fumait; son étui à cigarettes était presque vide; il y avait peut-être deux heures qu'il était là, assis dans l'antichambre; il s'était levé tard et avait fait une toilette minutieuse; chemise, gilet, cravate avaient été choisis avec le plus grand soin — et dans l'intention de se consoler de ses misères en se haussant à l'élégance impeccable des figures de gravures anglaises.

Il aimait ces gentlemen debout à côté de leur torpédo, vêtus d'amples raglans, mentons glabres perdus dans de chaudes écharpes de laine; il aimait le décor élégant et banal d'un cottage enfoui sous la verdure, les arbres aux feuillages arrondis et mous comme des nuages; il était séduit par les gestes de ces beaux messieurs, par leurs nœuds de cravates, leurs plis de pantalons, leurs monocles et leurs lainages.

Assis dans son fauteuil, il affectait une attitude aristocratique : jambes croisées, pantalon irréprochable, relevé sur des chaussettes de laine, les cheveux peignés et lissés, la tête légèrement inclinée sur l'épaule, vers la cigarette qu'il tenait entre deux doigts d'une main languissante; sur sa figure douce, rasée et ovale, des reflets d'ironie alternaient avec des expressions plus moroses, comme l'ombre et la lumière sur le visage d'une statue.

Carla monta lentement l'escalier; elle revenait du tennis. Elle portait un pull-over multicolore sur une petite jupe blanche à plis; elle avait son manteau sur le bras, tenait à la main sa raquette et un petit filet rempli de balles; elle souriait :

— Où est maman ? cria-t-elle avant d'arriver aux dernières marches.

Elle finit de monter, s'arrêta devant Michel :

— J'ai rencontré Pippo Berardi. Ils nous invitent à dîner, maman et moi; et après ils nous emmèneront au bal; tu pourras nous y rejoindre si tu veux.

Elle se tut. Michel fumait et ne disait rien.

— Qu'est-ce que tu as ? demanda-t-elle, se sentant observée, pourquoi me regardes-tu comme ça ?

Sa voix résonnait dans l'antichambre vide avec une inflexion de mélancolie et d'espoir qui semblait un étrange défi. Sa nouvelle vie commençait;

tous avaient à l'apprendre. Mais cette éphémère vigueur était traversée d'un malaise intolérable qui la terrassait, lui faisait souhaiter de fermer les yeux et de s'étendre, les bras en croix, dans la nuit d'un sommeil profond. La mère entra.

— Sais-tu, maman, répéta Carla d'une voix lointaine et déjà moins gaie, les Berardi nous invitent à dîner... et puis... ils nous emmènent au bal.

— Bon, dit la mère sans enthousiasme; elle avait le nez rouge et glacé; son visage, sans poudre, luisait un peu; un regard froid glissait sous ses paupières pathétiques... En ce cas, ajouta-t-elle, il faudra nous costumer de bonne heure.

Elle s'assit.

— Et toi, dit-elle à Michel, j'ai à te parler.

Carla sortit. Michel feignit une stupeur exagérée :

— A me parler ?... Et de quoi ?

La mère secoua la tête : « Tu le sais mieux que moi... hier soir, tu as lancé ce cendrier contre Léo... heureusement c'est moi que tu as atteinte... j'en porte encore la marque...

Elle fit le geste de dénuder son épaule, mais son fils l'arrêta.

— Non, dit-il avec dégoût, non, je t'en prie, pas d'exhibitions inutiles... je ne suis pas Léo.

Il y eut un silence. La figure de la mère se contracta, son regard s'assombrit; elle resta, une main levée contre sa poitrine, dans une attitude pleine de dignité, semblable à une madone désignant son cœur transpercé; après avoir été risible, son mouvement devenait presque profond; c'était comme si la mère avait voulu montrer une autre blessure que celle produite par le cendrier. Quelle blessure ? Michel n'aurait su le dire, et déjà cette attitude se décomposait; la femme parlait :

— Je ne veux que ton bien, dit-elle d'une voix

altérée. Qu'as-tu, Michel ? Dis-moi ce que tu as ?

— Je n'ai rien.

Son malaise augmentait. « Elle devrait le savoir, ce que j'ai », pensait-il, exaspéré et ému; la voix larmoyante de sa mère le faisait frissonner. « Si elle continue sur ce ton elle va devenir touchante et ridicule... Il faut endiguer à tout prix ce flot de romantisme... je ne veux pas la voir pleurer, crier ni supplier... à aucun prix. »

— Michel, poursuivait-elle, fais un plaisir à ta mère.

— Mille, interrompit le garçon d'un air aimable.

— Eh bien ! dit-elle un peu rassérénée et se méprenant sur cette ironie, donne-moi une preuve de ta bonne volonté... par exemple, aie un peu d'amitié pour Léo, ou au moins fais semblant d'en avoir... regarde... je me contente de cela.

Silence.

— Et lui ? demanda Michel, le visage durci, lui en a-t-il pour moi ?

— Lui ? fit la mère avec un rire jeune, émouvant à force d'ingénuité et d'illusion; il t'aime comme un père.

— Ah ! mais vraiment ?

Michel demeurait stupide. Tant de bonne foi, tant d'incompréhension le décourageaient. « Rien à faire, pensa-t-il, cette vie, c'est son domaine... » Il vivait dans le monde de sa mère, monde déformé, faux à faire grincer les dents, amèrement grotesque, où il n'y avait pas place pour lui ni pour sa clairvoyance.

— Lui, poursuivit la mère avec le même rire clair et triomphant, c'est le meilleur homme de la terre.

Pour le coup, il n'y avait plus rien à dire. La terre elle-même, outragée, allait cesser de tourner. Michel se résignait et gardait le silence.

— Souvent il me parle de toi... de ses préoccupations, de ses espérances...

— Je l'en remercie, interrompit le garçon.

— Tu ne le crois pas ? Écoute : pas plus tard qu'avant-hier il m'exposait ses plans concernant vous deux, Carla et toi... Vous auriez dû l'entendre pour comprendre jusqu'où va la bonté de cet homme-là. « Je sais bien, me disait-il (et ici la mère prit un air compoint comme pour réciter une prière), que Michel ne m'aime pas beaucoup, mais n'importe... je n'en veux pas moins son bonheur... Bientôt Carla sera mariée et il faudra que lui aussi s'établisse, qu'il se mette au travail. Alors (tu entends ?), alors, recommandations, appuis, coups d'épaule, je n'épargnerai rien pour lui. »

— Il a dit cela ? demanda Michel, intéressé : son indifférence cédait à ces séductions comme une femme facile à qui on pince les flancs et la poitrine; il cédait avec un sourire complaisant. « Et si c'était vrai, pensait-il, si Léo voulait réellement m'aider à devenir quelque chose, à devenir... riche ? » Cet espoir fit jaillir comme un éclair, dans son imagination excitée, les formes de ses désirs et de ses envies : les femmes de luxe aux précieux sourires, les voyages, les hôtels, une vie intense partagée entre les divertissements et les affaires... de même sur l'écran du cinématographe, devant les yeux écarquillés de la foule, défilent, au rythme triomphal et nostalgique de l'orchestre, les grandes métropoles et toutes leurs richesses, les paysages lointains, les aventures, les femmes les plus belles, les hommes les plus fortunés. Au rythme de son cœur chimérique, le film de ses ambitions se déroulait, toujours plus rapide... Sur l'écran de sa fantaisie, les images se succédaient, se confondaient, chevauchaient l'une sur l'autre... Course folle d'espérances qui ôte le souffle, fait trembler l'âme, la remplit d'illusion et la laisse enfin retomber dans une réalité médiocre; exactement comme au cinéma, quand on rallume les lumières dans la salle et que les spectateurs se regardent les uns les autres avec des expressions désenchantées et amères.

« Si c'était vrai, se redisait-il, si c'était vrai ? »

— Voilà ce qu'il a dit, continuait Marie-Grâce, et bien d'autres choses encore. Il est bon, ajouta-t-elle après un instant de silence, regardant devant elle comme si elle eût pu voir Léo et sa bonté, côte à côte, là, au milieu de l'antichambre... — il est vraiment bon... Bien sûr, il a ses défauts lui aussi, mais que celui qui n'en a pas lui jette la première pierre... il ne faut pas juger sur l'apparence : c'est un homme qui se livre peu, il est brusque, il ne dit pas tout ce qu'il pense, il cache ses propres sentiments, mais il faut le connaître dans l'intimité...

« Tu le connais, toi », pensa Michel, amusé et irrité.

— ... pour savoir combien il peut être gai, expansif, affectueux. Je me rappelle encore le temps, ajouta-t-elle avec un sourire très tendre, où il vous tenait sur ses genoux, Carla et toi. Vous étiez petits... il vous fourrait des chocolats plein les mains et plein la bouche... Quelquefois je le surprenais jouant avec vous... il jouait avec vous comme un enfant...

Michel sourit de pitié :

— Et dis-moi, demanda-t-il pour endiguer ce flot de souvenirs intimes, il a vraiment dit qu'il m'aiderait ?

— Bien sûr, fit la mère, un peu décontenancée, bien sûr qu'il t'aidera... A peine tes examens passés... il a tellement de relations, d'amitiés dans les hautes sphères... (Elle leva les mains en l'air comme pour indiquer les sommets sur lesquels les « relations » de son amant trônaient, fières et hautaines.) Bien sûr, qu'il t'aidera...

Déjà un sourire plus complaisant errait sur les lèvres de Michel. Ce bon, cet excellent Léo! Sa mère avait raison; au fond, Léo était un homme pratique; bourru, mais un cœur d'or... Un beau jour, il irait chez lui et lui dirait : « Écoute, Léo, écris-moi un mot de recommandation pour un tel... tu sais, ce gros personnage... » Ou bien : « S'il te plaît, Léo, tu n'aurais pas cent mille lires à me prêter ? » et Léo : « Tout de suite, Michel... assieds-toi... voici la lettre et voilà l'argent... tu le veux en chèque ou en espèces ?... Et quand il t'en faudra encore », ajouterait-il affectueusement en le raccompagnant à la porte et en lui donnant une petite tape sur l'épaule, « reviens, ne te gêne pas... j'ai promis à ta mère que je te soutiendrais dans la vie, toujours et partout. » Ah! Léo, Léo, homme fort, ami sûr et excellent!... L'affection gonflait l'âme de Michel. Mille petits faits lui revenaient à la mémoire, mille anecdotes, où Léo apparaissait modeste, pratique et généreux, débordant de bonne humeur et de bon sens, triste ou gai, jamais ridicule : une figure malicieuse et bourrue, mais paternelle et somme toute exemplaire.

— Oui, continuait la mère, heureuse et triomphante, oui, il t'aidera, mais à condition que tu sois plus gentil avec lui... autrement il pourrait finir par se fâcher... Regarde Carla, prends modèle... jamais un mot de trop, jamais un geste hors de propos... Et lui... il s'est beaucoup attaché à elle.

— Ah! il s'est attaché à elle ?... interrompit Michel, de plus en plus intéressé.

— Parfaitement... et à tel point qu'il pense à elle comme à sa propre fille. Par exemple, il a compris qu'il fallait la marier... maintenant ou jamais... et il s'en occupe... Regarde un peu... hier, justement, il m'en parlait, au Ritz, il me disait que Pippo Berardi serait un bon parti...

— Il est si laid... s'écria Michel.

— Une laideur sympathique... Enfin, comme tu vois, conclut la mère, il ne faut pas nous le laisser prendre, notre Léo.

« Notre Léo! » répéta tout bas le garçon avec un frémissement de joie.

— Il faut le retenir, ne pas l'éloigner de nous par de mauvaises paroles, ou, pis encore, en lui jetant des cendriers à la tête.

Complètement rassérénée, elle prit la main de Michel :

— Alors, c'est promis, n'est-ce pas ? tu seras gentil avec Léo ?

Sa voix tremblait d'une émotion soudaine et sincère; son cœur s'ouvrait, pareil à un coffre plein d'amour qu'elle aurait voulu, dans cet élan de tendresse, renverser sur tout le monde : sur Léo, sur Carla, sur Michel, sur Pippo Berardi...

— Tu me le promets, Michelot ?...

Ce diminutif, c'était pour elle le petit garçon aux yeux clairs des années d'autrefois, sa jeunesse. Michelot, c'était son vrai fils...

— Mais oui, répondit Michel, que ces yeux luisants d'émotion mettaient mal à l'aise, oui, je te le promets...

Mais il comprenait, trop tard, qu'avec toute sa clairvoyance il s'était perdu dans la passion de sa mère comme dans un taillis obscur.

Carla entra :

— Que faites-vous ? demanda-t-elle, je vous croyais à table.

— Rien, dit Michel, déjà repenti de sa promesse, on causait.

— Oui, expliqua la mère aussitôt loquace, j'étais en train de lui dire qu'il devrait être plus gentil avec Léo... Est-ce que tu ne crois pas que j'ai raison, Carla ?... Léo nous fait constamment des amabilités, c'est un vieil ami de la maison. Il vous a vu grandir... il ne faut pas le traiter comme le premier venu...

Sans bouger, debout au milieu de l'antichambre, Carla regardait sa mère; alors, pour la première fois, en la voyant à ce point aveugle et inoffensive, elle comprit qu'elle l'avait trahie. « Que dirais-tu, pensa-t-elle, si tu savais ?... »

— Je crois, répondit-elle enfin d'une voix grave, en fermant à demi les yeux, qu'il faut être gentil avec tout le monde.

— Voilà !... Carla est tout à fait de mon avis... Viens ici, Carla, viens ici que je te voie. (Avec une soudaine tendresse, elle l'attira à elle, la fit asseoir sur le bras de son fauteuil, lui passa la main sur les joues.) Ma petite fille, il me semble que tu es un peu pâle... tu as bien dormi ?

— Très bien.

— Moi non, dit la mère avec ingénuité. J'ai fait un rêve terrible... Il me semblait voir un monsieur très gros, assis dans un coin... Moi, je me promenais de long en large en pensant à diverses choses. Finalement, je m'approche du monsieur et je lui demande l'heure qu'il est... il ne répond pas. Je me dis : il doit être sourd, et je m'apprête à m'éloigner, quand je m'aperçois qu'il a les yeux tellement enfoncés dans la chair que c'est à peine s'il peut voir... les paupières sont gonflées, le front touche les pommettes, on devine tout juste quelque chose de clair qui épie et se meut entre deux plis de graisse... En somme une horreur... Apitoyée, je lui demande ce qu'il a et il me répond qu'à force d'engraisser il finira par ne plus y voir du tout... Je lui dis : « Vous devriez manger moins », ou quelque chose d'approchant. Pas de réponse... Alors je pense qu'il faudrait à tout prix lui ouvrir les yeux « pour qu'il puisse voir »; déjà j'étends la main pour séparer ces bourrelets de lard qui lui obstruent la vue, quand il commence à neiger... La neige tombe, si serrée et si violente que bientôt je n'y vois plus; j'en ai plein les yeux, les cheveux, les oreilles; je ne fais que trébucher, tomber, me relever et j'ai froid à en claquer des dents... Enfin je me réveille et je m'aperçois que le vent a ouvert la fenêtre toute grande... C'est bizarre, n'est-ce pas... On dit qu'on peut expliquer les rêves... Je voudrais bien savoir le sens de celui-là.

— Rêve hivernal, prononça Michel. Et si nous allions manger, maintenant ?

Ils se levèrent.

— Vraiment, Carla, insista la mère, tu es très pâle. Tu t'es peut-être trop fatiguée au tennis ?

— Mais non, maman.

Ils descendirent en silence.

Ils s'assirent tous les trois, dans la froide salle à manger, autour de la table trop grande. Ils mangeaient, courbés sur leurs assiettes, avec des gestes compassés et déférents, comme des prêtres célébrant un rite; ils ne parlaient pas; le silence n'était troublé que par le tintement léger des cuillers et des fourchettes qui sous ce jour blanc, entre ces murs blancs, faisait penser au bruit des instruments chirurgicaux que l'on jette dans des bassins au cours d'une opération. Silence froid et sans intimité qui chagrinait la mère, sociable et loquace.

— Personne ne dit rien ? s'écria-t-elle tout à coup, souriante. Un ange passe, comme on dit... Enfin avouez-le... quand Léo n'est pas là, on s'en aperçoit. Il nous manque.

— Léo... murmura Michel, pensif, oui, bien sûr.

Carla leva la tête : « Il te manque maintenant, pensait-elle, et puis ? Comment feras-tu quand tu ne le verras plus du tout ? »

Elle se sentait légère et troublée, comme celle qui va partir et qui s'assied pour la dernière fois à la table de famille, mangeant à la hâte, dans la pensée de l'imminent voyage... Par contraste, sa mère lui apparaissait fixée à sa chaise pour toujours, pétrifiée dans cette attitude, les lèvres à jamais ouvertes pour cette parole de regret : « Il nous manque... » Voilà ce qu'elle répéterait encore dans dix ans, dans vingt ans, assise là, au haut bout de la table, en songeant à l'amant perdu.

— C'est un fait, dit la mère comme si quelqu'un eût mis cette vérité en doute, qu'on est plus gai quand il est ici... hier, par exemple... que n'a-t-on pas dit ?... que n'a-t-on pas fait ?... Il ne tarissait pas.

— S'il te manque tellement, dit Michel avec un sourire moqueur, si tu ne peux réellement pas t'en passer, invite-le tous les jours... on pourrait même carrément le prendre en pension.

— Quelle bêtise! répondit la mère irritée, devinant l'ironie; je n'ai pas voulu dire que je ne pourrais pas me passer de lui, non...

« Mais c'est la vérité », pensa Michel.

— ... mais simplement que j'aime sa société parce qu'il est gai, aimable, amusant... voilà tout.

Elle se tut et se remit à manger. Puis :

— Parlons d'autre chose, dit-elle. Carla, qui t'a fait l'invitation ? Pippo ou les autres ?

— Pippo.

— Ah! Il était au tennis... et vous êtes restés longtemps ensemble ?

— Une demi-heure.

— Seulement une demi-heure? répéta la mère, déçue. Et de quoi avez-vous parlé ?

— Rien de particulier, répondit Carla en posant sa fourchette. On regardait la partie.

Un silence. La femme de chambre changea les assiettes.

— Et... comment le trouves-tu ? insista la mère.

— Hum... comme ça, répondit Carla vaguement.

— Et toi, Michel, comment le trouves-tu ?

— Une laideur sympathique.

Marie-Grâce reconnut sa propre formule; elle porta autour d'elle des regards insatisfaits, comme pour solliciter d'autres avis :

— C'est un garçon intelligent et cultivé, il a beaucoup voyagé, il connaît beaucoup de gens... Je crois, ajouta-t-elle avec une grossière malice, qu'il a un faible pour toi, Carla.

— Ah! oui ?

— Ils doivent être riches, continua la mère, suivant la logique de ses idées, très riches...

Michel avait envie de conclure ironiquement : « Et, par conséquent, ce serait un bon mariage. » Mais il se tut. Il considérait toutes ces erreurs avec la curiosité sereine d'un spectateur étranger et lointain.

— Ils ont cinq automobiles, ajouta la mère avec une exagération évidente.

— Dix, prononça tranquillement Michel sans relever la tête, dix automobiles.

— Non, rectifia Carla, ils n'en ont que trois : celle de Pippo, celle du père et la petite voiture des jeunes filles.

La femme de chambre entra avec le second plat, sauvant juste à temps la situation déjà critique de la mère.

— Mme Berardi me disait, reprit-elle en se servant, que, rien que pour les toilettes de Mary et de Fanny, elle dépense quatre-vingt mille lires par an.

Là encore l'exagération était évidente, mais

Michel ne la releva pas. Aussi bien, à quoi cela eût-il servi ? Il y a des choses qui sont sans remèdes.

— Elles sont gentiment habillées, admit Carla sans envie, mais avec une pointe de mélancolie à la pensée de sa propre garde-robe, hélas ! bien pauvre.

Un blanc malaise l'opprimait; un blanc fantôme, une blanche langueur qui, par les fenêtres voilées, se glissait dans la pièce, serrait son cœur tremblant dans une énorme main de coton; à chaque étreinte, l'ouate cédait avec un crissement, ses yeux s'embrumaient et, autour d'elle, tout devenait blanc, d'une blancheur dense et éclatante, au sein de laquelle les voix solitaires de sa mère et de Michel se désarticulaient, se distendaient en longues voyelles, comme les voix d'un phonographe lorsqu'on ralentit le mouvement du disque. Alors, spontanément, se reconstruisait quelque geste de la nuit passée; de ce brouillard, où restaient engloutis son visage et son corps, la main de Léo émergeait, se tendait vers ses seins lourds et sensibles, vers son ventre étroit; immobile, elle avait l'illusion de frémir; puis le brouillard se dissipait et, dans leur réalité, plus plastique et plus dure après de tels abandons, réapparaissaient à ses yeux sa mère, Michel et la femme de chambre qui lui tendait le plat. Elle refusa d'un geste mou.

— Pourquoi ne manges-tu pas, Carla ?

— Parce que...

Elle n'avait pas faim, parmi toutes ces choses affamées de sa vie; en réalité, cette pièce où elle aurait dû se nourrir s'était nourrie d'elle, tous ces objets inanimés avaient sucé, jour après jour, sa vie, plus opiniâtres dans leur ténacité qu'elle-même dans ses tentatives de libération : dans le bois sombre des crédences pansues coulait le meilleur de son sang; dans cette lumière éternellement blanche s'était dissous le lait de sa chair, et là, dans le miroir ancien, juste en face d'elle, était restée prisonnière l'image de son adolescence.

— Parce que... ce n'est pas une explication, insista la mère. (Elle mangeait avec avidité, regardant chaque bouchée avant de l'introduire dans sa bouche.) Le père gagne beaucoup d'argent, ajouta-t-elle, poursuivant son interminable apologie.

— Industriel, récita Michel en se versant du vin : cotons bruts et travaillés, cotons imprimés.

— Industriel! Ah! un homme intelligent et énergique; il est parti de rien, il s'est fait lui-même.

La mère but, s'essuya les lèvres et finalement fixa Michel d'un œil inerte, avec une curieuse expression de satiété.

— Il est commandeur, dit-elle.

— Ah! Pas possible! fit le garçon, stupéfait. Berardi est commandeur ? Et pourquoi donc ?

— Comment veux-tu que je le sache ? dit la mère, qui n'avait rien compris; il a dû rendre quelque service à l'État.

— Mais quand? où? comment ? insista Michel avec le plus grand sérieux.

— Je n'en sais rien. (Elle baissa la tête pour manger, puis la releva; aucune lueur de compréhension ne brillait dans ses yeux.) Oui... commandeur.

Pour redire ce mot, elle prit une attitude noble et distante. Puis, brusquement :

— Carla, je t'observais, l'autre jour, pendant que tu dansais avec Pippo... tu me paraissais froide, rigide... tu dansais comme une poupée mécanique... et d'ailleurs, les tours suivants, il ne t'a plus invitée.

— Je n'étais pas froide, répondit Carla d'un ton assez vif, c'était lui qui était trop chaud... il me tenait des discours indécents. Alors je l'ai prié de se taire, et nous avons continué à danser sans rien nous dire...

Incrédule, la mère secouait la tête :

— Allons, allons, dit-elle avec un sourire pénétrant, qu'aura-t-il dit de si indécent ?... Toujours les mêmes bêtises que les jeunes gens racontent aux jeunes filles. Avoue plutôt, Carla, que tu as du parti pris contre ce garçon...

La femme de chambre apportait les fruits. Carla attendit qu'elle fût sortie, prit une pomme, la regarda et commença d'une voix posée, sans lever la tête :

— D'abord, il m'a fait des compliments sur ta beauté.

— Sur ma beauté ? interrompit la mère, flattée.

— Oui. Après quoi, il m'a demandé si je voudrais venir le voir dans son studio... Je lui ai demandé à quoi il travaillait; il m'a répondu qu'il s'occupait surtout du nu féminin.

— Eh bien! quel mal y a-t-il ? intervint la mère, du moment qu'il est peintre.

— Attends... Alors, moi, naïvement, je lui demande s'il fait du dessin ou de la peinture... Il se met à rire et, de sa voix maniérée, me répond : « Mademoiselle! Je ne sais même pas tenir un crayon!... » Je lui demande : « Et alors ?... » Et lui de rire de plus belle : « Venez, dit-il, venez quand même et, quant à votre académie, soyez tranquille, nous en ferons quelque chose... » Cette proposition était accompagnée d'un clignement d'œil significatif.

Ici Carla interrompit son récit, fixa avec une gravité comique sa mère stupéfaite et soudain lui adressa une œillade des plus ridicules :

— Comme ça!... Et il réitère sa proposition... Il n'obtient de moi qu'un « non », tout sec... et lui... sans cacher son étonnement, s'écrie : « Vous n'allez pas me dire que ce serait la première fois ? »

Tu comprends ? Il me croyait une habituée des ateliers d'artistes... Naturellement, je ne lui ai rien répondu, et nous en sommes restés là...

Cette révélation fut suivie d'un silence impressionnant; la mère très digne et un peu ridicule — comme si Pippo se fût trouvé là en personne et lui eût manqué de respect, l'eût insultée ou, pis encore, l'eût bousculée au point de détruire une de ses attitudes majestueuses — incarnait le courroux et la stupeur. Michel regardait Carla d'un air hébété; cette histoire l'avait surpris au beau milieu de sa plus belle indifférence; il aurait voulu se persuader de l'infamie de Pippo, de l'outrage fait à sa sœur, mais il n'y parvenait pas : tout cela se dérobait à son examen, restait étranger à ses yeux, à son cœur... C'était un peu comme s'il eût voulu s'indigner du viol de Lucrèce; il se disait : « C'est énorme », mais en même temps il avait conscience de ne pas bien voir en quoi consistait cette énormité.

Marie-Grâce parut enfin retrouver l'usage de la parole et, de sa bouche tordue de dégoût, laissa tomber une injure véhémente :

— Quel mufle!

— Le fait est, maman, reprit Carla sans relever la tête, que l'on dit beaucoup de mal de moi...

Son calme était parfait : elle pensait que les mauvaises langues triompheraient bientôt; ou elle s'enfuirait avec Léo ou elle se laisserait prendre, il en était toujours ainsi; résignée au scandale, elle semblait avoir perdu toute foi en sa vie nouvelle.

— Sinon, ajouta-t-elle tristement, pourquoi Pippo m'aurait-il parlé de la sorte ?

Michel ne perdait pas sa sœur du regard; elle lui paraissait chagrinée et inoffensive... mais il ne savait comment aller au delà de cette constatation émue :

« Voyons, se disait-il, sans se rendre compte

du ridicule de cette question, ne devrais-je pas m'indigner ? » Il se sentait froid et plutôt disposé à raisonner; il examinait Carla; il la trouvait séduisante; il comprenait mieux les désirs de Pippo que la révolte provoquée par eux : « C'est une belle fille, pensa-t-il avec une abjection superficielle; il n'a pas mauvais goût, ce Pippo... il l'a bien regardée... Et puis, après tout, il est possible qu'il ait eu raison de penser que ce n'aurait pas été la première fois... » Avec une fantaisie détachée et froide, il imaginait sa sœur entre les bras d'un homme, blottie contre sa poitrine, à demi nue, les jambes croisées, les cheveux en désordre... Tout à fait possible... Elle était femme, elle aussi... elle devait avoir ses instincts... ses sympathies. Physiquement, elle était très développée; pourquoi aurait-elle gardé un tempérament de petite fille ?... Il se rappelait l'avoir entrevue un jour sans le vouloir, au moment où elle sortait du bain; il en gardait le souvenir d'un long torse blanc, courbé sous la grosse tête indolente et mouillée, et de quelque chose qui ressemblait à un fruit pesant et pâle, un sein, que l'attitude de la baigneuse faisait pendre en avant, sous l'aisselle brune. « Suzanne au bain », avait-il pensé en se retirant discrètement; et voilà que Pippo... eh! eh! ce Pippo... il n'avait pas si mauvais goût.

Tout à ces pensées ironiques, il se taisait quand soudain il se rendit compte qu'il était de son devoir de dire son mot; que ces pénibles circonstances exigeaient impérieusement de lui qu'il exprimât une indignation sincère et proportionnée à l'outrage. Sinon, une fois de plus, il retombait dans cette indifférence mortelle qui l'empêchait d'agir et de vivre comme tous les hommes; il avait assez joué avec ses fantômes; il s'agissait maintenant d'entrer une bonne fois, de plain-pied, dans la tragédie. Maintenant ou jamais.

Il regarda sa mère :

— Tu as raison, quel mufle!

Sa propre voix le glaça : elle était froide et banale; il avait l'air de dire « bonjour » ou « quelle heure est-il ? ». Alors il donna du poing sur la table :

— Mais moi, cria-t-il avec une véhémence aiguë et tout extérieure, je suis encore capable d'aller chez lui et de lui assener une bonne paire de gifles.

Levant les yeux, il se vit dans la glace de Venise, fixée au mur en face de lui : était-ce la sienne ou celle d'un autre, cette figure aux yeux hypocrites, qui le regardait de bas en haut et qui semblait lui dire : « Mais non, tu n'en es pas capable » ?

La mère ne parut pas remarquer cet éclat d'indignation fraternelle :

— Tout le monde sait ce qu'ils sont, disait-elle : des enrichis... des parvenus, rien de plus.

Mais Carla avait entendu. Elle se tourna vers Michel :

— Je te remercie bien, dit-elle, mais je me suis chargée de le remettre à sa place... il vaut mieux que tu me laisses faire.

Cette sérénité accrut le besoin de colère de Michel :

— Te laisser faire! s'écria-t-il (et il remarqua, avec satisfaction, qu'il commençait à s'émouvoir); tu ne crois pas que, si je lui disais deux mots, il comprendrait mieux qu'il s'est grossièrement trompé ?

— Je t'en prie, répéta Carla en l'observant attentivement, laisse-moi faire.

C'était la première fois qu'il lui était donné de voir Michel sous cet aspect et dans ce rôle de frère vengeur; elle trouvait d'ailleurs son jeu lourd et exagéré, comme celui d'un mauvais acteur de province. « Et s'il savait que je me suis donnée à Léo, pensa-t-elle, un peu troublée, que ferait-il ? » Elle regarda son frère. Il se taisait maintenant, penchant sur son assiette sa tête aux cheveux lissés; il se taisait, il semblait réfléchir; ses doigts s'occupaient à rouler des boulettes de mie de pain; rien ne trahissait ses violentes intentions. « Que ferait-il? » Un subtil malaise avertissait Carla qu'il y avait quelque chose de faux dans l'attitude de son frère, dans ses propos, dans ce coup de poing sur la table; elle ne savait pourquoi... et, quand Michel leva les yeux, elle crut y surprendre un triste et honteux secret; elle frissonna; le blanc fantôme de tout à l'heure s'emparait à nouveau de son cœur; la même vague de blancheur envahissait toute la pièce; sa mère parlait dans un brouillard.

Le repas était fini :

— Et aujourd'hui, maman, demanda Carla en allumant une cigarette, que comptes-tu faire ?

Elle attendit la réponse avec une certaine anxiété : « Pourvu qu'elle ne me propose pas de l'accompagner », pensa-t-elle. Elle voulait passer l'après-midi chez son amant; elle comprenait que désormais elle ne pourrait plus s'en passer; l'habitude déjà se substituait au désir d'une nouvelle vie; elle éprouvait une impatience avide et douloureuse de retourner dans cette chambre, de se retrouver aux côtés de cet homme.

— Moi ? fit la mère d'un ton détaché et distant, je n'en sais rien... je crois que j'irai faire des achats...

Elle se tut, abaissant ses regards vers le bout allumé de sa cigarette.

— Et toi ?

Son cœur mûr et plein d'illusion battait. Ce jour serait son jour; son amant reviendrait à elle, à sa vieille mais sûre tendresse, comme tant d'autres fois (et elle tirait de son expérience une source d'espoir et de consolation), après d'éphémères erreurs.

— Moi ? répondit Carla du même ton détaché que sa mère : Je suis invitée à prendre le thé chez Clairette.

Elles se turent toutes deux, baissant les yeux comme pour cacher leurs regards modestement triomphants et satisfaits; une même expression de soulagement et de sérénité se répandit sur les deux visages — sur les traits fatigués de la mère et sur les traits puérils de la fille; toutes deux portaient dans leur cœur l'image de leur amant commun, et c'est vers lui qu'en ce même instant l'âme de chacune s'inclinait comme pour lui dire : « Regarde, cher... le tour est joué... personne ne nous troublera. »

Ils se levèrent, quittèrent la salle à manger; Marie-Grâce entra la première au salon, frissonnant et frottant l'une contre l'autre ses mains glacées; et aussitôt, d'un ton surpris, elle s'écria :

— Tiens, Merumeci!

Elle alla à sa rencontre et lui serra les mains.

— Il y a longtemps que vous nous attendez ? demanda-t-elle.

Carla entra à son tour et, elle aussi, poussa une exclamation joyeuse : « Léo! » Michel arriva le dernier, salua d'un geste de la main, s'arrêta sur la porte pour allumer sa cigarette et ressortit.

— Eh bien! demanda la mère en s'asseyant et en se frottant les mains encore plus fort, mais en signe de contentement, eh bien!... quel bon vent vous amène ?

— Ce n'est pas le vent, c'est ma voiture, répondit spirituellement Léo; les deux femmes eurent le rire cordial des gens rassasiés qui, après le repas, écoutent volontiers des plaisanteries idiotes. L'homme regarda Marie-Grâce et ajouta d'un ton plus sérieux :

— J'ai reçu votre mot et je voulais vous téléphoner, mais j'ai su quel ennui...

— Et vous êtes venu. C'est très gentil. Écoute, Carla, va prévenir qu'il faut du café pour quatre.

Carla se leva et sortit les yeux baissés.

— Et maintenant, dit la mère avec un sourire enjôleur et une attitude plus confidentielle, dis-moi... as-tu pensé à la réponse que tu dois me donner.

— Oui, répondit Léo en considérant avec attention la cendre de son cigare.

— Eh bien ? demanda la mère insinuante et inquiète; eh bien ! Lulu ? (Brusquement, elle se leva. Avec le visage anxieux, tendre, excité d'une femme qui veut arracher quelque confidence, faire un geste intime, elle s'avança vers lui, passa derrière son dos, lui jeta les bras autour du cou et pencha la tête jusqu'à effleurer de sa joue celle de son amant.) Alors, ta réponse ?

Importuné, Léo inclina la tête de côté :

— Alors, rien du tout, répondit-il sans quitter des yeux son cigare; la femme lui prit une main et se la passa sur la figure, y frottant comme un chien fidèle son nez froid et sa bouche molle.

— Tu m'aimes ? demanda-t-elle à voix basse.

Puis, d'un ton soudain plus léger, comme si elle eût entrevu le péril de cet excès de sentiment :

— Je viendrai, mais tu seras sage, très sage.

Inconsciemment, elle répétait les paroles mêmes qu'elle avait dites à Léo la première fois que celui-ci, sous un prétexte quelconque, l'avait invitée à venir chez lui. « Très sage! » avait-elle dit alors, avec un brillant sourire, en pénétrant dans le vestibule de l'appartement de Léo; quinze ans avaient passé; cette sagesse hypocritement invoquée, elle était venue enfin : « très sage », Léo tentait de se dégager du peccamineux embrassement.

— Nous serons gentils, ajouta-t-elle en baisant avec attention cette main inerte; nous serons de bons petits enfants. (Elle lui mordit le pouce et se passa la langue sur les lèvres.) De bons petits enfants, redit-elle avec une expression gourmande, savourant d'avance le rite complaisant que cette phrase sous-entendait : ces syllabes, elle les prononçait avec un frémissement de plaisir, les accompagnant d'un petit geste menaçant du doigt et d'un air qui voulait être espiègle chaque fois qu'après s'être étendue, blanche et grasse, sur la couverture jaune du lit, elle appelait son amant auprès d'elle; et lui répondait joyeusement, avec le même geste d'admonition : « Nous serons de bons petits enfants! » Et là-dessus leur compliqué et luxurieux amour commençait.

Mais Léo secoua la tête :

— Je suis obligé de te dire, Marie-Grâce, murmura-t-il sans le moindre embarras, qu'il est impossible que nous nous voyions aujourd'hui... tout à fait impossible... un rendez-vous d'affaire urgent.

Il regardait toujours son cigare; une expression déçue, stupide et dolente, tordit le visage de la femme; mais elle garda son attitude de tendresse :

— Ce qui veut dire, insista-t-elle, hésitante, qu'aujourd'hui je ne te verrai pas.

— Dame!

L'embrassement se dénoua; Marie-Grâce posa ses mains sur les épaules de Léo; son visage se durcit :

— Moi, je ne te verrai pas, siffla-t-elle faiblement, mais avec une extraordinaire intensité, moi, non. Par contre une femme comme Lisa, oui... Pour ces femmes de cette espèce, rien n'est impossible... On envoie promener les affaires les plus urgentes... on se fait beau... on est tout frémissant... tout bouillant... Eh bien! Lulu, à ton aise!

Elle se pencha sur lui et, du bout des doigts, en serrant les dents, lui pinça le bras de toutes ses forces.

Léo haussa les épaules avec fureur, se frotta la partie endolorie, mais ne dit rien; il suivait le balancement d'un de ses pieds, tantôt d'un œil, tantôt de l'autre, et semblait très absorbé par cette occupation.

— Mais sais-tu ce que je te dis, fit-elle en le fixant : tu as raison... tu as cent fois, mille fois raison... Moi, je suis la stupide, la crétine, la bonne à rien... Mais toi, ajouta-t-elle fièrement, le buste dressé, le visage raidi, le bras tendu comme une personne qui voit loin, laisse-moi faire... Tous les nœuds viennent au peigne... demain, tu verras.

Elle prit du recul pour juger de l'effet de sa menace. Effet nul. La cafetière à la main, Carla entrait :

— Michel est sorti, dit-elle. Léo boira le café de Michel.

Elle remplit les tasses, les offrit, alla s'asseoir, et tous trois burent en silence.

— Une nouvelle qui vous fera plaisir... dit la mère en posant sa tasse vide. Ce matin, j'ai rencontré votre Lisa...

— Ma Lisa ? interrompit Léo en riant, et pourquoi est-elle à moi ? Depuis quand ?

— A bon entendeur, salut, dit la mère avec une expression fine et stupide. Et elle m'a chargée pour vous, ajouta-t-elle sans s'apercevoir qu'elle mentait, de ses meilleures, de ses plus affectueuses salutations.

— Je la remercie bien, répondit Léo sans sourire; mais je ne comprends pas, chère madame, ce que signifie tout cela.

— Pas de danger... vous me comprenez à merveille, dit la mère, toujours plus fine, et de l'air d'exclure Carla de cette compréhension merveilleuse; trop bien même... et pour l'amour du ciel, ne manquez pas un de vos rendez-vous... ce serait vraiment dommage.

Sa voix, ses lèvres tremblaient; Léo haussa les épaules sans répondre.

— De quoi s'agit-il ? demanda Carla en se penchant en avant; un trouble irraisonné précipitait les battements de son cœur; la respiration lui manquait, elle aurait voulu se lever, fuir ces êtres, ce salon, cette atmosphère.

— Il s'agit... expliqua la mère, s'efforçant de paraître désinvolte et jouant d'une main nerveuse avec son collier de perles fausses, il s'agit d'affaires. Notre Léo, ajouta-t-elle d'une voix plus haute, les yeux au plafond et en tiraillant son collier de plus belle, est, comme chacun sait, un homme d'affaires... très occupé... un homme d'affaires comme il y en a peu... oh! oh!

Elle éclata d'un rire convulsif et, brusquement, cassa son collier; quelques perles tombèrent sur le parquet avec un bruit sec. Raide, le buste droit, les mains sur les bras du fauteuil, Marie-Grâce laissait le collier se défaire et les perles rouler sur ses genoux; elle était très digne, théâtrale et, jusque dans son ridicule inné, tragique. Puis tout à coup, comme si en elle aussi un fil s'était rompu, elle pleura; de ses yeux peints, deux larmes impures glissèrent sur son visage, creusant dans la poudre leur humide sillon; deux autres suivirent... et du collier les perles continuaient à tomber sur ses genoux, comme des larmes. La robe, sur le corps immobile, formait de grands plis sculpturaux; larmes et perles se confondaient sur l'égale rigidité du visage et du corps, l'un et l'autre contractés et douloureux.

« Le diable emporte les femmes neurasthéniques! » avait pensé Léo quand le collier s'était brisé. Et maintenant, devant sa maîtresse en pleurs, il pensait : « Le diable emporte les larmes ! » En proie à un odieux embarras, il s'était remis à fixer la pointe de sa chaussure. Carla cependant s'était levée :

— Pourquoi ?... Qu'y a-t-il ?

Sa voix était froide; on lisait l'ennui sur son front. Léo eut l'impression que les pleurnicheries de Marie-Grâce ennuyaient la petite autant que lui-même. Cependant, d'un geste de la main et de la tête, la mère éloignait d'elle sa fille, craignant sans doute que celle-ci ne troublât l'attitude douloureuse qu'elle s'était si bien composée.

A ce moment, Michel ouvrit la porte; il était prêt à sortir : chapeau, canne, pardessus.

— Il y a là une femme qui te demande, dit-il à sa mère. Elle a un carton, je pense que c'est la couturière... — Mais, voyant que sa mère pleurait, il s'arrêta net :

— Qu'y a-t-il ?...

— Rien... rien, répondit la mère. (Elle se leva en hâte, laissant tomber ses perles sur le parquet, et se moucha bruyamment.) J'y vais.

Et rouge, un peu courbée comme pour cacher quelque chose, elle sortit.

— Qu'est-il encore arrivé ? insista Michel en regardant curieusement Léo.

Celui-ci haussa les épaules :

— Rien, répondit-il, elle a brisé son collier... et puis elle s'est mise à pleurer.

Un silence. Carla se taisait, debout près du fauteuil vide de sa mère ; Léo regardait par terre; immobile au milieu du salon, Michel fixait sur Léo des regards irrésolus et embarrassés; il n'éprouvait aucune pitié pour sa mère, aucune haine contre Léo; il se sentait superflu et inutile; il eut, le temps d'une seconde, un violent désir de réagir, de protester, de poser des questions, d'engager une dispute... puis, non sans un sentiment aigu d'humiliation et d'ennui, il se dit qu'à la fin du compte ces histoires-là ne le concernaient en rien :

— Faites comme vous voudrez, dit-il brusquement; moi, je m'en vais.

Et il sortit.

— Viens ici, Carla, commanda Léo avant même que la porte fût refermée, ici, près de moi.

Sa désinvolture affectée dissimulait mal un désir qui le rendait grotesque.

— Tu as bien dormi ? demanda Carla en s'approchant.

— Très bien.

Il tendit le bras, la saisit par la taille, l'attira à lui :

— Et puis tu vas venir avec moi. Tu diras n'importe quoi... une amie, une visite... tu viendras.

Il la serra fortement, joignant les mains plus bas, là où les fortes cuisses musclées se soudaient aux fesses suivant une ligne nette, reconnaissable sous le vêtement :

— Et ce matin ? ajouta-t-il pour dire quelque chose; tout a bien marché ?

— Parfaitement, répondit-elle en considérant avec répugnance, ou peut-être avec effroi, la tête de l'homme assis, qui lui parlait sans relever le front, comme si le dialogue se fût déroulé entre lui et son ventre à elle et n'eût intéressé que cette seule et moins noble partie de son corps; personne ne s'est aperçu de rien.

— Il était de bonne heure... dit-il sans changer d'attitude et comme à lui-même; finalement, il se secoua, leva les yeux, fit asseoir Carla sur ses genoux :

— Tu n'as plus peur qu'il vienne quelqu'un ? demanda-t-il en la regardant d'un air niais.

Carla haussa les épaules :

— Désormais, dit-elle d'une voix nette, cela me serait égal.

Léo, qui s'amusait, insista :

— Mais voyons... si en ce moment ta mère entrait... que ferais-tu ?

— Je lui dirais tout.

— Et puis ?

— Et puis, dit-elle d'un ton mal assuré, avec la pénible sensation de trahir une profonde vérité, j'irais avec toi... j'irais habiter chez toi...

Elle jouait avec le nœud de cravate de Léo. Celui-ci, flatté par son air grave, dont il devinait vaguement la raison, sourit :

— Tu es une bonne petite, prononça-t-il en l'embrassant.

Ils s'embrassèrent; ils se séparèrent.

— Cette après-midi, nous aurons tout notre temps de trois à sept, reprit l'homme.

Une pareille perspective ne l'enthousiasmait pas. En dépit de son excitation, il devinait obscurément, en serrant contre lui ce grand corps jeune, que ses propres forces ne seraient plus toujours en état d'en satisfaire la furibonde avidité. C'était là un sentiment désagréable et précis d'incapacité... oui, d'impuissance. C'était comme si, pour le rassasier, on lui eût offert des barils entiers de vin, d'immenses tables fléchissant sous le poids des mets les plus rares, des appartements peuplés des plus belles femmes du monde, étendues, entassées les unes sur les autres, comme des bêtes. « De trois à sept, pensa-t-il avec ironie, et qu'est-ce que je vais faire ? » Par-dessus l'épaule de Carla, il se regarda dans la glace : un front chauve, un visage pesant et rouge, des joues plutôt gonflées que grasses, où sa barbe non rasée mettait un reflet bleuté et métallique. L'âge mûr... « Je m'en fiche, conclut-il sereinement, avec un sens très vif des réalités. Quand je n'en aurai plus, je le lui dirai. » En même temps il caressait le cou de Carla d'une main distraite :

— Comme tu es chaude! s'écria-t-il.

Elle regardait en silence le visage rouge et dur de son amant.

— Pourquoi maman a-t-elle pleuré? dit-elle enfin.

— Parce que je lui ai dit que je ne pouvais pas la recevoir aujourd'hui.

— Et à moi, Léo, demanda-t-elle gentiment, est-ce que tu me diras la même chose un jour ?

— Pourquoi ?

Ce qui, à ce moment-là, intéressait et amusait le plus Léo, c'était le contraste entre les caresses que, non sans plaisir, à en juger par les frémissements de ses membres dociles, Carla se laissait faire et l'indifférence, ou plutôt même la triste dignité de son visage et de ses propos. « On dirait que son corps ne la concerne pas! » pensa-t-il.

Après un instant de silence, il leva les yeux vers elle :

— A quoi penses-tu ?

Et elle répondit, non sans une certaine fausseté consciente :

— Au jour où tu me diras que tu ne peux pas me recevoir.

— Sornettes! répondit Léo. Aucun rapport.

De nouveau il baissait la tête, revenait à ses caresses appliquées.

— Tu dis cela maintenant... mais plus tard ?

Elle ne savait pas pourquoi elle parlait ainsi. En réalité ce qui lui importait, ce n'était pas tant de savoir si son amant l'abandonnerait ou non que d'être sûre que son destin à elle ne serait pas identique au destin de sa mère; sa question signifiait : « Aurai-je vraiment une vie différente de celle de maman ? »

L'homme ne répondit pas. Il chiffonnait avec attention la jupe de Carla.

— Et ça, qu'est-ce que c'est ? dit-il en lui appuyant un doigt sur la cuisse.

— La jarretière. (Elle pencha la tête jusqu'à toucher de son front le front dur de son amant.) Tu m'aimes ?

Léo la regarda avec surprise.

— Je veux dire... ajouta-t-elle, que maman, tu ne l'as jamais aimée... Mais moi, oui, n'est-ce pas ?

Un éclair illumina l'esprit de Léo : « Elle est jalouse de Marie-Grâce... j'ai compris... elle est jalouse... jalouse de sa mère. » Flatté (et fier aussi de sa perspicacité), il sourit :

— Mais n'aie pas peur... ne pense pas à cela... Avec ta mère, tu comprends, c'est fini, fi-ni.

— Ce n'est pas ce que je veux dire...

Et déjà Carla cherchait à exprimer son obscur sentiment quand la porte du salon s'ouvrit.

— Lâche-moi, murmura-t-elle en se dégageant; voici maman.

D'un même mouvement, elle lui échappa et glissa à terre.

Marie-Grâce entra, affairée, rassérénée, un paquet à la main :

— Que fais-tu ? demanda-t-elle.

— Je ramasse les perles.

Et, en effet, elle s'y employait, accroupie sur le tapis, la tête basse, les cheveux pendants; Léo, immobile, considérait avec amusement la croupe haute dont les rondeurs s'agitaient au-dessus d'un dos incurvé, d'une tête presque absente.

— Ce n'était pas la couturière, dit Marie-Grâce; c'était une dame qui vend des étoffes et des coussins... j'en ai acheté un.

— Un quoi ?... fit Carla en tendant le bras pour atteindre une perle sous le canapé.

— Un coussin... Tiens, regarde, là, dans le coin, j'en vois une...

Elle désignait une perle. Elle affectait de ne pas s'occuper de Léo; elle s'était enfarinée la figure à neuf.

— J'ai vu, dit Carla, tout en continuant sa besogne.

Mais d'où lui venait donc ce besoin de s'abaisser, de ramper, de se cacher qui la fit s'attarder un instant sous le canapé, la main pleine de perles, les yeux dilatés, tristes et fixes ? Elle n'en savait rien; elle se releva, un peu rouge, et versa les perles dans un cendrier :

— Voyons, dit-elle.

La mère déplia le paquet et montra son achat : un carré de soie bleue, sur lequel, en couleurs brillantes, rouge, vert et or, était brodé l'immanquable dragon chinois jetant des flammes par la bouche, la queue dressée.

— Joli, dit Léo.

— Comment le trouves-tu ? demanda Marie-Grâce à sa fille, comme si Léo n'avait rien dit.

— Cela me semble pour le moins inutile, répondit Carla un peu durement. Nous avons la maison pleine de coussins... je ne vois pas trop où tu pourras le mettre.

— Dans le vestibule, proposa la mère avec humilité.

— D'ailleurs, ajouta Carla plus doucement, il n'est pas laid du tout.

— Tu crois ? fit la mère dans un sourire faible et complaisant.

Carla se dirigea vers la porte :

— Je vais m'habiller, dit-elle. Léo, attends-moi, nous sortirons ensemble.

— Il est encore bien tôt, cria la mère en regardant la pendule.

Elle courut après Carla. Celle-ci était déjà à l'autre bout du salon :

— N'importe! dit-elle.

— Mais voyons, ma petite...

Et toutes deux, parlant, caquetant, agitant leurs ailes comme de grands oiseaux effrayés, sortirent dans un fracas de portes battues.

Léo, seul, jeta son cigare éteint, s'étira les bras et les jambes, bâilla, tira de sa poche une lime et commença à se nettoyer les ongles. Cette occupation lui prit dix minutes, après quoi Carla reparut.

— Alors, Léo, dit-elle en enfilant ses gants, nous partons ?

— *All right!* répondit Léo.

Il se leva, suivit la petite; et, dans le vestibule, se livra à ses extravagances gravement bouffonnes :

— Puis-je espérer avoir le plaisir et l'honneur de votre compagnie, mademoiselle ? demanda-t-il en s'inclinant.

— Je vous l'accorde, dit Carla en rougissant un peu et en souriant malgré elle.

Ils sortirent en riant, se bousculant l'un l'autre; avec une agilité et une légèreté de faunes, ils franchirent d'un bond les degrés de marbre jaunis par les pluies récentes; l'automobile de Léo, basse sur ses grosses roues, semblait les attendre, couchée au soleil.

Avec force rires et plaisanteries, ils s'avancèrent jusqu'à la voiture, montèrent, Léo d'abord, puis Carla. Ils s'assirent.

— Rien oublié ? demanda l'homme en appuyant sur le bouton de mise en marche.

— Rien.

Dans cet air froid et limpide, ses tristesses et ses frayeurs s'étaient dissipées; assise à côté de Léo, elle trouvait son plaisir au ciel bleu, à la nature lavée, à la machine reluisante.

L'automobile partit et, rapidement, passa

entre les troncs nus des arbres qui bordaient l'allée; un rayon de soleil, des rameaux pendants vinrent frapper ces deux têtes immobiles; un même émerveillement enfantin, une même jeunesse brillante et colorée régnaient sur les deux visages; étrangers à la course, ils semblaient se chercher dans la vitre du pare-brise, où, au-dessus des mouvantes images du parc et du ciel, se reflétaient quelques-uns de leurs traits : leurs yeux, leur bouche, les joues puériles de Carla, le feutre de Léo -- détachés et suspendus dans le vide comme par un inexplicable mirage.

XIII

Michel était sorti pour aller voir Lisa. Toute la matinée l'idée de cette visite l'avait sourdement obsédé, créant en lui cette sorte de malaise que provoque, dans une nombreuse compagnie, un silence que personne ne se décide à rompre. Toute la matinée le souvenir de cette main baisée dans l'obscurité n'avait pas quitté l'arrière-plan de sa conscience, créant autour de ses moindres pensées une atmosphère provisoire et décourageante. Il devinait qu'une seule question se posait pour lui : retournerait-il chez Lisa, ou non ? L'important, ce n'était pas d'écrire, de lire, de parler, de faire ceci ou cela, mais de savoir s'il aimait Lisa. Finalement, après le déjeuner, sous prétexte de promenade, il était sorti.

La vraie raison de cette sortie lui apparut aussitôt qu'il eut mis le pied dehors et qu'il eut regardé le ciel, pur quelques minutes plus tôt et maintenant couvert de petits nuages blancs. « Bien sûr, pensa-t-il en tirant derrière lui la porte du jardin, ce n'est pas pour me promener que je sors, ni pour prendre le café... autant vaut m'en convaincre tout de suite : je sors pour aller chez Lisa. Cela lui parut être une preuve de force que d'aller ainsi au devant d'inévitables lâchetés et, en un certain sens, que d'accepter courageusement une situation à laquelle nul acte de volonté ne changerait rien. Cette obstination dans le mensonge, cet orgueil puéril qui lui avaient fait croire à un rapprochement de Léo et de son ancienne maîtresse et l'avaient poussé, lui, dans une fausse direction, il les reniait. A quoi bon cette comédie ? Il comprenait maintenant que son adieu ironique à Lisa — à une Lisa éperdue et haletante — n'avait été inspiré par aucun sentiment réel. Il aurait tout aussi bien pu entrer, s'asseoir, et engager la conversation, ou bien accepter avec sérénité le fait accompli, ou encore arracher Lisa des bras de Léo et l'enlever. Seulement, avec un flair de comédien contraint d'improviser son personnage, il avait choisi l'attitude ironique comme étant la plus adaptée à son humeur, et surtout la plus naturelle, la plus traditionnelle en pareilles circonstances : deux mots, un petit salut et au revoir. Mais ensuite, dans la rue ? De la jalousie, de la douleur ? Non pas, mais un intolérable dégoût de cette indifférence versatile qui lui permettait de changer d'idées et d'attitudes, comme d'autres changent d'habits, tous les jours.

La visite qu'il allait faire avait, pour lui, une extrême importance : elle était la dernière épreuve de sa sincérité. En cas d'échec, ou il resterait dans cet état provisoire de doute et d'inquiétude, ou il s'engagerait dans la voie commune, il vivrait cette vie de tous, où les actions n'ont plus le soutien d'aucune foi ni d'aucune sincérité, se valent toutes et s'accumulent, en belles stratifications, sur l'esprit oublié et finalement étouffé. Mais s'il triomphait de l'épreuve ? Oh ! alors, tout serait changé. Il ressaisirait une réalité concrète, comme l'artiste retrouve l'inspiration de ses meilleurs jours : une nouvelle vie commencerait : la vraie vie, la seule possible.

Le voici dans une rue plus large, à la station du tramway qui le conduirait chez Lisa. Allait-il l'attendre ou non ? Un coup d'œil à sa montre; il est de bonne heure, mieux vaut marcher.

Il reprit son chemin et revint à ses pensées. En somme, deux hypothèses : réussite ou adaptation à la vie commune. Dans la première hypothèse, tout était clair ; il s'agissait de s'isoler avec quelques idées, quelques sentiments vraiment sentis, quelques personnes vraiment aimées, si c'était possible, et recommencer sur cette base exiguë mais solide une vie conforme à ces principes de sincérité. Seconde hypothèse : elle signifiait la défaite de son esprit, mais à part cela rien ne changeait : il s'adapterait de son mieux à la situation; de même, on vit dans une maison délabrée que l'on répare tantôt par-ci tantôt par-là, quand on n'est pas en mesure d'en bâtir une neuve. Il laisserait sa famille courir à la ruine — ou se faire entretenir par Léo — et, de son côté, il se résoudrait (consolation cependant bien humiliante!) à faire sa petite cochonnerie avec Lisa : petites saletés, petites vilenies, petits mensonges, quel est l'homme qui n'en dépose pas dans tous les coins de son existence, comme dans ceux d'une grande maison vide ? Adieu clarté, adieu vie limpide : il deviendrait l'amant de Lisa.

Et la villa ? Et l'hypothèque ? Sur ce point, il s'arrangerait avec Léo : « Tu me donnes de l'argent pour que nous nous tirions d'affaires, ma famille et moi et, en échange, je te donne... » En vérité, que restait-il que Léo n'eût déjà pris ?... Attention! Un moment... il restait Lisa, avec laquelle Léo avait essayé de renouer d'anciens liens... Lisa, mais bien sûr!... Donc : « Tu me donnes de l'argent et moi, en échange, je persuade Lisa... »

Il se représentait d'avance comment cette affaire-là marcherait.

Un soir, après bien des hésitations, il en parlait à la femme. Elle protestait. Alors lui la suppliait : « Fais-le pour l'amour de moi... Si tu m'aimes, fais-le! » A la fin, elle se résignait, peut-être même sans trop de déplaisir. « Soit ! disait-elle, non sans lui lancer un regard de mépris, amène-le... mais ne crois pas que je fasse cela pour ta famille... c'est pour toi, pour toi seul. » Il l'embrassait, la remerciait chaleureusement, puis passait dans l'antichambre pour appeler Léo : « Viens, Lisa t'attend. » Il le conduisait par la main, le jetait dans les bras de la femme. Et l'argent ? Est-ce que Léo le lui donnerait là, tout de suite, sous les yeux de Lisa ? Ou ailleurs ? Plutôt ailleurs. Il se retirait discrètement, leur souhaitant bonne nuit; il fermait la porte avec précaution. C'était à son tour d'attendre. Quelles interminables heures il passait! Assis dans le vestibule, prêtant l'oreille aux bruits de la chambre à coucher, dormant, se réveillant en sursaut et retrouvant toujours devant lui ce pardessus accroché au portemanteau, révélateur de la présence d'un homme dans le lit de sa maîtresse! Quelle nuit sans fin! Léo partait à l'aube, sans le remercier, sans le regarder en face, lui permettant à peine de l'aider à enfiler son paletot. Il lui cédait la place dans ce lit défait et souillé, où l'attendait une Lisa demi-nue, effondrée dans le sommeil et dans l'ombre, abattue par le plaisir comme par une pesante ivresse. Et ce n'était pas la première fois, ni la dernière. Léo revenait souvent : chaque fois que lui, Michel, avait besoin d'argent... « Ce serait encore une solution », conclut-il. Mais il éprouvait une lassitude mortelle, comme si toute ces fantaisies auxquelles se livrait sa pensée distraite eussent été des réalités. Et si Léo ne voulait rien savoir de Lisa ? Ou réciproquement Lisa de Léo ? Alors... alors... il ne restait plus que Carla pour sauver la situation... Très juste... Carla aussi était une ressource... et, puisqu'il fallait manger de ce pain-là, autant ne pas faire les choses à moitié. Donc il restait Carla... à donner en mariage... à donner pour femme à Léo... Ce serait une affaire, un mariage d'argent, comme on en voit tous les jours, et ce sont ceux-là qui réussissent le mieux; l'amour viendrait après... et même s'il ne venait pas ce ne serait pas un si grand mal... Carla aurait bien des moyens de se consoler, il n'y avait pas que Léo en ce monde... Seulement voilà... et si Léo voulait en faire sa maîtresse... s'il ne donnait son argent qu'à ce prix ?

« Il en est capable, pensa Michel, il en est très capable. » Il s'arrêta un instant; la tête lui tournait; une fatigue, un dégoût sans espoir pesaient sur lui; son cœur battait; mais, implacable, il reprit son chemin et son rêve : « En avant, en avant. » Et, obscurément, il s'émerveillait de cette facilité qu'il avait à découvrir toujours de nouvelles objections. Quand arriverait-il à la fin ? « Jusqu'au bout! jusqu'au fond! pensait-il avec un pâle sourire. Donc, si Léo ne voulait pas du mariage... hypothèse probable... un accord pourrait survenir entre les deux parties contractantes... Léo donnerait son argent, bien entendu, et, en considération de la jeunesse intacte et de la beauté de Carla, on lui demanderait une somme double ou triple de celle qu'on lui eût demandée pour Lisa, femme mûre et corrompue... A chaque article son prix... Quant à lui... son rôle était tout tracé : il se serait employé à faciliter les choses du côté de Carla. Une fois sur cette pente, il n'avait aucune raison de s'arrêter. Rôle délicat, d'ailleurs. Carla devait avoir des principes, ou peut-être, sait-on jamais ? aimer quelqu'un... Rude métier... Deux tactiques possibles : ou lâcher tout à la fois, mettre en avant divers prétextes, l'honneur de la famille, leur misère, enlever la position d'un coup par attaque brusquée; ou au contraire préparer le terrain lentement, faire comprendre les choses à Carla, mais peu à peu; un jour un mot, le lendemain un autre; créer chez elle une sorte d'obsession; par des allusions répétées, insistantes, la forcer à deviner ce qu'on exigeait d'elle... La meilleure des deux méthodes ? La seconde, sans aucun doute... il est beaucoup plus facile de faire comprendre certaines choses que de les dire... et puis dans une atmosphère de malaise, habilement ménagée à force d'allusions et de sous-entendus, à force de séductions, Carla, faible et seule, finirait par céder... « Cela arrive à tant d'autres... Pourquoi pas à elle ? » Avec une lucidité hallucinée, tout en marchant, les yeux à terre, il imaginait la scène décisive... Une journée grise, comme celle-ci, une journée tiède et morte, sans soleil et sans mouvement... Comme aujourd'hui, Léo venait les voir; il les invitait, sa sœur et lui, à faire un tour en automobile... Accepté... Et, après la promenade, où irait-on prendre le thé ?... Chez Léo, mais oui, chez Léo. Carla, rassurée par la présence de son frère, n'y voyait pas d'inconvénients... Tous trois descendaient devant la porte de l'immeuble où habitait Merumeci. Ils montaient lentement l'escalier; Carla d'abord, puis les deux hommes... Dans l'appartement, tandis que Carla ôtait son chapeau devant la glace du vestibule, Léo et lui échangeaient une poignée de main pour sceller leur accord... Tour du propriétaire ; on s'extasie. Puis les voici tous trois dans le petit salon, sous une lumière blanche d'après-midi. Tous trois également immobiles, chacun suivant sa propre pensée... Puis Carla, debout, servait le thé, et les deux hommes recevaient de ses mains les tasses, les biscottes, le lait, le sucre... en même temps qu'un sourire sans méfiance de cette bouche aimable, de ces yeux clairs... Assis près de la fenêtre — le ciel se faisait un peu sombre et l'obscurité commençait à envahir le fond de la pièce — tous trois mangeaient, buvaient et parlaient aussi, dans le silence de la maison. Un vrai silence d'après-midi, au milieu duquel éclataient les rires et les propos joyeux de l'ignorante Carla... Après le thé, durant cet instant de silence et de satiété rêveuse qui suit toujours la satisfaction d'un appétit, il regardait Léo, et Léo lui rendait son regard... puis, d'un mouvement rapide, les yeux de l'homme se posaient sur la tête docile, un peu penchée de Carla — et sur la porte... Il comprenait; il se levait lentement : « Je vais chercher des cigarettes », disait-il. Et, d'un pas assuré, le front haut, il les laissait tous les deux, sa sœur et cet homme, figures noires et immobiles devant la fenêtre pleine de ciel gris.

Dans le vestibule, il mettait son pardessus, et il partait en fermant la porte bien doucement... Les heures de l'après-midi s'écoulaient, une à une, interminables, sans Carla, sans Léo, sans personne, dans la rue, ou dans un petit café, ou encore dans quelque salle de cinéma. Le soir, il rentrait à la maison, retrouvait Carla et même peut-être Léo, à la table de famille; il scrutait ces deux visages sans qu'aucun regard, aucun signe lui permît de deviner ce qui s'était passé après son départ... : une fuite à travers l'appartement obscur, dans un fracas de chaises renversées, de portes fermées et ouvertes ? une courte lutte dans l'ombre du petit salon, devant la fenêtre crépusculaire ? ou plutôt une mortelle résignation devant la chute inévitable, pressentie depuis longtemps et finalement acceptée ?

Il ne le saurait jamais. Le fructueux et coupable marché se reproduisait bien souvent, mais, grâce à la force de l'habitude et de la vie en commun, tout continuait comme jadis... un malentendu, un mensonge de plus et en avant... Ou bien un jour ces secrètes hontes — telles des vers dans un grand corps en décomposition — se manifestaient en une explosion d'égoïsmes et provoquaient l'écroulement final... Ils se retrouvaient nus, face à face... et alors c'était la fin, la vraie fin...

Il avait l'impression d'étouffer; il s'arrêta, regarda devant lui, sans la voir, la vitrine d'un magasin. Il était arrivé au fond de ses possibilités d'avenir : plus rien à vendre, ni l'innocence de Carla, ni son amour pour Lisa, ni son propre courage; plus rien à offrir à Léo en échange de son argent. Ayant épuisé ces catastrophes imaginaires (après tout, elles n'étaient guère plus redoutables que l'écueil des réalités contre lesquelles sombrait son existence), il se sentit la bouche sèche, l'âme brûlante comme une terre sans eau, crevassée au soleil; il aurait eu besoin de crier, de pleurer; il était aussi las, aussi tristement mal à l'aise que si vraiment, quelques minutes plus tôt, il eût laissé Carla dans la maison de son séducteur et si tout ce qu'il avait rêvé fût en train de s'accomplir. Oui, tout était réel : la lutte, la fuite, l'étreinte; ces couleurs, ces formes, ces bras étendus, ce sein dénudé, ce corps écrasé sous la tache sombre et incurvée d'un autre corps, ces yeux fermés, ces paupières violettes, tous ces éclairs apparus au ciel fébrile de son imagination. Son dégoût et sa fatigue étaient tels qu'il éprouvait, sans trop savoir pourquoi, un besoin instinctif de se laver, un humble besoin d'eau pure comme si la fraîcheur des ablutions eût été capable de parcourir et de nettoyer les replis de son âme... Ruisseaux murmurant dans les herbes, cascades blanches et vives se précipitant avec un fracas sans répit du haut des rochers, torrents écumeux et froids sur leurs lits de cailloux, et jusqu'aux infimes ruisselets qui, du sommet neigeux des montagnes, descendent à l'époque du dégel et serpentent par des voies cachées — toute l'eau fraîche du monde semblait insuffisante à son lamentable désir.

Il reprit sa marche. Il comprenait maintenant qu'une phrase telle que : « Par bonheur, ce ne sont que des idées » ne suffirait pas à le purifier; son âme troublée, sa bouche amère lui rendaient manifeste qu'il avait vécu ces rêves; impossible désormais de revoir Carla avec des yeux fraternels, d'oublier qu'il l'avait imaginée sous les impudiques apparences que l'on prête aux femmes perdues; impossible de revenir à des visions plus sereines; trop tard : penser, c'était vivre.

Seulement, il avait vu, il avait éprouvé ce qu'il deviendrait s'il ne parvenait pas à triompher de son indifférence : sans foi, sans amour, seul, il fallait pour se sauver ou vivre avec sincérité, et suivant un programme imposé par la tradition, cette vie intolérable, ou en sortir pour toujours; il fallait haïr Léo, aimer Lisa, éprouver pour sa mère de la compassion et du dégoût, de l'affection pour Carla : autant de sentiments qu'il ignorait; ou partir, ou chercher ailleurs les êtres de sa race, découvrir ce paradis où les gestes, les paroles, les sentiments adhéraient aussitôt à la réalité qui les engendrait.

Ce paradis de réalité concrète et de vérité, il avait cru, deux ans plus tôt, l'entrevoir dans les larmes d'une fille publique abordée dans la rue, emmenée dans une chambre d'hôtel. Petite et frivole, son corps amusait par une certaine disproportion ingénue entre les rotondités lourdement accusées des seins et des fesses et un dos cambré et maigre; nue, elle semblait marcher le buste trop en avant et, comme fait un paon de sa queue, faire étalage de son derrière. Autre contraste : ces appâts prodigués et roses, elles les offrait enveloppés de misérables voiles noirs (jetés sur son dos un peu de travers, comme une défroque de carnaval), toilette de deuil improvisée — lui avait-elle confiée dans l'escalier de l'hôtel, sans une ombre de tristesse, avec l'indifférente simplicité qui convient à la constatation d'un phénomène naturel — après la mort de sa mère, survenue la semaine précédente. Ce deuil, qui l'avait laissée, selon sa propre expression, seule au monde, ne l'empêchait pas de trouver chaque soir un compagnon à sa solitude. Il fallait vivre. Dans la chambre, elle avait joué la petite comédie de la pudeur assez gaiement, avec une sorte de spontanéité fraîche et joyeuse. La chambre était petite et modeste; comme un fuyard qui, pour se sauver plus vite, se libère, pièce à pièce, de son armure, la pauvre fille avait éparpillé sur le tapis ses voiles noirs, sa jupe, ses vêtements intimes et s'était réfugiée enfin, vêtue seulement de ses bas, dans l'angle le plus chaud et le plus obscur, près du poêle. Elle en était sortie avec mille simagrées, se trémoussant gauchement des hanches et du buste, prête, aurait-on dit, à faire la révérence à chaque pas; elle s'était avancée avec force protestations, protégeant de ses mains sa nudité; elle s'était glissée dans le lit avec un sourire mystérieux et aimable qui semblait promettre qui sait quelles délices raffinées... mais, à la première tentative de Michel de la contraindre à certaines habiletés purement professionnelles, elle s'était refusée et, comme il insistait, elle avait éclaté en larmes. Ce pleur n'exprimait pas la dignité offensée; il n'était pas réellement douloureux et tragique; rien non plus de ces crises hystériques accompagnées de cris et de contorsions... Non : une sorte de pleur enfantin; de grosses larmes, de gros sanglots qui faisaient ressauter tout le corps et particulièrement ces deux seins légers et tendres pareils à deux innocents voyageurs secoués sur leur selle par le galop d'un cheval capricieux. Il la regardait, stupide, sans comprendre ce passage de la gaîté à la tristesse... Enfin, après bien des questions, il crut deviner qu'au moment précis où il lui demandait une petite preuve de sa science professionnelle, chez cet être si proche et pourtant si éloigné de lui, le souvenir de sa mère morte avait été si poignant, si intolérable, qu'il avait provoqué ce bruyant éclat de pleurs. Après avoir donné, d'une voix plaintive, ces explications embrouillées — tandis que le garçon, encore tout surpris, courbé sur elle, la regardait sans rien dire — elle s'était mouchée avec soin, avait séché ses larmes avec un coin du drap et aussitôt était redevenue sereine, gaie, zélée même, comme si elle eût voulu se faire pardonner cette manifestation inopportune de sa douleur. Tout s'était fort bien passé; ils s'étaient séparés une heure plus tard devant la porte de l'hôtel et ne s'étaient plus jamais revus.

Or ces pleurs lui revenaient en mémoire comme un exemple de vie fortement tissue et profondément sincère; ces larmes, en ces circonstances, répandues sur ce visage fardé manifestaient la plénitude secrète de cette vie, comme des muscles qu'une légère contraction suffit à faire saillir sous la peau. Cette âme était entière, avec ses vices et ses vertus, elle participait à cette propriété commune à toutes les choses vraies et solides de révéler à tout moment une vérité simple. Lui, au contraire, était sans profondeur : un écran blanc et plat; les douleurs et les joies passaient sur son indifférence comme des ombres; et, par contrecoup, comme s'il eût communiqué cette inconsistance à son monde extérieur, tout, autour de lui, était sans poids, sans valeur, sans durée, tel qu'un jeu d'ombres et de lumières. De ces fantômes qui auraient dû personnifier traditionnellement les membres de sa famille : sa sœur, sa mère, ou la femme aimée : Lisa, d'autres fantômes, par un dédoublement qui pouvait se reproduire à l'infini, se détachaient au gré des circonstances et de son humeur. Il lui était parfaitement possible de se représenter Carla comme une fille déshonnête, sa mère comme une dame ridicule et stupide, Lisa comme une femme sans mœurs; sans parler de Léo, qui, à travers les propos des autres et à travers ses impressions à lui, Michel, se métamorphosait d'heure en heure, et à l'égard de qui il passait sans transition de la haine à la tendresse.

Un seul acte sincère, un seul acte de foi aurait suffi à faire cesser cette confusion, à rétablir toutes ces valeurs dans leur perspective normale. Et c'est pourquoi cette visite à Lisa prenait à ses yeux une énorme importance; s'il réussissait à l'aimer, tout serait possible : haïr Léo comme le reste.

Il leva les yeux et s'aperçut qu'il avait dépassé la rue de Lisa; il rebroussa chemin. Mais voici que de nouveau son démon le tourmentait : « Et si vraiment tu réussissais à remettre les choses à leurs places, aux places qu'elles occupent communément, crois-tu que tu y trouverais ton avantage ? Crois-tu que le fait de devenir un vrai frère, un vrai fils, un vrai amant, un vrai homme banal, égoïste et logique, pareil à tant d'autres, signifierait un progrès par rapport à ton état actuel ? Le crois-tu sincèrement ? En es-tu sûr ? » Autant de questions sans réponses. « Ne crois-tu pas, au contraire, que cette voie semée de doutes et de perversité où tu chemines aujourd'hui te conduirait beaucoup plus loin ? N'es-tu pas même un peu d'avis que ce serait de ta part une lâcheté que de devenir comme tout le monde ? » Cette voix insidieuse désespérait Michel. Il se demandait avec ironie : « A quoi cela m'avancerait-il, où cela me conduirait-il d'atteindre la sincérité ? » L'œil fixe, il regardait sa propre image reflétée dans la glace d'une vitrine; et tout à coup il crut comprendre où, précisément, le conduirait la sincérité : au milieu de la vitrine — une vitrine de parfumeur — parmi le scintillement blond des flacons d'eau de Cologne à bon marché, au sommet d'un édifice de savonnettes roses et verdâtres, un mannequin articulé attirait l'attention des passants; taillé dans du carton, peint en couleurs vives, plus humain que fantastique, il avait un visage immobile, stupide et hilare avec de grands yeux marron, pleins d'une foi candide et inébranlable; il était vêtu d'une élégante robe de chambre, comme s'il sortait du lit, et, sans jamais se lasser, sans jamais cesser de sourire, il passait et repassait, d'un geste démonstratif, une lame de rasoir sur une bande de cuir. Il ne pouvait y avoir aucun lien entre cet acte banal d'affiler un rasoir et la satisfaction exprimée par cette face rose et béate, mais dans cette absurdité résidait justement toute l'efficacité de la réclame. Cette félicité disproportionnée ne devait nullement démontrer la niaiserie du personnage, mais l'excellence du rasoir; ce qu'elle cherchait à rendre sensible, ce n'était pas l'avantage de posséder une intelligence modeste, mais celui de se raser avec une bonne lame. Mais, sur Michel, l'effet fut tout différent.

Il lui sembla qu'il se voyait lui-même avec sa sincérité; il lui sembla que le souriant automate donnait réponse à sa question. « A quoi servirait-il d'avoir la foi ? » « Cela servirait à avoir une bonne lame, une félicité comme la mienne, comme celle de tous les autres, stupide et de médiocre origine, mais reluisante... et puis le principal est qu'elle rase bien. » Réponse décourageante. Celle même que lui avait faite un jour un de ces hommes comme il faut, qui sont légion : « Fais comme moi... et tu deviendras comme moi », présentant de la sorte son propre personnage, imbécile et vulgaire, comme un exemple à suivre, comme un but à atteindre, à la cime ardue des pensées et des renoncements. « La sincérité, poursuivait l'esprit malin, voilà à quoi elle te servirait : elle te servirait à devenir un fantoche imbécile, du genre de celui-ci... Pétrifié, Michel contemplait l'automate qui, sans repos, par petites secousses — une, deux, trois — affilait sa lame, et il aurait voulu le frapper en pleine figure pour briser ce sourire imperturbable.

« Tu devrais pleurer, pensait-il, et des larmes comme le poing. » Mais le fantoche souriait et repassait sa lame de rasoir.

Michel se détacha avec peine de ce spectacle qui le fascinait (et vraiment il y avait, dans ce mouvement sans fin, quelque chose de fou et d'hallucinant) et il s'engagea dans la rue où demeurait Lisa.

XIV

Une odeur de cuisine qu'il lui semblait avoir déjà senti ailleurs, dans d'autres maisons, emplissait le corridor obscur. Lisa vint lui ouvrir elle-même, la cigarette à la bouche. On voyait qu'elle sortait à peine de table; elle avait un air à la fois égaré et excité. Peut-être avait-elle bu un peu trop de vin.

— Par ici, par ici, dit-elle, sans répondre à ses salutations. (Et elle le guida vers le boudoir, fermant sur son passage des portes ouvertes qui laissaient voir, ici, la chambre à coucher avec ses draps en désordre et son atmosphère opaque, là, une petite cuisine sombre et encombrée d'ustensiles, d'un autre côté le salon — déjà connu — poussiéreux et sans lumière.) Ici, on est mieux, dit-elle en entrant dans le boudoir.

Une clarté aveuglante pénétrait dans cette pièce par deux fenêtres voilées de rideaux blancs. Le ciel s'était éclairci à l'instant. Un intolérable reflet brillait aux vitres.

Ils s'assirent sur le divan, elle et lui.

— Eh bien ! comment vas-tu ? demanda Lisa en lui tendant une boîte de cigarettes.

Il en prit une sans lever les yeux, le front toujours préoccupé. « Le mieux est de commencer tout de suite », pensait-il, avec un regard en dessous vers la femme. Lisa, très enfarinée, avait sur le dos une vieille chemisette blanche, et une robe grise, d'étoffe souple, toute déformée par l'usage; une cravate aux tons vifs, pas très fraîche et mal nouée, lui pendait au cou; ses manchettes s'ornaient de boutons d'émail représentant une tête de chien... Mais, en contraste avec cet accoutrement masculin, son opulente poitrine gonflait sa chemise, et la chair rose et blonde des épaules éclatait, sous le tissu transparent, entre deux petites bretelles blanches et vulgaires.

— Ça va mal, répondit-il enfin.

— Mal ? (Un trouble provoqué par le vin qu'elle avait bu ou par d'autres causes précipitait les battements de son cœur, lui coupait la respiration et lui faisait monter le sang à la tête.) Et pourquoi ?

Elle regardait Michel et espérait qu'il se rappellerait ce baiser sur la main, la veille, dans l'obscurité du salon.

— Je ne sais pas. (Il posa sa cigarette et fixa un instant Lisa.) J'ai pensé à diverses choses... Dois-je te les dire ?...

Il vit la femme faire un geste qui signifiait : « Bien sûr, parle... » et prendre l'air d'une personne qui se prépare à écouter avec attention et avec amour. « Qui sait ce qu'elle imagine que je vais lui dire, pensa-t-il avec ironie; que je l'aime, peut-être... Dame! elle n'attend que cela! » Il reprit sa cigarette :

— Eh bien ! voici : je me trouve dans une situation curieuse, vis-à-vis de vous tous.

— Qui, nous tous ?

— Vous, la famille : toi, Léo, ma mère, ma sœur...

Elle le scruta d'un regard pénétrant :

— Vis-à-vis de moi aussi ? demanda-t-elle en

lui saisissant la main d'un geste plein de naturel.

— Oui, de toi aussi, répondit-il. (Machinalement, il serra les doigts de la femme.) Pour chacun de vous, je devrais éprouver un certain sentiment, je dis « je devrais », parce que je me suis aperçu que les circonstances en exigent toujours un... C'est comme quand on va à un enterrement ou à une noce ; dans les deux cas certains dehors de joie ou de douleur sont aussi obligatoires que l'habit de cérémonie... On ne peut pas rire en suivant un cercueil, ni pleurer au moment où les deux époux échangent leurs anneaux... ce serait scandaleux, et même inhumain... Si quelqu'un, par indifférence, n'éprouve rien, il doit feindre... ainsi fais-je avec vous : je feins de détester Léo, d'aimer ma mère...

— Et puis ? demanda avidement Lisa en le voyant hésiter et s'interrompre.

— Et puis voilà tout, répondit-il.

Il se sentait ennuyé et triste : « Si tu attends que je parle de toi... », pensa-t-il. Et d'une voix qui tremblait, en manière de protestation lamentable, il ajouta :

— Seulement, moi, je ne sais pas feindre... et alors, comprends-tu ? à force de sentiments faux, d'attitudes, de paroles, de pensées fausses, toute ma vie devient une comédie manquée... Je ne peux pas feindre, tu comprends ? (Il se tut un instant. Lisa le contemplait d'un air déçu.) Et puis, conclut-il, découragé, avec le sentiment soudain que sa voix se perdait, non écoutée, dans le silence du boudoir, cela ne t'intéresse pas, tu n'y comprends rien... je pourrais te parler un jour entier, sans que tu comprennes...

Il baissa la tête : alors, enfin, il entendit parler à son oreille la voix faussement inspirée et confidentielle de la femme.

— Si, je te comprendrais, mon pauvre Michel... je suis sûre que je te comprendrais.

Il lui sembla reconnaître le ton qu'il aurait pris pour déclarer son amour à Lisa : « Attention! pensa-t-il, nous sommes logés à la même enseigne. » Il sentit une main se poser sur ses cheveux et il éprouva, pour Lisa et pour lui-même, une compassion dégoûtée : « Pauvre petite, se dit-il, tu veux m'apprendre, à moi, comment on joue la comédie ? » Mais, levant les yeux, il rencontra des regards et un visage si impérieusement sentimentaux qu'il en fut épouvanté : « C'est donc déjà le moment ? » pensa-t-il, surpris et confus comme le malade qui, après avoir imaginé de longs préparatifs, voit, à peine il s'est étendu, briller sur lui le fer du chirurgien. Il regardait la figure de la femme : ces lèvres entr'ouvertes et suppliantes, ces yeux troublés, ces joues rouges; et, cédant peu à peu à cette prière, il eut conscience de l'attitude factice que la vie, une fois de plus, lui imposait ; il sentit les doigts de Lisa presser légèrement les siens comme pour l'inciter à se décider, il se pencha et la baisa sur la bouche.

Long baiser. Des nuages poussés par le vent obscurcirent cette clarté blanche qui emplissait, une minute plus tôt, le boudoir; rapidement les murs se décolorèrent, se refroidirent... et sur le divan, ces deux êtres unissant leurs lèvres, assis l'un près de l'autre, tournés l'un vers l'autre juste assez pour permettre le baiser, demeuraient immobiles et rigides. Sans ces deux bouches avides et confondues, leur attitude correcte eût fait penser à une conversation plutôt qu'à un embrassement : Michel, les bras pendants le long du corps, les yeux bien ouverts, laissa errer sur la cloison d'en face des regards oisifs; Lisa, ses deux mains dans celles du garçon, avait de temps à autre un mouvement de tête pareil à celui du buveur qui reprend haleine puis recommence à boire avec une avidité renouvelée. Enfin ils se séparèrent et se regardèrent.

« Et maintenant, pensait Michel sans détacher ses yeux du visage confus, excité et grave de la femme, et maintenant ? » Il vit les joues enflammées de Lisa rougir encore de gratitude. Ses lèvres humides s'entr'ouvraient, admiratives et suppliantes, ses yeux exprimaient une adoration presque religieuse; il ne lui manquait que de présenter les paumes ouvertes. Elle étendit le bras et lui passa la main dans les cheveux en murmurant un « cher... », d'une voix tremblante et fausse.

Il baissa les yeux; Lisa était assise sur ses jambes repliées, en difficile équilibre, et, sans avoir l'air de rien, tout en continuant à lui caresser la tête, elle s'approchait de lui en se glissant sur le divan. Reptation pénible, mais par l'effet de laquelle la jupe tirée dévoilait peu à peu, au-dessus du bas de soie roulé, une cuisse grasse. Michel éprouva un malaise, une irritation violente dont il n'aurait su dire si elle avait pour cause son dépit de s'être laissé aller à cet embrassement ou le contraste hypocrite entre ces caresses, cette parole affectueuse et la nudité impure que découvrait ce geste insidieux. « Pour qui me prend-elle ? » pensa-t-il avec dégoût. Le peu de désir sensuel que le baiser avait fait naître en lui s'évanouit; il recula et, d'un geste gauche, se mit sur ses pieds.

— Non, dit-il en secouant la tête, non, ça ne va pas.

Stupide, scandalisée presque, sans couvrir sa jambe nue, sans calmer son excitation, Lisa le regardait :

— Qu'est-ce qui ne va pas ?

La froideur de Michel était une insulte à sa rougeur et à son abandon. « Quel nigaud, pensait-elle avec colère, nous étions en si bon chemin... et maintenant le voilà debout. » Elle le vit secouer de nouveau sa tête en répétant : « Ça ne va pas ». Alors elle se pencha et, d'un geste mal assuré, lui saisit la main.

— Viens... dit-elle en essayant de l'attirer à son côté, viens, assieds-toi ici... dis-moi ce qui ne va pas.

Il hésita, puis il s'assit :

— Je te l'ai déjà dit, expliqua-t-il d'une voix ennuyée. (Il regardait attentivement quelque chose derrière la tête de Lisa et feignait d'ignorer la caresse nerveuse des mains de la femme et ses yeux émus.) Je t'ai déjà dit que je me trouve vis-à-vis de toi comme vis-à-vis des autres...

— C'est-à-dire ?

— Eh bien ! oui... de même que je ne puis pas haïr Léo...

— Même après ce que je t'ai appris ?...

— Je dois t'avouer, commença Michel avec un certain embarras, que ce que tu m'as dit de maman... j'ai fait semblant de ne pas le savoir, mais je le savais...

— Tu le savais ?

— Depuis dix ans au moins.

Il se pencha pour ramasser un coupe-papier qui était tombé du guéridon; il l'y replaça et, à cet instant même, il fut envahi par un désir insensé de vérité.

— Et de même qu'il m'est impossible de haïr Léo, dont je pourrais raconter de bout en bout l'histoire de ses relations avec ma mère... de même il m'est impossible de t'aimer : l'indifférence... toujours l'indifférence... Alors, conclut-il rageusement, plutôt que de tomber dans tes bras, de te faire des déclarations et d'avoir l'air de mourir d'amour... puisque je n'arrive pas à bien jouer cette comédie-là... j'aime mieux rester tranquille.

Il se tut, regarda Lisa, la vit perplexe et attristée. Sa colère aussitôt fit place à un dépit mêlé de compassion :

— Tâche de me comprendre, ajouta-t-il d'une voix sourde; comment pourrais-je remplir un rôle que je ne sens pas?...

— Essaie...

Il secoua la tête :

— Inutile... Ce serait comme si j'allais trouver Léo et lui disais : « Écoute, mon cher, je ne te hais nullement, au contraire tu m'es tout à fait sympathique, tu es mon grand ami; aussi suis-je navré d'être dans l'obligation absolue de te donner une gifle. » Et aussitôt je me mettrais à taper comme un sourd...

— Mais l'amour vient toujours après... murmurait-elle, obstinée, avec un manque de pudeur qui, à Michel, semblait incroyable; quand on se connaît mieux...

— Nous nous connaissons déjà trop...

Lisa pâlit; jamais un homme ne l'avait repoussée avec une dureté pareille; elle eut peur que son « adolescent » ne s'enfuît pour toujours et elle fut soudain traversée par l'idée folle de se jeter à ses pieds et de le supplier comme une divinité. Mais elle protesta encore :

— Tu ne dis pas cela sérieuscment ?

— Impossible d'être plus sérieux.

Elle s'approcha de lui, lui prit la main; son cœur battait, une anxiété déraisonnable lui faisait monter le sang aux joues :

— Ne sois pas si méchant, fit-elle d'une voix hésitante en lui caressant la main; voyons... tu n'éprouves rien... mais là, rien du tout pour ta Lisa ?... Dis que tu me feras tout de même ce plaisir ? ajouta-t-elle en lui passant le bras autour du cou. Dis, Michel ? N'est-ce pas que tu m'aimeras un peu ?

Une âcre rougeur, le feu de l'appétit sensuel, décomposait le visage de la femme; sa voix était sentimentale, insinuante... toute tendue vers Michel, du genou elle lui touchait la jambe. Mais lui s'irritait de ce désir opiniâtre :

— Comprends-moi, reprit-il, cet amour que tu éprouves, où irait-il finir si, moi, je me comportais à ton égard comme je ferais avec une femme perdue, sans me soucier trop de mes sentiments... si je te prenais... si je te renversais sur le divan sans faire tant de manières ?... Enfin comprends-moi...

— Me renverser sur le divan ? Mais nous n'en sommes pas encore là... dit-elle avec un rire stupide et flatté.

Elle hésita une seconde puis, d'un geste mol et irrésistible, elle lui jeta les bras autour du cou, tout en se laissant tomber en arrière. Ce premier mouvement lui réussit. Michel, surpris, tomba lui aussi, en avant. Mais à voir le visage rouge et excité de Lisa, ces sourcils froncés en signe de commandement, ces yeux chavirés, cette gorge offerte, à sentir sur sa nuque tout le poids de ce corps, un dégoût intolérable l'envahit. Furieux, il releva la tête, appuya la paume de sa main sur cette face impérieuse et suppliante, se libéra d'une poussée et se releva.

— Si tu le désires tant... dit-il en renouant machinalement sa cravate en désordre, eh bien! retourne avec Léo...

Renversée sur le divan, la tête dans les mains, la poitrine en tumulte, Lisa feignit une douleur et une honte humiliée inexistantes l'une et l'autre; mais, au nom de son ancien amant, il la vit se dresser, les yeux hallucinés, le doigt levé en un geste accusateur :

— Léo... Tu as dit Léo... Moi, retourner avec Léo ? cria-t-elle, sans souci de ses cheveux décoiffés et de son vêtement en désordre. Et, si je me souviens bien, tu as dit aussi que tu ne parvenais pas à haïr Léo, n'est-ce pas ? Même sachant ce que tu sais ?

— Oui, balbutia-t-il, troublé par cette fureur soudaine; mais quel rapport y a-t-il ?

— Je le sais, moi, le rapport. (Elle eut un rire bref et nerveux.) Je le sais, moi.

Elle se tut pour avaler sa salive et son impatience, puis, de nouveau, elle éclata, le buste tendu, l'œil hagard :

— Écoute ce que je te dis : tu as une bonne raison de haïr Léo, comme j'ai une bonne raison (et c'est la même) de ne pas retourner avec lui...

— Ma mère... risqua Michel, mal à l'aise devant cette main accusatrice.

Mais un rire méprisant lui coupa la parole :

— Ta mère ?... Il s'agit bien de ta mère!... répétait Lisa au milieu des sanglots de son rire amer. Mais ta mère, mon pauvre Michel, il y a un bout de temps qu'elle est hors de combat... un bon bout de temps...

Il la regarda; il lui sembla alors voir de très haut — avec un détachement qu'il attribuait du reste à son dégoût compatissant plutôt qu'à une pureté supérieure — cette figure vindicative. Il aurait voulu se pencher sur elle; remettre en ordre ces cheveux décoiffés, calmer ce geste véhément. Mais il n'en eut pas le loisir.

— Non... poursuivit-elle, attachant toujours sur lui ces yeux qui semblaient voir, au delà de la pièce et de la maison, les fantômes de sa mémoire; non, mon cher. Une autre que ta mère... Eh bien! devine...

Elle eut un petit rire nerveux, rajusta sa coiffure, son corsage et s'assit plus commodément.

— Toi ? fit-il.

— Moi ? (Elle prit l'air de quelqu'un qui

tombe de la lune.) Moi... mais, mon pauvre Michel, puisque je te dis que j'ai une bonne raison pour ne pas retourner avec Léo... et cette raison c'est... (Un nom était sur ses lèvres, mais, au moment de le laisser échapper, elle se retint.) Non, ajouta-t-elle en secouant la tête ; non, mieux vaut ne rien dire.

Le premier moment d'excitation passé, Lisa revenait à cette fausseté qui lui était habituelle et où elle trouvait, comme en un jeu attachant et subtil, les plus efficaces consolations à ses misères :

— Je ne voudrais pas que, par ma faute, il arrivât des choses graves.

Elle alluma une cigarette en femme résolue à ne plus rien dire, baissa les yeux, les fixa au tapis.

— Écoute, Lisa, finit par dire Michel, raconte ce que tu as à raconter puisque tu en meurs d'envie. Et que ce soit fini une bonne fois...

Il s'approcha d'elle, lui mit une main dans les cheveux, lui renversa la tête en arrière... Regardant droit dans ses yeux, il lui sembla alors découvrir dans l'impitoyable et stupide regard qu'elle lui opposait une erreur endurcie et sans remède ; « si je l'aimais, pensa-t-il avec la même compassion et le même dégoût qu'il avait éprouvés un instant plus tôt, elle serait autre... » Il s'assit de nouveau.

— En voilà des manières... en voilà des manières, répétait Lisa, têtue et troublée.

« Ce n'est pas leur faute, pensait Michel. C'est moi qui suis coupable : ils ont besoin de mes sentiments... et je n'en ai pas... »

— Alors tu veux vraiment tout savoir ?

— Oui... et dépêche-toi.

Un silence.

— Tu as dit, commença-t-elle avec hésitation, que tu voudrais et que tu ne peux haïr Léo ?

— Oui. J'ai même ajouté que je voudrais et que je ne peux pas t'aimer.

— Ne t'occupe pas de moi, dit-elle froidement, avec un geste sec de la main.

Elle se tut un instant comme pour réunir ses souvenirs avant de parler. Enfin elle se mit à parler la tête basse, en regardant ses mains :

— Mon histoire ne sera pas longue. Hier... tu te souviens ? A l'heure où ta mère, ta sœur et Léo revinrent du dancing, il y eut une panne d'électricité. On est allé chercher des bougies... Puis ta mère m'entraîna dans sa chambre pour me montrer ce nouveau costume qu'elle a fait venir de Paris... (c'est un joli costume, mais il a un défaut à la ceinture)... A un certain moment, je ne sais plus pourquoi, j'ai voulu sortir. J'ouvre la porte, je fais un pas dans l'antichambre... et devine qui je vois dans l'antichambre ?

Michel la regarda. Tout ce récit avait été débité par Lisa d'une voix parcimonieuse et froide, sans qu'elle eût cessé une seconde de contempler ses mains. Michel l'avait écouté distraitement, comme une histoire banale : mais tout à coup il se rappela que ce long préambule devait concerner Léo, aboutir à Léo, resserrer autour de ce nom ses cercles concentriques. Il lui vint une sourde angoisse, si brusque qu'il en eut le souffle coupé :

— Léo ?... murmura-t-il faiblement.

— Oui, Léo, répéta Lisa en secouant avec un calme affecté la cendre de sa cigarette. Léo et Carla... embrassés.

Ils se regardèrent; Michel, immobile et sans manifester de stupeur, mais de ce regard fixe et hébété qui lui faisait voir les objets en double ou en triple; Lisa avec curiosité, avec crainte et aussi avec une sorte de fierté ridicule, en femme sûre de n'avoir pas manqué son coup, d'avoir prononcé un de ces mots qui portent.

— Comment embrassés ?

— Embrassés, répéta cruellement la femme, irritée de cette incompréhension comme des derniers soubresauts d'une bête blessée qui ne se décide pas à mourir. Embrassés comme tous les gens qui s'embrassent... elle sur ses genoux à lui, bouche contre bouche... En somme, embrassés.

Silence. Michel ne bougeait pas; il regardait le tapis, rose comme le reste du boudoir, pelé sur les bords; sur le tapis étaient posés les deux pieds de Lisa : plus loin, il y avait le divan. « Embrassés... pensait-il. Embrassés... C'est une chose extraordinaire. » Il avait envie de crier : « Mais c'est fantastique ! » Ce cas si imprévu l'amusait, piquait sa curiosité. Il n'éprouvait aucune indignation, aucun dégoût; il ne songeait qu'à une chose : obtenir des éclaircissements, en savoir plus long.

Cet état d'esprit dura peu. Déjà il s'apprêtait à poser des questions quand, presque avec épouvante, il s'aperçut qu'il était, une fois de plus, privé des sentiments que cette triste circonstance aurait dû lui inspirer. Le baiser de Léo et de Carla n'éveillait en lui qu'une curiosité mondaine. Cette nouvelle ruine ne parvenait pas à l'émouvoir; cette suprême épreuve de sa sincérité avait un résultat négatif; Carla et Léo n'étaient qu'un couple parmi tant d'autres, connus ou inconnus. Leurs personnalités ne le touchaient pas. Il essayait de se monter la tête : « Voyons, il s'agit de Carla... de ma sœur... Lisa l'a vue embrassant cet homme, l'amant de ma mère... N'est-ce pas horrible ? N'est-ce pas répugnant ? Voyons, n'est-ce pas une sorte d'inceste ?... » Mais Carla et Léo, tout embrassés et tout incestueux qu'ils étaient, demeuraient loin de lui, hors de porté de son indignation factice.

Il regarda la femme; il comprit à ses yeux et à toute son attitude qu'elle attendait avec curiosité et avec délices une belle scène de vertu domestique outragée. Il pensa fébrilement : « La colère, la haine... tous les trésors du monde pour un peu de haine sincère. » Mais son esprit restait inerte, lourd comme du plomb. Ni colère, ni haine. Une Carla en larmes, nue et perdue; un Léo aux appétits sanguinaires — ce malaise, cette honte, rien n'était capable de le remuer.

Alors il lui vint une idée inspirée par le désespoir. Puisque cette dernière épreuve avait échoué, puisque le plus violent stimulant ne réussissait pas à galvaniser son esprit mort, ne valait-il pas mieux se décider une bonne fois à feindre tout : amour, haine, indignation, à feindre sans lésiner, avec largesse, avec magnificence, à jeter les mensonges par la fenêtre? Idée folle... « C'est la fin », pensa-t-il. Il lui sembla que vraiment il renonçait pour toujours aux sources fraîches de la spontanéité, aux sources de la vie limpides et hors d'atteinte. « C'est la fin, mais il faut qu'il arrive quelque chose... et il arrivera quelque chose. »

Il se leva.

— Non, dit-il en se mettant à marcher de long en large dans le boudoir, à la façon d'un homme scandalisé et soucieux; c'en est trop; il est impossible que cela continue... c'est le comble de tout...

Il se sentait froid et ironique; il eut l'impression que sa voix n'était pas suffisamment résolue. Il fallait modifier le ton, trouver un autre registre. Un silence.

— Léo se croit tout permis, reprit-il, tandis que Lisa, courbée en avant, immobile et muette, le regardait, mais il se trompe...

« Non, trop faible, pensa-t-il sans interrompre ses allées et venues. Les circonstances exigent des termes plus violents. Je suis le frère outragé par l'amant de sa mère dans l'honneur de sa sœur » (tous ces mots vertueux et familiers avaient pour lui une saveur d'archaïsme assez ridicule) : « il faut trouver quelque chose de plus dur... ne pas craindre d'exagérer, au besoin... » Mais, en dépit de son détachement ironique, sa tristesse et sa lassitude augmentaient. Il aurait voulu laisser là cette comédie, aller s'agenouiller devant Lisa comme on s'agenouille devant la femme que l'on aime et lui dire en toute vérité : « Lisa, je ne suis pas sincère : je me moque de ma sœur, je me moque de tout... Lisa, dis-moi ce qu'il faut que je fasse... » Mais Lisa n'était pas la femme aimée. Elle ne l'aurait pas compris; comme tous les autres, elle exigeait de lui une attitude nécessaire et naturelle.

— Que comptes-tu faire ?... demanda la femme.

Il s'arrêta pour la regarder, en s'efforçant de donner à ses yeux calmes une apparence hallucinée :

— Ce que je compte faire ? Ce que je compte faire ?... C'est bien simple : aller chez ce scélérat et le prendre au collet.

Il eut l'impression que Lisa était stupéfaite de cette violence.

— Quand ? demanda-t-elle en le fixant d'un œil aigu, à travers la fumée de sa cigarette.

— Quand ?... pas plus tard que demain ou plutôt non, aujourd'hui, tout de suite...

Il prit une cigarette sur la table, l'alluma, vit Lisa le toiser du haut en bas, d'un coup d'œil rapide et perplexe.

— Et que lui diras-tu ?

— Oh ! je lui parlerai du ton le plus froid, fit-il avec un geste de la main.

Il avait le regard droit et les sourcils froncés d'un homme qui voit, devant lui, son propre destin. Décidément, il commençait à entrer dans son rôle.

— Quelques mots... et il comprendra que ce n'est plus le moment de plaisanter.

Nouveau coup d'œil de Lisa. « Je suis idiot », pensa-t-il. Mais il continua, animé d'un vif désir de s'échauffer, de convaincre la femme, de se convaincre lui-même.

— Mais ce qui me dégoûte le plus, chez Léo, c'est cette fausseté ignoble... S'il était pour de bon amoureux de Carla... Ce ne serait pas une excuse... mais, tout de même, on comprendrait... Tandis qu'avec son caractère... Je suis sûr qu'il ne l'aime pas. Elle lui a plu, il l'a trouvée gentille, il a voulu s'en amuser et voilà tout... Et si c'est toujours une vilenie que d'abuser de l'ignorance d'une jeune fille, Léo est trois fois vil parce qu'il l'a fait de sang-froid... sans tenir compte de ses rapports antérieurs avec nous tous! Non, il est impossible... (il chercha un mot propre à qualifier la conduite de Léo) il est impossible d'être plus cochon. Et s'il l'avait fait par passion, encore une fois... Mais non, rien! Ni amour, ni passion, ni affection! Rien que l'appétit sensuel et la fausseté... Nous sommes en présence du mensonge le plus odieux, le plus répugnant, celui qui simule les sentiments purs. On ne peut ni excuser ni comprendre... Il faut condamner.

Sa voix, d'abord hésitante, s'était affermie. Il prononça ces derniers mots avec une force singulière, dont il fut lui-même étonné.

— Quant à Carla, conclut-il après un instant, elle n'est pas coupable... elle s'est laissé étourdir par lui...

Silence. Assise sur le divan, immobile, la tête dans les mains, Lisa le considérait.

— Certainement, finit-elle par dire d'un ton de vague approbation, le mensonge est un très vilain défaut.

— Horrible.

Il fit quelques pas vers la fenêtre. Le soleil avait disparu; un épais rideau de nuages gris était suspendu sur la ville. Lisa habitait au premier étage, mais, comme sa maison se dressait sur une sorte de colline, un vaste panorama de toits s'étendait devant ses fenêtres; cheminées, tuiles, terrasses, lucarnes, balcons, tout prenait sous le ciel gris une couleur humide et triste, entre le marron et le jaune; de plus, à travers la vitre défectueuse, les objets apparaissaient déformés comme sur une toile de fond décolorée et mal peinte; plus loin, la fumée qui s'élevait des toits ne se distinguait plus des nuages : le tout formait une brume dans laquelle les profils irréguliers des maisons et la forêt des cheminées perdaient toute perspective, se confondaient.

Sous la fenêtre, les toits étaient rougeâtres et parsemés de touffes d'herbe. Michel contemplait ce tableau; il le découvrait pour la première fois et ne pouvait s'en détacher; toutes ces toitures l'impressionnaient. « Les soulever, pensait-il, voir dans les maisons... » Un chat noir glissa rapidement d'une lucarne à l'autre; il le suivit des yeux. « Il va pleuvoir », pensa-t-il en regardant le ciel. Il frissonna, tourna le dos à la fenêtre, retrouva le spectacle du boudoir fané et de Lisa, pensive et immobile, sur son divan. Il s'approcha d'elle. « Feindre! » Il s'accrochait avec effort à cette fausse réalité. « Je voudrais... je voudrais dormir, mais il faut feindre. » Aucun lien, entre ces deux idées de « feindre » et de « dormir »; mais ce dernier mot lui était venu naturellement à l'esprit, comme une expression de la lassitude mortelle qui l'opprimait.

— Quelle heure est-il ? demanda-t-il brusquement. Il serait peut-être temps que j'aille chez Léo ?

Avec une lenteur paresseuse, Lisa sortit de son immobilité et regarda son bracelet-montre.

— Quatre heures... dit-elle en examinant Michel avec attention. Mais il vaudrait peut-être mieux téléphoner pour savoir s'il est chez lui.

Elle se leva et se dirigea vers la porte.

Dans le corridor, l'obscurité était complète; Lisa tourna l'interrupteur, et une clarté jaunâtre, une lueur de veilleuse, descendit du plafond bas sur les murs sombres. Le téléphone était fixé au mur près de la porte du salon, à hauteur d'homme; Lisa feuilleta l'annuaire, puis tourna plusieurs fois la manivelle.

— Mais iras-tu ? demanda-t-elle d'un air soupçonneux.

— Quoi ? Tu en doutes encore, répondit Michel avec énergie; il lui sembla que les regards de la femme étaient chargés d'un doute malicieux et pervers.

— Oh! non!... au contraire, dit-elle.

Le téléphone sonnait. Se haussant sur la pointe des pieds, Lisa criait : « Allô !... allô !... », attendait un instant en silence, puis recommençait. Lui, regardait le corridor : deux armoires, un rayon de bibliothèque sans livres, des chaises... Lisa lui tournait le dos; sa chemisette, tout imprégnée de lumière jaune, laissait entrevoir encore mieux que dans le boudoir l'abondance rose et blonde des épaules serrées entre les deux bretelles de la combinaison; les hanches, dévorées par l'ombre, semblaient moins larges; les jambes moins torses. Tout cela, il l'observait avec des yeux de somnambule. « Me voici chez Lisa... dans le corridor... Il faut feindre...; pas une minute de repos... feindre. » Sans savoir ce qu'il faisait, il s'approcha de la femme et la saisit par la taille.

— Eh bien ? demanda-t-il d'une voix insinuante et fausse en lui effleurant la nuque du bout des lèvres, es-tu encore fâchée contre moi ?

Une voix surgit de l'écouteur. Lisa donna un numéro et se retourna :

— Ne t'occupe pas de moi, dit-elle avec le même coup d'œil qu'un instant avant. Elle le pesait du regard. Pense plutôt à Léo, à ta sœur...

— J'y ai déjà pensé, répondit-il.

Déconcerté, il s'adossa au mur. « Feindre, soit, mais jusqu'où peut-on aller ? » Le regard de Lisa prouvait clairement qu'elle ne croyait pas à la sincérité de sa colère. Comment faire pour la convaincre ?

Maintenant, elle parlait. « Oui ? Allô !... qui est à l'appareil ? Monsieur... monsieur Merumeci ? Excusez-moi, il y a erreur. »

Elle coupa et se retourna vers Michel.

— Il est chez lui, dit-elle sèchement. Si tu y vas tout de suite, tu es sûr de le trouver.

Michel la scrutait d'un œil soupçonneux et pensait : « Elle n'a pas confiance... »

— Eh bien ! vas-y, dit-elle.

Le garçon fit, de la main, un geste puéril et prudent qui pouvait signifier : « Rien ne presse. »

— Oui, oui... j'y vais.

— D'ailleurs rien ne t'y oblige, fit Lisa d'une voix dure. Tu peux aussi bien faire semblant de ne rien savoir. Que tu y ailles ou non, moi personnellement, je m'en moque.

Dans le vestibule, elle l'aida à enfiler son pardessus et elle lui tendit son chapeau :

— Allons, dit-il, je reviendrai demain faire mon rapport.

— Entendu... à demain.

Michel partait à contre-cœur; il devinait que Lisa n'avait pas cru un mot de ce qu'il avait dit; il aurait voulu prononcer des serments, faire de grands gestes, en somme la convaincre. Il hésitait...

— Je suis sûr, dit-il en prenant la main que lui

tendait Lisa, que tu ne crois pas à ma haine contre Léo, à mon dégoût...

Un silence.

— En effet, je n'y crois pas, répondit-elle avec simplicité.

— Et pourquoi ?

— Je n'y crois pas, voilà tout.

Nouveau silence.

— Et si je prouvais ma sincérité par des faits.

— Quels faits ?

Il hésita encore; le regard de Lisa exprimait maintenant une inquiétude impérieuse. « C'est vrai, quels faits ? » se dit-il. Une légère crainte l'envahit de ne savoir donner un nom à ce fait capable de prouver la sincérité de ses sentiments; puis, se transportant de Lisa à son ennemi, soudain, comme on trouve une chose qu'on a longtemps cherchée sans le savoir, il le découvrit : tuer Léo. L'idée lui plut : non qu'il pensât à la réaliser, mais parce qu'il la supposait efficace sur l'esprit de la femme.

— Me croirais-tu, prononça-t-il tranquillement, si, par exemple, je tuais Léo ?

— Si tu le tuais...

Le premier mouvement de Lisa fut d'épouvante; il sourit, satisfait de l'impression produite :

— Oui. Si je le tuais ?

Mais déjà Lisa se rassurait. Elle avait vu ce front calme, ces yeux sans colère :

— Alors oui, dit-elle avec un sourire moqueur, mais il suffit de te voir pour comprendre que tu ne le feras pas. Tu as dit cela d'une telle manière...

« Une manière ? pensa Michel, furieux d'avoir compromis à tel point son effet; quelle manière ?... Il y a donc une « manière » pour dire qu'on veut tuer quelqu'un ? » Le rideau tombait; la scène était manquée. Il ne lui restait qu'à partir.

— Ainsi, tu ne me crois pas capable de tuer Léo ?

La femme éclata de rire. Elle n'était pas trop sûre d'elle, mais pas trop effrayée non plus.

— Non, vois-tu, mon pauvre Michel, dit-elle, égayée et compatissante. Ce sont des choses qu'on dit... mais entre le dire et le faire... Et puis, encore une fois, il suffit de te regarder pour comprendre que tu n'as pas la moindre intention... Du reste, ajouta-t-elle pour étouffer son dernier doute, si tu l'avais dit sérieusement, je ne te laisserais pas partir.

Elle ouvrit la porte, lui tendit la main :

— Sauve-toi, sinon tu n'arriveras pas même à le voir, Léo.

— Et si je le tuais ? répéta Michel sur le palier, avec un sourire amer.

— Alors oui... alors je te croirais, répondit-elle avec un rire profondément incrédule.

Là-dessus, elle ferma la porte.

XV

Du plafond vitré de la cage d'escalier tombait une lumière blanche. La porte était fermée. Pas un bruit. « Personne ne me croit », pensa Michel. Il descendit lentement quelques marches. Un malaise l'opprimait et, malgré tous ses efforts, il n'arrivait pas à réduire la triste confusion de son esprit.

Tour à tour, les figures et les événements qui composaient sa misère — Carla séduite, Lisa incrédule, sa mère, Léo — lui apparaissaient dans un brusque éclair, comme des lambeaux de paysage sous un orage nocturne. « Personne ne me croit », pensait-il; et aussitôt après : « Carla s'est donnée à Léo. » Humilié, il croyait revoir la figure ironique de Lisa dans l'embrasure de la porte, ou bien il devinait Carla, demi-nue, entre les bras de son amant... Mais s'il tentait de réunir ces images, de grouper ces faits, de s'en emparer, de saisir les fils de ces marionnettes, s'il s'efforçait de considérer froidement et sans passion toute cette intrigue où il s'était engagé, alors il s'embrouillait, il étouffait. Sa pensée trop faible ne parvenait pas à encadrer une réalité trop diverse, ni son regard à dominer le panorama de sa vie.

Il tenta de raisonner, de construire des systèmes.

« Voyons, voyons... la question a deux faces : une externe et une interne. Face interne : mon indifférence, mon manque de foi et de sincérité... Face externe : tous les événements contre lesquels je ne sais pas réagir... Et toutes deux sont également intolérables. » Il s'appuya à la rampe et regarda en l'air comme pour y distinguer ces deux faces de la question. « Non, je suis seul coupable... je ne sais pas me passionner pour cette vie. » Il recommença à descendre. Et Carla ? Carla aussi était coupable. « Pourquoi a-t-elle fait cela ? » Et leur mère ? La faute retombait sur tous. Impossible d'en découvrir l'origine, la raison première... Tous coupables! Il croyait les voir là, tous, devant lui, contre le mur du palier. « Vous êtes des malheureux, pensait-il, vous me faites pitié, tous tant que vous êtes; oui, toi, maman, avec tes jalousies ridicules; et toi aussi, Léo, avec tes airs de triompher... » Voilà les paroles qu'il aurait voulu dire à son ennemi, comme cela, tranquillement... une sorte d'ivresse le possédait; il rejetait la tête en arrière : « Pauvres gens... vous n'êtes que des misérables... pauvres gens... mais maintenant vous voilà frais... vous allez voir ce qui vous arrivera... » Devant la porte de la rue, il s'aperçut qu'il tenait encore son chapeau à la main. Ce fut assez pour lui faire perdre le sentiment de sa supériorité. Une rage, une angoisse indicibles l'étreignirent : « Inutile de faire tant d'histoires... le malheureux, c'est moi. » Il était de nouveau plus bas que terre. Il enfonça son chapeau sur sa tête et sortit.

Les maisons étaient mortes, les platanes muets, l'air immobile; un ciel de plomb pesait sur les toits; dans toute la longueur de la rue, ni ombre ni lumière, rien qu'une soif aride, une attente d'orage. « Allons chez Léo », pensa-t-il. A cette idée, une exaltation extraordinaire le posséda : « Ah ! tu crois que je ne suis pas capable de tuer Léo ?... Ah! tu n'as pas confiance en moi ?... Et si je le tuais tout de même... » Il marchait vite; dans chacun de ses pas il mettait une grande force; il donnait à toute sa personne un air sûr de soi, une décision irrésistible. Au rythme de cette démarche, des phrases absurdes dansaient dans sa tête vide : « Allons, Lisa, allons tuer Léo, tous les deux... Et puis nous le ferons cuire... nous le ferons cuire à petit feu... » Ou encore : « Léo, mon petit Léo, laisse-toi tuer comme un petit chien bien sage... » Il regardait devant lui et souriait avec désespoir : « Pour toi aussi, Léo, tout est fini... Une si belle carrière, un si brillant avenir! Quel dommage! Je suis le premier à me lamenter, mais, que veux-tu, c'est fini... » Il lui prenait envie de chanter : « N, i, ni, fini la bonne vie », sur l'air d'un refrain à la mode. Il marchait vite, droit et d'un pas rigide comme un soldat vers le champ de bataille.

Une rue modeste : çà et là de petites boutiques aux vitrines misérables. Il remarqua successivement un magasin de fleurs avec des couronnes mortuaires à l'étalage, une typographie tapissée de cartes de visite de toute espèce, un menuisier, un coiffeur. « Eh bien! Léo, pensa-t-il, te voilà servi. Pour commencer je te fais un superbe cercueil, puis je t'offre cette jolie couronne... j'y mets ma carte de visite... et le coiffeur... le coiffeur ira te raser bien soigneusement... » A la boutique du menuisier succédait une maison d'aspect sévère; Michel passa sans regarder devant le portail, profond comme un portail de couvent; puis il aperçut un autre magasin : la vitrine d'abord, la porte ensuite. Du premier coup d'œil, il ne comprit pas ce que c'était; le reflet de la vitre, de biais, masquait l'étalage. Un pas de plus et le mot « armurier » apparut, en lettres blanches;

devant un rideau marron s'offrait un râtelier de fusils de chasse. « Et ici je m'achète le revolver », pensa-t-il, poursuivant son rêve. Mais il n'alla pas plus loin; il s'arrêta devant la porte, hésita une seconde et entra.

— Je voudrais un revolver, dit-il tout de suite, d'une voix ferme, en s'appuyant au comptoir. Le plus dur était fait; cependant la peur lui vint que l'armurier ne devinât ses intentions. Il demeurait les yeux baissés, les mains immobiles, dans une attitude froide et patiente. Il ne voyait, du marchand, qu'un buste vêtu de noir, qui se mouvait avec lenteur, entre le comptoir et les étagères. Sous la vitrine du comptoir, des couteaux brillants étaient disposés sur un fond rouge; il y en avait une quantité, les uns tout simples, d'autres à plusieurs lames, ouverts en éventail. Il leva les yeux. Les murs de la petite boutique obscure étaient entièrement garnis d'étagères vitrées. Certaines contenaient des fusils, d'autres des colliers de chien, des plombs de chasse. Au bout du comptoir, il distingua un appareil fait d'un morceau de bois où étaient encastrés, par ordre de grandeur, des grains de plomb; on eût dit le soleil et les planètes. Maintenant le vendeur, un homme maigre, fatigué, grisonnant, aux gestes lents et aux yeux inexpressifs, plaçait, un par un, sur la vitrine, des revolvers de différents modèles, en indiquant chaque fois leur prix d'une voix monotone : cent lires, soixante-dix lires, deux cent cinquante, quatre-vingt-quinze. Ceux-ci étaient noirs et plats, ceux-là pansus et luisants; automatiques les premiers, les autres à barillet tournant. « Pour Léo, voilà ce qu'il faudrait », pensa-t-il avec ironie, en regardant un énorme pistolet à crosse pliante, une espèce de mitrailleuse accrochée au mur. Il se sentait calme dans ses pensées, spontané dans ses gestes. Il baissa les yeux et choisit sans hésitation le meilleur marché :

— Celui-ci, dit-il d'une voix claire, et une charge.

Au moment de payer il pensa : « J'ai juste assez d'argent. » Bruit de métal. Enfin il s'empara du paquet, le mit dans sa poche et sortit.

« Et, maintenant, chez Léo... » Du ciel immobile et gris semblait, de temps à autre, glisser des larmes ; au coin d'une rue, Michel vit un atelier de réparations; sur le seuil de la porte, un homme, vêtu d'un scaphandre malpropre, démontait une roue de bicyclette; il faisait chaud; pas un bruit de voix; les larmes du ciel déformaient, en tombant, des maisons de six étages; voilà que les maisons fléchissaient, se tordaient, se pliaient avec toutes leurs fenêtres; pourtant ces larmes ne laissaient aucune trace sur les trottoirs; çà et là, de larges crachats jaunâtres, mais point de larmes; hallucination ?

Il déboucha dans une rue plus importante. Il n'avait qu'à la suivre jusqu'au bout et à traverser une place pour se trouver dans la rue de Léo. Inutile de se presser; il marchait lentement, comme un flâneur quelconque, il regardait les passants, les affiches des cinémas, les vitrines. Le revolver pesait au fond de sa poche. Il s'arrêta devant un magasin et lentement, du bout des doigts, il déchira le papier, saisit l'arme. Étrange et froid contact; la gâchette; une légère pression et tout serait fini; pour Léo; un, deux, trois coups; et puis... ah! le canon... les cannelures... Il serra les dents, empoigna la crosse du revolver... comme cela... Il croyait déjà voir ce qui allait se passer. Il montait chez Léo, entrait dans le salon, attendait, l'arme à la main. Léo s'avançait vers lui : « Qu'y a-t-il, Michel ? » Réponse : « Voilà ce qu'il y a »; et il tirait tout de suite. Une balle suffisait : elle pénétrait quelque part dans ce grand corps : large cible. Léo s'effondrait. Maintenant voilà son ennemi étendu par terre, les mains crispées, les yeux révulsés, râlant; lui, alors, se penchait et appuyait le canon du revolver juste au milieu de la tempe; singulière sensation; cette tête se retourne, ces yeux mourants le regardent; il tire un second coup. Fracas, fumée. Maintenant, il fallait sortir, sans regarder derrière soi, sortir de cette pièce étroite où, sous le regard blanc des fenêtres, vêtu de façon impeccable, l'homme tué gisait les bras ouverts : il fallait descendre l'escalier avant que les voisins eussent donné l'alarme. La rue : le mouvement de la foule; là-haut, entre quatre murs, le cadavre. Il cherchait un agent de police (où sont-ils donc ces commissariats où l'on va se constituer prisonnier?). Justement voici un agent, au milieu d'un carrefour; il l'abordait, lui touchait légèrement l'épaule; l'agent se retournait : un renseignement à donner sans doute. Alors Michel lui disait tranquillement : « Veuillez m'arrêter, s'il vous plaît; je viens de tuer quelqu'un. » L'autre le regardait sans comprendre. « Oui, j'ai tué quelqu'un... Arrêtez-moi. » Autour d'eux, la foule continuait à circuler en tous sens; embarras de voitures. Enfin l'homme se décidait à l'accompagner, incrédule et ahuri. Il le conduisait, mais sans lui mettre la main au collet, sans lui passer les menottes, au commissariat le plus voisin. Des policiers; une odeur de cigare éteint; des registres; de la poussière partout. Le bureau; le commissaire grisonnant; gros homme plein de vulgarité. L'interrogatoire...

Il s'arracha à la contemplation distraite d'une vitrine et reprit sa marche. Et puis il y aurait eu son procès ; tous les journaux auraient parlé de son crime ; titres énormes ; comptes rendus détaillés; sa photographie en première page; celle de la victime; celle de «l'actif et habile» commissaire de police qui l'avait arrêté. Sans oublier la photographie de la « chambre sanglante », avec une petite croix indiquant la place où avait été trouvé le cadavre. Sensation formidable; public en délire : le jour de l'audience, les places sont prises d'assaut. Au premier rang, des dames élégantes; des amis, des gens du monde; comme au théâtre. Attente. Enfin voici le juge : un vieillard tranquille et distrait qui lui parle comme un professeur à son élève, du haut d'une chaire poudreuse. Il penche la tête vers lui, le regarde; sous l'arc des sourcils blancs, l'œil n'est pas sévère. « Accusé, qu'avez-vous à dire au Tribunal ? »

A cette invitation, il se levait. Tous les regards se fixaient sur lui. Il racontait son crime. Confortablement assises, les belles dames du premier rang suivaient avec attention son récit, non sans accomplir, de temps à autre, quelque geste frivole comme de remettre à sa place une mèche rebelle ou de croiser leurs jambes fatiguées. On aurait entendu voler une mouche. Et, dans ce silence, il parlait; sincèrement; chacune de ses paroles, lourde de cette triste vérité qui était en lui, l'enveloppait davantage dans une atmosphère particulière : ainsi la seiche attaquée jette son encre et s'enveloppe de ténèbres. Peu à peu, tandis qu'il avouait son manque de foi, son dilettantisme, il lui semblait voir le vieux juge se rapprocher, pour ainsi dire, de lui, s'abaisser jusqu'à lui; la salle grise se vidait sans nul vacarme; ils restaient seuls tous les deux, lui et le juge, entre ces murs livides, devant ces gradins désertés. Il poursuivait son discours; il concluait : « Voilà, j'ai tué Léo sans haine, froidement... sans rien éprouver de sincère... Avec la même indifférence, j'aurais pu lui dire : « Je te félicite, Carla est une belle fille. » Tel est mon véritable crime... j'ai péché par indifférence... »

Le juge le regardait avec curiosité, comme il eût regardé un être difforme. Finalement, un bruit de chaise remuée, répercuté en échos sonores, comme dans une nef d'église; le juge avait quitté son trône et venait au-devant de lui, comme un simple mortel. Il était petit, bas sur jambes, avec de grands pieds, son vêtement noir lui tombait presque sur les talons, comme pour cacher quelque monstruosité; peut-être une atrophie des jambes, contractée à force d'être assis sur ce trône, à rendre la justice. Il était petit, avec une grande tête bienveillante.

« Oh! monsieur le juge... » Il se jetait aux pieds du vieillard. « Tu es absous de ton crime, prononçait le juge après un instant de silence, mais tu es condamné pour ton manque de sincérité et de foi... condamné à perpétuité. » Verdict inexorable. Mais il relevait la tête et voici qu'il se trouvait de nouveau dans une salle pleine de monde, devant un juge distrait, entre deux gendarmes. Songe dans le songe. Fantômes.

La réalité serait bien différente. Son avocat — il choisirait un avocat célèbre — exalterait la figure du frère et du fils, d'abord tourmenté et humilié, puis finalement vengeur. Michel serait même applaudi à l'audience. Défilé des témoins. Lisa, à la barre, très négligée dans sa toilette, raconterait de sa voix de fausset comment elle avait découvert la liaison de Léo et de Carla; sensation profonde; elle dirait aussi que Michel lui avait fait part de son projet de tuer Léo, mais qu'elle ne l'avait pas cru.

Et pourquoi ne l'avait-elle pas cru ? A cause du ton de ses propos.

Et quel était ce ton ? Tranquille; presque un ton de plaisanterie.

Michel connaissait-il la liaison de sa mère ? Oui, il la connaissait.

Comment se comportait la victime, chez sa maîtresse ? En maître de maison.

Depuis combien de temps cette liaison durait-elle ? Depuis quinze ans.

Et les rapports entre Léo et la fille de sa maîtresse ? Depuis quelques jours, à peine, autant qu'elle pouvait en juger.

La fille était-elle au courant de la liaison de sa mère ? Oui.

Quelle était la nature des relations entre l'accusé et la victime ? Relations d'amitié.

Pas de relations d'affaires ? Si, également.

Quelles sortes d'affaires ? Elle ne se le rappelait pas de façon précise. Il était question, lui semblait-il, d'une hypothèque sur la villa.

Était-il vrai que l'accusé prétendait être ruiné par la victime ? C'était vrai.

Quelles raisons l'avaient poussée à révéler à Michel la faute de sa sœur ? Son affection pour lui, son amitié envers la famille.

De quelle façon Léo s'était-il comporté jusqu'à présent vis-à-vis de Carla ? Comme un père : il l'avait connue toute petite, les tresses dans le dos et les jambes nues.

Carla avait-elle la réputation d'une jeune fille honnête et sérieuse ? Non... En général, on la jugeait avec sévérité.

Croyait-elle à l'existence de sentiments passionnés de la part de Léo ? Non.

Et de la part de Carla ? Non plus.

Croyait-elle que la victime avait l'intention d'épouser Carla ? Non, autant qu'elle pouvait savoir.

Était-il vrai que Léo ne cachait pas aux enfants sa liaison avec leur mère ? C'était vrai.

Les querelles étaient-elles fréquentes entre les deux amants ? Oui.

Pour quel motif ? La jalousie de la mère.

De qui était-elle jalouse ? De tout le monde.

La mère soupçonnait-elle sa fille ? Non, elle avait même souvent confié au témoin que son amant avait pour la petite des sentiments tout paternels.

Une dernière question : avait-elle jamais cru Michel capable de commettre un pareil crime ? Jamais.

Pourquoi ? Parce qu'il était trop faible.

Là-dessus arrivait sa mère, en toilette de deuil, fardée, très digne, mal assurée dans ses mouvements. Elle dépassait la barre des témoins, allait droit au juge, comme à une personne de connaissance. L'interrogatoire était pour elle l'occasion d'un long récit. Elle remontait au déluge. La voix pathétique, le geste théâtral, et tous ces voiles noirs s'agitant sans cesse, tout cet appareil de mascarade... Insidieusement interrogée par les avocats de la partie civile, qui se jetaient sur cette proie comme des requins aux dents aiguës sur une molle baleine, la mère finissait par proclamer son attachement envers la victime; on lui demandait si oui ou non Léo l'avait dépouillée de son patrimoine. Elle répondait non.

Et du fait d'avoir séduit Carla, que pensait-elle ? C'était une folie; mais que celui qui n'en commet point jette la première pierre.

« Appelons donc cela une folie », soulignait ironiquement l'avocat de Michel; échange de mots un peu vifs; énergique rappel à l'ordre du président.

Et croyait-elle que Léo aurait réparé cette « folie » en épousant Carla ? Hésitation. Non... elle n'en était pas sûre.

Sensation : elle se serait donc accommodée d'une situation pareille; cet homme dans sa maison, à la fois son amant et l'amant de sa fille ?

Non, mais Léo y avait déjà pensé et avait décidé de donner un mari à Carla.

Rires. Commentaires ironiques.

Était-il vrai que la victime assurait à Carla une certaine dot ? C'était vrai.

« Et en échange, notait l'avocat de la défense, il se réservait, par anticipation, le *jus primae noctis*. » Nouvelle dispute. Sifflets dans la foule; le public était pour lui; menace du président de faire évacuer la salle; cela se produit toujours.

Était-il vrai qu'entre Léo et Michel il y avait eu ces derniers temps des explications violentes ? Oui, c'était vrai.

Et que Michel avait lancé un cendrier contre Léo ? Oui, mais il l'avait touchée, elle, à l'épaule.

Pourquoi ces violences ? Michel croyait, à tort, que Léo voulait profiter de son hypothèque pour les dépouiller.

Et comment s'était comportée la victime en ces occasions ? Paternellement. En homme qui est au-dessus de ces sottises.

Était-il vrai que de fréquentes disputes éclataient entre elle et la victime ? Non. Le plus parfait accord régnait entre eux.

Mais le témoin Lisa laissait entendre autre chose ? Naturellement, Lisa avait de bonnes raisons pour calomnier la mémoire du disparu.

Quelles raisons ? oh ! une seule, mais suffisante : elle avait été sa maîtresse.

Sensation. « Il me semble, notait l'avocat de Michel, qu'aucune femme ne lui échappait. »

Quand ? Avant elle.

A l'instruction, elle avait accusé Lisa d'être l'instigatrice du crime. Et maintenant ? Elle réitérait son accusation.

Les raisons de Lisa ? Raisons de jalousie et d'envie.

Elle l'accusait aussi d'avoir voulu corrompre

Michel ? Bien sûr... c'était une femme de rien, sans pudeur et sans vergogne.

Mouvements divers. Le président rappelait le témoin à un langage plus modéré; rébellion de la mère.

Parfaitement, une femme de rien, criait-elle de toutes ses forces, une femme de rien et une criminelle.

Nouveau rappel à l'ordre.

Était-il vrai que, devant la froideur de son amant, elle avait soupçonné Lisa au lieu de sa fille ? Oui, parce qu'elle avait remarqué, depuis quelque temps, que Lisa faisait la cour à Léo.

En somme, selon elle, Lisa était la principale coupable ? Naturellement. Elle était l'instigatrice du meurtre; c'était elle qui avait exalté Michel, c'était elle qui avait tout fait.

Et, selon elle, Léo avait eu raison de séduire Carla ? Non, mais on connaît la faiblesse humaine; d'ailleurs cette faute ne retombait probablement pas tout entière sur la victime.

Et Michel ? Michel était un pauvre garçon irresponsable, un instrument entre les mains de Lisa : beaucoup trop faible pour agir seul.

Voici maintenant la dernière des trois femmes de sa vie, Carla. Un peu amaigrie; pâle; plus femme. Parmi la curiosité frénétique de la foule, elle s'avançait sans timidité ni effronterie. Elle portait une petite robe claire du matin, des bas clairs, un petit chapeau clair; la fourrure sur l'épaule; sans doute fardée, en tout cas élégante. Le vieux juge la regardait sans sévérité, comme il l'avait regardé lui-même. Elle allait à la barre et parlait avec lenteur. Curiosité du public; attente avide de détails scabreux; surexcitation. Mais, après en avoir conféré avec ses assesseurs, le président ordonnait de faire évacuer la salle; l'audition des témoins continuerait à huis clos. Déception du public. Murmures; … salle se vidait lentement. Voici Carla t… : une tache claire au milieu des instrume… …t noirs de la justice. L'interrogatoire se po… …t.

Était-il vrai que, récemment, … …s intimes s'étaient noués entre elle et la … ? Oui, c'était vrai.

Au sujet de sa mère, savait-elle à … s'en tenir ? Certainement. Dès son enfance.

Comment, dès son enfance ? Oui, toute …; elle les avait vus un jour s'embrasser devant un miroir.

Savait-elle que Léo ne pouvait pas ou ne voulait pas l'épouser ? Oui, elle le savait.

Savait-elle qu'il avait mis la main sur leur fortune ? Oui, elle le savait aussi.

Et, sachant tout cela, elle s'était néanmoins donnée à lui ? Parfaitement.

Pourquoi ? Comme cela.

Léo s'était-il comporté vis-à-vis d'elle en homme vraiment épris ou en libertin ? En libertin.

Alors, elle ne l'aimait pas? Non, elle ne l'aimait pas.

De quelle manière lui avait-il manifesté son désir ? Un jour qu'elle était seule à la maison et qu'elle s'ennuyait, il était venu; ils avaient causé ensemble; une sorte d'intimité trouble était née entre eux; il l'avait embrassée; il l'avait invitée à aller chez lui.

Et elle y était allée ? Oui, le lendemain.

Que s'était-il passé alors ? Tout.

Et elle y était retournée ? Oui, tous les jours.

Était-il vrai que Lisa l'avait surprise dans l'antichambre, assise sur les genoux de son amant, embrassée par lui ? C'était possible.

Ne craignait-elle pas d'être surprise par sa mère? Non.

Ne pensait-elle pas qu'elle ruinait son avenir en se liant à cet homme ? Non.

que.

Pourquo[i ca]chait-elle ses rapports avec la
Sa mère elle se confiait même à elle.
victime a-t-il parlé de sa mère ? Oui. En quels
Léo l. de mauvais termes.
termes ait-il ? Qu'elle était vieille, stupide ; qu'il
Quit plus.
ne l' sa mère, Léo, malgré cette relation avec
Se proposait de lui donner une dot et de la
ell ier. Était-ce vrai ? Non, ce n'était pas vrai.
n Comment le savait-elle ? Elle le savait parce que Léo lui avait proposé de quitter sa famille et d'aller vivre dans un petit appartement où il aurait pu la voir quand il aurait voulu.

Aurait-elle accepté ? Peut-être.

Léo ne pensait-il pas que Michel pouvait s'opposer à la réalisation de ce programme ? Non.

Pourquoi ? Il disait qu'avec un peu d'argent on ferait tenir Michel tranquille.

Et la mère ? La mère aurait crié mais elle se serait calmée elle aussi.

Était-elle au courant des altercations survenues entre la victime et Michel ? Oui, un soir, Léo avait menacé Michel de lui tirer les oreilles.

Et Michel ? Michel lui avait lancé un cendrier à la tête ; mais il avait atteint leur mère.

Michel avait-il manifesté devant elle son projet de tuer Léo ? Jamais.

Quelle était l'attitude de Michel relativement aux affaires de famille ? Indifférente et faible.

A son tour Carla se retirait. Mais avant de quitter la salle d'audience elle venait lui dire au revoir. Elle était là, devant lui, embarrassée, sérieuse, avec des regards à la fois émus et suppliants. Elle lui demandait comment il se trouvait ; ils se serraient la main. Enfin elle sortait de son pas frivole — talons hauts et petite jupe courte.

Et pourtant il y avait dans … dans le doux mouvement de ses hanc…llure, … une foule de détails de sa personne, une m…ns … prudente et mal assurée qui lui permettait…e …aginer la nouvelle vie que le deuil tapageur e… …s dignité de sa mère lui avait laissé entrevoir.

Elles avaient disparu toutes les trois : …mère, sa sœur, sa maîtresse. Chacune suivait sa …oie. Cependant le procès continuait. Quelques j…rs plus tard, le ministère public prononçait son réqu…sitoire. Un discours vigoureux. Après s'être attaché à peindre sous de sombres couleurs le milieu corrompu et corrupteur dans lequel le crime avait été perpétré, et tout en accordant à Michel les circonstances atténuantes, l'avocat général soutenait en plein la thèse de la préméditation.

« Oui, messieurs les Jurés, s'exclamait-il en frappant du poing sur sa table, il s'agit d'un crime prémédité; Michel apprend de Lisa que Léo a séduit sa sœur et il s'en va en faisant allusion, sur un ton de plaisanterie, dit le témoin, à un meurtre possible... Donc ce meurtre était déjà décidé; Léo était déjà condamné. Michel ne va pas chez Léo pour lui demander des explications mais pour l'assassiner, que les rapports de Lisa soient ou ne soient pas véridiques. Entre la visite à Lisa et le crime, il s'écoule deux heures. Que fait Michel pendant ce temps ? A peine dans la rue, dans la rue même où demeure Lisa, il se précipite comme un fou chez un armurier et, pour soixante-dix lires, achète un revolver; après quoi il erre sans but à travers la ville, abandonné à lui-même et à ses sanguinaires projets de vengeance, comme un navire à la tempête; vous le voyez, ce revolver en poche, s'arrêter devant les magasins, regarder les vitrines, marcher, parcourir plusieurs fois la rue de Léo; vous le voyez enfin devant cette porte : il hésite, il entre, il monte l'escalier... Le voici son ennemi. Celui-ci s'avance à dans le sa ffectueux, amical, souriant... Ah! sa rencon jurés, ce sourire de l'homme qui, messieur r, marche à la mort!... Il lui tend la sans le est alors que Michel tire; l'homme main... Michel se penche sur lui et, froidement, tomb ablement, il l'achève d'une balle à la imp te, puis, avec le calme d'un criminel invétéré, i erme derrière lui la porte de l'appartement et va se constituer prisonnier... » L'orateur analysait la volonté implacable de Michel, son dessein obstiné de tuer Léo — bien qu'il sût que sa sœur, « ainsi qu'il résultait des témoignages, n'était pas la pure, intacte et virginale enfant que l'on pouvait croire et que, par conséquent, il n'y avait pas eu séduction au vrai sens du mot. » Sensation. « Carla, poursuivait l'orateur, est une de ces filles qui n'ont jamais été innocentes : aujourd'hui l'un, demain l'autre, pitoyable exemple de notre siècle corrompu. » Il insistait sur ce point que, selon toute probabilité, ce n'était pas Léo qui avait fait la cour à Carla, mais inversement Carla à Léo, et ceci par une sorte de rivalité insane et maladive à l'égard de sa propre mère. « Messieurs les jurés, concluait-il, personne n'a le droit de se substituer à la justice humaine et encore moins à la justice divine; Michel l'a osé; Michel a condamné son ennemi et a exécuté la sentence; cette atroce et froide volonté de tuer, tel est son véritable crime : il ne s'agit pas, messieurs les Jurés, d'un éclat de passion, de l'explosion d'une colère vertueuse, mais de la préparation et de l'exécution d'un dessein sanguinaire longuement médité; rappelez-vous ceci, rappelez-vous que, pour Michel, Léo était un homme mort, alors qu'il vivait encore et que sa place parmi les hommes n'était pas encore marquée par une tombe. » « Et toi, Michel, s'exclamait-il en se tournant vers l'inculpé, accepte ton châtiment comme une expiation et une purification après lesquelles tu pourras revenir au sein de ta famille et de la société humaine. »

Là-dessus Michel pensa : « Je me demande pourquoi les avocats ont cette habitude de tutoyer les inculpés. » Il secoua la tête. « Tu as tort, accusateur public... tu te trompes... Pas de purification, pas d'expiation, et pas de famille non plus... indifférence, indifférence, rien qu'indifférence. » Il sourit distraitement. Et après l'avocat général qui parlerait ? Son avocat. Il se levait, ce flambeau, ce luminaire, ce nouveau Démosthène; l'une après l'autre, il faisait surgir les troubles figures de ce procès, il peignait lui aussi de sombres couleurs le milieu où vivait l'accusé, sa famille. La mère, une femme perdue et sans pudeur; Léo, profiteur et incestueux; Lisa, une cancanière de mœurs faciles. Et deux victimes : Carla et lui, fils d'un père alcoolique (« quand le père est mort, pensa Michel, on dit qu'il était alcoolique, c'est la règle »), privés dès l'enfance de l'amour de leurs parents, élevés sans religion et sans morale.

« Amant de Lisa d'abord, puis de la mère, hurlait l'orateur, Léo le devient aussi de la fille; de la fille, messieurs les jurés..., répétait-il d'une voix émue et pathétique, de cette enfant qu'il avait connue innocente, les tresses dans le dos et les jambes nues, qu'il avait tenue sur ses genoux, qu'il avait, peut-on dire, élevée pour lui et pour ses appétits immondes... Cette maison était son harem... Et ce n'est pas encore assez pour lui : il porte ses mains rapaces sur le patrimoine domestique... » Après avoir accumulé les forfaits de Léo, comme les pierres d'un édifice de scélératesse, l'orateur exaltait, dans un généreux éclat de voix, la justice de ce meurtre. Michel croyait déjà le voir, ce Démosthène congestionné, rouge, les cheveux au vent, les poings sur la table, il croyait l'entendre : « Condamnerez - vous Michel pour avoir vengé l'honneur de sa famille outragé et foulé aux pieds ?... » quand, levant la tête, il s'aperçut qu'il était dans la rue où demeurait Léo.

Un malaise froid et mortel lui gela le sang. « Voilà, nous y sommes », pensa-t-il. C'était bien la rue qu'il cherchait; des maisons neuves, blanches; des jardins encore vides, çà et là des constructions inachevées, entourées d'échafaudages, des trottoirs sans asphalte. La campagne ne devait pas être loin; les passants étaient rares; personne ne se retournait pour le regarder, personne ne faisait attention à lui. « Et pourtant je vais tuer un homme... » Phrase invraisemblable. Il mit la main dans sa poche, toucha son revolver. Tuer Léo, cela signifie le tuer pour de bon, le rayer du nombre des vivants, faire couler son sang : « Il faut le tuer, se dit-il avec une angoisse fébrile, le tuer... comme cela... sans trop de bruit... oui, je vise à la poitrine, il tombe, il est étendu par terre... je me penche tout doucement... sans faire de bruit... et je l'achève. » Cette scène qui devait être d'une rapidité foudroyante lui apparaissait très longue, faite de gestes incohérents, silencieuse; il cédait à son malaise. « Il faudrait le tuer sans s'en apercevoir, pensa-t-il; alors tout irait très bien. »

Le ciel était gris; la rue à peu près déserte; une automobile; villas; jardins; le revolver au fond de la poche; la gâchette; la crosse. Il s'arrêta une seconde pour voir le numéro d'une maison; à ce moment, sa propre tranquillité l'épouvanta : « Si je continue à être aussi calme, pensa-t-il, il ne se passera rien. Allons... de l'indignation! de la fureur!... » Il reprit sa marche; le 83 était un peu plus loin. « Essayons de nous monter...

voyons, je récapitule les raisons que j'ai de haïr Léo... ma mère... ma sœur qui était pure il y a quelques jours... et maintenant dans son lit... nue, perdue... Léo l'a prise... il l'a possédée, ma sœur, oui, ma sœur, possédée... traitée comme une fille publique... dans son lit souillé... oui, nue entre ses bras... C'est une chose affreuse... horrible... mon cœur frémit à cette pensée... ma sœur soumise au vice de cet homme... » Il se sentait la gorge sèche. « Au diable ma sœur », pensa-t-il avec désespoir, aussi calme que jamais. Il n'arrivait pas à se secouer. Il regarda une porte; déjà le soixante-cinq. Une peur atroce de ne pas savoir agir l'envahit. La main à la poche, il étreignit nerveusement son revolver. « Au diable ma sœur et au diable tout le monde... des raisons, mais je n'en ai pas besoin... j'ai décidé de le tuer, je le tuerai, voilà tout. » Il pressa le pas, les maisons défilent l'une après l'autre; plus vite, plus vite... Il fallait le tuer, il le tuerait ; soixante-cinq, soixante-sept, une rue, soixante-neuf, soixante et onze; soudain, il se mit à courir; son revolver battait contre sa cuisse; il remarqua, sur le trottoir, une petite fille d'environ dix ans tenant par la main un garçon plus petit qu'elle. Ils venaient à sa rencontre; Michel pensa qu'il les croiserait, mais il atteignit avant eux le portail de la maison de Léo et, avec le regret de ne pas les avoir au moins effleurés, il entra. « Et maintenant, pensa-t-il, dans l'escalier, le plus beau ce serait de ne pas le trouver chez lui. » Il monta en courant deux étages. Au second, à droite, il reconnut la porte de son ennemi; une plaque de cuivre portait l'inscription : *Cav. Leo Merumeci.*

Il ne sonna pas; il voulait au moins se présenter avec une respiration tranquille et il était haletant; il attendit, immobile devant cette porte close, que son halètement et que les battements de son cœur se fussent calmés; mais ils ne se calmaient point; son cœur battait, sautait dans sa poitrine, ses poumons se soulevaient malgré lui, douloureusement : « Mon cœur, mon souffle, pensa-t-il avec un dépit amer, vous vous mettez contre moi, vous aussi ? » D'une main, il se comprima le flanc, il tenta de se dominer. Combien de temps faudrait-il pour que son corps fût aussi prêt que son âme ? Il compta de un à soixante, immobile sur le palier silencieux; c'était ridicule, il recommença... finalement, las de ce jeu, il s'interrompit et appuya sur le bouton de sonnette.

Il entendit le timbre retentir dans l'appartement vide. Silence; immobilité. « Il n'y est pas, pensa-t-il avec une joie et un soulagement profonds. Je vais sonner encore une fois par acquit de conscience... et je m'en irai. » Déjà, il levait la main pour appuyer de nouveau sur le bouton, déjà il s'imaginait de nouveau dans la rue, en liberté, déjà il oubliait ses projets de vengeance quand un pas lourd résonna de l'autre côté de la porte; puis cette porte s'ouvrit et Léo apparut.

Il était en robe de chambre. Tête ébouriffée et poitrine nue. Il toisa le garçon de haut en bas.

— Toi ici! s'écria-t-il d'une voix mal réveillée et sans l'inviter à entrer; et que veux-tu ?

Ils se regardèrent. « Ce que je veux, tu le sais bien ce que je veux, dégoûtant personnage », pensa Michel. Mais il se contenta de dire dans un souffle, car la respiration lui manquait :

— Rien... te parler simplement.

Léo leva les yeux. Son visage eut une expression impudente et stupide :

— Ah! elle est bonne! Me parler ? A cette heure-ci ? dit-il avec un étonnement exagéré (il se tenait toujours au beau milieu du seuil, obstruant le passage). Et qu'as-tu à me dire ?... Écoute, mon cher, ajouta-t-il en commençant à fermer la porte, un autre jour, cela vaudrait peut-être mieux ? Je dormais et je n'ai pas les idées assez claires... Demain, par exemple...

La porte se fermait. « Ce n'est pas vrai, que tu dormais » pensa Michel. Puis, brusquement, cette idée : « Carla est dans sa chambre... » Il lui semblait la voir nue, assise au bord du lit, écoutant anxieusement ce dialogue entre son amant et le visiteur importun. Il donna une poussée à la porte et entra :

— Non, dit-il d'une voix ferme et troublée, non, aujourd'hui, à l'instant même, il faut que je te parle.

Une hésitation :

— Eh bien! soit, proféra l'autre du ton d'un homme à bout de patience.

Michel entra : « Carla est ici! » pensait-il. Une émotion extraordinaire le possédait.

— Dis la vérité, articula-t-il avec effort en posant une main sur l'épaule de Léo; dis la vérité: j'ai troublé quelque doux entretien... il y a quelqu'un ici... n'est-ce pas ? eh! eh!... quelque belle fille...

Il vit l'homme se retourner et se défendre avec un odieux sourire de vanité mal dissimulée :

— Absolument personne... je dormais.

Il comprit qu'il avait touché juste. Il mit la main dans sa poche et saisit son revolver.

— Je dormais, répéta Léo sans se retourner, en le précédant dans l'antichambre; je dormais d'un profond sommeil et je faisais des rêves merveilleux.

— Ah! oui ?

— Oui... et ton coup de sonnette m'a réveillé.

« Lui tirer dans le dos, non », pensa Michel. Il sortit son revolver de sa poche et, la main appuyée sur la hanche, il le pointa dans la direction de Léo... « A peine il se retourne, je tire. »

Léo entra au salon le premier, s'approcha de la table, alluma une cigarette; enveloppé dans sa robe de chambre, comme un lutteur, les jambes écartées, la tête dépeignée, penchée vers l'invisible allumette, le cou puissant, il donnait l'impression d'un homme sûr de lui et de sa vie. Enfin il se retourna; alors, non sans haine, Michel leva le bras et tira.

Il n'y eut ni fumée ni détonation; à la vue du revolver, Léo, épouvanté, s'était jeté avec une espèce de mugissement derrière une chaise. On entendit le bruit sec de la gâchette. « Il s'est enrayé », pensa Michel; il vit Léo hurler : « Tu es fou! », saisir une chaise et l'élever en l'air, découvrant tout son corps. Il se tendit en avant et appuya une seconde fois sur la détente. Même petit bruit sec. « Il n'est pas chargé! pensa Michel, atterré, les balles sont dans ma poche. Il fit un saut de côté pour éviter la chaise que brandissait Léo, courut à l'angle opposé. La tête lui tournait; il avait la gorge sèche, le cœur en tumulte. « Une balle... rien qu'une balle. Il fouilla dans sa poche, prit fébrilement quelques projectiles, releva la tête; ses mains affolées tentèrent d'ouvrir le barillet et de charger l'arme; mais Léo prévint son geste et lança la chaise. Michel reçut le choc de biais, sur les mains et sur les genoux et si fort que le revolver tomba. La douleur lui fit fermer les yeux; puis, dans un accès de rage furieuse, il se jeta sur Léo, essaya de l'étrangler; mais il fut saisi, secoué violemment à droite, puis à gauche et enfin rejeté avec une telle force qu'après avoir renversé une chaise sur son passage il alla s'écrouler sur le divan... L'autre, aussitôt, fut sur lui et lui saisit les poignets.

Ils se regardèrent en silence. Rouge, haletant, immobilisé, Michel fit un effort pour se libérer; Léo riposta en lui tordant les poignets. Nouvel effort, nouvelle torsion. Enfin Michel céda à la douleur et à la rage : il avait le sentiment confus que jamais la vie ne lui avait été plus cruelle qu'à cet instant où, brutalement écrasé, il retrouvait un pitoyable désir des anciennes, des lointaines caresses maternelles; ses yeux se remplirent de larmes; ses muscles douloureux se détendirent, il s'abandonna. L'homme le considéra un moment, la robe de chambre ouverte laissait voir une poitrine nue et velue, soulevée par une respiration qui s'exhalait à travers deux narines frémissantes, avec une sorte de sifflement bestial. Toute la personne de Léo exprimait une fureur menaçante, à grand'peine contenue.

— Tu es fou! prononça-t-il enfin en secouant la tête. — Et il le lâcha.

Michel se leva en frottant ses poignets endoloris. Il voyait Léo debout au milieu du salon, immobile; la chaise renversée et là, dans le coin, cette chose noire : son revolver. Tout était fini pour de bon. Fini. Mais il n'arrivait pas à comprendre... il ne savait pas s'il devait se montrer indigné ou craintif. Il regardait Léo et continuait à se frotter les poignets, machinalement.

— Et maintenant, dit enfin l'homme en se tournant vers la porte, maintenant tu vas me faire l'extrême plaisir de filer. (Il était sur le point de s'emporter, mais il se contint.) Et, quant à ce petit incident, j'en dirai deux mots à ta mère.

Michel ne bougea pas. « Pas de reproches, pas d'accès de colère, pensait-il; il semble avoir plutôt hâte de me voir partir. Il craint que je ne découvre Carla... Carla est ici... dans la pièce à côté. » Il contemplait l'autre porte du salon, s'étonnait presque de la trouver si pareille à toutes les portes. La présence de sa sœur aurait dû s'y révéler par un signe quelconque, un lambeau de jupe qui y serait resté pris au moment d'une fuite précipitée...

— Où est Carla ? demanda-t-il d'une voix claire.

L'homme trahit sa stupeur par une très légère altération de son visage impudent; mais ce ne fut qu'un éclair :

— Carla ? répondit-il avec un parfait naturel, comment veux-tu que je le sache ? Elle doit être chez elle ou dans la rue. (Il s'approcha de lui et le saisit par un bras.) Veux-tu t'en aller, oui ou non ?

— Ssst... fit le garçon en pâlissant, sans essayer de se dégager; ne crois pas me faire peur... je m'en irai quand j'en aurai envie.

— Veux-tu t'en aller, oui ou non ? répéta Léo d'une voix plus forte.

Il fit un mouvement pour entraîner Michel vers la porte; l'autre résista :

— Je crois, dit Michel précipitamment, que Carla est chez toi... qu'elle est ici... dans ta chambre. (Il s'accrochait aux meubles, se débattait sous la poussée de Léo.) Et toi, laisse-moi...

Mais Léo ne le lâchait pas.

— Tu t'en iras, répétait-il avec une sorte de joie; chez moi, je fais ce qu'il me plaît... tu t'en iras comme un petit bonhomme...

Poussé par les épaules, Michel essayait en vain de se retourner. Brusquement, il se sentit soulevé, le sol manquait sous ses pieds :

— Ah! crapule! s'écria-t-il, crapule!...

— Crapule tant que tu voudras... mais tu vas déguerpir tout de même...

C'est à ce moment que s'ouvrit la porte et qu'apparut Carla.

Elle portait une jupe courte et un tricot de laine marron. Elle venait sans doute de s'habiller en grande hâte; elle avait les cheveux ébouriffés, les joues pâles, avec cet aspect particulier, cet air négligé et las des femmes qui n'ont pas fait leur toilette. Elle ferma la porte derrière elle et, droite, les yeux fixes, elle s'avança jusqu'au milieu du salon :

— J'ai entendu du bruit, dit-elle, et je suis venue.

— Comment ? (Après un premier instant de stupeur, Léo avait lâché Michel pour courir au-devant de Carla. Il la secouait par le bras.) — Hein ? Comment ? Je t'ai dit de ne pas bouger et tu viens tout de même ?... Est-ce que tu te moques de moi ?... Ah çà ! mais vous êtes enragés tous les deux ? (La fureur l'empêchait de parler; enfin il se domina.) Eh bien ! puisque tu as voulu venir, le voilà ton frère, ton joli frère qui tire des coups de revolver sur les gens... Parle-lui, toi ; fais-en ce que tu veux. Moi, je m'en lave les mains.

Il lui tourna le dos et, comme un homme qui ne veut pas être dérangé, alla s'asseoir devant la fenêtre. Michel regardait Carla. Que restait-il de l'indignation vertueuse qu'il s'était figuré devoir éprouver en cette circonstance ? Où l'avait-il oubliée ? L'idée même des torts de Léo, d'un Léo séducteur, ne lui serait pas venue si l'homme n'avait pas saisi le bras de sa sœur d'une manière si brutale et si la tenue négligée de Carla n'avait pas révélé un habillage hâtif. « Dieu sait comment elle était quand je suis arrivé ! » pensait-il. Et il cherchait, il cherchait avec une douloureuse avidité les traces de la faute : ce visage pâli, ces yeux cernés, ces paupières violettes, ces lèvres décolorées, cet air de confusion et de rassasiement, tout confirmait ses soupçons : mais le corps, le corps possédé, brûlé, plié de mille manières par la luxure, le corps ne révélait rien; il était comme les autres jours; seule la naissance des seins lui causait une étrange impression : ce n'était plus cette chose innocente qu'il s'était habitué à considérer comme séparée des autres organes mieux cachés, mais une image impure qui laissait deviner la nudité tout entière.

— Tous mes compliments, dit-il enfin avec effort, mais il était inutile de prendre la peine de t'habiller... tu pouvais très bien te présenter, comme Léo, en robe de chambre...

Il désigna l'homme qui, d'un geste irrité, se couvrit la poitrine. Un silence. Puis soudain Carla, d'un ton suppliant et anxieux :

— Michel, ne parle pas ainsi... laisse-moi t'expliquer...

— Il n'y a rien à expliquer. (Michel s'approcha de la table et s'y appuya.) Je ne sais pas si tu l'aimes, continua-t-il, comme si Léo n'avait pas été présent lui aussi, là, près de la fenêtre, mais de toute façon tu t'es fait un tort énorme... Tu savais ce qu'il représente pour maman, et quel genre d'homme c'est... et malgré cela tu t'es donnée à lui. Et, au surplus, je suis certain que tu ne l'aimes pas...

— Je ne l'aime pas, concéda-t-elle sans lever les yeux, mais il existe une autre raison...

« Ah! il existe une autre raison! » se répéta Léo. Il les regardait tous deux, le frère et la sœur, avec une sorte de mépris amusé; sa colère était tombée et il ne lui restait plus qu'à attendre les événements. « Je saurais la dire, moi, la raison, pensa-t-il, tandis que lui revenait à l'esprit une attitude lascive dans laquelle il avait vu Carla dix minutes plus tôt; c'est le désir, ma chère, c'est le besoin que tu en avais... »

— Tu ne le sais pas toi-même, pourquoi tu as fait cela, reprit Michel (il s'échauffait; il lui semblait lire la faute de sa sœur comme dans un livre ouvert) ; non, tu ne le sais pas!

— Je le sais, répliqua-t-elle en levant les yeux.

— Alors, dis-le...

Troublée, Carla considéra d'abord son frère,

puis Léo. Elle aurait voulu répondre : « Pour me faire une nouvelle vie », mais le courage lui manqua; cette raison lointaine, maintenant qu'elle voyait bien que rien n'était changé, rien sinon son corps défloré, lui paraissait ridicule et indigne; une pudeur, la crainte de n'être pas crue ou d'être tournée en dérision l'empêchaient de la révéler. Elle se tut et baissa la tête.

— Eh bien! moi, je vais te le dire, s'écria Michel, triomphant, bien que secrètement irrité du rôle qu'il lui fallait tenir. (« Je joue les chefs de famille, pensait-il, les pères nobles! ») Tu as eu un moment de faiblesse, d'ennui; tu n'as pas voulu chercher plus loin que Léo; tu l'as accepté tout de suite comme tu aurais accepté le premier venu... tu as cédé sans savoir pourquoi, simplement pour faire quelque chose.

Elle répéta :

— Oui, pour faire quelque chose.

« Ce qu'elle a fait, elle appelle cela « quelque chose », pensa Léo avec ironie. Il se sentait sans pitié pour ces deux êtres. Ce qui lui paraissait le comble de l'absurdité et du ridicule c'était que Michel, ce garçon imbécile qui, voulant lui tirer dessus, avait oublié de charger son revolver et que cette petite putain de Carla qu'il venait de serrer, nue, entre ses bras, dans son lit, et à laquelle il avait fait tout ce qu'il avait voulu, vinssent maintenant s'ériger en juges, s'affubler chacun d'une paire d'ailes et d'une auréole de saint, faisant les purs et le laissant, lui, dans sa bassesse et dans sa fange. Il avait envie de leur crier : « Mais faites-moi le plaisir... ne prenez pas ces airs renchéris... appelez-donc un chat un chat... vous êtes ce que vous êtes et rien de plus. » Il se contint cependant, curieux de voir comment se terminerait ce dialogue fraternel.

— Et puis tu t'es aperçue que tu n'avais rien

fait, continua Michel, que tu étais sortie d'une situation impossible pour en trouver une autre non moins triste, non moins lamentable. Voilà ce qui s'est passé...

Il se tut, regarda sa sœur; alors la voyant là, devant lui, droite, muette et obstinée, non comme une coupable, plutôt comme une personne qui écoute un sermon quelconque avec respect, avec soumission même, mais surtout avec indifférence, et d'autre part se sentant si loin de la vérité, si empêtré dans les mensonges auxquels le condamnait son inertie spirituelle, il se sentit envahir par une noire angoisse, par une souffrance humiliée. « Tout n'est qu'obscurité, pensa-t-il, obscurité... » Il baissa les yeux :

— Maintenant, ajouta-t-il d'une voix grave et incertaine, tout est à recommencer... Nos erreurs ont été inspirées par l'ennui et par l'impatience de vivre... tu n'aimes pas cet homme, je ne le hais pas... et pourtant nous en avons fait le centre de nos actions opposées...

Sa propre incapacité lui causait un malaise tel qu'il avait envie de crier.

— Tout est à refaire, répéta-t-il amèrement, ce sera une nouvelle vie.

Une nouvelle vie ? Découragée, Carla s'approcha de la fenêtre ; les premières gouttes d'une averse coulaient sur le carreau poudreux. Elle regarda dehors d'un œil vague. Une nouvelle vie ? Donc réellement rien n'était changé encore ? Cette aventure malpropre restait une aventure malpropre, et rien de plus ? Il lui sembla qu'elle étouffait.

— Non, dit-elle d'une voix claire, sans se retourner, je ne crois pas qu'une nouvelle vie soit possible. Si je suis allée avec lui, elle désigna Léo du doigt, lourdement, si j'ai fait cela, comprends-tu ? c'est dans l'espoir de cette nouvelle vie...

Alors mieux vaut ne plus faire de tentatives... restons-en là.

— Mais non, mais non, répliqua Michel avec indifférence. (Contraint de passer de sa propre émotion au cas particulier de sa sœur, il constatait avec effroi que le peu de foi qu'il avait l'abandonnait) ; mais non... si rien n'a changé, c'est parce que tu n'aimes pas Léo... ce fut une erreur inutile... Pour vivre, pour changer de vie, il faut agir sincèrement... (Brusquement, il lui parut extraordinaire et absurde que tous les cas vinssent converger ainsi dans le sien ; il se faisait l'effet de ces malades qui attribuent leur maladie à tout le monde ; il trembla d'être égoïste, de ne voir que lui-même, de ne pas comprendre Carla.) Du moins je crois qu'il en est ainsi, ajouta-t-il, découragé ; je crois que tu dois te séparer de cet homme que tu n'aimes pas... nous vendrons la villa, nous le paierons... et, s'il nous reste quelque chose, eh bien ! tant mieux... Nous tournerons le dos à toutes ces fêtes, à ces gens, à ce milieu qui ne nous donne plus que de l'ennui... nous irons habiter un petit appartement... ce sera une nouvelle vie...

Ainsi parlait-il, mais il lui manquait (et il en avait conscience) la chaleur, la voix forte, la main sur l'épaule, le ton sûr et cordial ; il se sentait las et sans conviction. Carla détourna son regard du sien et fixa la fenêtre :

— C'est impossible, dit-elle tout bas, pour elle-même.

Un silence. Le discours de Michel avait glacé Léo au beau milieu de son âcre et chaude ironie. « Vendre la villa... ah ! pour le coup », pensa-t-il. S'ils vendaient la villa, l'affaire s'en allait en fumée, c'était clair : avant de la mettre en vente, ils la feraient estimer : alors ils connaîtraient la véritable valeur de cette vaste demeure, située au centre d'un faubourg élégant, entourée de ce grand parc dont on pouvait tirer un profit énorme en le vendant par lots, pour de nouvelles constructions... Et adieu la bonne affaire! Il regardait Carla, puis Michel : « Une nouvelle vie ?... pensait-il, une ruine, voilà ce que c'est! » Soudain une idée lui traversa l'esprit et, comme ces remèdes désespérés qu'on accepte sans discussion, il décida de l'appliquer aussitôt.

— Un moment... s'écria-t-il, un moment... Je suis là, moi aussi. (Il se leva, écarta Michel d'un geste, prit sa maîtresse par un bras et la contraignit à s'asseoir.) Assieds-toi là! — La petite obéit avec une docilité qui parut horrible à son frère. « On n'en fera jamais rien », pensa-t-il avec désespoir. A son tour, en face de Carla, Léo s'assit :

— Il est certain, commença-t-il avec cette fermeté et cette précision qu'il mettait dans toutes ses affaires, il est certain que nous avons mal agi... que nous avons commis des erreurs... j'y ai pensé pendant que vous parliez... j'y ai pensé, Carla... Et que dirais-tu si je te proposais une réparation ? Si je te proposais de t'épouser ? (Un sourire à la fois persuasif et triomphant fleurissait sur ses lèvres charnues. Il était sûr de son fait.) Qu'en dirais-tu ? Hein ?

Il lui prit la main par-dessus la table.

Carla essaya de se dégager, mais en vain. Elle eut un sourire triste.

— Nous marier ?... Nous marier, toi et moi ?

— Bien sûr, toi et moi... Qu'y aurait-il là de si étrange ?

Elle secoua la tête. L'idée de ce mariage lui répugnait... Sa mère toujours dans la maison, ancienne maîtresse de son mari, éternellement jalouse; et puis il était trop tard, elle ne savait pourquoi, trop tard pour se marier. Ils se connaissaient désormais trop bien pour devenir mari et femme... mieux valait se séparer... ou encore, peut-être... rester ainsi... rester amants. Dans son premier mouvement de dégoût, dans son premier geste instinctif de défense devant cette idée de mariage, la situation la plus vile et la plus pénible lui semblait préférable aux noces. Ainsi pensait-elle, mais elle ne trouvait pas ses mots; elle était comme fascinée par le sourire et par les regards de son amant. Puis elle sentit deux mains se poser sur ses épaules, les mains de Michel.

— Non, dis-lui non, murmura-t-il à voix basse. (Pas si basse toutefois que Léo ne pût entendre.)

Alors, lâchant la main de Carla, l'homme se leva :

— Tu vas me faire le plaisir de laisser ta sœur tranquille une bonne fois! hurla-t-il, furieux. C'est elle que j'épouse, ce n'est pas toi... laisse-la réfléchir... laisse-la répondre selon son intérêt... Tiens, tu ferais mieux de passer dans la pièce à côté et de nous laisser seuls un moment, tous les deux. Nous te rappellerions quand nous nous serions mis d'accord.

— Calme-toi... Je reste, dit Michel d'un ton de défi.

L'autre eut un geste d'impatience, mais ne répondit rien. Il se rassit, reprit la main de Carla :

— Alors... pense à ce que je te propose... Réfléchis... Je ne suis pas un parti à dédaigner... j'ai un capital, une position solide, je suis connu et estimé... réfléchis.

Après un silence, il ajouta :

— Et puis comment trouverais-tu un mari dans les conditions où tu es ?

— Quelles conditions ?... demanda-t-elle.

Léo fit la grimace :

— Enfin... tu es sans le sou et... dois-je te le dire? sérieusement discréditée...

Elle l'interrompit de nouveau, d'une voix faible :

— Comment « discréditée » ?

— Discréditée, répéta Léo. Tous ces amis que tu as ne te considèrent pas comme une fille sérieuse... je m'explique... ils abuseraient de toi à l'occasion, mais aucun ne t'épouserait. S'amuser, tant qu'on voudra, mais, pour le mariage, plus personne...

Un silence. Elle avait envie de lui répondre : « C'est votre faute, à maman et à toi! » Elle se contenta de baisser la tête.

— Tandis que moi, continua Léo, je remets tout en ordre... non seulement en ce qui te concerne, mais en ce qui concerne ta famille. Nous prenons ta mère chez nous... Michel travaillerait... au besoin je lui ferais faire quelque chose, je lui trouverais une occupation.

A chaque nouvelle promesse, il regardait attentivement Carla, comme le bûcheron qui, à chaque coup de cognée, observe le tronc de l'arbre attaqué, pour voir s'il tombe. Mais Carla contemplait la fenêtre et ne disait rien.

Une ombre humide, une ombre de caverne avait envahi le salon. Michel marchait de long en large. « Me trouver une occupation... me faire travailler », pensait-il. Cette perspective le troublait. Sans aucun doute Léo parlait sérieusement... ce qu'il disait, il le ferait... il l'aiderait à gagner de l'argent. A son vague désir de sincérité, l'homme opposait des promesses solides... que choisir ? La tentation était forte : argent, connaissances, femmes, voyages, opulence peut-être et, en tout cas, vie assurée, droite, claire, pleine de satisfactions, de travaux, de cordialité... Voilà tout ce que lui donnerait le mariage de Carla... Ce n'était pas vendre sa sœur, non : il ne croyait pas à ces grands mots; il ne croyait pas plus à l'honneur qu'au devoir...; il se sentait, comme toujours, spéculatif et indifférent. « Je ne lui dirai rien, pensa-t-il; je la laisserai décider. Si elle accepte, c'est bien... si elle refuse, c'est bien aussi. » Mais un léger malaise l'avertissait qu'il y avait dans cette passivité quelque chose d'ignoble; il leva les yeux, regarda vers la fenêtre; les deux têtes de Carla et de Léo, dans cette lumière incertaine, se détachaient nettement, noires devant les vitres grises; il devait pleuvoir; il se remit à marcher, s'arrêta, regarda encore : où donc avait-il déjà vu ces deux formes assises devant cette fenêtre ? Chaque fois qu'il les observait, il éprouvait une tristesse nerveuse :

« Voilà, pensait-il, voilà... moi, je tourne en rond dans cette obscurité, eux sont assis là, près de la fenêtre, ils parlent, et nous sommes séparés, lointains... comme si chacun de nous était seul, comme si nous ne pouvions pas nous voir. » Ses yeux se remplissaient de larmes. Léo parlait :

— Si tu hésites à cause de ta mère, tranquillise-toi... je t'assure qu'entre elle et moi tout est fini depuis longtemps.

Silence. Carla secoua la tête.

— Ce n'est pas à cause de maman... c'est autre chose.

— Lisa, peut-être ? suggéra Léo.

— Oh! non.

— Et alors ? Pourquoi refuserais-tu ?... vraiment, je ne vois pas pourquoi... Ce ne serait pas, je suppose... ajouta-t-il avec un sourire et en serrant la main de Carla, pour des raisons sentimentales ?

Elle le regardait. A son premier mouvement de refus succédait une sorte de triste clairvoyance : « En effet, je ne vois pas trop pourquoi je lui refuserais ma main après lui avoir accordé tout le reste... » Une nouvelle dureté était dans son âme.

Les promesses de Léo ne l'avaient pas convaincue... oh ! non: « Nous ne nous aimons pas, pensait-elle; ce sera un mariage malheureux »; mais celles de Michel lui paraissaient franchement puériles : « La vie ne change pas, elle ne changera jamais... Léo a raison... mieux vaut encore que je l'épouse. » Déjà elle allait céder, elle ouvrait la bouche pour dire oui, avec un sourire humilié et honteux, déjà elle imaginait que son futur époux allait la prendre par la taille, la baiser au front; elle imaginait une jolie scène touchante quand, à l'autre bout du salon, s'éleva la voix de Michel :

— Pour l'amour de Dieu, Carla, pour l'amour de Dieu, dis-lui non!

Ils se retournèrent. Michel, debout dans son coin, semblait gêné et un peu honteux d'avoir poussé ce cri du cœur. Léo s'était levé et frappait du poing sur la table :

— Vas-tu finir ? vas-tu finir, oui ou non, de t'occuper de ce qui ne te regarde pas ?

Michel fit un pas en avant :

— C'est ma sœur, dit-il.

— C'est ta sœur, répéta Léo, et après ? Elle n'est donc pas libre de choisir un mari à son goût ? (Il se rassit.) Crois-moi, Carla... N'écoute pas ton frère, il ne sait pas ce qu'il dit.

Mais, de la main, elle lui fit signe de se taire et se tourna vers Michel :

— Pourquoi devrais-je dire non ? demanda-t-elle.

Elle le vit hésiter.

— Tu ne l'aimes pas... commença-t-il.

— Ce n'est pas suffisant... L'amour, on peut s'en passer.

— Il y a notre mère...

— Oh! elle... (Carla haussa les épaules), elle ne nous gêne pas.

Un silence.

— Carla, insista Michel, tu devrais refuser, simplement parce que je te le demande... Si tu épousais Léo, voilà... ce serait une véritable catastrophe.

Sa voix tremblait. « Certes, pensait Carla en observant son frère, ce ne serait pas beau. » Mais après ce rêve de vie nouvelle dont elle s'était enivrée, un triste, un mesquin besoin de réalité la possédait :

— Et en compensation, demanda-t-elle d'une voix âpre, qu'est-ce que j'aurais ?

— Ce que tu aurais ?... (Il la regarda : elle avait les yeux calmes et vides; ses joues semblaient noires; la masse des cheveux en désordre entourait son visage.) Ce que tu aurais ?... mais tu serais libre... libre de te faire une nouvelle vie. (Un silence.) Ne crois pas que je te raconte des histoires, ajouta-t-il, frappé par la vanité de ses paroles, moi aussi, en un certain sens, je me trouve dans les mêmes conditions que toi... je sais qu'il y a des difficultés... mais nous y arriverons tout de même, nous y arriverons à cette vie, à notre vie.

Il vit Carla secouer la tête sans quitter la fenêtre des yeux. Il aurait voulu lui crier : « Aie confiance... » Léo, sûr de lui, souriait :

— Des mots, gronda-t-il. La vie n'est ni ancienne ni nouvelle. Elle est ce qu'elle est.

Enfin Carla se secoua; elle se tourna vers son amant :

— Ainsi donc, Léo, demanda-t-elle avec une coquetterie forcée, tu veux que je t'épouse ?

— Bien sûr, répondit-il avec véhémence.

— Et tu n'as pas peur que cela marche mal ? Moi, par exemple, je suis sûre que tu me tromperas.

« C'est toi qui me tromperas, petite coureuse »,

pensa Léo en fixant du regard cette jeune tête dévorée par l'ombre. Il aurait voulu lui donner une petite tape, là, sur ses gros seins, une petite tape d'amitié qui aurait signifié : « Je sais à quoi m'en tenir, mais je m'en moque. » Il la revoyait comme elle était quelques minutes plus tôt, blanche et nue, avec ces mouvements de bête maladroite que donne l'inexpérience. Il se répéta : « J'épouse une petite coureuse. » Il lui tendit la main :

— Je jure, dit-il avec solennité, que je te serai toujours fidèle.

— Carla, insista Michel, dis-lui non. (Il s'approcha d'elle, lui mit la main sur l'épaule.) Il y a une raison... je te la dirai après.

Carla se taisait, regardait par la fenêtre; sa grosse tête, ronde comme une boule, semblait disproportionnée à ses épaules étroites. Il commençait à faire nuit; un reste de lumière, une incertaine phosphorescence émanait des vitres mouillées : il pleuvait; l'obscurité de la maison les avait gagnés; on ne distinguait plus que leurs faces creusées, dévorées par l'ombre, et leurs mains posées sur la table.

— Il est temps de nous en aller, dit-elle.

Et elle se leva.

— Et ta réponse ? demanda Léo.

Il se leva lui aussi et, à tâtons, alla tourner l'interrupteur; ils se regardèrent une seconde éblouis par la lumière et comme stupéfaits de se voir, Carla et Michel, côte à côte, près de la fenêtre, Léo devant la porte. Alors, pour la première fois, l'homme remarqua une certaine ressemblance entre le frère et la sœur : même expression indécise, même geste craintif des bras; mais les traits de Carla n'étaient que fatigués (voici qu'elle se passait la main sur les yeux), tandis que le visage de Michel portait les marques d'une tristesse nerveuse et imaginative. L'un près de l'autre, dans l'embrasure de la fenêtre, ils semblaient avoir peur de lui.

— Ma réponse ?... demain, Léo, demain... Il faut que je parle à maman. (Elle se tourna vers son frère, lui posa une main sur la poitrine.) Michel, attends-moi ici, je vais mettre mon chapeau et je reviens.

Elle se glissa entre son frère et la table avec une frivole et désinvolte agilité, elle passa devant son amant, ouvrit la porte à droite et négligea de la refermer; la chambre s'illumina; Michel vit une armoire à glace, un tapis, une chaise sur laquelle était jetée une chemise d'homme; une manche pendait; Carla allait et venait devant la glace; d'abord, en femme qui connaît la maison, elle alluma une petite lampe sur l'armoire et elle se peigna avec soin; puis elle disparut, revint avec sa jaquette et son chapeau, finit de s'habiller, non sans coquetterie, disparut de nouveau, revint, son petit sac à la main, et se poudra... Pendant ces préparatifs, les deux hommes n'échangèrent pas une parole, ne firent pas un mouvement; Léo restait debout près de la porte, dans sa robe de chambre serrée à la taille, courte et à larges plis; il avait les jambes écartées, la poitrine nue, la tête baissée; il semblait méditer profondément; au-dessus de son front chauve, ses cheveux dépeignés et fins formaient comme un brouillard léger et pâle; il se croisait les mains derrière le dos, et, de temps à autre, sans relever la tête, il se haussait sur la pointe des pieds et retombait pesamment sur ses talons. Michel ne bougeait pas de son coin d'où il observait, d'un œil vague, les mouvements familiers de sa sœur devant le miroir. Il avait l'impression qu'une atmosphère lourde et corrompue remplissait cette chambre; il y devinait un désordre impur, des draps traînant par terre, des vêtements jetés un peu partout, des coussins épars, des parfums, une odeur de tabac et de sommeil... et dans cette atmosphère, dans ce désordre, Carla évoluait librement, gaiement presque, sur ses jambes agiles... Elle était pâle et lassée par le plaisir... Et maintenant, la voici, prête à partir, le chapeau bien enfoncé sur les yeux, fraîche, rose, les joues poudrées, les lèvres peintes, deux bouclettes aiguës au-dessous des tempes; elle quitte enfin ce miroir, cet air trouble, ces murs, ces meubles; elle vient à lui :

— Allons, dit-elle tranquillement.

Elle tendit la main à Léo :

— Au revoir, Léo.

— Alors, ce sera oui, n'est-ce pas ? murmura-t-il en lui baisant le bout des doigts. (Il était satisfait et plein d'assurance. Carla le regarda sans répondre; ils sortirent tous trois dans le vestibule, Carla d'abord, puis les deux autres; Léo tournait autour d'elle.) Nous nous marierons... nous nous marierons... lui murmurait-il pendant que Michel enfilait son pardessus.

Il aurait voulu la voir sourire, la voir lui accorder au moins un regard, un petit signe d'assentiment; mais Carla demeura inflexible et distraite, comme si elle n'avait rien vu, rien entendu.

— Au revoir, Léo, dit-elle une seconde fois en sortant.

Un instant, par la porte entrebâillée, il observa le frère et la sœur qui descendaient l'escalier, sans se parler, sans se retourner en arrière, suivis de leurs ombres obliques, projetées sur le mur. Enfin, il referma la porte et retourna au salon; il aperçut par terre le revolver de Michel, le ramassa, le soupesa distraitement; il lui vint alors à l'esprit qu'il avait une invitation pour le bal du *Grand Hôtel* et que Marie-Grâce avait décidé d'y aller : « Ce sera une bonne occasion de renforcer chez

Carla l'idée d'un mariage », pensa-t-il. Tout à fait content, il passa dans sa chambre et se planta devant son armoire à glace : « Allons, ça ne va pas mal! » dit-il tout haut. Il aurait voulu se donner à lui-même une tape sur le ventre : « Marié ou non, tu seras toujours le même Léo. » Puis il entra dans la salle de bains et commença à se laver.

XVI

Au moment de sortir de la maison, ils s'aperçurent qu'il pleuvait. L'eau tombait du ciel sans violence mais aussi abondamment que d'une cuvette défoncée; un grand murmure torrentiel emplissait l'ombre; sur le pavé bouillonnait un voile d'eau livide; ruisseaux, gouttières, la grosse pluie, vieille de deux semaines de temps gris, envahissait tout, couvrait tout de son flot impur, fermenté aux flancs des nuages; sous ce déluge, les maisons se dressaient, droites et noires; les lampadaires étaient noyés; les trottoirs inondés prenaient l'aspect amphibie des quais à moitié immergés, dans les ports de mer.

Courbés sous l'averse, ils se glissèrent en hâte le long des murs, s'abritant de leur mieux sous leur unique parapluie. A un coin de rue, une automobile les aveugla de ses phares allumés. Un taxi libre. Ils sautèrent dedans et partirent.

Sans se regarder, sans rien se dire, ils étaient assis côte à côte dans l'obscurité. Les secousses de la voiture les faisaient sauter et se heurter comme deux fantoches dénués de vie, deux poupées de chiffons aux yeux écarquillés et extatiques. Michel, affalé au fond de la banquette, semblait méditer; Carla, assise, un peu courbée en avant, cherchait à reconnaître son chemin, mais sans y réussir; les vitres étaient mouillées, ternies par une vapeur froide; impossible de rien voir. Elle avait l'impression d'être exclue du monde; enfermée, seule avec son frère, dans cette boîte obscure, et ainsi transportée à grande vitesse vers un lieu inconnu. Où ? Cette journée s'achevait donc — et avec elle son ancienne vie — sur une question sans réponse. Où va-t-on, le jour ou la nuit, sous la pluie ou en pleine lumière ? Personne n'en sait rien. Elle eut peur. Elle éprouva le désir de rapprocher son but, de rapetisser son univers, de voir son existence entière comme une chambre étroite. « J'épouserai Léo », pensa-t-elle. Elle fixait, d'un œil fatigué, la vitre, et elle crut voir apparaître, se dessiner sur cette surface luisante et trouble, le décor d'une fantasmagorie de lumière. Vitres de la maison, par les nuits pluvieuses; vitres du train, monotones et loquaces, aux scintillements mystérieux; fenêtres ouvertes sur la noire campagne des songes. Et voici... voici, en plein soleil, les marches d'une église; et elle, Carla, toute blanche dans ses longs voiles de mariée, la tête un peu penchée en avant à cause du grand soleil, s'accrochant au bras de son compagnon; et voici, derrière eux, que sortent lentement, un par un, que se dépouillent de leur obscurité les membres du cortège nuptial; sa mère qui certainement doit pleurer — mais on ne la voit pas, elle est trop loin — et qui tient à la main un gros bouquet de fleurs éclatantes; Michel, la tête basse, comme pour regarder où il va marcher; Lisa dans une extraordinaire toilette de printemps; et beaucoup d'autres invités dont on ne distingue pas les figures, les femmes en blanc, les hommes en noir, répandus en foule derrière eux; quelques-uns encore à demi plongés dans l'ombre, d'autres en pleine lumière; tous très élégants;

les hommes ont des pantalons au pli impeccable; et chacun d'eux tient à la main son chapeau haut de forme brillant de tous ses reflets ; on peut compter les fleurs des bouquets ronds que les femmes tiennent à la main... Tous sortent de la nef invisible et descendent, à la suite des époux, l'escalier ensoleillé; soudain éclate une musique lente et religieuse qui, pas à pas, accompagne et rythme le cortège nuptial. Des orgues? des cloches? Il lui semble les entendre, ces sons triomphaux; ils sont solennels, mais comblés d'une tristesse amère, comme si vêtue de ces voiles et suspendue au bras de son époux elle allait, non pas vers la joie, mais au contraire vers un ingrat sacrifice, vers une vie pleine de terreurs, hérissée de difficultés insurmontables...

Elle se secoua; une main, celle de Michel, pressait la sienne; l'ombre de la vitre s'étendait rapidement sur les formes de son rêve et les effaçait; de même se brouille une pellicule exposée à la lumière. La voiture avait ralenti, s'était arrêtée et maintenant elle attendait de pouvoir traverser une rue encombrée. Pluie, vacarme, trompes d'autos, sonnettes, cris, éclairs de phares. Enfin la voiture s'ébranle, elle repart.

— Eh bien ! Michel, qu'y a-t-il?

Il eut un geste à la fois gauche et brusque de la main :

— Si je ne me trompe, je ne t'ai pas encore dit la raison pour laquelle tu devrais refuser Léo.

— Non.

— La voici. (Penché vers sa sœur, le garçon se mit à raconter son histoire sans autre préambule.) Voici la raison. Aujourd'hui avant d'aller chez Lisa... à propos, c'est Lisa qui m'a tout appris, sur Léo et sur toi...

— Ah! c'est elle!

— Oui... il paraît qu'elle vous a surpris hier,

dans l'antichambre... Mais passons... aujourd'hui, avant d'aller chez Lisa, je ne sais plus comment je vins à penser à nos affaires qui, tu le sais, sont dans un état détestable... et peu à peu je m'engageai si bien dans mon raisonnement que je perdis, comment t'expliquer ?... toute retenue et que, de fil en aiguille, j'en arrivai à me dire à peu près ceci : « Voilà, nous sommes ruinés; la situation est sans remède; dans un an, si nous continuons de ce train, nous serons tombés dans la misère... Pour éviter ce désastre, ne pourrait-on pas faire un sacrifice — ou mon Dieu même... un compromis ? » La seule personne sur laquelle je pouvais fonder un espoir de ce genre était Léo... Et, sans que je m'en rendisse bien compte, mon imagination glissait sur cette pente : Léo est un homme à femmes... A une femme qui lui plairait, il donnerait tout ce qu'il a. Ne pourrais-je pas lui faire comprendre qu'en échange de son argent je m'engagerais à lui livrer ma sœur — oui, toi, Carla — à la conduire moi-même chez lui ?

— Tu as pensé ça ? demanda-t-elle en se retournant brusquement.

Pendant une seconde, la lumière d'un lampadaire éclaira la figure de Michel; Carla vit deux yeux ouverts, dilatés, et, sur ce front pâle qui disait oui, une répugnante, une maladroite humilité. Elle baissa la tête, une angoisse étreignit son cœur tremblant. L'automobile courait. Michel poursuivait :

— Oui, j'ai pensé ça. Et, tu sais, je croyais voir la scène. Tous les trois, Léo et nous deux, nous allions chez Léo... quand je suis ému, je vois toujours très nettement les choses auxquelles je pense... nous prenions le thé au salon; puis, discrètement, je me retirais et, conformément aux clauses de notre accord, je te laissais seule avec lui...

— C'est horrible, murmura-t-elle, épouvantée.

Mais Michel ne l'entendit pas.

— Alors, tu comprends... quand je vous ai vus assis l'un en face de l'autre devant la fenêtre du salon, quand j'ai entendu Léo te proposer le mariage... j'ai cru assister à la scène que j'avais imaginée... C'est une chose qui arrive à tout le monde : on va se promener, on se dit qu'on rencontrera telles personnes, dans telles attitudes, et en effet on les rencontre... Mais, dans mon cas, il y avait en plus ce calcul, ce calcul sur l'argent de Léo. Voilà, pensai-je, tout est arrivé comme je l'avais prévu, comme si j'avais réellement dit à Léo : « Écoute... il y a ma sœur... c'est une belle fille épanouie... » Ne te fâche pas... j'imaginais cette conversation.

— Je ne me fâche pas, murmura-t-elle sans se retourner. Continue.

— « Une belle fille, répéta Michel. Eh bien ! tu me donnes de l'argent, beaucoup d'argent; tu te charges d'entretenir ma famille, et moi, en échange... je t'abandonne Carla. Tu as les mains libres... fais-en ce que tu veux. »

— Mais que pensais-tu... s'écria-t-elle avec une tristesse irritée, que pensais-tu que je fusse ? Un objet ? Un animal ?

— Non, répondit Michel avec un demi-sourire de triomphe, mais je savais que tu t'ennuyais... que tu étais, comment dire ? dans les conditions voulues, que tu aurais facilement cédé...

— Tu savais cela ?

— D'avoir agi ou non, continua Michel sans répondre, c'était désormais sans importance... j'aurais souffert le même remords. A vous voir là, mariés, vivant de cet argent, j'aurais toujours éprouvé le sentiment d'une faute. Mais comprends-tu? (avec une exaspération soudaine, il la saisit par un bras) est-ce que tu comprends ?... On a l'idée d'une mauvaise action, on s'en tient à l'idée... mais tout se passe comme si on l'avait mise à exécution. Sous cette réserve pourtant qu'il vous reste la possibilité d'en prévenir les conséquences... Que faire alors ? Chercher à s'opposer de toutes ses forces à l'événement horrible... faute de quoi on en est complice. Pour moi ce serait comme de t'avoir réellement vendue à Léo, réellement conduite chez lui... Comprends-tu, cette fois ? Si tu l'épouses, ce sera, pour moi, comme si je t'avais poussée dans ses bras, la main tendue pour recevoir mon salaire...

Un cahot les jeta l'un contre l'autre. L'automobile filait sans bruit.

— Tu me pardonnes ? demanda Michel d'une voix humble et émue, courbé en avant, à côté de sa sœur; Carla, tu me pardonnes ?

Elle regardait devant elle sans dire un mot. Puis, avec un rire forcé et sec :

— Je n'ai rien à te pardonner, tu ne m'as rien fait de mal... Pardonner quoi ? (Nouveau silence.) Je n'ai rien à pardonner à personne... reprit-elle, exaspérée, un sanglot dans la voix, sans détacher ses regards de la vitre; à personne. Je souhaite simplement qu'on me laisse en paix.

Ses yeux s'emplissaient de larmes; tout le monde était coupable, tout le monde ou personne, mais quant à elle elle était lasse de se juger et de juger les autres; elle ne voulait ni pardonner ni condamner; la vie était ce qu'elle était; mieux valait l'accepter telle quelle. Pas de jugements surtout : la paix!

Michel crut trouver dans ces mots sa condamnation définitive. « C'est vrai, je n'ai rien fait, se répétait-il avec une stupeur d'autant plus grande qu'il lui semblait avoir beaucoup vieilli, beaucoup vécu au cours de cette seule journée; je n'ai rien fait... rien autre que penser... » Un frémissement de peur le secoua : « Je n'ai pas aimé

Lisa... je n'ai pas tué Léo... je me suis borné à penser... voilà ma faute. » Il se pencha, saisit la main de Carla :

— Mais tu le refuseras, n'est-ce pas ? demanda-t-il anxieusement; promets-moi que tu lui diras non...

Un silence. Puis :

— Je l'épouserai...

Elle parut réfléchir, puis elle poursuivit d'une voix triste et dure :

— Que deviendrais-je, si je ne l'épousais pas ? Songes-y un instant! Dans les conditions où je suis... (Elle fit un geste comme pour se montrer telle qu'elle était : pauvre, nue, perdue.) Dire non? Mais ce serait de la folie. Je n'ai plus qu'une chose à faire : l'épouser.

La dureté du ton avait convaincu Michel mieux que tout argument. « C'est fini, pensa-t-il en regardant les joues puériles de Carla; c'est une femme. » Il se sentit vaincu.

— Et ainsi, demanda-t-il encore, comme un enfant qui a peine à comprendre, ainsi tu vas l'épouser ?

— Je l'épouserai, répondit-elle sans tourner la tête.

Ils approchaient du but. Les rues se dépeuplaient, s'élargissaient. Plus de maisons : des villas clairsemées et de sombres jardins mouillés de pluie; lumières rares; trottoirs larges et déserts. Carla suivait attentivement la course; à ce rythme rapide, ses pensées tourbillonnaient dans son esprit excité et las. Cette automobile, c'était sa vie — aveuglément lancée dans les ténèbres. Oui, elle épouserait Léo... vie en commun, lit commun; manger ensemble, sortir ensemble; les voyages, les chagrins, les joies... ils auraient une belle maison, un bel appartement dans un quartier élégant de la ville... Quelqu'un entre dans son salon, meublé luxueusement et avec goût; c'est une dame, une amie; Carla va au-devant de la visiteuse... On prend le thé, on sort; l'automobile attend à la porte... Elle s'appellerait Mme Merumeci. Étrange! Mme Merumeci... Elle se voit déjà, un peu plus grande, un peu plus forte, les mollets plus gras, les flancs plus larges (le mariage engraisse toujours), avec des bijoux au cou, aux doigts, aux poignets; plus dure aussi, et plus froide, splendide et froide, comme si, pour garder le secret jalousement caché sous ce front sévère, elle eût dû tuer en son âme tout sentiment. La voici donc ainsi parée, élégamment vêtue : elle entre dans le hall d'un grand hôtel; son mari la suit, un Léo un peu plus chauve et un peu épaissi mais en somme toujours le même. Ils s'asseyent, ils prennent le thé, ils dansent. Beaucoup de gens la regardent et se disent : « Une belle femme, mais une femme méchante... elle ne sourit jamais... elle a le regard dur comme une statue... on se demande à quoi elle pense. » D'autres, debout, là-bas, adossés à une colonne, chuchotent : « Elle a épousé l'amant de sa mère... un homme bien plus âgé qu'elle... elle ne l'aime pas, elle a un amant, c'est certain. » Tous murmurent et la regardent. Chacun a sa petite idée. Quant à elle, assise à côté de son mari, elle croise les jambes et fume... effet de jambes; sa robe est courte et très décolletée... les hommes la couvent des yeux; on dirait qu'ils ont envie de la mordre; elle leur répond par des regards pleins d'indifférence... Et maintenant... une chambre : Mme Merumeci, en retard — quelques visites à faire — se précipite dans les bras de son amant; là, elle perd sa rigidité de statue : ces femmes d'apparence froide sont toujours les plus ardentes; elle redevient enfant, elle pleure, elle rit, elle balbutie comme une prisonnière libérée qui revoit enfin la lumière...

sa joie est blanche... toute la chambre est blanche; elle-même est sans tache entre les bras de son amant. Pureté retrouvée. Puis, le moment venu, heureuse et lasse, elle retourne au foyer conjugal et recompose sur son visage son habituelle froideur... Telle est sa vie, durant des années. Beaucoup l'envient : elle est riche, elle s'amuse, elle voyage, elle a un amant. Que lui resterait-il à désirer? Tout ce que peut avoir une femme, elle l'a...

L'automobile s'arrêta; ils descendirent; il ne pleuvait plus; un vent humide agitait sans répit le feuillage obscur des jardins. Carla sauta agilement par-dessus la large flaque d'eau qui s'étendait entre la voiture et le trottoir, et, droite, debout sous un réverbère, elle attendit que son frère eût payé. Alors elle remarqua, échouée au bord de la route comme un cétacé abandonné par la marée descendante, la forme noire et allongée d'une vaste automobile; le capot brillait; calé au fond de son siège, la casquette tirée sur les oreilles, le chauffeur dormait. « La voiture des Berardi », pensa-t-elle, stupéfaite; et soudain elle se rappela cette invitation au bal masqué.

— Michel, dit-elle à son frère qui s'avançait avec précaution entre les flaques d'eau, la voiture des Berardi.

— C'est vrai, dit-il en jetant un rapide coup d'œil à l'automobile. Ils seront venus nous prendre.

Ils entrèrent dans le parc; le traversèrent sans parler, attentifs à poser les pieds aux bons endroits. Bruit des pas sur le gravier; humidité; ombres noires et fantastiques au ciel nébuleux; vaste bruissement marin des grands arbres; sentiment d'une trêve. Il ne pleuvait plus.

Dans le vestibule chaud et éclairé, Michel ôta son pardessus et son chapeau. Carla l'attendait devant la porte du corridor.

— Carla, lui dit-il, quand parleras-tu à maman de ce mariage ?

— Demain, répondit-elle tranquillement.

Ils passèrent dans le corridor; du salon leur arrivait un bruit de voix et de rires; Carla s'approcha de la tenture qui couvrait la porte vitrée, la souleva tout doucement.

— Ils sont tous là, dit-elle en se retournant vers son frère; tous les trois... Pippo, Mary et Fanny.

Ils montèrent l'escalier; dans l'antichambre, leur mère et Lisa s'avançaient déjà à leur rencontre; leur mère, toute prête, en costume d'Espagnole : sa face molle et pathétique était tout emplâtrée d'un fard luxuriant ; joues enflammées et piquées de mouches, lèvres vermeilles. Ses yeux étaient noyés dans une teinture noire. Son costume d'Espagnole, long et noir, ondoyait autour d'elle, à chaque mouvement des hanches, dans une molle abondance de plis; un voile somptueux, brodé à jours, tombait de son large peigne d'écaille sur ses épaules grasses, sur ses bras épais, tremblants et nus; elle tenait à la main un éventail de plumes d'autruche, souriait d'un sourire stupide, tout entière à la crainte de troubler, par un geste trop vif, l'équilibre de son accoutrement, marchait la tête droite et le cou raide. A côté d'elle, comme le jour à côté de la nuit, se tenait Lisa, blondasse et d'une blancheur farineuse, en vêtements clairs.

Carla et Michel n'étaient pas en haut de l'escalier que Marie-Grâce leur criait :

— Il est tard. Les Berardi nous attendent depuis un quart d'heure.

Elle était satisfaite et joyeuse : Lisa avait passé toute l'après-midi auprès d'elle; donc Léo n'avait pas menti, il ne la trompait pas. Dans sa joie, elle s'était montrée tout à fait aimable pour son amie, lui avait fait mille confidences et avait même songé un instant à l'inviter au bal de ce soir; mais elle y avait renoncé, guidée par son parcimonieux égoïsme et un peu aussi parce que les Berardi, qui connaissaient à peine Lisa, auraient pu se formaliser de cette liberté.

— Vite, vite, Carla, dépêche-toi, va mettre ton déguisement.

Carla, immobile, la contemplait.

— Il faut que je me déguise ? demanda-t-elle d'une voix incertaine et profonde.

Marie-Grâce eut un éclat de rire :

— Mais voyons, réveille-toi... (Elle agitait son voile ondoyant.) A quoi penses-tu ? Tu ne vas pas aller au bal masqué en robe d'après-midi ? Non ? (Elle la prit par le bras.) Allons, allons, ne nous mettons pas en retard.

D'un geste machinal, Carla ôta son chapeau et, secouant sa grosse tête ébouriffée et indolente, suivit sa mère. Le voile espagnol tombait, dans une chute élégante, jusqu'à la saillie de la croupe emmaillottée. Carla regardait sa mère et de la retrouver si égale à elle-même, si immuable, il lui semblait qu'il ne s'était rien passé ce jour-là. « Et pourtant, songeait-elle, il faudra bien le lui annoncer, ce mariage. » Ainsi, l'une entraînant l'autre, elles sortirent de l'antichambre.

Lisa et Michel restaient seuls. Dès la première minute, Lisa avait observé, de son coin, avec une curiosité troublée et avide, le frère et la sœur. Comme Michel ne se décidait pas à parler, elle s'approcha de lui :

— Eh bien ? demanda-t-elle avec une indiscrétion non dissimulée; raconte-moi... Comment cela s'est-il passé ?

Il se retourna et répéta lentement :

— Comment cela s'est passé ?... Ah! oui... Mal. Je lui ai tiré dessus.

— Miséricorde! s'écria Lisa avec une terreur exagérée, et tu l'as blessé ?

— Pas même touché.

— Viens ici! (Excitée, l'œil avide, elle l'attirait sur le divan.) Assieds-toi près de moi, raconte-moi.

Mais Michel eut un geste las et impatient.

— Pas maintenant... plus tard.

Il observait cette chair rose et blonde, cette poitrine abondante... un grand désir l'envahissait d'oublier, ne fût-ce qu'un instant, sa misère...

— Tu vas au bal ? demanda-t-il quand il eut cessé de l'examiner.

— Non.

— Alors... (il hésita :) puisque je n'y vais pas moi non plus, je m'invite à dîner chez toi — comme cela je te raconterai tout.

Elle acquiesça avec enthousiasme.

— Bien... parfait! Dînons ensemble.

Michel sourit avec amertume. « Cette fois, pensa-t-il, furieux et satisfait, tu n'as pas besoin d'avoir peur, je ne te repousserai pas. » Un dégoût opaque l'opprimait. Ses pensées n'étaient qu'un désert aride : nulle foi, nulle espérance, pas une ombre où se reposer, pas une source à laquelle se rafraîchir. La fausseté et l'abjection dont il avait l'âme pleine, il les voyait chez les autres, toujours, sans pouvoir un instant arracher de devant ses yeux ce voile impur qui s'interposait entre le monde et lui. Il s'accrochait à son idée fixe : — Un peu de sincérité, un peu de foi... et j'aurais tué Léo... mais maintenant je serai limpide, comme l'eau de roche.

Il étouffait. Lisa semblait contente. Il avait envie de lui crier : « Comment vis-tu ? Avec sincérité ? Ou sinon comment réussis-tu à vivre ? » Ses pensées étaient confuses et contradictoires. « Peut-être, se disait-il, mes nerfs ébranlés sont cause de tout... Peut-être n'y a-t-il là qu'une question d'argent, de temps, de circonstances. »

Mais plus il s'efforçait de réduire, de simplifier le problème, plus les difficultés lui en paraissaient effrayantes. « Il est impossible de continuer ainsi. » Il aurait volontiers pleuré. La vie le cernait de toutes parts comme une forêt épaisse et broussailleuse. Aucune lueur dans le lointain, rien. « Impossible... »

Carla reparut, suivie de sa mère et déguisée en Pierrot; elle portait un loup de velours noir sur le visage, un énorme collier autour du cou, une tunique, des pantalons et des escarpins de soie blanche à gros boutons noirs; elle marchait sur la pointe des pieds, le tricorne un peu de travers, et souriait mystérieusement.

— Vous nous trouvez bien? demanda Marie-Grâce.

— Très bien, dit Lisa; tâchez de passer une bonne soirée.

— Nous n'y manquerons pas, répondit Carla dans un éclat de rire. (Ainsi costumée, elle se sentait différente d'elle-même, plus gaie, plus légère... Elle s'approcha de son frère et lui donna un petit coup d'éventail sur l'épaule.) Nous recauserons demain... dit-elle tout bas. — Les aveux de Michel dans l'automobile lui avaient laissé une pénible impression. Michel se gâtait l'existence à plaisir. « En réalité, tout est si simple... » Cette idée lui était venue en enfilant ses pantalons de Pierrot devant la glace : « ... Et la preuve en est que, malgré tout ce qui est arrivé, je me déguise pour aller au bal. » Là, dans l'antichambre, elle aurait voulu répéter à son frère : « Tout est si simple... » Elle pensait déjà à lui trouver du travail, un emploi, une occupation quelconque aussitôt qu'elle aurait épousé Léo... Mais sa mère la tirait par le bras :

— Allons, allons... Les Berardi nous attendent.

Elles descendirent l'escalier côte à côte : le

Pierrot blanc et l'Espagnole noire. Sur le palier, au demi-étage, la mère s'arrêta.

— Souviens-toi, murmura-t-elle à l'oreille de sa fille, d'être... comment dirai-je?... d'être gentille avec Pippo... J'y ai repensé... il t'aime peut-être... C'est un bon parti.

— N'aie pas peur, répondit Carla sérieusement.

Elles descendirent les dernières marches. Marie-Grâce, maintenant, souriait; elle était satisfaite; elle pensait que son amant viendrait au bal et elle se promettait une agréable soirée.

BIBLIOGRAPHIE

I. LES INDIFFÉRENTS

Gli Indifferenti, Milan, Alpes, 1929 (puis Milan, Bompiani).

Les Indifférents, tr. fr. de Paul-Henri Michel, Paris, Rieder, 1931 ; J'ai lu, 1963.

Gli Indifferenti, adaptation théâtrale d'Alberto Moravia et Luigi Squarzina, Revue Sipario, mai 1947.

Gli Indifferenti, film de Francesco Maselli (1964) avec T. Milian (Michele), C. Cardinale (Carla), P. Goddard (Maria Grazia), S. Winters (Lisa), R. Steiger (Leo).

Gli Indifferenti, film de Mauro Bolognini (1987) avec L. Ulmann (Maria Grazia), P. Fonda (Michele), C. Campion (Leo), Sophie Ward (Lisa), Isabel Pasco (Carla).

II. ŒUVRES DE MORAVIA

Dans la grande majorité des cas, elles sont publiées chez l'éditeur Bompiani de Milan.

Pour les traductions françaises sont citées la première et la dernière édition.

Romans

1935 *Le Ambizioni sbagliate.*
Les Ambitions déçues, tr. P.-H. Michel, Plon, 1937 ; Presses-Pocket, 1982.

1941 *La Mascherata.*
Le Quadrille des masques, tr. A. Pierhal et V. Pâques, Gallimard, 1950.

1944 *Agostino.*
Agostino, tr. J. Terracini, Paris, Charlot, 1946 ; tr. M. Canavaggia, GF Flammarion, 1983.

1947 *La Romana.*
La Belle Romaine, tr. J. Bertrand, Charlot, 1949 ; J'ai lu, 1968.

1948 *La Disubbidienza.*
La Désobéissance, tr. M. Arnaud, Paris, Denoël, 1949 ; Gallimard, 1973.

1949 *L'Amore coniugale.*
L'Amour conjugal, tr. C. Poncet, Denoël, 1949 ; Denoël, 1973.

1951 *Il Conformista.*
Le Conformiste, tr. C. Poncet, Flammarion, 1952 ; GF Flammarion, 1985.

1954 *Il Disprezzo.*
Le Mépris, tr. C. Poncet, Flammarion, 1955 ; GF Flammarion, 1989.

1957 *La Ciociara.*
La Ciociara, tr. C. Poncet, Flammarion, 1958 ; Paris, Cercle des bibliophiles, 1965.

1960 *La Noia.*
L'Ennui, tr. C. Poncet, Flammarion, 1961 ; GF Flammarion, 1986.

1965 *L'Attenzione.*
L'Attention, tr. C. Poncet, Flammarion, 1966 ; Le Livre de poche, 1979.

1971 *Io e lui.*
Moi et lui, tr. S. de Vergennes, Flammarion, 1971 ; Gallimard, 1974.

1978 *La Vita interiore.*
Désidéria, tr. S. de Vergennes, Flammarion, 1978 ; Le Livre de poche, 1981.

1982 *1934.*
1934, tr. S. de Vergennes, Flammarion, 1983 ; J'ai lu, 1984.

1985 *L'uomo che guarda.*
L'homme qui regarde, tr. R. de Ceccatty, Flammarion, 1986 ; J'ai lu, 1987.

1988 *Il Viaggio a Roma.*
Le Voyage à Rome, tr. R. de Ceccatty, Flammarion, 1989.

Nouvelles

1935 *La Bella Vita.*

1952 *I Racconti* 1927-1951.
La Provinciale et autres récits, tr. P.-H. Michel, Flammarion, 1954.

1954 *Racconti romani.*
Nouvelles romaines, tr. C. Poncet, Flammarion, 1957 ; GF Flammarion, 1982.

1956 *L'Epidemia,* racconti surrealisti e satirici (1940-1956).

1959 *Nuovi racconti romani.*
Autres nouvelles romaines, tr. C. Poncet, Flammarion, 1961.

1963 *L'Automa.*
L'automate, tr. C. Poncet, Flammarion, 1964.

1967 *Una cosa è una cosa.*
Une chose est une chose, tr. S. de Vergennes, Flammarion, 1958.

1970 *Il Paradiso.*
Le Paradis, tr. S. de Vergennes, Flammarion, 1971.

1973 *Un'altra vita.*
Une autre vie, tr. S. de Vergennes, Flammarion, 1974.

1976 *Boh.*
Bof !, tr. S. de Vergennes, Flammarion, 1982.

1982 *Storie della preistoria.*
Préhistoire de rire un peu, tr. C. Temperini, Paris, Hachette, 1979 (traduction partielle).

1983 *La Cosa e altri racconti.*
La Chose, tr. R. de Ceccatty, Flammarion, 1985.

1990 *La Villa del venerdì e altri racconti.*
tr. de deux nouvelles in *Brève autobiographie* (cf. ci-dessous « Souvenirs et entretiens »).

Théâtre

1958 *Teatro (Beatrice Cenci, La mascherata).*

1966 *Il mondo è quello che è.*
Le monde est ce qu'il est, tr. A. Husson, Flammarion, 1969.

1968 *Il dio Kurt.*

1969 *La vita è gioco.*

1986 *L'angelo dell'informazione* e altri testi teatrali.
L'ange de l'information, tr. R. de Ceccatty, Gallimard, 1987 (traduction partielle).

Essais et voyages

1958 *Un mese in URSS.*
Un mois en URSS, tr. C. Poncet, Flammarion, 1959.

1962 *Un'idea dell'India.*
L'Inde comme je l'ai vue, tr. C. Poncet, Flammarion, 1963.

1964 *L'Uomo come fine.*
L'Homme, tr. C. Poncet, Flammarion, 1965.

1967 *La Rivoluzione culturale in Cina.*
La Révolution culturelle de Mao, tr. J.-L. Faivre d'Arcier, Flammarion, 1968.

1972 *A quale tribù appartieni?*
A quelle tribu appartiens-tu? tr. S. de Vergennes, Flammarion, 1974 (sur l'Afrique).

1975 *Al Cinema.*
Trente ans au cinéma, tr. R. de Ceccatty, Flammarion, 1990 (deux anthologies des critiques cinématographiques de Moravia).

1980 *Impegno controvoglia* (écrits politiques).

1981 *Lettere dal Sahara* (sur l'Afrique).

1982 *Alcune Afriche.*
Quelques Afriques, tr. D. Boillet, Hachette, 1982.

1986 *L'inverno nucleare* (sur le péril nucléaire).

1987 *Passeggiate africane* (sur l'Afrique).

Souvenirs et entretiens

E. SICILIANO, *Vita, parole e idee di un romanziere,* Milan, Bompiani, 1982.

D. MARAINI, *Il Bambino Alberto,* Bompiani 1986; *Le Petit Albert,* tr. R. de Ceccatty, Paris, Michel de Maule, 1988.

A. MORAVIA, *Brève autobiographie littéraire* et autres nouvelles, tr. M. Segonds Bauer, Paris, Salvy, 1989.

A. MORAVIA, A. ELKANN, *Vita di Moravia,* Bompiani, 1990; tr. J. Laclavetine, Paris, Bourgois, 1991.

Critique : sur « Les Indifférents »

T. TORNITORE, « *Gli Indifferenti* » *e le critica,* « Nuovi Argomenti », n° 37, janv.-mars 1991 (passe en revue les études sur ce roman et fournit une bibliographie de 200 titres).

Quelques ouvrages sur Moravia

D. FERNANDEZ, Essai sur Alberto Moravia in *Le Roman italien et la crise de la conscience moderne,* Paris, Grasset, 1958.
A. LIMENTANI, *Alberto Moravia tra esistenza e realtà,* Venise, Neri Pozza, 1962.
E. SANGUINETI, *A. M.*, Milan, Mursia, 1962-1970.
G. PANDINI, *Invito alla lettura di A. M.*, Mursia, 1973.
C. BENUSSI, *Il punto su Moravia,* Bari, Laterza, 1987.

CHRONOLOGIE

1907 : Naissance d'Alberto Moravia (Alberto Pincherle pour l'état civil) à Rome dans une famille de quatre enfants ; son père, d'origine vénitienne, était un architecte d'un certain renom.

1916 : Moravia contracte une tuberculose osseuse qui le contraint à abandonner ses études (il ne les reprendra jamais) ; elle l'immobilise pendant huit ans, dont près de deux en sanatorium, et lui laissera de profondes séquelles. Pendant cette période, il lit énormément (Shakespeare, Molière, Goldoni, Proust, Rimbaud, Dostoïevski) et écrit des vers puis des nouvelles.

1929 : Il publie à compte d'auteur *Les Indifférents* qu'il a écrit entre 1925 et 1928 ; le livre obtient un succès de scandale mais la critique est réservée. A partir de ce moment-là, Moravia commence à écrire avec une régularité qu'il qualifiera lui-même de bureaucratique.

1930 : Séjour de six mois à Londres ; d'autres séjours suivront à Paris, à New York, en Chine, en Grèce, en Allemagne et au Mexique. Moravia prend à cette époque l'habitude de voyager pour échapper, dit-il, à l'atmosphère étouffante du fascisme. Il ne perdra toutefois jamais cette habitude, même après la guerre, et rapportera de ses nombreux voyages d'intéressants récits (sur l'U.R.S.S., l'Inde, la Chine, l'Afrique). En Italie, il écrit dans journaux et revues, mais ses rapports avec le régime se dégradent, le ministère de la Culture populaire s'emploie à faire le silence autour de son œuvre et en 1941 fait saisir *La Mascherata (Le Quadrille des masques)*, satire à peine voilée du fascisme. Bien qu'il n'ait eu aucune activité politique, son antifascisme était assez net pour le rendre suspect. Ses origines juives (de par son père) contribuaient à la précarité de sa situation.

1935 : Moravia publie un premier recueil de nouvelles, *La Bella Vita,* ainsi qu'un deuxième roman, *Le Ambizioni sbagliate (Les Ambitions déçues)* auquel il a travaillé pendant six ans mais qui n'obtient aucun succès. C'est à cette époque qu'il affirme s'être familiarisé avec l'œuvre de Marx et de Freud.

1941 : Il épouse la romancière Elsa Morante qu'il connaissait depuis 1936. Le couple séjourne fréquemment à Capri (c'est à Capri que se déroulent *Le Mépris* et *1934*).

1943 : Moravia est recherché par les fascistes pour avoir écrit des articles hostiles au régime. Il doit s'enfuir de Rome et il se réfugie avec Elsa Morante dans les montagnes de la Ciociaria, au nord de Naples. Il y passera neuf mois et de cette expérience naîtra *La Ciociara.*

1947 : *La Romana (La Belle Romaine)* obtient un grand succès et apporte à son auteur une certaine aisance matérielle après de nombreuses années difficiles. Moravia reprend son activité de journaliste et écrit de nombreux scénarios. Son audience ne cesse de croître et la critique qui l'avait accueilli avec une certaine suspicion le consacre comme un des grands romanciers italiens.

1952 : Ses œuvres sont mises à l'Index. Il publie un volume, *I Racconti,* regroupant des nouvelles écrites entre 1927 et 1952 et publiées dans divers recueils.

1953 : Avec Alberto Carocci, Moravia lance la revue *Nuovi Argomenti,* une des plus importantes revues littéraires de l'après-guerre ; à ces deux directeurs s'adjoindra plus tard Pier Paolo Pasolini qu'une longue et profonde amitié unira à l'écrivain.

La direction de cette revue n'est qu'une des facettes de son activité d'intellectuel et d'homme de culture : sa curiosité et son ouverture à tous les problèmes du monde actuel le placent au centre de la vie culturelle italienne ; ses articles, dont une bonne partie a été regroupée en volumes, concernent autant la littérature ou la réflexion générale — *L'Uomo come fine (L'Homme)* en 1964 — que le cinéma — *Al cinema* en 1975 — ou la politique — *Impegno controvoglia* en 1980.

1954 : Moravia publie un premier recueil de *Racconti romani (Nouvelles romaines)* qui mettent en scène le petit peuple de Rome. Il sera suivi d'un deuxième recueil sur le même sujet.

1955 : Début d'une collaboration régulière à *L'Espresso* en qualité de critique cinématographique. Si Moravia s'intéresse au cinéma, le cinéma s'intéresse également à lui : en 1953, Mario Soldati tire un film de la nouvelle *La Provinciale*. Par la suite, la plupart de ses œuvres seront portées à l'écran ; rappelons *Agostino* de M. Bolognini (1962), *Le Mépris* de Godard (1963), *Les Indifférents* de Maselli (1964), *Le Conformiste* de Bertolucci (1970), etc.

1962 : Moravia se sépare d'Elsa Morante ; peu après, il partagera sa vie avec une autre romancière Dacia Maraini.

1970 : *Il Paradiso (Le Paradis)*. Ce recueil de nouvelles ne met en scène que des femmes ; deux autres recueils analogues suivront en 1973 et 1976. C'est la contribution de Moravia, qui s'affirme féministe convaincu, au problème de la femme.

1984 : Il est élu au Parlement européen, comme député indépendant, apparenté au parti communiste. Il se servira de cette tribune pour manifester une hostilité à l'arme atomique qu'il combat également par son activité de journaliste *(L'Inverno nucleare* en 1986).

1986 : Moravia épouse Carmen Llera qui était sa compagne depuis quelques années.

1987 : Manifestations dans différentes villes européennes en l'honneur de son quatre-vingtième anniversaire.

1990 : Moravia meurt à Rome, le 26 septembre.

TABLE

DERNIÈRES PARUTIONS

ARISTOTE
Petits Traités d'histoire naturelle (979)
Physique (887)

AVERROÈS
L'Intelligence et la pensée (974)
L'Islam et la raison (1132)

BERKELEY
Trois Dialogues entre Hylas et Philonous (990)

BOÈCE
Traités théologiques (876)

CHÉNIER (Marie-Joseph)
Théâtre (1128)

COMMYNES
Mémoires sur Charles VIII et l'Italie, livres VII et VIII (bilingue) (1093)

DÉMOSTHÈNE
Les Philippiques, suivi de ESCHINE, Contre Ctésiphon (1061)

DESCARTES
Discours de la méthode (1091)

ESCHYLE
L'Orestie (1125)

EURIPIDE
Théâtre complet I. Andromaque, Hécube, Les Troyennes, Le Cyclope (856)

GALIEN
Traités philosophiques et logiques (876)

GOLDONI
Le Café. Les Amoureux (1109)

HEGEL
Principes de la philosophie du droit (664)

HÉRACLITE
Fragments (1097)

HERDER
Histoire et cultures (1056)

HIPPOCRATE
L'Art de la médecine (838)

HUME
Essais esthétiques (1096)

IDRÎSÎ
La Première Géographie de l'Occident (1069)

JAMES
Daisy Miller (bilingue) (1146)
L'Espèce particulière et autres nouvelles (996)
Le Tollé (1150)

KANT
Critique de la faculté de juger (1088)
Critique de la raison pure (1142)

LEIBNIZ
Discours de métaphysique (1028)

LEOPOLD
Almanach d'un comté des sables (1060)

LONG & SEDLEY
Les Philosophes hellénistiques (641-643, 3 vol. sous coffret 1147)

LORRIS
Le Roman de la Rose (bilingue) (1003)

MONTAIGNE
Apologie de Raymond Sebond (1054)

MUSSET
Poésies nouvelles (1067)

NIETZSCHE
Par-delà bien et mal (1057)

PLATON
Alcibiade (988)
Apologie de Socrate. Criton (848)
Le Banquet (987)

PLINE LE JEUNE
Lettres, livres I à X (1129)

PLOTIN
Traités (1155)

POUCHKINE
Boris Godounov. Théâtre complet (1055)

PROUST
Écrits sur l'art (1053)

RIVAS
Don Alvaro ou la Force du destin (1130)

RODENBACH
Bruges-la-Morte (1011)

ROUSSEAU
Dialogues. Le Lévite d'Éphraïm (1021)
Du contrat social (1058)

SAND
Histoire de ma vie (1139-1140)

MME DE STAËL
Delphine (1099-1100)

TITE-LIVE
Histoire romaine. Les Progrès de l'hégémonie romaine (1005-1035)

TRAKL
Poèmes I et II (bilingue) (1104-1105)

THOMAS D'AQUIN
Somme contre les Gentils (1045-1048, 4 vol. sous coffret 1049)

MIGUEL TORGA
La Création du monde (1042)

WILDE
Le Portrait de Mr. W.H. (1007)

WITTGENSTEIN
Remarques mêlées (815)

ALLAIS
À se tordre (1149)

BALZAC
Eugénie Grandet (1110)

BEAUMARCHAIS
Le Barbier de Séville (1138)
Le Mariage de Figaro (977)

CHATEAUBRIAND
Mémoires d'outre-tombe, livre I à V (906)

COLLODI
Les Aventures de Pinocchio (bilingue) (1087)

CORNEILLE
Le Cid (1079)
Horace (1117)
L'Illusion comique (951)
La Place Royale (1116)
Trois Discours sur le poème dramatique (1025)

DIDEROT
Jacques le Fataliste (904)
Lettre sur les aveugles. Lettre sur les sourds et muets (1081)
Paradoxe sur le comédien (1131)

ESCHYLE
Les Perses (1127)

FLAUBERT
Bouvard et Pécuchet (1063)
L'Éducation sentimentale (1103)
Salammbô (1112)

FONTENELLE
Entretiens sur la pluralité des mondes (1024)

FURETIÈRE
Le Roman bourgeois (1073)

GOGOL
Nouvelles de Pétersbourg (1018)

HOMÈRE
L'Iliade (1124)

HUGO
Les Châtiments (1017)
Hernani (968)
Ruy Blas (908)

JAMES
Le Tour d'écrou (bilingue) (1034)

LAFORGUE
Moralités légendaires (1108)

LESAGE
Turcaret (982)

LORRAIN
Monsieur de Phocas (1111)

MARIVAUX
La Double Inconstance (952)
Les Fausses Confidences (978)
L'Île des esclaves (1064)
Le Jeu de l'amour et du hasard (976)

MAUPASSANT
Bel-Ami (1071)

MOLIÈRE
Dom Juan (903)
Le Misanthrope (981)
Tartuffe (995)

MONTAIGNE
Sans commencement et sans fin. Extraits des *Essais* (980)

MUSSET
Les Caprices de Marianne (971)
Lorenzaccio (1026)
On ne badine pas avec l'amour (907)

LE MYTHE DE TRISTAN ET ISEUT (1133)

PLAUTE
Amphitryon (bilingue) (1015)

RACINE
Bérénice (902)
Iphigénie (1022)
Phèdre (1027)
Les Plaideurs (999)

ROTROU
Le Véritable Saint Genest (1052)

ROUSSEAU
Les Rêveries du promeneur solitaire (905)

SAINT-SIMON
Mémoires (extraits) (1075)

SÉNÈQUE
Médée (992)

SHAKESPEARE
Henry V (bilingue) (1120)

SOPHOCLE
Antigone (1023)

STENDHAL
La Chartreuse de Parme (1119)

VALINCOUR
Lettres à Madame la marquise *** sur *la Princesse de Clèves* (1114)

WILDE
L'Importance d'être constant (bilingue) (1074)

ZOLA
L'Assommoir (1085)
Au Bonheur des Dames (1086)
Germinal (1072)
Nana (1106)

GF Flammarion

02/03/93222-III-2002 – Impr. MAURY Eurolivres, 45300 Manchecourt.
N° d'édition FG066204. – Octobre 1991. – Printed in France.